MIRA®

Der Preis dieses Bandes versteht sich einschließlich der gesetzlichen Mehrwertsteuer.

Umwelthinweis:
Dieses Buch wurde auf chlor- und säurefreiem Papier gedruckt.

Susan King

Sturm über dem Hochland

Roman

Aus dem Amerikanischen von
Dr. Hannelore Wiertz-Louven

MIRA®

MIRA® TASCHENBUCH
Band 25333
1. Auflage: November 2008

MIRA® TASCHENBÜCHER
erscheinen in der Cora Verlag GmbH & Co. KG,
Valentinskamp 24, 20350 Hamburg
Deutsche Taschenbucherstausgabe

Titel der nordamerikanischen Originalausgabe:
Kissing the Countess

erschienen bei: Signet Books, New York.
Published by arrangement with NAL Signet,
a member of Penguin Group (USA), Inc.

Konzeption/Reihengestaltung: fredebold&partner gmbh, Köln
Umschlaggestaltung: pecher und soiron, Köln
Redaktion: Bettina Steinhage
Titelabbildung: Harlequin Books S.A.
Satz: Buch-Werkstatt GmbH, Bad Aibling
Druck und Bindearbeiten: CPI – Ebner & Spiegel, Ulm
Printed in Germany
ISBN 978-3-89941-547-6

www.mira-taschenbuch.de

PROLOG

Schottland, nordwestliches Hochland
Sommer 1849

Die Sonne lag über dem Tal, der See funkelte, die schneebedeckten Berghänge glitzerten hell, auf den Hügeln blühte die Heide. Über die Straße unterhalb des Feen-Berges wand sich ein langer Treck von Menschen aus den Highlands. Einige wenige bewegten sich auf überladenen, quietschenden Karren vorwärts. Viele marschierten zu Fuß, ein Kind auf dem Arm, das Bündel mit den wenigen Habseligkeiten auf dem Rücken. Kein Haupt, keine Schulter war gebeugt, alle – Männer, Frauen, Kinder – gingen stolz, schauten sich um, als wollten sie eine Erinnerung in ihren Herzen bewahren: die Schönheit dieser Landschaft, die Schönheit von Glen Shee, dem Tal der Feen.

Catriona MacConn stand auf dem Felsen oberhalb der Straße. Sie hatte die Arme vor der Brust fest verschränkt, so, als ob sie sich so vor dem Schmerz schützen wollte, den sie beim Anblick der Menschen verspürte, die das Tal verlassen mussten. Seufzend sah sie ihren Bruder an.

Mit vor unterdrückter Wut zur Faust geballten Händen starrte Finlay MacConn hinunter auf den langen Zug. Er hatte dunkle Haare und war, wie seine rothaarige Schwester, groß und kräftig. Finlay trug die für diese Gegend übliche Kleidung: Kilt, Jacke und Kniestrümpfe, die seine vom jahrelangen Bergsteigen muskulösen Beine umhüllten.

Catriona schluckte ihre Tränen hinunter. Mit der Hand beschattete sie ihre Augen vor der Sonne und schaute zu dem Mann auf dem eleganten Rappen am Straßenrand. Der Earl of Kildonan überwachte seinen Verwalter und die Männer, die an dem mühsam vorankommenden Treck entlangritten und die Leute mit lauten Kommandos zur Eile antrieben.

Im Galopp kam ein weiterer Reiter durch das Tal. Er hielt mit einer ärgerlichen Geste neben dem Earl. Catronia kannte den dunkelhaarigen Mann nicht. Die schlanke Statur, der gut geschnittene braune Anzug, die sichere Hand, mit der er das Pferd führte, und die forsche Art, mit der er sich dem Earl näherte, verrieten ihr hingegen, dass der Fremde ein Gentleman war, vielleicht sogar ein Verwandter des Earls. Aus der Ferne wirkte es, als stritten sich die beiden Männer heftig.

„Wer ist das da bei dem Earl of Kildonan?“, fragte Catriona. „Der Mann mit dev wirren schwarzen Haaren. Scheinbar ärgert er sich über irgendetwas.“

„Ich glaube, er ist der Sohn, der Erbe des Earls“, antwortete Finlay. „George Mackenzie. Du wirst dich nicht an ihn erinnern. Als junger Bursche lebte er im Kildonan Castle. Das war allerdings, bevor die Countess ihren Ehemann zusammen mit den Kindern verließ.“

„Oh ja! Ich erinnere mich an einen schwarzhaarigen, schüchternen Jungen, der gerne alleine in den Bergen wanderte. Nur hätte ich ihn nicht wiedererkannt“, meinte Catriona und hing – abgelenkt vom Anblick des traurigen Trecks – einen Moment lang ihren Gedanken nach.

„Er ging bestimmt schon vor zehn Jahren. Seither lebt er mit seiner Mutter im Tiefland“, fuhr Finlay fort. „Mrs. Baird arbeitet jetzt im Schloss. Sie hat Vater erzählt, dass Vater und Sohn sich nicht mögen. Der Sohn soll nur zurückgekommen sein, um sein Erbe zu sichern – jetzt, da sein Vater das Land verkauft und die Pächter vertreibt.“

„Aha, der Sohn wird ja wohl ebenso sein wie sein Vater. Vielleicht streiten sie darüber, wer den größeren Teil vom Gewinn bekommt, den die Schafe erbringen, die auf den Ländereien des Earls weiden werden. Ein trauriger Tag“, meinte Catriona naserümpfend. „Die Highlandchiefs scheinen nicht mehr um das Wohlergehen ihrer Leute besorgt zu sein, nicht mehr zu wissen, was gut für das Land ist.“

„Es war nicht immer so, Catriona. Früher war der Chief wirklich noch das Oberhaupt des Clanterritoriums, und damals stellte dieses Tal ein Bollwerk der Mackenzie-Krieger und ihrer Familien dar. Die Edlen of Kildonan wachten über ihre Pächter so gewissenhaft wie über ihre eigenen Familienmitglieder – meistens jedenfalls."

„Alles ändert sich, nie wieder wird es so werden, wie es war", erwiderte Catriona. Schweigend beobachtete sie den Zug, der unterhalb des Abhangs, auf dem die Geschwister standen, vorbei zog.

Manche Frauen wehklagten, manche verhüllten vor Trauer ihre Häupter mit ihren karierten Plaids. Catriona konnte ihre Tränen kaum zurückhalten. Sie presste ihre Hand vor den Mund und schluckte. Am liebsten hätte sie laut mit den Frauen gejammert. Denn unter den Menschen, die das Tal verlassen mussten, befanden sich auch viele Freunde und Verwandte der MacConns.

„Der Zauber dieser Gegend, die Legenden, die Schönheit der Berge, alles wird vergehen", bedauerte sie. „Wenn keine Menschen mehr im Tal der Feen wohnen, dann werden auch die *daoine sìth* – die Friedlichen, die Feen – trauern. Die Feen werden vor Kummer entschwinden, prophezeit Morag MacLeod."

„Die Feen, Catriona, müssten sich langsam an das so genannte Bauernlegen, wie die Vertreibungen ja auch so hübsch umschrieben werden, gewöhnt haben", antwortete Finlay sarkastisch. „Das geschieht nun schon seit Jahrzehnten. Tausende von Menschen sind seit Generationen aus ihrer Heimat im Hochland oder auf den Inseln vertrieben worden."

„Dann sollten wir beten, dass dies die letzte Vertreibung ist."

„Es wird die letzte sein – zumindest in unserem Tal. Der Earl of Kildonan will hier noch mehr Schafe weiden lassen und dafür nur eine Hand voll Engländer und Tiefländer einstellen. Das sei wirtschaftlicher als hundert Hochländer auf demselben Land, behauptet er. Ich habe gehört, dass er alles Land, das nicht zum Weiden genutzt wird, als Jagdrevier verpachten will." Finlays Stimme klang bitter und die Falten auf seiner Stirn vertieften sich.

„Und was wird aus den wunderschönen Geschichten und Liedern unseres Tals? Verschwinden auch die mit den Menschen? Ich wünschte, wenigstens die blieben uns und künftigen Generationen erhalten. Unsere Kultur verschwindet mit unseren Leuten. Sie nehmen sie mit sich in die fremden Länder. Ich träume davon, das Tal, das Land, die Leute, das uralte Kulturgut zu bewahren." Catriona schüttelte traurig den Kopf. „Allein, was kann ich schon dafür tun? Wer bin ich denn schon? Selbst Vater kann ja all das nicht verhindern. Und er ist schließlich der Pfarrer des Tals. Und trotzdem verliert er heute über die Hälfte seiner Gläubigen."

Finlay legte seinen Arm um die Taille seiner Schwester. „Bewahre dir deinen Traum. Manchmal werden Träume zu einem Bollwerk und schließlich Wirklichkeit."

Er schaute zu den Bergen auf der anderen Seite des Tals. Die schneebedeckten Gipfel lagen im goldenen Sonnenlicht. „Auch mir wäre es lieber, alles bliebe, wie es war. Gern würde ich alle Menschen hierbehalten oder wieder zurückholen. Hätte unser Bruder Donald diesen Tag noch erlebt, hätte er dieser Vertreibung ganz sicher nicht tatenlos zugesehen. Ich wünschte, ich könnte all dies bewahren ..."

Catriona blickte weiter dem traurigen Zug hinterher und dachte dabei an ihren fröhlichen, mutigen Bruder Donald. Er war am oberen Hang jenes Berges auf der anderen Talseite gestorben. „Wäre Vater Pächter und nicht Pfarrer von Glenachan, müssten auch wir das Tal verlassen. Und weder du, noch Donald, noch Vater könnten etwas dagegen tun."

Ein Windstoß fuhr unter ihren Rock und das Plaid, das sie um ihre Schultern gelegt hatte. Ihr Zopf hatte sich aufgelöst und flatterte wie ein rotgoldenes keltisches Banner im Wind. Ganz still stand sie neben Finlay. Eigenartig fühlte sie sich, traurig, wie eine Ehrenwache.

Wieder erklang das Wehklagen. Catriona beobachtete, wie auf einem anderen Hügel eine alte Frau die Hände zum Himmel hob. Ihre Klage wurde zum Echo. Andere Frauen stimmten ein, der Widerhall vervielfachte sich, wurde von Mal zu Mal dunkler und trauriger. Es klang, als ob selbst die Berge weinten.

All das war für Catriona wie ein Stich ins Herz. Sie liebte diese alten Weisen und konnte den Gedanken kaum ertragen, dass sie verschwinden und stattdessen nur Kummer und Leere zurückbleiben sollten.

„Sogar die Berge weinen", sagte Finlay. „Schau dort oben: Aus dem Felsen fließt das Wasser wie ein Tränenstrom."

Schweigend drückte Catriona die Hand ihres Bruders. Auf der Straße unter ihnen sangen die Menschen ein *tuireadh,* ein Klagelied, das die Frauen im Hochland bei Begräbnissen anstimmten. Catriona hob den Kopf und nahm die Weise auf, leise zunächst, dann immer lauter und klarer.

Wohin sollen wir gehen, an wen sollen wir uns wenden,
wenn wir allein und hungrig sind?
Wohin sollen wir gehen, wer wird uns wärmen,
wenn wir kalt und einsam sind?
Hiri uam, hiri uam …

Der Gesang verwehte und verlor sich in den Bergen. Catriona schloss die Augen. Die Melodie füllte ihre Seele.

„Bitte, Vater, glaub mir. Das ist nicht die Art, wie sich ein Highlandchief um seine Untertanen kümmern sollte", flehte George Evan Mackenzie, Viscount of Glendevon.

„Verschon mich mit blödsinnigen Hochlandriten", antwortete der Earl. Er war ein großer, grobschlächtiger Mann. Haare und Anzug hatten dieselbe aschgraue Farbe. „Mr. Grant, machen Sie diesen Nachzüglern dort mal Beine. Wir wollen schließlich nicht den ganzen Tag hier verbringen“, wies er seinen Verwalter an. „Die Leute müssen heute Abend noch die Küste erreichen. Sie übernachten bei den Docks. Morgen früh gehen sie dann mit der ersten Flut zusammen mit dem Vieh auf die Schiffe.“

„Mit dem Vieh?“ Wütend riss Evan seinen Hengst herum. Irritiert schnaubte und scheute der Fuchs.

„Hm! Für einige haben wir die Überfahrt nach Kanada gebucht. Der Rest der Leute geht nach Glasgow, um sich dort Arbeit zu suchen.“

„Arbeit? Welche sollte das wohl sein? Diese Menschen leben hier seit Generationen. Die meisten von ihnen sind noch nie in einer großen Stadt gewesen, geschweige denn in einem fremden Land. Sie kennen nichts anderes außer diesen Bergen und dem Leben, so wie es hier seit Jahrhunderten war.“

„Das ist ja das Problem. Eine hinterwäldlerische, simple Sippschaft ist das. Selbstzufrieden und träge sind diese Leute. Wandern mit ihrem wenigen Vieh über die Berge, bauen ein paar Feldfrüchte an, üben ein Handwerk aus, das nichts einbringt. Es mangelt ihnen an Ehrgeiz. Außer weben und Vieh hüten können sie nichts. Wenn sie hier bleiben, werden sie auch nie etwas Neues lernen. Außerhalb dieses Tales werden sie sich entwickeln können und es zu etwas bringen. Es ist nur zu ihrem Besten, wenn wir sie von hier wegschicken.“

„Zu ihrem Besten! Sag das mal den armseligen Geschöpfen, die die Städte bevölkern, deren Kinder verkrüppelt, deren Mägen leer sind. Vielleicht interessiert es diese Menschen, dass das alles nur zu ihrem Besten geschieht“, fuhr Evan seinen Vater an. „Diese Leute hier sind gesunde, stolze Hochlandbewohner, die glücklich in ihrem Tal lebten. Land und Sippe bedeuten ihnen alles. Wenn du sie aus diesen Bergen vertreibst, ihre Familien auseinanderreißt, dann nimmst du ihnen ihre Seele, beraubst sie ihrer Kultur."

„Wenn das wirklich so ist, dann ist ihre Hochlandseele eben nicht gut für sie und sollte wie ein Geschwür entfernt werden. Deine Mutter wollte, dass du nach deinem Studium einige Zeit hier im Norden verbringst. Gut, ich habe ihrem Wunsch entsprochen. Ganz gewiss habe ich nicht erwartet, dass du mir mit demselben Unsinn kommst wie deine Mutter. Dieses ständige Rette-die-Leute-Gefasel kann ich nicht mehr hören", brüllte er. „Was tue ich denn? Ich reiße die Leute nur aus ihrem hinterwäldlerischen, wilden Dasein und bringe sie auf den Weg zu einem besseren Leben."

„Wie kalt du bist! Wie überheblich und raffgierig", erwiderte Evan. „Ich habe gehofft, du hättest dich in den letzten Jahren geändert und begriffen, was im Leben wichtig ist, seitdem Mutter dich zusammen mit Jeanie und mir verließ. Diese Hochlandbewohner wissen das ganz genau. Liebe, Familie und Land sind alles, was zählt. Nur das erkennst du nicht." Er zeigte auf die Leute. „Du vernichtest, was du bewahren könntest."

„Wenn du nicht endlich aufhörst, mich ständig zu belehren, werde ich dich enterben und das Land und meinen ganzen Besitz deiner Schwester vermachen. Sie hat wenigstens Respekt vor mir", brüllte der Earl verärgert.

„Auch ich habe dich einst respektiert, Vater. Und was das Erbe angeht? Was wird am Ende übrig bleiben? Nur ein paar hunderttausend Schafe und abgefressene Berghänge, weil du diesem Tal seine Menschen und seine gälische Kultur geraubt hast und weil du das Land aus reiner Habgier verkaufst."

Er schaute sich um. Die Schönheit um ihn herum, der Himmel, die mächtigen Berge und der Anblick der kraftvollen, stolzen Menschen im Treck ließen sein Herz höherschlagen. Seine Kindheitserinnerungen ans Glen Shee waren ihm teuer. Er liebte diese Gegend, wollte das Tal und seine Menschen beschützen. In den wenigen Tagen, die er hier war, hatte er sich wieder zu Hause gefühlt.

Machtlos musste er die Entscheidung seines Vaters hinnehmen. Das Bauernlegen – die Vertreibung der schottischen Hochlandbewohner – war aus ökonomischen Gründen weit verbreitet. Aber finanzieller Gewinn oder wirtschaftlicher Fortschritt war Evan vollkommen gleichgültig, wenn es gleichzeitig bedeutete, Charakter und Kultur dieser Region zu zerstören. Ihm lagen Land und Leute am Herzen. Irgendwie war auch er einmal von hier vertrieben worden, damals, als seine Mutter die Entscheidung getroffen hatte, mit ihren beiden Kindern den Vater und damit auch das Hochland zu verlassen. Ein wenig konnte er nachempfinden, wie sich die Leute fühlen mussten, und er litt mit ihnen, wenn er den Schmerz in ihren Gesichtern sah.

„Ich muss das tun. Schließlich will ich dir ein schuldenfreies Erbe hinterlassen“, erklärte der Earl. „Die Schafe, die auf diesen Berghängen weiden, werden dir und deiner Schwester einst ein Vermögen einbringen. Und dann wirst auch du glücklich über meine Entscheidung sein.“

„Nein, niemals.“

„Es gibt verdammt gute Gründe für mein Handeln. Vertreibung scheint grausam, tatsächlich ist sie jedoch für diese Leute nur gut – und für uns auch. Die Hochlandbewohner leben wie die Wilden. Wie bewirtschaftet eine Hochlandfamilie eine Pacht mit Hunderten von Hektar? Sie kümmert sich um ihren winzigen Gemüsegarten und um ein paar Dutzend Schafe. Von nun an wird in diesem Tal endlich etwas produziert, richtig gearbeitet. Viele tausend Schafe werden so viel Wolle produzieren, dass man den ganzen Kontinent damit einkleiden kann. Und alles wird nur von ein paar Männern und ihren Familien organisiert werden.“

„Aber dann lass doch wenigstens diese Familien die Schafe für dich hüten.“

„Gerne. Allerdings wandern sie ja lieber durch die Berge, sitzen am Herd und erzählen Geschichten. Ich brauche Männer, die Schafe von einem guten Futterplatz zum nächsten treiben, sie im Frühjahr zählen, markieren und scheren, die Wolle aufbereiten und zum Markt bringen."

„Das würden die Leute machen", sagte Evan. „Du hast keinen Respekt vor ihnen, Vater, erwartest jedoch, dass andere dich respektieren."

„Fünfzehn Männer aus dem Tiefland werden die Arbeit von zweihundert faulen Hochländern verrichten." Der Earl drehte sich abrupt um. „Was soll dieses Gejaule? Mein Gott, das ist ja widerlich!"

„Ein Klagelied! Verstehst du es denn nicht? Sie verlieren alles", fuhr Evan ihn an. Er verstand ein wenig Gälisch. Als kleiner Junge hatte er die Sprache von seinem Kindermädchen gelernt, das aus dem Hochland stammte. Gleichwohl hätte er auch so begriffen, was diese Menschen fühlten. Die Trauer war auch ohne Worte zu spüren.

„Ach, ich bin froh, wenn auch ich diese Gegend endlich verlassen kann", erklärte Kildonan. „Sobald die Herden und die Schäfer an Ort und Stelle sind, werde ich die Verwaltung des Gutes Mr. Grant übertragen. Dann kehre ich nur noch alle paar Monate zum Fischen und Jagen hierher zurück. Ich will nicht mehr das ganze Jahr über hier leben. Diese Berge bedrücken mich, rauben mir den Schlaf."

„Den Schlaf raubt dir dein schlechtes Gewissen."

„Muss ich mich von meinem eigenen Sprössling anschnauzen lassen? Scher dich zurück nach Edinburgh. Bau Brücken oder wofür du dich entscheidest. Ingenieur ist zwar kein Beruf für einen Adeligen, doch mach, was du willst. Nach all dem, was ich seit deiner Rückkehr vor dir zu hören bekam, hättest du lieber Theologie studieren sollen."

„Oder Jura. Dann hätte ich vielleicht einen Weg gefunden, um dieses hier zu unterbinden."

„Scher dich zum Teufel! Hau ab, bevor ich mich entschließe, dich zu enterben!“, brüllte der Earl. „Ich habe gehofft, du wüsstest das alles zu schätzen, was ich tue. Allerdings bist du ja nur störrisch und eigensinnig. Wenn dir nicht gefällt, was hier geschieht, dann sieh zu, dass du fortkommst.“

Noch bevor sein Vater zu Ende gesprochen hatte, riss Evan sein Pferd herum. Seine Wut und Trauer waren so gewaltig wie die Berge rund um das Tal. Und während er den Hochländern folgte, hallte die klagende Weise der Frauen in seinem Herzen wider.

Er konnte den Menschen nicht ins Gesicht sehen, als er an ihnen vorbeiritt. Am liebsten hätte er sich für das Unrecht, das man ihnen antat, entschuldigt und es verhindert, doch er war machtlos. Er schämte sich, der Sohn des Mannes zu sein, der ein solches Unheil über die Menschen brachte, die er eigentlich – so wie es immer die Tradition gewesen war – beschützen sollte.

Evan war nach Kildonan Castle und ins Glen Shee zurückgekehrt und hatte gehofft, an eine glückliche Kindheit anschließen zu können. So sehr hatte er sich gewünscht, jetzt, da er selbst ein erwachsener Mann war, vernünftig mit seinem Vater reden zu können. Nur die Ansichten seines Sohnes interessierten George Mackenzie, Earl of Kildonan, nicht, denn er war äußerst rechthaberisch. Ihm war ausschließlich daran gelegen, reich zu werden – auf eine für Evan kaum vorstellbare Art und Weise.

Als er davontrabte, hörte er eine zauberhafte, klare weibliche Stimme singen, die ihm Schauer über den Rücken laufen ließ.

Er schaute zu dem Berg neben der Straße hinauf. Auf der Heide hoch oben am Hang stand eine junge Frau im karierten Plaid. Wunderschön war sie, groß und schlank, das rotgoldene Haar wehte im Wind. Neben ihr stand ein junger Mann. Einen Moment lang hielt Evan die beiden für ein Trugbild. Beide erschienen ihm wie ein keltisches Götterpaar, das gekommen war, das Leid anzusehen, das der Tag gebracht hatte.

Das Mädchen sang das Klagelied mit so bewegender Melancholie, dass Evan sein Pferd anhielt, um ergriffen und respektvoll zu lauschen. Rosa und golden färbte die Nachmittagssonne die schneebedeckten Berggipfel. Das Tal schien rot zu glühen. Die Sängerin leuchtete mit ihrem eigenen Feuer, einem stolzen, mutigen Geist. Auch andere waren stehen geblieben und lauschten, und selbst der Earl starrte zu ihr hinauf.

Die klare eindringliche Stimme rührte Evans Herz, sollte ihm ewig unvergesslich bleiben. Die Stimme klang verzweifelt, hingegen nicht besiegt. Er seufzte, als der letzte Ton wie ein klarer Glockenschlag verhallte.

Dann ritt er davon. Alles nahm er mit: seinen Kummer, die glücklichen Kindheitserinnerungen und vor allem das Gefühl, dass dieses wunderschöne Tal sich für immer verändert hatte. Nie wieder würde er hocherhobenen Hauptes nach Kildonan und Glen Shee zurückkehren können.

Doch auch die Melodie des Hochlandmädchens nahm er mit – gleichsam ein Balsam für seine Seele.

1. KAPITEL

Schottland, nordwestliches Hochland
November 1859

Evan Mackenzie, Viscount of Glendevon und seit kurzem Earl of Kildonan, hing in der Wand. Die Finger in die winzigen Spalten gekrallt, die Füße mit den Nagelschuhen fest auf den schmalen Felsvorsprung gestemmt, legte er die Stirn auf den ausgestreckten Arm, holte tief Luft und dachte über seine verzwickte Lage nach.

Er war allein in der fast vertikalen Wand aus rauem schwarzen Gneis. Seit über einer halben Stunde hatte er nichts mehr von seinem einzigen Bergkameraden gesehen oder gehört. Es blies ein kalter, stürmischer Wind. Eisregen prasselte auf den Fels und verwandelte den Stein in eine teuflisch glatte Fläche. Der Nebel war so dicht, dass man kaum eine Hand vor Augen sehen konnte.

Eine falsche Bewegung auf diesem gefährlichen Pfad würde genügen, um ihn zum Stolpern oder zum Absturz zu bringen. Lange bevor er in über 600 Metern Tiefe festen Grund erreicht hätte, würden ihn die tiefen Gletschertöpfe und Kamine entlang der schwarzen Bergwand geschluckt haben.

Ich verdiene es wohl nicht anders, wenn ich meinen Schwur breche, nie wieder hierher zu kommen, dachte er bitter. Jahrelang hatte er Kildonan und Glen Shee gemieden, doch die Berge waren eine Verlockung. Die Erinnerung an sie glich einem leisen Ruf, stärker als die Ansprüche, die sein ererbter Besitz an ihn stellte. Sein Vater war vor einigen Monaten bei einem Jagdunfall gestorben, und Evan hatte es für notwendig erachtet – eigentlich war es unvermeidbar –, in den Norden zurückzukehren.

Vorsichtig schaute er nach unten. Wie eine dichte weiße Hülle hatte sich eine dicke Wolke direkt unterhalb seines Stiefels um den Berg gelegt. Es schien ihm, als schwebe er auf einer Wolke meilenweit über der Erde. Nein, dieses Bild bringt mich ein wenig zu nahe zu den Engeln, rief er sich grimmig zur Ordnung.

„Fitz! Arthur Fitzgibbon! Wo bist du? Verdammt, wo zum Teufel steckst du?“, murmelte er leise, trotzdem hallte sein Ruf unheimlich wie ein erstickter Schrei zurück.

Stille. Nur der Wind heulte. Bislang hatte Evan keinerlei ungewöhnliche Geräusche vernommen, es waren keine Steine in die Tiefe gepoltert, als wenn jemand stolperte, er hatte kein Rufen, keinen Hilfeschrei gehört. Klettern in Nebel und Regen war nicht Professor Fitzgibbons Sache. Sicher war der Freund bereits auf dem Rückweg.

Evan, jünger und kräftiger, war schon weit voraus geklettert, als Fitzgibbon ihm zugerufen hatte, er wolle umkehren. Evan hatte ihm geantwortet, er klettere nur noch ein wenig höher hinauf, werde ihm dann folgen. Nebel und Regen hatten Evan jedoch die Sicht genommen, sodass er nicht bemerkt hatte, dass Arthur ihm nicht mehr folgte.

Evan überlegte sich, dass Fitz bereits auf dem Weg nach Kildonan Castle sei und bald mit einem Whisky vor dem warmen Feuer sitzen würde, während er darauf wartete, dass der Freund heimkehrte. Fitzgibbon war ein guter Kamerad, allerdings absolut unpraktisch. Vermutlich grübelte er wieder über irgendwelche geologischen Beobachtungen, während er die paar Kilometer zum Schloss zurückwanderte. Sicher ging er davon aus, dass Evan schon allein zurechtkäme, und würde nur untröstlich darüber sein, selbst die Gipfelregion verpasst zu haben.

Nun gut, er wüsste einiges davon zu berichten, überlegte Evan weiter, während er seine nächsten Schritte genau bedachte.

Die Felswand bestand aus schwarzem Gneis mit Einschlüssen von weißem Kristall und war durch das Verglas – eine hauchdünne transparente Eisschicht – teuflisch gefährlich. Er zog einen kleinen Eispickel aus seinem Rucksack, schlug ihn kräftig in Fels und Eis, schaffte sich so den nächsten Halt für die Finger und zog sich weiter nach oben.

Bei dem Gedanken an ein wärmendes Kaminfeuer und ein Glas Whisky verspürte Evan nur noch deutlicher, wie die Kälte von den Füßen bis zu den Fingern hochkroch, wie der Hunger seinen Magen zwickte. Im Moment konnte er es dem Freund nicht verübeln, dass der einen heißen Punsch und ein loderndes Feuer dem Abenteuer am Berg vorgezogen hatte.

Für gewöhnlich wählte Evan eher das Risiko als Behaglichkeit. Hin und wieder reizte ihn einfach die Gefahr. Doch diesmal war der Reiz der nachmittäglichen Herausforderung plötzlich ein wenig gefährlicher geworden, als er es geplant hatte.

Er schaute sich um und spürte die Einsamkeit fast körperlich. Wie Jack im Märchen sich an den schlafenden Giganten klammerte, so hielt er sich an der Bergschulter fest. Von der Stelle, an der er sich befand, gab es weder einen schnellen noch einen sicheren Ab- oder Aufstieg.

Er war nach Kildonan gekommen, um einige Dinge auf seinem Anwesen zu regeln und wieder einmal die Berge zu besteigen, wie er es so oft in Kindheitstagen getan hatte. In den Alpen und in anderen Gebieten Schottlands kannte er sich bestens aus, dennoch war nichts zu vergleichen mit den Torridons im Nordwesten Schottlands. Sie waren viel niedriger als die gigantischen Alpengipfel, besaßen nicht die fantastische natürliche Schönheit, dennoch versetzte ihn die kraftvolle Würde der Hochlandberge immer wieder in ehrfürchtiges Staunen. Ihre raue urzeitliche Kraft faszinierte ihn, sie erschienen ihm wie aus dem Innersten der Erde herausgeworfen.

Er hauchte in seine kalten bloßen Hände, denn er zog es vor, ohne Handschuhe zu klettern, und versuchte, etwas im dichten Nebel zu erkennen. Vorsichtig tastete er nach einem festen Halt, fand ihn und zog sich mit den Händen hinauf. Sicherheit gab ihm das Seil, das er um die Taille geschlungen hatte und dessen anderes Ende in die hoch über ihm im Felsen verankerte Eisenkralle gehakt war. Im Moment war es leichter, aufwärts zu klettern. Nach unten fehlte ihm die Sicht vollkommen, nach oben konnte er wenigstens noch erahnen, wo der Aufstieg entlangführte. Er suchte nach einem sicheren Felsvorsprung, um sich dort auszuruhen und zu warten, bis der Nebel sich verzogen hatte, und dann den Abstieg zu wagen.

Verbissen kletterte er Stufe um Stufe höher. Dieser Abschnitt war der schwierigste Teil der Klettertour – mit oder ohne Nebel und eisglattem Felsen. Bislang war alles eher einfach, eine steile Wanderung bergauf mit nur ein paar gefährlichen Hand- und Fußhalterungen. Schon morgens war es zwar diesig und regnerisch, hingegen nicht so sehr, dass der Aufstieg zu gefährlich gewesen wäre. Hätte er gewusst, dass Eisregen, dichter Nebel und niedrige Temperaturen von den Inseln über das nordwestliche Hochland zogen, wäre er ganz sicher nicht in die Felswand gestiegen, die zum Doppelgipfel des Gebirges führte.

Er zurrte wieder an dem straff gespannten Seil und fühlte den unsichtbaren Halt der Eisenkralle nur noch ein paar Meter über sich. Ganz langsam kletterte er weiter, wählte jeden Griff mit äußerster Vorsicht. Häufig versanken seine Finger im Schnee, und er drohte abzurutschen.

Allmählich wurde ihm mulmig. Furcht unterwanderte seine Willenskraft und kaufte ihm den Schneid ab. Trotzdem versuchte er, seine Gefühle zu ignorieren, und konzentrierte sich ausschließlich auf den nächsten Griff, den nächsten Zug nach oben.

Der Eisregen prasselte auf den Felsen. Jeder Griff, jeder Tritt konnte sein letzter sein. Doch zum Glück war der Wind inzwischen stark genug, um den Nebel zu verscheuchen und so den Blick auf den Gipfel freizulegen. Zur Linken, fast auf seiner Höhe, konnte Evan auch die herrlichen schneebedeckten Hänge des Gebirges erkennen. Er war viel höher geklettert, als er angenommen hatte.

Der Wind zerrte an ihm, trotzdem kletterte Evan unermüdlich voran. Indes erfasste ihn auf einmal eine Bö und schlug ihn gegen den Felsen, er verlor daraufhin den Halt, rutschte abwärts, bis das Seil ihn auffing. Zum Glück konnte er sich dann noch in den Felsspalten fangen. Mühselig kletterte er weiter, glitt erneut ab, wieder bewahrten ihn Seil und Eisenkralle vor dem Absturz.

Schließlich erreichte er die eingekeilte Kralle, riss sie heraus und warf sie weiter nach oben, wo sie sich auf einer Felsbank verhakte. Mit dem Seil überprüfte er den festen Sitz und setzte dann seinen Aufstieg fort.

Plötzlich spürte er, wie die Kralle nachgab. Er wollte sich an den Felsen klammern, das Eis hingegen gewährte keine Sicherheit. Die Kralle löste sich und er rutschte jählings nach unten. Zum Glück war der Fels nicht allzu steil und mit einzelnen Grasbüscheln bewachsen, nach denen Evan greifen konnte, um den Absturz abzubremsen. Dennoch schlidderte er wie ein Schlitten hilflos durch den Schnee. Immer wieder überschlug er sich und rutschte unaufhaltsam abwärts in die Tiefe.

Sobald er endgültig allen Halt verlor, folgte auf einen Moment der Panik unerwartete Glückseligkeit. Leicht wie eine Feder fühlte er sich.

Sekunden später schlug er hart auf einen Felsvorsprung auf.

„Es ist ein langer Weg bis nach Glen Shee, Catriona. Vielleicht kommst du vor dem Sturm nicht mehr nach Hause“, sagte Morag MacLeod und zog sich das Plaid über Schultern und Kopf, um ihr dichte, graues Haar vor dem kalten Regen zu schützen. Sie drehte dem Berg den Rücken zu und schaute hinunter ins Tal, das tief unter ihr im Nebel lag. „Du kannst über Nacht in unserer Hütte bleiben und abwarten, bis sich das Wetter bessert. Mein Mann freut sich auch immer über deine Gesellschaft."

„Danke, Morag. Ein bisschen Regen schadet mir nicht." Catriona zog sich ihr Plaid tiefer ins Gesicht. „Vater und Bruder werden mit dem Essen auf mich warten. Ich muss mich beeilen."

„Soll doch deine Tante, die alte Hexe, die beiden einmal versorgen. Wenn sie nicht wegen des schlechten Wetters früher nach Hause gegangen ist … Und dann gibt es auch eure Köchin. Du arbeitest viel zu viel in dem großen Haus. Die Schwester des Pfarrers hat dich zu einer richtigen Haushaltshilfe gemacht, Catriona Mhòr, das ist wirklich nicht richtig. Unscheinbares Mädchen – tcha!" Morag schüttelte den Kopf. „So darf man dich nicht nennen – dich, die du dein Leben lang für alle in der Familie sorgst, die du dein eigenes Glück für ihr Wohlergehen hintanstellst." Morags Wangen waren runzelig wie ein alter Apfel, ihre braunen Augen hingegen strahlten, während sie Catriona scharf musterte. „Du bist überhaupt nicht unscheinbar."

„Unscheinbar genug", widersprach Catriona und hievte den schweren Korb von einer Hand in die andere. Sie wanderte mit Morag Woche für Woche durch die Berge von Hütte zu Hütte, um bei den Hochlandfrauen die fertiggestellten Strickwaren abzuholen – Strümpfe, Handschuhe und Decken –, alles Spenden für die Hochlandregimenter. „Lang wie ein Mann und feuerrotes Haar … wer will mich schon heiraten? Ich kann zufrieden sein, dass ich meinem Vater den Haushalt führen darf. Auch wenn es ein einsames Leben ist", gab sie zu. „Ich kann nicht darauf warten, dass mich ein Mann zu seiner Frau macht. Tante Judith war ja nicht immer da … sie ist erst zu uns gezogen, nachdem sie Witwe geworden war."

„Ja, und sie will bestimmt bleiben. Dein Befinden kümmert sie wenig. Im Gegenteil, sie wird die Erste sein, die sich über deine späte Rückkehr heute Abend beschwert", erboste sich Morag. „Ach, beeil dich, das Wetter wird nicht besser. Ich glaube, die Wolken bringen nicht allein Regen. Ich spür es in meinen alten Knochen, es könnte heute Nacht schneien." Die alte Frau zog sich ihr dünnes Plaid enger um die Schultern, während sie mit Catriona Schritt hielt. „Sing noch einmal das Lied, das ich dir heute beigebracht habe. Kannst du dich noch an den Text erinnern?"

Catriona hob den Kopf, Kälte und Nieselregen schlugen ihr ins Gesicht. Die melancholische Melodie war leicht zu behalten, nur mit den Versen, die die Geschichte eines verlassenen Liebhabers erzählten, der von einer Seereise zurückkam, hatte sie ihre Mühe.

„Oh-ho-ri-ri-o, Oh-ho-ri", fiel Morag in den Refrain ein und schlug dazu den Rhythmus. Ihre tiefe, raue und Catrionas helle, klare Stimme harmonierten gut miteinander. „Gut!" Morag war zufrieden. „Schreibst du dieses Lied auch in dein Buch mit den seltsamen Symbolen, die du in der Schule in Edinburgh gelernt hast?"

„In Notenschrift, meinst du? Alle Lieder, die ich über die Jahre gesammelt habe, habe ich so bewahrt. Mittlerweile sind es schon über einhundertdreißig Weisen. Die alte Flora MacLeod wird es hoffentlich freuen ... hast du Mutter Flora erzählt, dass ich auch ihre Lieder gerne lernen möchte?"

„Ach ... hab ich ... die verrückte Alte", murmelte Morag.

Catriona lachte etwas erstaunt. „Sie ist deine Tante."

„Angeheiratet ... meines Mannes Tante. Behauptet, sie wäre schon über hundert. Ich glaub's nicht, jeden Tag erzählt sie etwas anderes. Sie ist ein wenig wirr im Kopf. Denk nur an die Geschichte, dass sie in jungen Jahren den Feen begegnet sei und von ihnen ihre Lieder gelernt haben will."

„Ob wahr oder nicht wahr, Morag, sie ist auf jeden Fall eine wunderbare Frau. Sie kennt mehr Lieder, als wir zwei jemals lernen können. Während ich noch ein kleines Mädchen war, hat Mutter Flora schon meiner Mutter die alten Weisen beigebracht. Ich habe viele gälische Lieder gesammelt, von jedem Highlander, der bereit war, für mich zu singen. Die Schönsten hast du natürlich beigesteuert", fügte Catriona mit einem Blick auf die Freundin hinzu.

„Alle, die ich kenne, habe ich dir beigebracht." Morag zuckte mit den Schultern. „Mutter Flora kennt noch einige alte Volksstücke, die nach ihrem Tod bestimmt verloren gehen werden. Du leistest gute Arbeit, Catriona MacConn, indem du unsere alten gälischen Lieder sammelst."

„Meine Mutter hat damit angefangen, die gälischen Gesänge aufzuschreiben, sie starb allerdings, bevor sie ihre Sammlung beenden konnte. Ich tue es nur, um sie zu ehren und um die Kultur zu bewahren, die immer schneller aus diesem Tal verschwindet."

Morag nickte zustimmend. „Wir werden Flora bald besuchen. Seit Jahren versuchen wir schon, sie zu überreden, zu uns zu ziehen, allerdings weigert sie sich standhaft. Deshalb besuchen wir sie oft und bringen ihr, was sie braucht. Doch jedes Mal schickt sie uns mit der Drohung fort, uns mit einem Fluch zu belegen ... ganz besonders mich." Morag grummelte böse.

„Vielleicht weigert sie sich ja, für mich zu singen."

„Sie hat gesagt, sie könne sich an deine Mutter erinnern, wolle dir trotzdem nichts versprechen. Deine Stimme würde die Feen entzücken, und deshalb muss sie auch Mutter gefallen ... dieser alten Ziege", Morag konnte sich nicht enthalten, diesen Nachsatz leise hinzuzufügen.

Catriona blickte auf den dichten Nebel, der die Berggipfel verhüllte. „Die Wolken werden dunkler und der Nieselregen verwandelt sich in Eisregen."

Morag schaute sich um. „Mein Gefühl sagt mir, du solltest besser heute Nacht bei mir und meinem John bleiben. Komm mit. Unser Haus steht nur ein paar Meilen von hier. Dann brauchst du auch nicht die Feenbrücke zu überqueren, es wird schwierig werden, wenn die Steine glatt sind."

„Keine Sorge, mir wird schon nichts passieren. Ich wandere gerne durch die Berge, und der Regen macht mir nichts. Und die Brücke? Du weißt, dass wir zwei immer wie die Ziegen darübergesprungen sind." Lachend umarmte Catriona die Freundin, und obwohl Morag bereits über siebzig war, zog Catriona besorgt wie eine Mutter der alten Frau den Schal etwas weiter ins Gesicht.

„Dann gib mir wenigstens den Korb", bat Morag und nahm Catriona ihr schweres Gepäck ab. „Die Strickwaren werden nass, wenn du sie bei dem Wetter ins Tal trägst. Wir treffen uns am Mittwoch bei der Brücke und besuchen Mutter Flora. Und", sie blickte Catriona bedeutungsvoll an, „hat dein Bruder vielleicht gute Nachrichten für mich?"

„Von deinen Verwandten, die das Tal verlassen haben?" Catriona schüttelte den Kopf. „Ich weiß es nicht, Morag. Er hat versucht, sie zu finden, hat sogar in Glasgow nachgeforscht, bislang ohne Erfolg. Hast du Mutter Flora erzählt, dass mein Bruder versucht, ihre Verwandten aufzuspüren?"

„Noch nicht. Zehn Jahre sind eine lange Zeit, und manche von ihnen haben sich auf einen weiten Weg gemacht. Nun gut, ich gebe die Hoffnung nicht auf. Vielleicht wird Finlay auch einmal für unsere Familie gute Nachrichten bringen. Ich habe gehört, er habe kürzlich einige von den MacGillechallums zurück auf ihren verlassenen Hof an den Hängen des Beinn Alligin gebracht", flüsterte sie, als ob die Berge sie belauschen könnten. „Angus MacGillechallum hat dort oben Schafe gehütet. Man hat ihn zwar gesehen, doch glaub mir, niemand von uns würde das verraten."

„Solange der neue Earl nicht im Tal auftaucht, kann Finlay für die Arbeit auf dem Gut doch einstellen, wen er will. Ich bin wirklich froh, dass er jetzt Kildonans Verwalter ist. Es ist gut für Land und Leute."

„Der neue Earl wird auch nicht besser sein“, meinte Morag. „Der wird sich auch um nichts kümmern! Nicht arbeiten, indessen fett und reich von der Wolle aus Kildonan werden!“

„Gut so. Dann stört uns auch keiner.“

„Ja, das ist wahr. Nun lauf zu, Catriona Mhòr. Deine langen Beine sollen dich schnell nach Hause bringen.“ Morag winkte, dann drehte sie sich um und entfernte sich eilig über den schmalen Pfad, der über den Berg führte.

Catriona folgte weiter dem Weg, auf dem früher das Vieh getrieben wurde und der sich zwischen uralten Krüppelkiefern, die sich an die steilen Hänge klammerten, ins Tal wand. Leichtfüßig sprang sie über umgestürzte Bäume, lief schnell bergab, obwohl der Viehtreiberweg holprig und überwachsen war.

An den Berghängen bemerkte sie unzählige Schafe und einige wilde Ziegen, die ungeachtet des Wetters friedlich dort weideten. Dicke, dunkle Wolken ballten sich zwischen den umliegenden Bergen zusammen, es wurde kälter, und der Regen verwandelte sich zu Eisregen.

Vielleicht hätte ich Moragś Einladung einfach annehmen sollen, überlegte Catriona. Die Wegstrecke war mittlerweile so glatt geworden, dass sie sich entschied, die gefährliche alte Steinbrücke zu meiden und weiter der längeren Route über den Viehtreck zu folgen. Bei Glatteis war auch diese Strecke gefährlich, und egal für welchen Weg sie sich entschied, Glenachan House, das Haus ihres Vaters, war noch mehrere Meilen entfernt. Sie zog ihr Plaid fester um sich und eilte weiter.

Evan öffnete die Augen und stellte fest, dass er halbwegs sicher auf einem Felsvorsprung gelandet war. Vorsichtig hob er seinen schmerzenden Kopf und blinzelte durch den Nebel, erst nach rechts, dann nach links. Der schmale, vermooste Vorsprung war mit einer Eisschicht überzogen. Über ihm ragte die Gneiswand auf. Deutlich war die Spur zu erkennen, die sein Körper bei dem Absturz auf dem verschneiten Hang hinterlassen hatte. Eine lange Strecke war er abwärts gerutscht und nur aus geringer Höhe gestürzt. Vermutlich war er mit dem Kopf aufgeschlagen, schien darüber hinaus jedoch unverletzt zu sein. Den Rucksack hatte er noch bei sich, das Seil war noch um seine Taille gebunden, nur den Eispickel hatte er verloren.

Folglich konnte er aufstehen und loswandern. Er erinnerte sich, dass ganz in der Nähe der alte Viehtreck durch die Berge führte. Wenn er den erst einmal entdeckt hatte, würde er den Weg ins Tal ganz leicht finden. Behutsam und langsam bewegte Evan sich, stöhnte leise vor Schmerzen, wartete noch etwas, richtete sich ein bisschen weiter auf, stützte sich vorsichtig auf Hände und Knie. Dann löste er das Seil, und nachdem er es zusammen mit der Kralle im Rucksack verstaut hatte, kroch er langsam auf allen vieren über den Felsvorsprung bis zu einem breiten Geröllfeld, das weiter nach unten führte.

Der Nebel war dicht, und er konnte kaum etwas erkennen. Jede Bewegung, jeder Muskel tat ihm weh, während er langsam aufstand und versuchte, das Gleichgewicht zu erlangen. Dann begann er, sich mühsam fortzubewegen.

Fast unwirklich erschien ihm die Stimme, die er unvermittelt inmitten von Nebel und Eisregen hörte, süß und melodisch hallte das Echo zurück. Schon einmal hatte er diese magische Stimme vernommen, und heute wie damals berührte sie ihn tief. Plötzlich erinnerte er sich wieder an das hübsche Mädchen mit dem rotgoldenen Haar, das in der untergehenden Sonne hoch oben auf dem Berg gestanden und die melancholische Melodie gesungen hatte.

Er fragte sich nicht, ob er sich nur einbildete, ihren Gesang zu hören. Im Nebel war sie für ihn wie ein Kompass, sein Ziel, seine Zuflucht. Er musste sie finden. Er stolperte, glitt auf dem vereisten Gras aus, richtete sich wieder auf und folgte der Stimme. Der Sturz, Schwindel und der steile Abstieg verwirrten seine Sinne. Bald wusste er nicht mehr, ob er sich fortbewegte oder stillstand. Dann bemerkte er, dass er schwankte und ließ sich langsam auf die Knie sinken. Kurz darauf fiel er kopfüber auf den weichen Heideboden.

Zitternd vor Kälte rieb Catriona sich die behandschuhten Hände, während sie das Lied sang, das Morag ihr heute beigebracht hatte. Es war schnell kälter geworden. Eine dünne Eisschicht lag auf den Felsen und dem Gras. Catriona ging nun langsamer und vorsichtiger, denn sie wusste, wenn sie hier oben auf dem Gebirgspfad stürzte, würde es Tage dauern, bis man sie fände.

Fast ehrfürchtig blickte sie den Steilhang hinauf, der sich neben ihrem Pfad erhob. Der Hang, den sie gerade erklomm, war auch steil, im Vergleich zu den uralten und nun vom Nebel verborgenen Gesteinsformationen über ihr dagegen eher ein Hügel. Dort oben führten Grate und Felswände zu den schneebedeckten Gipfeln. Über ihre Höhlen gab es Legenden und Sagen, die wie ein bunter Faden in den Liedern und Geschichten auftauchten, die Catriona ihr ganzes Leben gehört hatte.

Sie legte sich den kupferroten Haarzopf über die Schulter und zog das Wollplaid wieder über den Kopf. Der Wind war eisig. Morag hatte wohl recht mit ihrer Vermutung, es würde bald schneien.

Der alte Viehtreiberweg folgte der Flanke des Berges bis hinunter ins Tal und zum Pfarrhaus ihres Vaters. Auf dem vereisten Weg kam sie nur langsam voran, dabei lenkte sie das Lied von dem verlassenen Liebhaber ab. Dabei musste sie sich sehr konzentrieren, um sich an die traurige Melodie und die vielen Verse zu erinnern. Zu Hause, wenn sie wieder trocken und aufgewärmt war, wollte sie die Noten gleich noch einmal niederschreiben. Wie alle Weisen, die sie in den vergangenen

Jahren gelernt hatte, hatte sie auch dieses neue Lied bereits in Gälisch und in Englisch aufgeschrieben. Die Notenseiten für dieses und noch ein paar andere Lieder trug sie sicher in ihrer Tasche.

Schnell wurde es dunkler, doch Catriona kannte den Weg gut. Sie war froh, dass sie das wärmende lange Plaid umgelegt hatte, das sie vom Kopf bis fast zu den Fußgelenken einhüllte. Darunter trug sie eine dicke grüne Jacke, einen Wollrock, Flanellunterrock und wollene Strümpfe. Ihr Bruder Finlay hatte darauf bestanden, die Sohlen ihrer Schuhe mit kleinen Nägeln zu versehen, damit sie auf dem glatten Weg nicht ausrutschte.

Sie hoffte, Finlay wäre heute zu Hause geblieben und nicht nach Inverness geritten, wie er es eigentlich vorhatte.

Seit fast zwei Jahren verbrachte ihr Bruder viel Zeit damit, vertriebene Hochländer ausfindig zu machen und sie wieder in ihren alten Pächterhäusern im Glen Shee anzusiedeln. Für die meisten Rücksiedler hatte er auch Arbeit gefunden. Die Leute waren froh und dankbar, wenn sie mit den Schafen arbeiten durften, die in großer Anzahl im Tal und an den Berghängen weideten. Die Schafe gehörten alle dem gegenwärtigen Earl of Kildonan, der sich in all den Monaten seit dem Tod seines Vaters im Tal noch nicht hatte blicken lassen. Finlay leitete das Gut ganz alleine und traf immer kühnere Entscheidungen.

Wie Finlay liebte auch Donald, ihr vor ein paar Jahren verstorbener Bruder, das Tal und seine Menschen. Wäre er noch am Leben, hätte auch er alles riskiert, um den Menschen zu helfen. Manchmal fragte sie sich, ob es Finlays stille Trauer um den Bruder war, die ihn dazu veranlasste, jetzt seine Chance wahrzunehmen.

Sie befürchtete, Lord Kildonan würde eines Tages zurückkommen und fragen, wieso seine Schafe von denselben Hochländern gehütet und geschoren würden, die sein Vater einst vertrieben hatte.

Sollte dieser Tag jemals kommen, so hoffte sie, Kildonan

hätte durch eben diese Wolle mittlerweile so viel Reichtum erworben, dass es dem Earl egal wäre, ob Highlander, Engländer oder Feen sein Hochlandanwesen bewirtschafteten. Sein Vater hatte sich in den letzten Jahren auch nicht mehr um sein Gut gekümmert. Es war nur zu hoffen, der Sohn verhielte sich ähnlich, denn das wäre durchaus günstig für Finlays Bemühungen, den Hochlandbewohnern vom Glen Shee zu helfen.

Dennoch wusste sie nur zu gut, dass Finlay Gefängnis oder Verbannung aus dem Tal riskierte, falls der neue Earl je davon erfuhr. Bis dahin konnte sie nur hoffen, dass Finlay nur so viele Familien zurückholte, wie Arbeitskräfte für das Gut gebraucht wurden.

Sie war tief in Gedanken versunken und konnte im Nebel nicht erkennen, dass etwas im Weg lag. Erst als sie stolperte, schaute sie auf den Boden und rang erschrocken nach Luft. Zu ihren Füßen lag ein bewegungsloser Mann mit dem Gesicht nach unten. Sie wäre beinahe über seine weit ausgestreckten Arme gefallen, der Rest seines Körpers lag halb verborgen hinter großen Gesteinsbrocken.

Catriona kniete neben dem Fremden nieder, zögerte hingegen, ihn zu berühren, weil sie befürchtete, er könnte tot sein.

Dann allerdings bewegte er sich leicht, und sie atmete erleichtert auf.

„*Ach Dhia*", murmelte sie. „Um Gottes willen, Sir! Sir!", rief sie und packte ihn an der Schulter, doch er wachte nicht auf.

2. KAPITEL

Er war dunkelhaarig und groß. Das Gesicht war zwar zum größten Teil verdeckt, allerdings trat sein markantes Profil deutlich hervor. Er schien so um die dreißig zu sein. Der Fremde war gut gekleidet, Jacke und Hose waren aus schwerem Tweed, die Handschuhe aus geschmeidigem braunen Leder, um den Hals trug er einen handgestrickten Schal. Der Rucksack und die soliden Nagelschuhe ließen darauf schließen, dass er Bergsteiger oder Wanderer war.

Sicher gehört er zu den Freizeitbergsteigern, die sich manchmal in der Gegend aufhielten und die Herausforderung in den Bergen suchten, überlegte sie. Ganz bestimmt hatte er Kameraden, die schon nach ihm suchten. Sie schaute sich um, weit konnte sie bei dem Wetter allerdings nicht sehen, und Rufe waren auch nicht zu hören. – Nur der Regen prasselte auf die Steine und der Wind heulte über die Höhen.

Catriona legte die Hand auf den Rücken des Mannes. Er atmete gleichmäßig. Sacht strich sie ihm das feuchte, seidenweiche Haar aus der Stirn. Erschrocken fuhr sie zurück. Eine Gesichtshälfte war geschwollen, blutverschmiert von einer kleinen Schnittwunde. Fürsorglich zog sie vorsichtig seinen Schal etwas höher.

Sie überlegte, was zu tun sei. Außer ihnen beiden befand sich hier oben weit und breit keine Menschenseele. Der Fremde war ohnmächtig. Er war groß und kräftig, und obwohl sie selbst durchaus nicht zu den Zierlichen zählte, glaubte sie dennoch nicht, ihn ohne Hilfe über die vereisten Hänge bis hinunter ins Tal bringen zu können.

Das nächste Haus war Glenachan. Unter diesen Wetterbedingungen würde es allerdings zu lange dauern, bis sie nach Hause fand und Hilfe holen konnte. In diesem Zustand durfte sie den Mann keinesfalls allein zurücklassen, möglicherweise würde er dann an seinen Verletzungen oder an Unterkühlung sterben. Sie wusste ja nicht einmal, wie lange er schon bewusstlos hier lag.

Sie strich ihm über die Wange und ließ ihre Hand unter Schal und Kragen gleiten, um den Puls am Hals zu fühlen. Die Haut fühlte sich kalt an, der Teint sah unter den dunklen Bartstoppeln bleich aus. Der Verletzte benötigte dringend Hilfe.

Nachdenklich legte sie ihre Hand auf sein weiches schwarzes Haar. Bei diesem Wetter, in dieser Kälte brauchten sie beide Schutz. Vor Jahren war ihr Bruder Donald beim Bergsteigen abgestürzt – von eben diesem Berg, Beinn Sìtheach, dem Berg der Feen. Auch an jenem Tag hatte sich das Wetter von einem Moment auf den anderen geändert, war es kalt geworden und hatte geschneit. Als ihr Vater und Finlay Donald fanden, war er bereits an Verletzungen gestorben, die eigentlich nicht zum Tod hätten führen müssen.

Wer auch immer der Fremde war, egal wie beschwerlich es für sie war, auf alle Fälle musste sie diesem Mann ein solches Schicksal ersparen. Wenn sie bei ihm blieb, konnte er vielleicht gerettet werden. Ging sie allerdings fort, um Hilfe zu holen, könnte er in der Zwischenzeit erfrieren.

Plötzlich fiel ihr die kleine, baufällige Schutzhütte ein, die etwas weiter unterhalb des Hanges lag. Dorthin musste sie den Mann bringen. Zunächst nahm Catriona ihm den Rucksack ab. Dann griff sie ihm unter die Arme, hievte ihn hoch, rollte seinen Kopf auf ihre Hüfte und zog den schweren Körper mit sich. Nur so konnte sie es schaffen, den Bewusstlosen bis zur Schutzhütte zu bringen. Vorsichtig ging sie rückwärts, schaute immer wieder über die Schulter, vergewisserte sich, dass sie auf dem rechten Weg blieb. Der Mann war zwar für seine Größe nicht sehr schwer, dennoch drohte sein Gewicht sie in die Knie zu zwingen. Trotzdem gab sie nicht auf, fast verbissen schleppte sie sich mit ihrer Last voran.

Es stürmte, der Wind fuhr immer wieder unter ihren Rock. Schneeflocken wehten ihr ins Gesicht, bedeckten den schlaffen Körper des Fremden. Ihre Wangen brannten vom eisigen Wind. Einmal rutschte sie aus, stürzte böse auf ihr Knie, hingegen gelang es ihr so, den Kopf des Ohnmächtigen nicht auf den Boden schlagen zu lassen. Die Stirn gegen sein schwarzes Haar gelehnt, ruhte sie sich einen Moment aus. Dann stand sie mühsam wieder auf, holte noch einmal tief Luft und kämpfte sich weiter.

Catriona sammelte all ihre Kräfte und schleppte ihre Last schnaufend und keuchend weiter. Deutlich war die Schleifspur zu sehen, die beide im Neuschnee hinterließen. Mühsam gelang es ihr schließlich, die restlichen Meter zu der kleinen Steinhütte zu schaffen, die auf einer Wiese im Windschatten des Steilhanges etwas abseits des Viehtrecks stand.

Einst hatte das steinerne, reetgedeckte Häuschen den Schäfern auf ihrem Weg mit dem Vieh zu den Hochweiden als Sommerhütte gedient. Nun wurde es schon lange nicht mehr genutzt und verfiel daher. Catriona war sich jedoch sicher, die Unterkunft würde auch in diesem Zustand noch Schutz vor Nässe und Kälte bieten.

Mit gewaltiger Anstrengung zog sie den Fremden durch die Tür ins Innere des kleinen Hauses und bemerkte sofort, dass ein Teil des Daches eingestürzt war. In einer Ecke des winzigen Raumes lagen modriges Reet und zerbrochene Sparren. Kalt wehten Sturm und Schnee durch das Loch, es war klamm und feucht.

Völlig erschöpft gelang es Catriona endlich, den Mann quer durch den Raum zu schleifen und ihn auf den blanken Boden vor die Feuerstelle zu legen. Sie nahm ihr Plaid ab und wickelte ihn darin ein, seinen Schal schob sie ihm wie ein Kissen unter den Kopf.

Nun sah sie zum ersten Mal in sein bleiches Gesicht. Die dichten schwarzen Wimpern flatterten leicht, der Fremde öffnete die Augenlider ein wenig und murmelte etwas. Kurz blickte Catriona in ein paar ungewöhnliche grün-braune Augen, dann schlossen sich die Lider erneut.

Wieder ging sie nach draußen. Zum Glück trug sie noch ihre Handschuhe, doch ohne ihr Plaid war es empfindlich kalt, und so griff sie rasch eine Hand voll Schnee und wickelte ihn in ihr Taschentuch.

Zurück in der Hütte kniete sie neben dem Fremden nieder und legte ihm die provisorische Kompresse auf die Stirn. Die Wunde blutete immer noch. Gesicht, Hemd und Jacke waren verschmiert. Während sie vorsichtig sein Gesicht reinigte, fiel ihr das erneute Flattern seiner Augenlider auf, allerdings erwachte er auch diesmal nicht. Um ihn weiter zu wärmen, griff sie nach seinen bloßen Händen und massierte sie zwischen ihren.

Catriona schaute sich um. Sie fror. Die offene Feuerstelle wirkte primitiv, mit genügend Torf ließ sich darin sicher trotzdem ein gutes Feuer machen, vorausgesetzt, der Brennstoff war nicht feucht. Sie legte ein paar Placken Torf auf den Rost. Auf dem Sims fand sie sogar einen Flintstein und rieb ihn, bis er einen Funken schlug. Und nach ein paar vergeblichen Versuchen gelang es ihr schließlich, ein Torfstück zum Glimmen zu bringen und durch vorsichtiges Pusten ein kleines Feuer zu entfachen. Zufrieden und erschöpft setzte sie sich auf den Boden, beobachtete, wie die Flamme wuchs, sich langsam zu den anderen Placken weiterfraß und ein schwaches Licht auf den fremden Mann warf, der neben ihr lag.

Eine Weile betrachtete sie sein Gesicht. Er wirkte attraktiv. Trotz der Schwellung und der Verletzung an der Stirn machte er einen gesunden Eindruck. Sie kannte ihn nicht, obwohl die Gesichtszüge ihr irgendwie vertraut vorkamen.

Während sie ihre Hände am Feuer wärmte, schaute sie sich um. Bis auf den kleinen Bereich um die Feuerstelle erschien ihr die Schutzhütte trostlos und bedrückend. Schon ein paar Schritte vom Feuer entfernt war es dunkel und eiskalt. Eisregen prasselte auf die dünnen Außenwände, Schneeregen lief durch das Loch im Dach.

Ihr war nicht wohl bei dem Gedanken, hier bleiben zu müssen. Es gab jedoch keine andere Möglichkeit, weder konnte sie den Verletzten hier zurücklassen noch allein in Dunkelheit und Eiseskälte hinunter ins Tal gehen. Nachdenklich betrachtete sie das interessante Gesicht des Unbekannten und fragte sich, wie sie wohl zusammen diese bitterkalte, gefährliche Nacht überstehen sollten.

Für solche Gedanken war keine Zeit. Der Fremde brauchte ihre Hilfe dringend. Zunächst musste sie daher nachschauen, ob er außer der Wunde an der Stirn weitere Verletzungen hatte. Dafür zog sie die Handschuhe aus, tastete seine Schultern und Arme ab und klopfte ihm vorsichtig die Brust ab.

Unter der Jacke trug er eine braune Wollweste und ein weißes Leinenhemd. Der Anzug war aus exzellentem braunbeigen Tweed. Der leicht sonnengebräunte Teint des Mannes, die feinen Fältchen um die Augen und der straffe athletische Körper unter den Kleidern deuteten an, dass er sich gern und viel im Freien aufhielt.

Die Schultern waren breit, sein Oberkörper schlank. Zunächst zögerte sie noch, ihn weiter zu untersuchen, dann wurde sie immer mutiger und forschte seine Brust nach weiteren Verletzungen ab, strich über den flachen Bauch und die Hüften, über die langen muskulösen Beine. Anschließend schob sie ihre Hand unter ihn, um seinen Rücken zu überprüfen, endlich tastete sie die Rückseite der Schenkel und Beine ab und bewegte schließlich die Füße mit den Nagelschuhen hin und her.

Keine weiteren Verletzungen, keine gebrochenen Knochen hatte sie gefunden. Zugleich stellte sie leicht errötend fest, welch ein angenehmes Gefühl es war, diesen schlanken, festen Körper zu berühren.

Er ist ein schöner Mann, attraktiv und maskulin, dachte sie, und dann ging plötzlich ihre Fantasie mit ihr durch. Während sie sich ausmalte, wie sie in seinen Armen lag und er sie mit seinem kräftigen Körper schützte, strich sie über sein markantes Kinn, sein Bart kitzelte dabei auf ihrer Haut. Mit ihrer Fingerspitze folgte sie der Linie seines schön geschwungenen Mundes, berührte die weichen, kühlen Lippen, spürte, wie er leicht und gleichmäßig atmete. Seine Lider flatterten wieder, die Augen glänzten moosig grün und braun, erinnerten sie an die dunklen, beruhigenden Farben des Waldes. Schnell zog sie ihre Hand zurück, und er schloss die Augen wieder. Sein Atem wurde gleichmäßiger, und sie bemerkte, dass er eingeschlafen war.

Nachdem sie ihm fürsorglich das Plaid bis zum Kinn gezogen hatte, drehte sie sich um und schaute versunken in das flackernde Feuer. Nach einer Weile entdeckte sie in einer dunklen Ecke eine zusammengesunkene Bank und auf einem Bord ein paar Gerätschaften, wie einen kleinen Eisenkessel, Schüssel, Feuerzange und Schürhaken.

Sie stand auf, ging hinaus und füllte draußen den Wasserkessel mit Schnee. Dabei erinnerte sie sich an das Päckchen trockener Haferplätzchen in ihrer Rocktasche. Eine Notration, die sie immer bei sich hatte, wenn sie in den Bergen wanderte. Vielleicht befand sich auch im Rucksack des Fremden etwas Essbares. Wenn sie eine lange, kalte Nacht in dieser Hütte verbringen mussten, dann brauchten sie nicht nur ein Feuer, sondern auch etwas zu essen.

Reglos lag er da. Er konnte sich nicht bewegen. Das wärmende Feuer, ihre sanften Berührungen – alles bekam er mit. Zwar hatte er jegliches Zeitgefühl verloren, wusste weder wo er sich befand noch wer sie war, doch er lebte noch und war unendlich dankbar für ihre Fürsorge.

Nachdem sie ihm noch einmal über die Stirn gestrichen hatte, stand sie auf, wandte ihm den Rücken zu und begann mit rauchiger Stimme ein gälisches Lied zu singen. Und obwohl er nicht alles verstand, war schon allein die Melodie sehr beruhigend.

Langsam schlug Evan die Augen auf und richtete sie auf die junge Frau. Mit einem Holzlöffel rührte sie in einem Eisenkessel, der auf Steinen über der offenen Flamme stand. Der Feuerschein überzog die Gestalt mit einem rotgoldenen Schimmer. Wie ein kupferroter Lichterkranz glänzten die Locken, die sich aus dem zu einem langen Zopf geflochtenen Haar gelöst hatten und ihr ins Gesicht fielen. Ganz vertieft rührte sie in dem Topf und summte dabei die Melodie.

Jünger als ich wird sie sein, schlank und rank, eine Figur wie ein Stundenglas, schmale Taille, runde Hüften und Brüste, dachte Evan, während er die junge Frau in dem moosgrünen Kleid beobachtete. Trotz Müdigkeit rührte sich sein Körper lustvoll. Evan musste den Blick abwenden. Er wollte seine unbekannte, hübsche Retterin nicht mit so offensichtlichem Verlangen anstarren.

Er sah sich um. Sie befanden sich in einer halb verfallenen, kleinen Steinhütte. Durch die dünnen Wände drang die Kälte, ein Teil des Daches war eingefallen. Alles schien unwirklich oder wie in einem Märchen, in dem ein wunderschönes Mädchen in ihrem Zauberkessel rührt und ihr leiser Gesang mit dem Rauch des Feuers in die Lüfte entweicht.

Schwach, nur bruchstückhaft erinnerte er sich, beim Bergsteigen abgestürzt zu sein. Und wer war er? Evan Mackenzie, wohnhaft zuletzt im schottischen Tiefland, geboren im Hochland, Viscount of Glendevon, seit dem Tod seines Vaters vor sieben Monaten auch Earl of Kildonan. Gut, dachte er erleichtert. Sein Gedächtnis hatte er nicht verloren.

Das Mädchen hörte auf zu singen und kam zu ihm herüber. Er blickte in ein hübsches ovales Gesicht umgeben von einem kupferrot leuchtenden Haarkranz. Die großen Augen waren graublau, ihr zarter heller Teint übersät mit winzigen goldenen Sommersprossen. Ihr ehrliches, gewinnendes Lächeln, ihre natürliche Art und ihre angenehme ruhige Stimme vervollständigten das bezaubernde Erscheinungsbild. Auf ihn eingeredet hatte sie bislang nicht, wofür er äußerst dankbar war. Indes wünschte er sich, sie würde wieder singen, weil er das als so tröstlich empfand.

Sie schwieg auch jetzt, blickte ihn nur interessiert an, lächelte scheu, drehte sich wieder um und rührte weiter in dem Kessel. Die Ruhe, die sie ausstrahlte, übertrug sich auf ihn. Er atmete tief durch und überdachte seine Lage. Wie in einem mollig warmen Kokon lag er unter einem wollenen Plaid. Vorsichtig fasste er sich an den Kopf und tastete über einen weichen Verband. Jede Bewegung schmerzte.

Das Mädchen drehte sich wieder um und lächelte ihn in der offenen, herzlichen Art an, wie sie den Hochlandbewohnern eigen war. Sie sprach leise zu ihm auf Gälisch. Sie besitzt eine eigenartige Schönheit, dachte Evan, dem erneut ihre ungewöhnliche Haarfarbe auffiel. Da er nicht antwortete, versuchte sie es wieder. „Sie sind ja wach."

Er starrte sie wortlos an und nickte. Bleierne Müdigkeit benebelte sein Hirn. Vage erinnerte er sich an einen grauenhaften Sturz und einen harten Aufschlag auf den Felsen, an den schneidend kalten Wind, an Eis und Schnee und daran, dass er zu einem sicheren Platz kriechen wollte. Nur wie er hierher gekommen war, wie und wann er dieses Hochlandmädchen getroffen hatte, daran erinnerte er sich absolut nicht.

Sie beugte sich zu ihm hinunter. „Parlez-vous français?", versuchte sie es zunächst auf Französisch, dann auf Italienisch: „Capisco l'italiano, abbastanza bene …?"

Er guckte verdutzt. Sein Hochlandengel war vielsprachig!

„Das ist mehr, als mein geschundenes Hirn im Augenblick verarbeiten kann", murmelte er. „Ich glaube, ich bin abgestürzt … ziemlich tief."

Er fasste sich an den bandagierten Kopf.

„Ach so, ein Wochenendbergsteiger."

Sie artikulierte die Worte deutlich und melodisch, so wie es typisch für die Gälen war, die die Amtssprache erst in der Schule lernten.

„Hm, Bergsteiger und Schotte."

„So? Das hört man ja gar nicht."

„Eton", erklärte er.

Sie nickte. Dann blies sie an dem dampfendheißen Löffel, beugte sich vor und bot ihm an, zu kosten.

Er schluckte und schloss die Augen. Die heiße Brühe tat gut, schmeckte nach Hafersuppe mit einem kräftigen Schuss Whisky und brannte wie Feuer in seiner Kehle.

Sobald sie sich abwandte, schaute er sich wieder um. Der dunkle, kleine Raum war ein nasskalter, halb verfallener Unterschlupf. Es roch nach feuchtem Stein und modriger Erde, der süßliche Geruch von Torf fiel ihm auf und die klirrende Kälte. Wind und Schnee drangen von allen Seiten ein. An der Decke hingen Eiszapfen und durch ein Loch in der Decke war ein zauberhafter Nachthimmel voller wirbelnder Schneeflocken zu sehen. Schnee wehte herein und bedeckte die Dachtrümmer. Die kleine Feuerstelle verbreitete zwar etwas Wärme, trotzdem war es in der maroden, zugigen Hütte kalt wie in einem Eiskeller.

Das Mädchen fror und zitterte. Sie trug Handschuhe und unter dem grünen Rock offenbar mehrere Unterröcke. Unter der hochgeschlossenen, engen Jacke zeichnete sich ein wohlgeformter Busen ab. Gegen diese Eiseskälte bot diese Kleidung jedoch nicht genügend Schutz.

Ihm hingegen war es mollig warm unter dem Plaid. Und als er sich das karierte Tuch genauer ansah, stellte er fest, dass es ihr Plaid sein musste, denn ein Tartan mit so einem Gitterkreuz auf dem beigefarbenen Untergrund wurde für gewöhnlich nur von den Frauen im Hochland getragen. Er schämte sich, sie so zittern und schniefen zu sehen.

„Miss ..."

„Catriona … Catriona MacConn.“

„Angenehm, Miss MacConn. Miss … oder?“

„Ich bin nicht verheiratet“, antwortete sie, ohne aufzuhören, die Suppe zu rühren.

Eine alte Jungfer. Na ja, für ihn war sie ein Engel, der fror. Außerdem erschien ihm dadurch ihr seltsames Beisammensein etwas weniger unangenehm. Es würde anschließend keinen wütenden Ehemann geben – möglicherweise allerdings einen Vater oder Bruder. Daran ließ sich nichts ändern. Evan war fest entschlossen, sich auf jeden Fall wie ein Gentleman zu verhalten.

Sicher spürte sie die Kälte ebenso wie er, und er hatte die einzige Decke. Einladend öffnete er das Plaid.

„Miss MacConn, … verstehen Sie mich nicht falsch, … wollen Sie sich nicht zu mir setzen und sich wärmen?“

Sie rieb sich die Arme. „Nicht nötig.“ Ihr Atem gefror in der Luft.

„Seien Sie nicht närrisch, Mädchen. Kommen Sie, wärmen Sie sich, bevor Sie erfrieren“, forderte Evan sie ein wenig streng auf.

Er hatte nicht viel Geduld mit weiblicher Zurückhaltung, wo sie nicht angebracht war. Ganz gewiss war er nicht der böse Wolf, und er konnte auch keine selbst erwählten Märtyrer leiden, die für das Wohlergehen anderer aufopfernd litten. Soweit er das Mädchen bislang kennen gelernt hatte, hielt er sie für vernünftig und praktisch und nicht für ein Opfer von Konventionen.

„Miss MacConn, es ist absurd, wenn ich hier unter der warmen Decke sitze, während Sie vor Kälte zittern.“

Zögernd betrachtete sie ihn. Die Decke schien verlockend.

3. KAPITEL

Ich bin ein anständiges Mädchen." Ihre Zähne schlugen vor Kälte aufeinander.

„Und ich ein anständiger Mann." Er setzte sich auf und lehnte sich gegen die feuchte Wand. Durch die Ritzen zog der Wind. „Daher kann ich nicht mit ansehen, wie Sie frieren, während ich hier im Warmen liege. Sie haben mir bestimmt das Leben gerettet, Miss MacConn. Ich stehe daher in Ihrer Schuld."

„Ich konnte Sie doch dort nicht liegen lassen. Sie schulden mir gar nichts, Sir."

„Oh, doch! Wir können ja abwechselnd die Decke benutzen, wenn Ihnen das lieber ist. Ich passe auf das Feuer auf, rühre das Gebräu in dem Kessel, währenddessen wickeln Sie sich in die Decke ein, damit Ihnen wieder warm wird."

Vorsichtig stand er auf und musste sich dabei mit einer Hand an der Wand festhalten, weil sich in seinem Kopf alles drehte und ihm jeder Muskel weh tat.

„Sir, Sie sollen nicht ..." Rasch eilte sie herbei, stützte ihn, indem sie eine Hand um seine Hüfte legte und ihre Schulter unter seine Achsel schob.

Dankbar nahm er ihre Hilfe an, weigerte sich allerdings entschieden, sich wieder hinzulegen, obwohl sie ihn niederdrücken wollte. Hartnäckig bestand sie darauf, er solle sich zumindest auf die Bank neben dem Feuer setzen. Die war zwar sehr wacklig, hielt jedoch sein Gewicht, wenn er sich gegen die Wand lehnte.

„Sie sollten sich nicht so viel bewegen", riet Catriona, die nun wieder vor dem Feuer kniete und weiter in der kochenden Suppe rührte. „Zwar scheint nichts gebrochen zu sein, ich bin jedoch besorgt wegen Ihrer Kopfverletzung. Außerdem weiß ich nicht, wie lange Sie bereits in der Kälte gelegen haben."

„Ach, es geht schon wieder", log er, obwohl er sich hundsmiserabel fühlte. Immerhin war er robust und zäh und vor allem nicht wehleidig. „Die Schramme wird schon wieder heilen“, versuchte er sie zu beruhigen. „Verraten Sie mir lieber, wie ich hierhergekommen bin?“

Sie hockte sich vor ihn und schaute ihn an. „Ich habe Sie am alten Viehtreiberweg gefunden, das ist der Pfad, der über den Berg führt, den wir Beinn Sìtheach nennen. Die amtliche Bezeichnung für den Feenberg ist Beinn Shee. Er ist nur etwas niedriger als der Beinn Alligin, der höchste Berg in dieser Gegend.“

Evan nickte. „Ich war auf dem Beinn Shee, allerdings noch nie auf dem Gipfel.“ Er bewegte sich und stöhnte.

„Das war noch niemand“, erwiderte sie leise. „Können Sie sich erinnern, wie Sie abgestürzt sind?“

„Ja. Ich bin mit einem Freund frühmorgens aufgebrochen. Obwohl es nebelig war, dachten wir, es würde aufklaren. Beim Aufstieg blies der Sturm von Nordwest, brachte erst Regen und dann Eisregen. Im Nebel habe ich den Freund verloren, vermutlich hat er irgendwann kehrtgemacht. Ich hoffe inständig, er ist nicht auch abgestürzt.“

„Unten auf dem alten Viehweg sah ich einen Mann, der die Talsohle durchquerte“, erwiderte sie nachdenklich. „Der Nebel hatte sich gerade etwas verzogen, sodass ich ins Tal sehen konnte. Der Mann war sportlich gekleidet mit Jacke, Knickerbocker und Hut, hatte einen Rucksack auf dem Rücken, aber kein Gewehr bei sich. Seltsam, habe ich noch gedacht, ein Gentleman, der bei so einem Wetter ganz allein eine Wanderung unternimmt.“

„Das könnte Fitzgibbon gewesen sein.“ Evan war erleichtert, dass sein Freund Arthur vermutlich den Rückweg gefunden hatte. „Ich konnte nicht gefahrlos absteigen, deshalb bin ich weiter nach oben geklettert“, erklärte er und erzählte ihr alles, woran er sich erinnerte. „Es war wie ein Alptraum“, endete er und fasste sich dabei vorsichtig an die Stirn. „Ich bin ziemlich hart auf einen Felsvorsprung aufgeschlagen. Von dort wollte ich zu einem etwas sichereren Platz kriechen. Ich erinnere mich vage, dass ich dabei wohl weiter abgestürzt bin."

„Ich fand Sie neben dem Pfad. Dort lagen Sie bewusstlos, mit einer blutenden Kopfwunde und halb erfroren. Ich wusste, diese Schutzhütte war nicht weit vom alten Viehweg entfernt, und so brachte ich Sie her."

„Dafür werde ich Ihnen ewig dankbar sein, Miss MacConn. Doch wie haben Sie das nur fertig gebracht?" Er beugte sich interessiert vor. „Ich kann mich gar nicht daran erinnern, gelaufen zu sein."

„Ich habe Sie gezogen."

„Oh Gott! Bei meiner Größe? Das muss ja eine Herkulesarbeit gewesen sein. Wie kann ich Ihnen nur danken?"

„Nun, ich bin ja auch nicht gerade klein. Außerdem konnte ich Sie wohl kaum dort liegen lassen und Hilfe holen."

Sie stand auf. „Sir, es ist kalt hier drin. Sie müssen sich zudecken und warm halten."

Gewiss, ihm war eiskalt, jedoch war nicht zu übersehen, dass auch sie fror. Sie rieb sich die Arme, während sie auf- und abging, und ihre Nasenspitze war zartrosa. Evan zeigte auf das Plaid.

„Ich bestehe darauf, dass Sie jetzt die Decke nehmen. Bitte, Miss MacConn."

Er erhob sich von der Bank und setzte sich auf den Boden vor dem offenen Feuer, wobei er versuchte, ihr nicht zu zeigen, welche Anstrengung jede Bewegung ihn kostete. Dann nahm er ihr den Löffel aus der Hand und tauchte ihn in den Kessel.

„Vorsicht, das ist heiß", warnte sie.

Statt darauf zu antworten, zeigte er auf das Plaid. Sie kroch in den Kokon, den er verlassen hatte, und zog sich die Decke bis zum Kinn.

„Wickeln Sie auch Ihre Füße ein", befahl er.

Sie lächelte über den rauen Ton.

Ein wenig erstaunt über sich selbst, musste auch er schmunzeln. Eigentlich war er gegenüber fremden Frauen eher reserviert, in Gesellschaft dieser Unbekannten fühlte er sich dagegen vollkommen gelöst. Er probierte einen Löffel von der Suppe. „Gut! Schmeckt wie Hafergrütze, nur nicht süß."

„Ich habe Haferplätzchen, geschmolzenen Schnee und Whisky genommen", erklärte Catriona. „Ein Päckchen Haferplätzchen trage ich bei Bergwanderungen immer bei mir. Und die Flasche Whisky fand ich in Ihrem Rucksack. Ich hoffe, Sie sind mir nicht böse, weil ich ihn durchsucht habe."

„Selbstverständlich nicht, Miss MacConn."

Jetzt erst wurde ihm richtig bewusst, dass sie ihm das Leben gerettet hatte. Daher verdiente sie weitaus mehr als nur den Inhalt seines Rucksacks. Ohne mit der Wimper zu zucken würde er ihr sein Vermögen, sein Gut, ja sogar sich selbst anbieten, wenn sie etwas brauchte. Wäre sie nicht vorbeigekommen und hätte nicht so viel Mitgefühl, Mut und Entschlossenheit gezeigt, wäre er mit Sicherheit erfroren.

Plötzlich empfand er starke Zuneigung zu ihr und hatte das Gefühl, sie schon lange zu kennen. Ein starkes Band schien ihn zu ihr hinzuziehen. Seltsam, das entsprach so gar nicht seinem Temperament. Nun ja, bislang hatte ihm auch noch nie jemand das Leben gerettet. War es da nicht ganz natürlich, wenn ihm diese fremde Frau sympathisch war?

„Ein paar Haferplätzchen habe ich noch in der Tasche", erklärte sie. „Das sind dann aber unsere letzten Vorräte."

Evan war wie ausgehungert, dennoch wollte er nur seinen Anteil essen und reichte ihr den Löffel. Daraufhin schüttelte sie den Kopf.

„Im Moment habe ich keinen Hunger."

Ängstlich schaute sie sich um. Der Wind drückte gegen die Tür, die in den ausgeleierten Angeln hin und her schwang. Schnee wehte durch die Ritzen in den Wänden, durch das

Loch im Dach und durchnässte den Boden.

„Keine Angst, der Wind wird bald aufhören. Dann können wir weitergehen. Bis ins Tal kann es ja nicht allzu weit sein, oder?“

Sie setzte sich auf, lehnte sich gegen die Wand und zog sich das Plaid wieder bis zum Kinn.

„Der Viehweg führt über den Berg, nicht auf dem direkten Weg ins Tal. Es sind über fünf Kilometer bis zur Talsohle und von dort aus noch einmal ein bis zwei Kilometer bis zum Haus meines Vaters. Bei diesem Wetter ist die Strecke holprig und gefährlich. Wegen Ihrer Kopfverletzung sollten Sie sich außerdem auch noch nicht so sehr anstrengen. Gott sei Dank haben Sie sich nichts gebrochen. Doch die Prellungen, die Sie am ganzen Körper haben, sind bestimmt auch ziemlich schmerzhaft.“

Erstaunt sah er sie an.

„Naja“, gestand sie errötend, „ich habe Sie daraufhin untersucht.“

Evan schmunzelte. „Gut, dass Sie das getan haben“, versuchte er ihr die Verlegenheit zu nehmen. „Wenn das Wetter aufklart, kann ich bestimmt mit hinuntergehen. So wie es im Moment aussieht, müssen wir diese Nacht hier verbringen, Miss MacConn. Ich hoffe, das ist nicht allzu unangenehm für Sie.“

„Haben wir eine andere Wahl?“, fragte sie betont couragiert. „Wir werden es überstehen. Wir haben ein Feuer, etwas zu essen und … eine Decke.“ Sie schwieg nachdenklich. „Vielleicht sucht Ihr Freund ja nach Ihnen“, meinte sie nach einer Weile.

„Fitz? Wohl kaum. Er ist ein guter Kerl, allerdings neigt er dazu, sich nur um sich selbst zu kümmern. Außerdem wird der Sturm jeden davon abhalten, nach uns zu suchen. Wird sich Ihre Familie keine Sorgen machen?“

„Ja, mein Vater und mein Bruder werden sehr besorgt sein.

Mein … ältester Bruder ist vor vielen Jahren bei ähnlichen Wetterbedingungen umgekommen“, erklärte sie leise. „Er wollte den Beinn Shee besteigen, dabei ist er abgestürzt. Man hat ihn nicht rechtzeitig gefunden.“

„Oh, mein Gott! Wie schrecklich für Ihre Familie.“ Tief berührt legte Evan den Löffel zur Seite. Sein Blick war voller Mitgefühl.

„Meine Eltern hatten sechs Kinder. Donald war der Älteste. Für meinen Vater … war es ein schwerer Schlag. Bei der Suche hat er sich selbst auch schwer verletzt … und sich seitdem sehr verändert. Er ist hart und unnachgiebig geworden, findet nur Trost in seinem Glauben.“ Sie schüttelte den Kopf. „Sicher, sie werden sehr besorgt sein und ganz bestimmt nach mir suchen, sobald es das Wetter zulässt.“

„Ach, ich denke, wir sind morgen früh bestimmt schon im Tal, bevor sie überhaupt zur Suche aufbrechen. Wenn Sie möchten, muss niemand von unserem gemeinsamen Abenteuer hier erfahren. Wir müssen ja nicht zusammen unten ankommen“, bot er ihr ganz spontan an.

Sie nickte nachdenklich.

Der Wind heulte, eisige Sturmböen rüttelten an den Wänden. Besorgt sah Catriona sich um.

„Die Schutzhütte steht schon lange hier. Früher haben die Schäfer und ihre Familien noch ihr Vieh auf den Sommerweiden am Berg grasen lassen und sie genutzt. Seit Jahrzehnten war wohl niemand mehr hier.“

Evan rückte etwas näher an sie heran, lehnte sich mit dem Rücken gegen die Wand und schaute sich um. „Die größten Ritzen in der Wand und das Loch im Dach könnten wir zustopfen“, schlug er vor. „Ich könnte versuchen, einen Holzpflock zwischen die Dachsparren zu schieben.“

Catriona rieb sich wieder die Arme. „Ich wusste, es würde regnen. Schneeschauer sind zwar im Herbst durchaus nicht selten, sie lassen sich nur immer schwer voraussagen. Bis morgen früh könnten die Temperaturen noch tiefer fallen, und es könnte noch mehr schneien. Wenn das der Fall ist, könnten wir hier für einige Tage festsitzen."

„Ach, so schlimm wird es schon nicht werden", beruhigte er sie.

Ungläubig wandte Catriona ihm ihren Blick zu. Sie war stark und praktisch und stammte aus einer bodenständigen Hochlandfamilie.

Evan war davon überzeugt, sie würde nicht nur die Ruhe bewahren, sondern auch ein verlässlicher Partner sein, wenn dieses Abenteuer zur wirklichen Gefahr für Leib und Leben werden sollte.

„Ich hoffe, Sie behalten recht, Mr. … Oh, ich weiß gar nicht, wie Sie heißen?"

„Mackenzie. Evan Mackenzie."

Evan streckte ihr die Hand hin und spürte die kurze Berührung ihrer Finger am ganzen Körper. Was ist das Besondere an dieser Catriona MacConn, das meine Sinne verwirrt, überlegte er erstaunt.

Selten stellte er sich mit seinen Titeln vor. Die adelige Herkunft war ihm peinlich, und insbesondere bei seiner Arbeit als Brückenbauingenieur hielt er sie für hinderlich. Da er mit seinem Vater zerstritten gewesen war und nicht auf eine eventuelle Erbschaft spekulierte, hatte er seinen Lebensunterhalt selbst verdient und in seinem Beruf einen guten Ruf erlangt. Sogar nachdem er das Erbe seines Vaters angetreten hatte, nutzte er eher den Namen Mackenzie, den Titel Lord Kildonan dagegen fast nur bei formellen Anlässen. Sein guter Ruf? Nun ja, der hatte vor zwei Jahren ziemlich gelitten. Doch nicht nur das machte ihm ziemlich zu schaffen, auch wollte er hier im Glen Shee nicht am Verhalten seines Vaters gemessen werden.

„Mr. Mackenzie."

Sie lächelte höflich. Die Grübchen in den Wangen, die Natürlichkeit, mit der sie ihm in die Augen blickte, verzauberten Evan aufs Neue.

„Es leben viele Mackenzies in dieser Gegend. Haben Sie Verwandte hier?"

„Möglich", wich er aus. „Ich selbst halte mich für einen Tiefländer, obwohl mein Vater aus dieser Region stammt und meine Mutter in Inverness geboren ist."

Dass er in seiner Kindheit eine Weile im Glen Shee gelebt hatte, wollte er nicht erwähnen. Die Erinnerungen an diese Zeit waren ihm zu kostbar, um sie mit anderen zu teilen. Außerdem wollte er weder über seinen verstorbenen Vater noch seine gegenwärtige Situation reden. Noch dazu ahnte er insgeheim, Catriona MacConn würde über seine wahre Identität bestimmt nicht erfreut sein. Die Freundschaft, die notwendig war, um diese Nacht zu überstehen, wollte er auf keinen Fall zerstören.

„Na ja, auch wenn Sie nicht hier aufgewachsen sind, zumindest der Herkunft nach sind Sie ein Highlander", meinte sie. „Die Mackenzies sind seit Generationen die Lords auf dem Kildonan Castle und dem Gut Kildonan im Glen Shee. Seit fast zwanzig Jahren besitzen sie auch den Titel Earl."

„Ja, davon habe ich gehört."

„Kennen Sie vielleicht den gegenwärtigen Lord Kildonan, oder kannten Sie seinen Vater, den verstorbenen Earl?"

„Ich ... ich habe von ihnen gehört."

Er drehte sich um und rührte wieder in der Suppe. Erst wenn sie wieder im Tal waren, wollte er ihr erzählen, wer er wirklich war.

„Um ehrlich zu sein, Mr. Mackenzie, der alte Earl war ein schrecklicher Mensch. Entschuldigen Sie, wenn ich so über einen Ihrer Verwandten rede. Es tut mir leid, wie der Mann starb – während er auf Rotwildpirsch war, löste sich aus seinem eigenen Gewehr ein tödlicher Schuss. Das ist wirklich kein schöner Tod für einen Mann, wirklich getrauert hat hier trotzdem niemand um ihn."

„Aha", sagte Evan äußerlich unbewegt, obwohl der Verlust des Vaters ihn erneut berührte, da zwischen ihnen so viele Dinge ungelöst geblieben waren.

„Ich kenne den neuen Earl nicht, trotzdem glaube ich, im Vergleich zu seinem Vater ist er auch nicht viel besser. Der starb bereits vor Monaten und bislang hielt der Sohn es noch nicht für nötig, in den Norden zu kommen."

Evan war beinahe versucht, ihr zu sagen, dass er während dieser Monate bei einem Leuchtturmprojekt an einem Riff im Meer gearbeitet hatte. Sein Vater war lange beerdigt, bevor ihn die Nachricht vom Tod erreichte. Catriona MacConns Verachtung für die Earls of Kildonan war nicht zu überhören, daher verbarg Evan seine wahre Identität lieber. In Anbetracht der Schandtaten seines Vaters glaubte er nicht an einen freundlichen Empfang im Glen Shee für den neuen Earl of Kildonan.

„Kannten Sie den verstorbenen Earl, Miss MacConn?"

Catriona schüttelte den Kopf.

Es war nicht zu übersehen, wie sie vor Kälte zitterte, obwohl sie es zu verbergen suchte und Kopf und Schultern fest gegen die Wand drückte. Auch Evan, der nahe am Feuer saß, fror. Die Eiseskälte drang durch alle Ritzen und Löcher.

„Persönlich kannte ich ihn nicht. Dadurch, dass er die Leute vertrieb, um mit riesigen Schafherden sein Vermögen zu vergrößern, hat er viel Ärger und Kummer in unser Tal gebracht. Hingegen soll er wirklich immens reich geworden sein. Nun heißt es, der neue Earl plane, das meiste Land zu verkaufen und sich selbst nicht um die Leitung des Gutes zu kümmern."

Sie hob mit einer Bewegung ihr Kinn, in der Evan Stolz und innere Verletzung zu erkennen glaubte. Sie liebt dieses Land über alles; genau wie ich, obwohl mein Verhalten als Earl dies nicht beweist, dachte er.

Catriona und die übrigen Bewohner vom Glen Shee konnten nicht wissen, dass dem neuen Earl keine Wahl blieb. Evan musste Land verkaufen, Schloss und Jagdgründe verpachten, um an dringend benötigtes Kapital zu kommen. Schafzucht war durchaus lukrativ, allerdings hatte sein Vater ein aufwendiges Leben geführt, beträchtliche Schulden hinterlassen, und der neue Earl hatte darüber hinaus seine eigenen Verpflichtungen.

Nach dem Einsturz der Brücke, bei dem drei seiner Männer ums Leben gekommen waren, sorgte Evan für den Unterhalt von drei Witwen und insgesamt elf Halbwaisen. Jede Familie bekam ein bescheidenes Jahreseinkommen, trotzdem fühlte sich Evan verpflichtet, allen Kindern eine ordentliche Ausbildung zu ermöglichen. Sein Einkommen als Ingenieur reichte aus, um diese Ausgaben zu decken, doch die Schulden seines Vaters zwangen ihn, einen Teil von Kildonan zu veräußern.

Obwohl eine Untersuchungskommission Evan von jeglicher Schuld an der Tragödie freigesprochen hatte, fühlte er sich verantwortlich. Die Erinnerung an diesen Tag ließ ihn nicht los, würde ihn wahrscheinlich sein Leben lang verfolgen. Er konnte viel Geld spenden und Sorge tragen für das Wohlergehen der Familien, die drei exzellenten Männer konnte er trotzdem niemals ersetzen. Und er fragte sich immer noch, ob er sie nicht doch hätte retten können.

„Wenn der Earl das Gut umstrukturieren will, dann hat er vielleicht seine Gründe. Haben Sie eigentlich immer in diesem Tal gelebt, Miss MacConn?“, versuchte er sie vorsichtig abzulenken.

„Ja. Und ich beobachtete, wie die Leute damals vertrieben wurden. Nie werde ich dieses Bild vergessen“, sagte sie leise.

Auch Evan hatte den langen Treck der Leute gesehen, die das Tal verlassen mussten.

„Und Ihre Familie ist geblieben?“

„Mein Vater ist der Pfarrer der Gemeinde. Es sind allerdings kaum noch Mitglieder da. Es handelt sich um die Freikirche, nicht die Staatskirche."

Evan wusste, die Freikirche folgte einem strengen Dogma. Sie hatte sich vor einigen Jahren von der eher moderaten schottischen Staatskirche abgespalten.

„Ich verstehe, Miss MacConn. Und was macht Sie so sicher, dass der neue Earl of Kildonan sich ebenso verhalten wird wie sein Vater?"

„Weil mein Bruder sein Verwalter ist, Mr. Mackenzie. Und Finlay hat mir erzählt, der neue Earl vernachlässige seinen Besitz, lasse seinen Verwalter schalten und walten, Land und Leute seien ihm egal. Er interessiere sich ausschließlich für den Gewinn, den die Wolle bringt!" Ihre blaugrauen Augen sprühten fast vor Wut.

Oh Gott, Finlay MacConn. Irritiert fuhr sich Evan durchs Haar. Nur dem Namen nach kannte er seinen Verwalter. Evans Schwester, Lady Jean Gray, besuchte Kildonan regelmäßig und verhandelte mit dem jungen MacConn. Er war der Assistent des alten Verwalters gewesen und hatte nach Grants Tod dessen Posten übernommen – kurz bevor auch Evans Vater gestorben war.

Eine wahrlich kompromittierende Situation, hier mit der Schwester des eigenen Verwalters, der Tochter des Pfarrers vom Glenn Shee, die Nacht zu verbringen. Je mehr Evan darüber nachdachte, desto klüger empfand er die Entscheidung, seine wahre Identität zu verschweigen, bis die Gefahr überstanden war. Wenn Catriona erfuhr, wer er war, wollte sie vielleicht nicht bleiben. Seinetwegen sollte sie nicht, so wie jetzt, zitternd in der Ecke sitzen oder vielleicht sogar ganz nach draußen laufen. Es war besser, weiterhin zurückhaltend zu bleiben. Später, in anderer Umgebung, konnten sie vielleicht sogar gemeinsam über diese Situation lachen.

„Vernachlässigt?", fragte Evan unvermittelt, nachdem er

lange nachgedacht hatte. „Er vernachlässigt seinen Besitz?"

So hatte Evan sein Verhalten wirklich nicht gesehen. Während er auf einer Insel der Hebriden arbeitete, war sein Vater gestorben. Seither hatte er noch keine Zeit gehabt, ins Hochland zu fahren. Seine Schwester und sein Schwager verbrachten ihre Ferien gerne und regelmäßig auf Kildonan, und deshalb hatte Evan es auch ihnen überlassen, sich um das Gut zu kümmern. Jean und Harry hatten ihm berichtet, der junge Verwalter sei ein kompetenter und zuverlässiger Mann.

„Nichts hat er getan, alles seiner Schwester überlassen, sagt mein Bruder", fuhr Catriona aufgebracht fort. „Ist er nach dem Tod seines Vaters gekommen, um die Pächter kennen zu lernen? Will er das, was der alte Earl den Menschen hier angetan hat, wieder gutmachen? Er könnte die Leute, die aus dem Glen Shee vertrieben wurden, hier wieder ansiedeln. Er könnte die Hochländer bitten, seine riesigen Schafherden zu hüten. Nichts dergleichen hat er getan!" Verärgert verschränkte sie die Arme vor der Brust. „Nichts, Mr. Mackenzie. Das ist sehr, sehr traurig."

„Hm." Evan war etwas irritiert. „Ganz gewiss ist es das. Ich verstehe, Sie können den Eindruck haben …"

„Eindruck? Er führt das Vermächtnis seines Vaters fort. Er erfreut sich am Gewinn, den die Schafe bringen. Er nimmt Geld von Besuchern und Freizeitbergsteigern dafür, dass sie das Tal besuchen dürfen."

Vermietung an Reisende war die Idee seines Vaters gewesen und hatte sich zu einem gewinnbringenden Geschäft entwickelt. Evan und seine Schwester hatten sogar schon überlegt, ob sie nicht ein Gasthaus oder ein Hotel bauen sollten.

Evan schüttelte den Kopf und schaute betreten zur Seite. Offensichtlich gab es für ihn noch eine Menge zu lernen über Glen Shee.

Catriona setzte sich plötzlich auf, sah ihn durchdringend an. „Oh, mein Gott! Mr. Mackenzie! Oh je, Sie sind …"

Sie hatte es also schon herausgefunden. Folglich musste er die Konsequenzen tragen.

„Ich bin wer, Miss MacConn?“

„Gehören Sie etwa zu den Leuten, die für Bergsteigerferien auf Lord Kildonans Land zahlen?“

„Nein, Miss MacConn“, sagte er erleichtert. „Ich kann Ihnen versichern, ich habe für dieses Privileg nichts gezahlt.“

4. KAPITEL

Zufrieden sah sich Catriona um. Die offenen Spalten in der Trockensteinmauer hatten sie mit dem Reet des eingefallenen Dachs zugestopft. Nun zog es nicht mehr durch alle Ritzen, jedoch war es immer noch kalt und feucht in der Hütte. Und der Schneeregen drang weiterhin durch das Loch im Dach, obgleich Evan die Holzbank auseinander genommen hatte und nun versuchte, das Dach damit zu reparieren.

„Seien Sie vorsichtig, Mr. Mackenzie." Catriona war beunruhigt, weil sie hörte, wie er stöhnte.

„Es ... geht ... schon." Mit aller Kraft schob er die Latte in die richtige Position, was nicht ganz einfach war, weil er über Kopf arbeiten musste. Eilig kam Catriona ihm zu Hilfe. Während sie das eine Ende des Brettes hielt, befestigte er das andere zwischen den Dachsparren. Mackenzie warf ihr einen dankbaren Blick zu.

„Ich hatte immer schon eine Vorliebe für große Mädchen. Jetzt weiß ich, warum", neckte er sie.

Catriona empfand es als Kompliment und errötete.

Verstohlen musterte sie ihn, bewunderte seine elegante Figur, seine Vitalität, beobachtete das Spiel der Muskeln unter dem Hemd. Er hatte die Jacke ausgezogen und arbeitete in Hemdsärmeln und Weste. Ihre Wangen wurden glühend rot, weil sie sich erinnerte, wie sie zuvor über die glatte Haut und die festen Muskeln gestrichen und überlegt hatte, wie es wohl sein mochte, in diesen kräftigen Armen zu liegen. Solche Gedanken hegte sie sehr selten, und auch jetzt fand sie es sehr irritierend, dass diese Fantasien an diesem Abend immer wiederkehrten.

„So!" Evan trat einen Schritt zurück und begutachtete die provisorische Reparatur. „Es wird schon ein wenig wärmer."

„Zumindest zieht es weniger. Und nun setzen Sie sich. Sie

dürfen sich nicht überanstrengen, Mr. Mackenzie. Wer weiß, wie schwer Ihre Kopfverletzung ist. Wenn wir im Tal sind, müssen Sie auf jeden Fall den Doktor aufsuchen."

Überrascht schaute er auf. „Wie? Gibt es im Glen Shee einen Arzt?"

„Nun ja, fast. Mr. Grant ist der Lord of Kilmallie. Das Gut liegt am anderen Ende des Tals. Er hat Medizin studiert, konnte das Studium allerdings nicht abschließen. Nach dem Tod seines Vaters – er war der alte Verwalter des verstorbenen Earls – musste der Sohn hierher zurückkommen. Für unsere Belange ist Mr. Grant ein kompetenter Arzt, und Sie sollten ihn wirklich aufsuchen. Haben Sie ein Zimmer bei Mrs. MacAuley, im Torridon Inn, dem einzigen Gasthof im Tal? Oder wohnen Sie bei Freunden?"

„Je nachdem, wie ich mich morgen fühle, werde ich Mr. Grant aufsuchen", vermied Evan eine direkte Antwort auf die Frage nach seiner Bleibe im Tal. „So, das wird nun halten."

„Ja, es wird schon wärmer."

„Sehr höflich, Miss MacConn. Ich finde, es ist immer noch bitterkalt hier drinnen." Abschätzend guckte er durch den kleinen Raum. „Wo sollen wir schlafen? Entschuldigen Sie die direkte Frage. Es ist schon spät und irgendwo hier müssen wir unser Lager aufschlagen."

„Die Lager", korrigierte sie ihn streng. „Sie nehmen die Decke, und ich borge mir Ihre Jacke, wenn Sie nichts dagegen haben."

„Sie nehmen die Decke."

Wie eine gestrenge Krankenschwester verschränkte sie die Arme vor der Brust.

„Ihre Kopfverletzung macht mir Sorgen. Sie brauchen einen komfortablen Schlafplatz. Daher keine Widerrede, Mr. Mackenzie."

„Vielleicht sollten wir uns die Decke teilen."

Er kniete auf den Boden, breitete das Plaid aus und forderte Catriona mit den Augen auf, zu ihm zu kommen.

„Bitte, Miss MacConn."

Sie starrte ihn empört an.

„Sie meinen wohl kaum, wir sollen dort zusammen schlafen."

„Warum denn nicht? So können wir uns gegenseitig wärmen."

Er blickte sie streng an.

„Miss MacConn, glauben Sie mir, das ist die einzige Möglichkeit, diese eiskalte Nacht zu überstehen."

„Uns gegenseitig wärmen? Und Ihnen habe ich vertraut!", empörte sie sich, obwohl sie eigentlich keine Angst hatte, sondern nur eine unerklärliche innere Erregung empfand.

„Ich verspreche, Sie können mir vertrauen."

„Ich bin nicht ... ich kann nicht", stotterte sie verlegen.

Evan seufzte. „Ich habe es nicht auf Ihre Tugend abgesehen, Miss MacConn. Unsere Lage ist ernst. Entweder wir schützen uns gegenseitig vor der Eiseskälte, oder wir befolgen die Regeln des Anstands, leiden und gefährden unsere Gesundheit. Was ziehen Sie vor?"

„So schlimm wird es schon nicht werden."

„Ich liebe die Herausforderung, Miss MacConn. Allerdings kann die Nacht in diesem Eiskeller sehr gefährlich werden."

Erbost wandte sie sich ihm zu.

„Zum Überleben braucht man Ideen, Mut und Entschlossenheit, Miss MacConn. Es ist offensichtlich, was wir tun müssen, um hier zu überleben. Die Frage ist nur, wie wir das mit unseren gesellschaftlichen Normen vereinbaren können."

„Über...leben?"

„Wenn die Temperatur weiter sinkt und wir ungeschützt einschlafen, dann könnten wir erfrieren. Wissen Sie das nicht?"

„Für ... so ernst hielt ich die Situation nicht."

„Wahrscheinlich wird es auch nicht so schlimm. Dennoch können wir uns nicht sicher sein", meinte er und klopfte dabei auf die Decke. „Vermutlich besitzen manche Frauen mehr Anstand als gesunden Menschenverstand."

„So anständig bin ich gar nicht. Ach nein, ich wollte sagen, ich besitze gesunden Menschenverstand", verbesserte sie sich hastig.

Evan unterdrückte ein Lächeln.

„Und ich hätte nicht weniger Hochachtung vor Ihnen, wenn wir nebeneinanderlägen und uns gegenseitig wärmten."

Misstrauisch drehte sie ihm ihr Gesicht zu. Eigentlich hat er recht, dachte sie. Körperliche Nähe würde sie beide warm halten. Mr. Mackenzie erschien ihr integer und vertrauenswürdig. Er war nicht der Mann, der in dieser außergewöhnlichen Lage seinen Vorteil suchte. Andererseits wollte sie sich keinesfalls in eine kompromittierende Situation begeben.

„Wir werden uns abwechseln", entschied sie schließlich. „Ich werde am Feuer sitzen bleiben und aufpassen, damit es nicht ausgeht, während Sie in die Decke gehüllt schlafen. Später können wir dann die Plätze tauschen."

„Mein Gott, was sind Sie schwierig", seufzte Evan, drehte sich um und legte sich auf die Decke.

Catriona setzte sich an die Herdstelle und stocherte mit dem Schürhaken im Feuer. Der Torf war bröselig, qualmte und verräucherte die Hütte. Die Suppe köchelte im Kessel leise vor sich hin, wurde immer dicker und brauchte bald Wasser, damit sie nicht anbrannte. Catriona überlegte, ob sie aus dem kleinen Bach, der etwas abseits der Schutzhütte plätscherte, Trinkwasser holen könnte.

Mackenzie atmete ruhig und gleichmäßig, er war schnell eingeschlafen.

Sie war froh darüber, denn er hatte überall am Köper schmerzhafte Prellungen und brauchte den Schlaf dringend. Dennoch beschloss sie, ihn später aufzuwecken, um sicherzugehen, dass die Kopfverletzung ihm nicht das Bewusstsein genommen hatte.

Zitternd stocherte sie im Feuer und überlegte, dass der frühe Kälteeinbruch mit eisigem Sturm und Schneeregen für den Oktober ungewöhnlich war.

Sobald Mackenzie begann, leise zu schnarchen, stand sie auf und schlüpfte schnell durch die Türe ins Freie. Die Holzschüssel, die sie in der Hütte gefunden hatte, füllte sie mit Schnee. Dann ging sie schnell wieder hinein, goss das Eiswasser in die dick gewordene Suppe, rührte ein paar Mal um und trank ein wenig von der heißen Brühe, um ihren ärgsten Hunger zu stillen.

Danach legte sie sich neben das Feuer auf den eiskalten Boden. Die schwache Glut gab wenig Wärme an die Umgebung ab. Wie ein Kätzchen rollte sie sich zusammen, bedeckte sich mit Mackenzies Jacke und zog Beine und Füße so weit wie möglich unter Rock und Petticoat.

Mackenzie lag in Reichweite. Plötzlich wünschte sie, zu ihm unter die Decke schlüpfen zu können ..., natürlich nur, um wieder warm zu werden. Trotzdem blieb sie vor dem Herd liegen und zitterte.

Mitten in der Nacht wachte er auf, das Feuer war fast heruntergebrannt und in dem kleinen Raum war es eiskalt. Das Mädchen lag zusammengerollt neben der Feuerstelle und schlief offensichtlich.

Er wickelte sich aus der Decke und stöhnte leise. Alle Glieder schmerzten, während er aufstand. Leise ging er nach draußen, um einem dringenden Bedürfnis nachzukommen. Rings um die kleine Hütte lag Schnee, und es schneite immer noch.

Zurück in dem kleinen Raum, kniete er neben dem Mädchen. Sie zitterte selbst im Schlaf vor Kälte. Er berührte sie leicht an der Schulter. „Miss MacConn?“

Erschrocken fuhr Catriona hoch. „Hm?“, flüsterte sie mit so rauer Stimme, dass Mackenzie sofort befürchtete, sie könnte sich erkältet haben. Er fasste einen Entschluss.

„Miss MacConn, kennen Sie den alten Brauch des ‚angekleidet im gleichen Bett liegen'?"

Sie blickte erstaunt zu ihm auf.

„Ja, in dieser Gegend wird er immer noch praktiziert."

„Na, dann haben Sie es sicher mit Ihrem Freund auch schon einmal ausprobiert."

Catriona setzte sich auf.

„Freund? Mir hat noch nie jemand den Hof gemacht."

„Das kann ich kaum glauben."

Sie zuckte mit den Schultern.

„Ich bin das unscheinbare Mädchen."

„Was? Sie sind alles andere als unscheinbar."

Sie lachte – leise, melodisch und völlig unerwartet.

Auf ihrer Wange entdeckte er ein kleines Grübchen.

„Nein, Mr. Mackenzie. Das ist auch ein Brauch in einigen Gegenden des Hochlands. Ich bin die Jüngste von meinen Geschwistern, deshalb werde ich die Unscheinbare genannt. Sie bleibt im Haus, heiratet nicht, führt den alternden Eltern den Haushalt.

„Ach so? Und da haben Sie zugestimmt?"

„Nicht wirklich. Es ergab sich so, dass dies mein Platz in der Familie wurde. Meine Mutter starb schon vor Jahren, meine älteren Schwestern heirateten und haben alle das Tal verlassen. Einer meiner Brüder hat sein Glück außerhalb Schottlands gesucht. Ich blieb in Glenachan und sorgte für meinen Vater und meinen Bruder Finlay."

Sie sah ihm in die Augen, und Evan glaubte, ein wenig Trotz in ihrem Blick zu erkennen. Gleichwohl wunderte er sich, wie selbstverständlich sie ihr Schicksal angenommen hatte.

„Deshalb hat niemand um meine Hand angehalten, und deshalb habe ich auch nie ‚angekleidet mit einem Freier im Bett gelegen'. Ganz abgesehen davon gibt es auch nicht mehr viele junge Männer in unserem Tal."

„Wegen der Vertreibung?"

„Ja, wegen des habgierigen Earl of Kildonan."

Evan atmete tief durch.

„Ich verstehe. Die Unscheinbaren heiraten demnach nie."

Sie legte ein paar Torfstücke auf die Glut, die Rauch produzierten, jedoch nicht richtig aufflackerten.

„Manchmal schon, nachdem die Eltern verstorben sind. Meistens ist es dann zu spät. Dann sind die Mädchen alte Jungfern, zu alt, um Kinder gebären zu können."

„Ich denke, Sie werden Verehrer haben, wie lange sie auch immer auf Sie warten müssen."

„Danke für das Kompliment. Dennoch besteht wohl kein Zweifel, dass ich wirklich unscheinbar bin, wenn man mich sogar ... Catriona Mhòr nennt."

„Catriona, die Große?" Er verstand noch etwas Gälisch.

Sie nickte.

„Ich überrage sie alle, meinen Vater, meine Geschwister, nur Finlay nicht. Stark wie ein Ochse sei ich, sagt mein Vater. Und meine Tante behauptet, ich sei zum Arbeiten geschaffen."

Evan beobachtete, wie der Schein der schwachen Glut Catrionas Haar rotgolden färbte. Ohne sie zu kennen, fand er weder den Vater noch die Tante sehr sympathisch.

„Sie sind groß, ganz gewiss nicht plump. Meine Schwester hat fast Ihre Größe, und niemand käme auf die Idee, sie sei plump. Catriona Bhàn ... so sollte man Sie nennen", sagte er leise. „Catriona, die Hübsche."

„Oh!" Catriona schaute verlegen zur Seite. „Das ... das ist sehr lieb von Ihnen."

Ihre Stimme verriet, dass ihr wohl selten Komplimente gemacht wurden.

„Und es wäre mir eine Ehre, wenn ich mit Ihnen ‚angezogen im Bett liegen' dürfte. Schließlich frieren Sie, Miss MacConn, genau wie ich auch."

Er zeigte auf die Decke. „Sollen wir?"

Misstrauisch blickte sie erst ihn, dann die Decke an, schließlich stimmte sie zu: „Gerne, Mr. Mackenzie."

Beide setzten sich nebeneinander auf das Plaid. Geschickt wickelte Catriona sich und Mackenzie in das Tuch, stopfte die Enden zwischen sich und den fremden Mann und legte sich dann hin.

„Interessant!", kommentierte Evan ihr Tun und faltete die Hände über der Decke.

„Lassen Sie die Arme unter dem Plaid", befahl sie.

Er gehorchte.

„Ich verspreche, mich zu benehmen, Miss MacConn. Sie aber auch."

„Bestimmt!" Ihre Stimme klang humorvoll.

„Besser so?"

„Es geht", antwortete sie mit vor Kälte klappernden Zähnen.

Während er still neben ihr lag, spürte er plötzlich, wie sich seine Manneskraft rührte. Sein Körper sprang sofort auf ihre Nähe an, denn schon lange hatte er nicht mehr mit einer Frau geschlafen. Je wärmer es unter der Decke zwischen ihnen beiden wurde, desto mehr pochte sein Blut und desto größer wurde sein Verlangen. Dennoch beabsichtigte er nicht, diesem fast überwältigenden Trieb, sie in die Arme zu nehmen, nachzugeben.

Sie lag ganz ruhig, und es dauerte nicht lange, bis er bemerkte, dass sie eingeschlafen war. Er lächelte, ahnte, was für ein großer Vertrauensbeweis das sein musste, und versuchte, es ihr gleichzutun.

Seine Gedanken wanderten jedoch, immer wieder schweiften seine Blicke über ihre erotischen Formen, hörte er die ruhige, sinnliche Stimme, spürte ihre zärtlichen Hände, ihre verlockende Nähe. Um sich abzulenken, dachte er daran, wie sie nach ein paar Stunden in ihrem keuschen Nest unter der Decke aufwachen würden. Dann würde die Sonne scheinen,

Schnee und Eis schmelzen lassen, und sie könnten sich auf den Weg ins Tal machen. Catriona MacConn würde zurückkehren zu Heim und Herd, zu ihrer Familie, die auf sie wartete.

All das fehlte ihm im Glen Shee. Gewiss, Kildonan Castle gehörte nun ihm, ein Heim, das er einmal sehr geliebt hatte. Nachdem er fast zehn Jahre fort war, fiel ihm die Heimkehr nicht leicht. Es war immer sein Traum gewesen, eines Tages wieder in Kildonan zu leben, wieder zu den Menschen im Glen Shee zu gehören. Und nun war er hier nicht mehr willkommen.

Evan seufzte. Er sehnte sich nach einem behaglichen Heim, nach einem Ort, an dem Liebe, Familie, Frohsinn auf ihn warteten. Nur im Moment erschien ihm dieser Traum genauso schwer erreichbar wie die körperliche Wärme seiner charmanten Bettgenossin.

Mitten in der Nacht krabbelte Catriona vorsichtig aus der Decke. Auf Zehenspitzen ging sie zur Tür, öffnete sie einen Spalt und lugte hinaus. Die Welt um sie herum war weiß, der Wind trieb den Schnee über die Anhöhe, der Eisregen trommelte immer noch gegen die Hüttenwände. Fröstelnd rieb sie sich die Arme.

Kaltes Wetter oder nicht, sie musste ein dringendes Bedürfnis verrichten, und außerdem brauchten sie Trinkwasser. Leise holte sie die Holzschüssel und ging dann hinaus in die bittere Kälte. Im Schutz der Hauswand eilte sie zu dem zusammengebrochenen Stall hinter der Hütte, und nachdem sie dort schnell ihre Notdurft verrichtet hatte, lief sie zum Bach am Fuße des Hügels.

Sie beugte den Kopf gegen den Wind, der an Kleidern und Haaren zerrte. Der Eisregen stach wie Nadeln auf ihre Gesichtshaut. Über das vereiste Gras schlitterte sie den Abhang hinunter zum Bach, kniete nieder und schöpfte Wasser in die Schüssel. Sie ärgerte sich, weil ihre Handschuhe dabei nass wurden. Während sie den Hügel zur Schutzhütte wieder mühsam erklomm, stolperte sie, stand wieder auf, glitt wieder aus und rutschte über die vereiste Fläche zurück. Verzweifelt versuchte sie, sich noch am Ufer festzuhalten, sank aber trotzdem bis zu den Knien in den rauschenden Gebirgsbach.

Entsetzt rang sie nach Luft, als Nässe und Kälte durch ihre Kleider drangen. Weinend rappelte sie sich auf, raffte ihren triefend nassen Rock, strauchelte den Hügel hinauf und rannte zur Hütte.

Sobald sie in den dunklen Raum stürzte, richtete sich Evan Mackenzie erschrocken auf.

Schnell eilte sie zum Feuer, kniete nieder und zerrte mit den Zähnen die nassen Handschuhe von den Händen, dann zog sie mit steifen, klammen Fingern an den Schuhriemen ihrer Wanderschuhe.

„Was ist passiert?"

„Ich bin in den Bach gefallen", erklärte sie weinend. „Ich wollte eine Schüssel Trinkwasser für uns holen – oje", unterbrach sie sich selbst, weil sie schließlich ihren Schuh ausgezogen hatte und bemerkte, wie nass das Leder und ihr Wollstrumpf waren. Ihre Finger waren rot und zitterten, die Kälte fuhr wie Messer durch ihre Glieder. Rock und Petticoat waren nass bis auf die Unterwäsche. Die dünne Eisschicht, die sich am Rocksaum gebildet hatte, begann in der Nähe des Feuers langsam zu schmelzen.

Mackenzie kniete neben ihr.

„Kommen Sie, ich helfe Ihnen, den anderen Schuh auszuziehen."

Er nahm ihren Fuß, schob den nassen Rocksaum hoch, schnürte schnell den Schuh auf, zog ihn ihr vom Fuß und legte ihn mit der Sohle nach oben ans Feuer.

„Die Strümpfe! Ausziehen!", befahl er.

Widerspruchslos griff Catriona unter ihren nassen Rock und löste so sittsam wie möglich die Strumpfbänder. Dann rollte sie die Strümpfe herunter und zog sie aus. Mackenzie breitete sie neben der Feuerstelle aus. Catriona versuchte, ihre nackten Füße und Beine unter dem nassen Rock zu verstecken.

„Oje, ist mir kalt", klagte sie.

Mackenzie langte nach dem Plaid und wollte sie darin einwickeln.

„Nein … unsere einzige Decke darf nicht auch noch nass werden", protestierte Catriona.

„Gut, dann nehmen Sie meine Jacke."

Er zog sie aus und legte sie ihr um die Schultern, nahm ihre Hände und rieb sie zwischen seinen, bis die Kälte daraus endlich vertrieben war.

„Und jetzt die Füße", sagte er, während er sich herunterbeugte.

„Das kann warten, bis die Strümpfe trocken sind", wehrte sie sich.

„Seien Sie nicht kindisch. Das kann die ganze Nacht dauern. Sie müssen schnell wieder warm werden, sonst erkälten Sie sich."

„Ich bin ss…stark." Ihre Zähne schlugen ihr vor Kälte aufeinander. „Ich werde nie krank."

„Wenn wir jetzt nicht sofort handeln, werden Sie morgen erfrorene Zehen haben, vielleicht sogar Schlimmeres."

Er fasste unter den nassen Rocksaum und griff nach ihrem Fuß.

Wieder diese herrliche Wärme! Zögernd ließ sie ihn gewähren, erlaubte ihm, kräftig ihren nackten Fuß zu reiben.

„Es kitzelt ein wenig", jammerte sie, sowie das Blut wieder zu fließen begann.

Er rieb behutsamer, seine Finger glitten über die Fußgelenke unter den nassen Saum ihrer halblangen Baumwollunterhose und massierten ihre Unterschenkel.

Sie stöhnte vor Wonne, die intime Berührung wärmte ihren ganzen Körper – ein unbekanntes Gefühl, gefährlich und köstlich zugleich. Ganz still saß sie da und genoss es.

Eigentlich dürfte ich nicht zulassen, dass ein fremder Mann mich so berührt, überlegte sie.

Hingegen musste sie wieder warm werden und hatte ihm daher erlaubt, ihr zu helfen.

Zugleich gefiel ihr seine Fürsorge. Es schien ihr, er habe in ihr eine verborgene Quelle zum Sprudeln gebracht. Ein nie gekanntes Gefühl der Wärme und Begierde durchströmte sie. Plötzlich wünschte sie sich, seine Hände würden ihren ganzen Körper streicheln. Zuvor hatte sie sich schon gefragt, wie es sein mochte, von ihm gehalten zu werden. Schon immer hatte sie wissen wollen, was sie bei den Liebkosungen und leidenschaftlichen Küssen eines Mannes spüren würde – sie kannte nur das ungelenke Streicheln in einem dunklen Schuppen mit einem jungen Mann, der ein Freund ihres Bruders war. Diese kurzen, unschuldigen Zärtlichkeiten hatten auf tiefe, herrliche Geheimnisse in ihrem Körper hingedeutet, die ihr trotzdem bislang verschlossen geblieben waren.

Mächtig war das Verlangen, mit den Händen durch sein glänzendes schwarzes Haar zu fahren, ihn zu streicheln und seine Zärtlichkeiten zu genießen. Überall, dachte sie, und dabei begann ihr Herz, schneller zu schlagen. Seufzend schloss sie die Augen, träumte, sie läge in seinen Armen, spürte seine raue Wange, seine Küsse, zärtlich und liebevoll.

Entsetzt über ihre abwegigen Gedankengänge, versteifte sie sich unter seinen massierenden Händen und zog sich zurück.

„Danke“, sagte sie, immer noch fröstelnd. „Es ist besser. Bestimmt.“

Tatsächlich war es das nicht.

Er schaute ihr ins Gesicht.

„Sie müssen jetzt unbedingt diese Röcke ausziehen. Die sind ja völlig durchnässt.“

„Sie werden trocknen, wenn ich am Feuer sitze.“

„Bei dieser winzigen Flamme wird nichts trocknen.“

Er fasste sie bei den Schultern und sah sie ernst an.

„Glauben Sie mir, wenn Sie die nassen Kleider die ganze Nacht anbehalten, haben Sie morgen früh ganz sicher eine schlimme Erkältung.“

„Ach, mir wird schon nichts passieren“, widersprach sie.

Zugleich spürte sie auch die kräftigen Hände auf ihren Schultern und eine bislang unbekannte Entschlossenheit in seinem Blick.

„Entweder ziehen Sie jetzt sofort die nassen Sachen selbst aus, oder ich tue es.“

5. KAPITEL

Nein ... ich ...“, verängstigt wich sie vor ihm zurück.

„Keine Angst, ich tue Ihnen nichts.“

Evan ließ sie dennoch nicht los.

„Nichts gegen weibliche Scham, doch die ist hier absolut nicht angebracht. Im Gegenteil: Sie ist lebensgefährlich.“

„Lebensgefährlich?“

Am ganzen Körper zitternd, mit klappernden Zähnen, aschfahlen Wangen und blau angelaufenen Lippen starrte sie ihn an.

Am liebsten hätte er sie in den Arm genommen und sie warmgeküsst. Eine bezaubernde Vorstellung, jedoch nicht die Lösung für das augenblickliche Dilemma.

„Genau. Die Körpertemperatur sinkt, die Atmung wird langsamer. Wenn Sie einschlafen, könnte es passieren, dass Sie nicht mehr aufwachen. Sie spüren die Kälte nicht mehr, fühlen sich wohl, diese Art Kälte lullt sie regelrecht in den Schlaf. Und wenn das geschieht ... könnten Sie sterben.“

Fast leidenschaftlich versuchte er, ihr seine Befürchtungen zu vermitteln.

„Sie haben das schon einmal erlebt?“

„Stimmt. Und nun ziehen Sie die Sachen aus.“

„Während Ihrer Kl...Klettertouren?“ Ihre Zähne schlugen vor Kälte aufeinander.

Evan schüttelte den Kopf, bückte sich und massierte wieder ihre Füße.

„Nicht dort. Unter Wasser habe ich erlebt, wie gefährlich der Kältetod sein kann.“

Er sah ihr in die Augen.

„Ich bin Hochseetaucher. Da ist man bei jedem Tauchgang sehr niedrigen Temperaturen ausgesetzt.“

„T...tauchen? W...wie interessant! Ich habe schonmal B...Bilder in B...Büchern davon gesehen. Und dabei w...wären Sie auch fast erfroren?“

Kopfschüttelnd rieb er ihre Arme, zog seine Jacke etwas fester um ihre Schultern.

„Ja, nur nicht im Meer. Ich war dabei, als die Brücke über dem Fife eingestürzt ist“, gab er ein wenig von seiner Geschichte preis.

„Oje!“

Seine Gedanken schweiften ab, während er leicht ihre zarten schlanken Hände massierte.

„Zusammen mit einem Freund habe ich versucht, die Bauarbeiter zu retten. Trotzdem starben drei Männer an jenem unglückseligen Tag. Allerdings tötete sie nicht der Sturz oder das herunterfallende Material, sondern sie waren zu lange im eiskalten Wasser, bevor wir sie retten konnten.“

„Oh, Gott!“, murmelte Catriona betroffen. „Ka...kannten Sie die Leute?“

Evan nickte. Es waren Freunde und Mitarbeiter.

„Wir haben zusammengearbeitet ... ich ... ich konnte sie nicht retten. Einer starb in meinen Armen.“

Zwei Jahre waren seit dem Unfall verstrichen. Seitdem hatte er mit kaum jemandem darüber gesprochen. Schon gar nicht mit einer Frau, die ich erst vor ein paar Stunden kennen gelernt habe, dachte er verwundert.

„Oje? Sie waren dabei? Wieso?“

Ihre Betroffenheit tat ihm wohl, doch seine Stimme klang bitter, während er weitersprach.

„Ich bin Brückenbauingenieur. Die Brücke war mein Projekt, ich habe sie konstruiert und war sehr stolz darauf. Sie war damals noch im Bau. Wir konnten wirklich nicht alle retten.“

Evan hatte sich zu Catrionas Füßen in die Hocke gesetzt und den Blick auf seine über den Knien gefalteten Hände gesenkt.

„Das tut mir leid“, flüsterte Catriona und strich dabei leicht über seinen Arm.

„Wann ist es passiert?“

„Vor etwas über zwei Jahren."

„Ich glaube, solche Tragödien rauben uns einen Teil unserer Seele", sagte sie nachdenklich.

Erstaunt wandte er sich ihr zu.

So hatte er es noch nie empfunden. Catriona hatte recht.

Sie verstand ihn. Auch sie hatte Schicksalsschläge erlebt, kannte die Verletzungen, die solche Tragödien in der Seele hinterließen. Mit einem Mal wurde es ihm viel leichter ums Herz. Plötzlich war ihm klar, weshalb er seit dem Unglück so deprimiert war, keine Brücken mehr bauen wollte, sondern sich nur noch für Werften, Leuchttürme und Kanäle interessierte. Warum er sich in mathematische Formeln und wundervolle, bis ins Letzte geometrisch ausgetüftelte Entwürfe vergrub, warum er sich von seinen Lieben und seinen Freunden zurückzog, die ihm ihre Hilfe anboten.

„Manchmal dauert es sehr lange, bis man sich von so einem Schicksalsschlag erholt, und es gibt Menschen, die schaffen es nie", meinte sie nachdenklich und immer noch zitternd.

Auf so viel Sympathie, so viel Verständnis war er noch nie gestoßen. Innerhalb von wenigen Minuten hatte sie begriffen, wozu andere in zwei Jahren nicht fähig gewesen waren. Sie hatte die Verletzung seiner Seele, sein Gefühl der Verlorenheit erkannt und zeigte ihm den Weg zur Linderung seines Schmerzes.

Freunde und Verwandte forderten ihn auf, sein Leben so fortzusetzen, als sei nichts geschehen. Seine Mutter wünschte, er solle ein nettes Mädchen aus bester Gesellschaft heiraten, drängte ihn, anstelle der eingestürzten Brücke eine neue, noch schönere zu bauen. Sie schien der Ansicht, dies alles könne seinen Schmerz, seine Schuldgefühle, seine Selbstbeschuldigungen heilen.

Catriona kannte ihn nicht und wusste dennoch, wie er sich fühlte.

Es stimmte, er hatte einen Teil von sich selbst verloren. Das

Unglück hatte Herz und Seele verwundet. Und er brauchte Zeit, um zu gesunden, die Chance, den Teil, den er verloren hatte, wiederzufinden, falls das überhaupt jemals möglich war. Er hatte versucht, das Erlebte so gut wie möglich zu verarbeiten, alleine, ohne viel darüber zu sprechen. Nur hatte er sich nicht von den Schuldgefühlen befreien können. Nun verstand er, warum.

„Danke, Miss MacConn."

Etwas verwirrt sah sie ihn an. Woher sollte sie auch wissen, wofür er ihr gerade danken musste.

„Verstehen Sie nun, weshalb ich weiß, was Eiseskälte anrichten kann?"

Er stand auf und reichte ihr die Hand.

Catriona nickte nur und erhob sich mit seiner Hilfe.

„Ziehen Sie die nassen Röcke aus", sagte er, und weil sie immer noch zögerte, drehte er sich um. „Nun machen Sie schon, damit Sie endlich unter die wärmende Decke kommen."

Ein Schüttelfrost nach dem anderen jagte durch ihren Körper. Mackenzie hatte recht, sie musste die nassen Sachen ausziehen. Nachdem er sich umgedreht hatte, legte sie seine Jacke ab und begann, die Knöpfe an ihrer eigenen Jacke zu öffnen. Ihre Finger waren so steif, taten so weh, dass sie vor Schmerz aufschrie.

„Fertig?", erkundigte er sich.

„Ich schaffe es nicht", jammerte sie.

Ohne viel zu fragen, kam er ihr zu Hilfe.

Wirklich ein Mann der Tat, er diskutiert nicht lange, dachte sie bei sich.

Geschickt und schnell begann er, die Jacke von der Taille an aufwärts aufzuknöpfen. Nachdem das geschafft war, machte er sich schweigend daran, beginnend an der Taille, die winzigen Knöpfe am Oberteil ihres Kleides zu öffnen.

Je weiter er sich nach oben vorarbeitete, desto mehr beschleunigte sich Catrionas Herzschlag.

Versehentlich berührte er ihr Dekolleté.

Schnell schob sie wortlos seine Hand beiseite und öffnete die restlichen Knöpfe selbst.

Mackenzie blickte kurz auf ihren Busen, dann wandte er sich schnell ab.

Catriona zog umständlich das Kleid aus und ließ es über die Hüften nach unten fallen, dann griff sie hastig nach seiner Jacke und schlüpfte in die mit Seide gefütterte Joppe. Sie trug nur ein Hemd, kein Korsett, unter dem Kleid. Aber auch das Hemd war am Saum feucht, genau wie die Unterröcke und die Unterhose.

„Den Rest", befahl er mit einem kurzen Blick über die Schulter.

„Ich kann nicht …"

„Miss MacConn, ziehen Sie alles aus, was nass ist", herrschte er sie an und fügte dann ein leises „Bitte!" hinzu. „Das Zeug muss trocknen."

Sie wusste, er fürchtete nur, sie könne sich erkälten.

Dennoch wünschte sie sich, er würde auch um sie besorgt sein – nur um sie. Seufzend entledigte sie sich des nassen Unterrocks. Sobald sie da in Hemd und Hose stand, begannen ihre Gefühle verrückt zu spielen. Wie wäre es, wenn sie sich auch der restlichen Kleidungsstücke entledigen würde? Was würde er tun, wenn er sie nackt sähe? Ihr Körper kribbelte vor Wonne. Sie konnte sich vorstellen, wie seine Küsse schmeckten, ahnte, seine Liebkosungen würden zärtlich und leidenschaftlich sein, mit all dem Feuer, nach dem sie sich so sehr sehnte.

Er hatte gesagt, dass sie nicht unscheinbar war, sie ‚schöne Catriona' genannt. Niemand hatte ihr bislang ein solches Kompliment gemacht. Sein Interesse, mochte es noch so gering sein, übte einen magischen, verlockenden Reiz aus. Plötzlich wünschte sie sich, diese gefährliche Nacht möge sich zu einer leidenschaftlichen Liebesnacht entwickeln. Sie war allein mit einem liebevollen, attraktiven Mann. Die gemeinsamen Stunden sollten zu einem feurigen Erlebnis werden, einem Lichtblick, einem heißen Glühen, das ihr freudloses Dasein für immer verwandeln sollte. Sie wünschte sich ein Geheimnis, etwas, das sie auf immer und ewig mit ihm verband.

Ihre Finger zitterten, ihr Herz pochte wie wild bei diesen frivolen Gedanken.

Das Hemd auch noch auszuziehen, dazu fehlte ihr der Mut. Also behielt sie es an und zog Mackenzies Jacke darüber. Sie atmete tief ein und sog den eigenartig herben Duft des rauen Wollstoffs ein.

Mackenzie drehte sich um, musterte sie langsam von Kopf bis Fuß. Die grünbraunen Augen glänzten seltsam.

Catriona wurde rot, ihre Brustknospen hart, ihr war klar, dass die Jacke und das dünne Hemd ihre Brüste nur unzureichend verhüllten. Es war einfach, sich vorzustellen, von ihm geliebt zu werden, halb nackt vor ihm zu stehen hingegen war durchaus nicht so leicht – gewissermaßen bot sie sich ihm dadurch ja an.

Wozu sollte sie ihn wohl einladen? Sie wusste es schon. Es war wie ein Zwang, sich kopfüber ins Ungewisse zu stürzen. Ganz verstand sie ihre Gefühle nicht.

Abwartend, mit klopfendem Herzen, schaute sie ihn einen kurzen Moment an, dann wandte sie den Blick ab, bückte sich und begann, die nassen Kleider auszubreiten.

„Sie … müssen trocknen“, murmelte sie verschämt.

Unwirsch langte Evan nach dem Plaid und warf es über sie. Dann holte er eine silberne Flasche hervor, öffnete sie und reichte sie Catriona.

„Hier, trinken Sie das. Und legen Sie sich hin“, befahl er brüsk.

Peinlich berührt, setzte Catriona sich, zog die Decke über die nackten Beine und nahm einen Schluck aus der Flasche. Die Flüssigkeit brannte wie Feuer in der Kehle. Sie hustete und rang nach Luft, spürte schließlich, wie die Hitze langsam durch den Körper lief, ihr ein wunderliches Kribbeln und Herzklopfen bereitete.

Kaum wagte sie, Mackenzie anzusehen, denn sie kamen schon wieder, die Träume, die frivolen Gedanken. Sie war einsam, schon seit langem. Andere Mädchen heirateten, bekamen Kinder, während sie selbst versucht hatte, ihre lustlose Zukunft mit Vater und Bruder zu akzeptieren. Sie war neugierig auf die körperliche Liebe. Sie schien für Evan Mackenzie sehr anziehend zu sein. Nie wieder würde sich ihr eine solche Gelegenheit bieten wie in dieser Nacht.

Mit seiner Freundlichkeit, seiner Fürsorge und Geduld hatte er ihr ihre Einsamkeit bewusst gemacht. Indem sie ihn berührt und versorgt hatte, war ihre natürliche Neugier und Fantasie geweckt worden. Mit nur einer Berührung hatte er Gefühle und Leidenschaften in ihr wachgerüttelt, mit nur einer leichten Berührung, mit einem strahlenden, von Herzen kommenden Lächeln, bei dem sie das Gefühl hatte, es gelte nur ihr allein.

Alles ist nur pure Einbildung, hervorgerufen durch die plötzlich erwachte Sinnlichkeit, rief sie sich zur Ordnung. Er zeigte sich nur dankbar für ihre Hilfe. Mehr nicht. Er war ein gutaussehender, gebildeter Gentleman und sie ein ganz gewöhnliches Hochlandmädchen. Morgen früh, nachdem das Wetter aufgeklart war, würden sie sich trennen. Möglicherweise würde sie ihm nie wieder begegnen.

Einmal – nur einmal! – drängte es in ihr.

Sie versuchte, die sehnsüchtige innere Stimme zu überhören, und hielt ihm die Flasche hin.

„Danke!“

Er schüttelte den Kopf. „Das reicht noch nicht.“

Widerspruchslos nahm sie noch einen Schluck und einen weiteren, wie er es ihr wortlos vorschlug. Der Alkohol verbreitete ein Feuer in ihr, hüllte sie in wohlige Wärme.

„Ich habe nicht viel gegessen“, sagte sie und gab ihm die Flasche zurück. „Mehr bekommt mir nicht.“

Er nahm die Flasche und trank, seine Lippen berührten die Stellen, die zuvor die ihren berührt hatten.

„Mr. Grant sagt, bei einer Kopfverletzung sollte man keinen Whisky trinken“, warnte sie.

„Mr. Grant hat sicherlich auch noch nicht in einer kalten Nacht in einer Schutzhütte gesessen. Allein mit einem schönen Mädchen! Legen Sie sich hin, und schlafen Sie!“

Gehorsam streckte sie sich unter der Decke aus, zog sie bis zum Kinn.

Den Arm auf das Knie gestützt lag Evan Mackenzie eine Weile halb ausgestreckt vor dem Feuer. Dann nahm er den Schürhaken und stocherte in den schwarzen Torfstücken. Die Glut qualmte, trotz Schieben und Stochern brachte er kein richtig loderndes Feuer zustande.

„Wir brauchen mehr Brennmaterial“, erklärte er. „Der restliche Torf dort in der Ecke ist allerdings feucht.“

„Mein Rock!“

„So verzweifelt sind wir noch nicht.“ Er zwinkerte ihr zu. „Sie haben zwar hübsche Beine, Miss MacConn, Sie werden den Rock trotzdem brauchen, wenn wir die Hütte verlassen.“

Catriona schüttelte den Kopf.

„In meiner Rocktasche sind ein paar Zettel. Die können wir verbrennen.“

Er langte nach ihrem Rock, suchte in der Tasche und zog die sorgfältig gefalteten Seiten heraus. „Briefe?“

„Noten“, erwiderte sie. „Ich habe ein paar gälische Lieder aufgeschrieben.“

„Wie?“ Irritiert sah er auf die Blätter. „Ach so. Musiknoten?“

Überrascht wandte er ihr seinen Blick zu.

„Deshalb war ich heute in den Bergen. Ich sammle die alten gälischen Lieder bei den Highlandern“, erklärte sie. „Schon seit Jahren schreibe ich alle Lieder auf, die ich von den alten Leuten gelernt habe.

„Faszinierend." Schweigend dachte er eine Weile nach. „Sie können demnach Lieder in Noten umsetzen und nicht nur Gälisch und Englisch, sondern auch Französisch, Italienisch und Deutsch."

„Und ein wenig Griechisch."

„Nicht typisch für ein Hochlandmädchen, oder?"

„Ich bin eine Pfarrerstochter. Was denken Sie, womit ich meine Zeit verbringe? In zerrissenem Rock, barfuß durch die Berge wandernd, keltisch brabbelnd der Schafherde folgend? Bildung ist in den Highlands ebenso wichtig wie auch sonst in ganz Schottland. Ich hatte Hauslehrer und habe zwei Jahre in Edinburgh studiert. Ich denke, ich bin so gut ausgebildet wie Sie. Nun ja, vielleicht mangelt es mir an Kenntnissen in den Ingenieurwissenschaften."

„Ich kann keine Noten schreiben. Und ich kann kein Italienisch. Das gleicht es aus."

Catriona lächelte zaghaft.

„Verbrennen Sie die Seiten, Mr. Mackenzie. Sie werden etwas Wärme und Licht verbreiten – zumindest für eine Weile."

„Nein, das kann ich nicht. Das sind ja mehrere Lieder, alle Melodien sorgfältig aufgeschrieben, alle gälischen Texte ins Englische übersetzt. Das war viel Arbeit."

„Es sind nur zehn Lieder. Ich kann sie rekonstruieren, an die meisten erinnere ich mich, und bei den restlichen wird mir eine Freundin, Morag MacLeod, helfen. Bitte, Mr. Mackenzie, uns bleibt keine andere Wahl."

Schließlich gab er nach. Langsam, ein Blatt nach dem anderen, warf er die Seiten ins Feuer. Die Glut loderte auf, sofort breitete sich wohlige Wärme aus. Begehrlich züngelten die Flammen an dem Papier hoch, binnen Sekunden zerfiel es zu Asche. Catriona tat es in der Seele weh.

„Ohne Ihre Jacke werden Sie frieren, Mr. Mackenzie",

sagte sie nach einer Weile, denn sie beobachtete, wie er sich wieder vor dem Feuer ausstreckte.

„Ihre Lieder wärmen mich“, beruhigte er sie und legte den Kopf auf die Armbeuge. „Gute Nacht, Miss MacConn.“

„Gute Nacht“, murmelte sie ein wenig enttäuscht, so allein im Kalten und Dunklen liegen zu müssen. Sie rollte sich zusammen, zitterte trotz Jacke und Plaid. Nach einiger Zeit linste sie über den Rand der Decke und beobachtete Mackenzie. Die Blätter waren schnell heruntergebrannt, und im Schein der letzten hellen Glut konnte sie erkennen, dass er noch wach war.

„Frieren Sie, Mr. Mackenzie?“

Eine unnötige Frage.

„Ich überlege gerade, was wir sonst noch verbrennen können. Vielleicht sind ein paar Dachbalken nicht ganz so feucht.“

„Ich friere auch noch.“

Sie holte tief Luft.

„Hätten Sie etwas dagegen, ... wenn wir noch einmal ‚angezogen nebeneinander lägen‘?“

„Überhaupt nichts.“

Sie hörte die Erleichterung in seiner Stimme und war froh, ihm das Angebot gemacht zu haben. Das Herz schlug ihr bis zum Hals, sie konnte es kaum erwarten, bis er sich zu ihr legte.

Während er sich neben sie hockte, streifte er ihre Wange.

„Sie sind ja immer noch eiskalt.“

„Ach, ich glaube ... ich werde überhaupt nicht mehr warm. Seit das Feuer wieder heruntergebrannt ist, scheint es hier drinnen kälter denn zuvor“, klagte sie.

Gewiss, ihre Hände und Füße waren eiskalt, es war jedoch nicht nur ein erneuter Anfall von Schüttelfrost, der sie erzittern ließ, sondern ganz eindeutig auch die freudige Erwartung.

„Das stimmt.“

Er setzte sich, zog die Stiefel aus und schlüpfte unter die

Decke. Das Gesicht zu ihr gewandt, legte er den Kopf auf einen Arm, mit dem anderen Arm massierte er über der Decke Catrionas Rücken. Seine bestrumpften Beine wärmten ihre nackten Füße.

Erschöpft vom Kampf gegen die Kälte, schloss sie die Augen und legte ihre Wange an seine Schulter. Der Frost schüttelte sie, und daher drückte sie sich ganz fest an ihn.

„Kommen Sie, Miss MacConn, das Plaid ist zu dünn, wir müssen uns gegenseitig wärmen."

Catriona nickte, hörte nicht auf zu zittern, während er den Arm um sie legte und weiter kräftig ihren Rücken massierte.

Nach einer Weile begann sie zaghaft, über seine Schulter zu streichen, um ihm so auch etwas Wärme zurückzugeben. Langsam ließ sie ihre Finger über das seidene Rückenteil der Weste gleiten, fühlte darunter die breiten Schultern, die muskulöse Rückenpartie entlang der Wirbelsäule.

Einen Moment lang rang sie nach Luft, weil er mit seinen massierenden Händen immer weiter über ihren Rücken kreiste und schließlich ihr Hinterteil liebkoste. Sie spürte ein warmes Kribbeln, wollte mehr, und schon bewegte er seine Finger wieder aufwärts, knetete ihre Schultern, strich ihr über den Kopf, die Haare und wieder den Rücken hinunter.

Ihr wurde warm, und sie vergaß, dass sie halb nackt in den Armen eines fremden Mannes lag. Es war, als hätte sie ihn schon immer gekannt. Mit seiner eigenen Körperwärme und seiner Fürsorge hüllte er sie ein wie mit einer zweiten Decke.

Mehr und mehr sprach ihr Körper auf Evans zärtliches Streicheln an. Die Lust erwärmte sie von innen heraus.

Ob er wohl Ähnliches verspürt? Seine Berührungen brannten plötzlich wie Feuer auf ihrer Haut. Sie begann, in seinem Rhythmus zu atmen, jeder Teil von ihr sehnte sich nach seiner Zärtlichkeit.

„Noch kalt?"

Seine Stimme – so nah und tief – ließ sie erzittern.

„Ein bisschen."

So in seinen Armen zu liegen brachte ihr Blut in Wallung. Sie zitterte, nicht vor Kälte – sondern vor Lust.

„Und Sie?"

„Ein bisschen."

Catriona spürte seinen Atem auf ihrer Wange, dann berührte er mit seinen Lippen ganz zart ihren Mund. Wie eine Welle wogte die Erregung durch ihren Körper bis hin zu ihren geheimsten Stellen. In der Dunkelheit hob sie vorsichtig den Kopf, und ihre Nasen stießen aneinander.

Mit einem leichten Seufzer suchte sie seinen Mund. Zärtlich, fast scheu war der erste Kuss.

Das kann nicht verboten sein, dachte sie. Es fühlte sich so unschuldig an. Trotzdem wähnte sie sich im siebten Himmel, holte tief Luft, öffnete verlangend den Mund.

Er schloss sie fester in die Arme, liebkoste mit seinen Lippen die ihren, sanft zuerst, dann immer fordernder, und schließlich küsste er sie mit solcher Leidenschaft, dass sie vor Glück zu schmelzen glaubte.

6. KAPITEL

Niemals zuvor war sie so geküsst worden. Ihr war, als stürze sie aus großer Höhe und stünde zugleich im gleißenden Sonnenlicht. Nie hatte sie geahnt, wie heiß und berauschend ein Kuss sein kann, nicht gewusst, was Erregung ist und wie sie von innen wärmen kann.

Nicht sie hatte sein Leben gerettet, so wie er behauptet hatte, sondern er ihres. Seine Liebe, seine Behutsamkeit, seine leidenschaftlichen Küsse erlösten sie aus langer Einsamkeit. Nur einmal wollte sie ihrer Begierde nachgeben, wollte sie wissen, was Liebe bedeutet. Nur einmal! Bevor er wieder aus ihrem Leben verschwand, wollte sie seine Leidenschaft spüren. Sie hatte körperliche Wärme gesucht und dadurch nun ein mächtiges Feuer entfacht, geheime Wünsche zum Leben erweckt.

Ich brauche dich, hätte sie ihm am liebsten gesagt. Sie zitterte vor Glück, wie unter einem Zwang erwiderte sie seinen nächsten Kuss. Was auch immer der Preis für ihr hemmungsloses Begehren sein mochte, gerne wollte sie ihn zahlen.

Liebevoll strich Evan über ihr Haar.

„Wärmer?“, flüsterte er.

„Ein wenig“, wisperte sie und kuschelte sich nach einem weiteren Kuss verlangend an ihn.

„Die Füße sind ja immer noch kalt“, sagte er leise und rieb dabei zärtlich ihre Beine.

Catriona fuhr mit ihren Fingern sanft über seine Schläfen, ließ sie durch sein dichtes Haar gleiten.

„Und die Hände auch. Komm her.“

Er knöpfte Weste und Hemd auf, schob seine Hände unter ihre Jacke, umfasste ihre Hüften und zog Catriona fest an seine nackte Brust. Nur noch ihr dünnes Hemdchen war zwischen ihnen.

Sofort spürte sie, wie ihre Lust durch diese Berührung aufloderte, gleichzeitig hatte sie das Gefühl, sich an der Hitze, die von ihm ausging, zu versengen. Abwartend und doch neugierig sah sie ihn an.

Und dann küsste er sie so liebevoll wie zuvor.

Glücklich erwiderte sie den Kuss. Sie fühlte sich so sicher, so beschützt, so geliebt – wenn auch nur für kurze Zeit –, es war ein ganz neues, wundervolles Erlebnis.

Langsam begann er, mit seinen Händen über ihre Hüften und Schenkel und dann wieder ihren Rücken, Bauch und über ihr Dekolleté zu streicheln. Wie zufällig berührte er dabei mit seinem Daumen ihre Brust.

Catriona schloss die Augen, erlaubte ihm, ihren Körper zu erforschen, sie zu berühren, wo immer es ihm beliebte. Seine zärtlichen Liebkosungen heizten das in ihrem Inneren lodernde Feuer immer weiter an.

Voller Genuss ließ sie es geschehen, dass er ihr Schlüsselbein küsste und von dort aus begann, ihren ganzen Körper mit Küssen zu bedecken, bis sie durch den Stoff ihres Hemdchens seinen heißen Atem auf ihren Brüsten spürte.

Vorsichtig schob er das Kleidungsstück beiseite, umfasste ihre Brust, strich über ihre hart gewordenen Brustspitzen, vorsichtig und zärtlich zunächst, dann immer fester, bis sie glaubte, vor lauter Wonne zerspringen zu müssen.

Nun wagte auch sie, seine nackte, leicht beharrte Brust zu streicheln, verfolgte mit den Fingerspitzen den Verlauf seiner Muskeln. Enger schmiegte sie sich an ihn, bemerkte seine harte Manneskraft, und rückte wieder etwas von ihm ab, um das eigene Verlangen, das sie nun immer stärker spürte, zu mildern.

Seine Küsse wurden leidenschaftlicher, und gleichzeitig liebkoste er ihre Knospen immer fordernder, bis sich ihre Spannung in einem wohligen Schauer entlud.

Trotzdem verlangte sie nach mehr.

Atemlos verfolgte sie, wie er den feuchten Saum ihres Unterkleides hob, seine Hände darunterschob, um ihre Beine und

Oberschenkel langsam zu erkunden.

Zunächst ungläubig staunend, dann voller Wonne erlebte sie zum ersten Mal, wie ein Mann vorsichtig mit dem Finger in die geheimnisvolle Spalte glitt. Plötzlich durchflutete eine köstliche, feurige Welle ihren Körper, die sie glücklich auskostete.

Verstand und Sinne beherrschte sie nicht mehr. Ein großartiger Feuersturm baute sich in ihr auf, das Verlangen wuchs, bis sie es nicht mehr ertragen konnte. Mit ihrem Körper, den Händen, dem Mund flehte sie um Erlösung, wollte ihn in sich fühlen, wusste, dass er allein die Begierde, die er geweckt hatte, stillen konnte.

Sie strich über seine Brust, seinen flachen Leib, zerrte an Haken und Ösen, an Bändern, berührte ihn forsch und mit klopfendem Herzen. Bis vor kurzem hatte sie nicht einmal geahnt, was sie erwartete, wenn sie mit einem Mann zusammen war. Nun jedoch fühlte sich dieser wunderbar an, samten und stahlhart, mächtig und stark. Voller Verlangen bog sie sich ihm entgegen, erbettelte das, wonach ihr Körper sich so sehr sehnte.

Sie streichelte seine Männlichkeit, fühlte, wie sie in ihrer Hand anschwoll, ahnte sein Erstaunen, als seine Lippen die ihren berührten.

Wieder strich er mit seinen Händen zärtlich über ihre Brüste, glitt über ihren Leib und entfachte so ein erregtes Erbeben. Und dann begann er erneut ihren Schoß zu liebkosen, und schon kehrte dieses erregende, wunderbare Gefühl zurück.

Noch immer war es nicht genug, das Verlangen wuchs, wurde mächtiger und überwältigender. Unwillkürlich öffnete sie ihre Beine, streckte sich ihrem Liebhaber entgegen. Der seufzte tief, hielt sie an den Hüften, und endlich wusste sie, was sie wollte. Wie im Rausch wollte sie die Erfüllung dieses tiefen Begehrens, sofort.

Mit durchgebogenem Rücken streckte sie sich ihm entgegen, fühlte, wie er in sie hineinglitt, sie ausfüllte, sich vorsichtig in ihr bewegte. Schnell sog sie die Luft ein, während sie ein kurzer Schmerz durchzuckte, gleich danach breitete sich ein bis dahin nie gekanntes Glücksgefühl in ihr aus.

Sobald sie hörte, wie er stöhnte, kam sie ihm noch weiter entgegen, nahm ihn ganz in sich auf. Sie schlang die Arme um ihn, lauschte ihrem eigenen Herzschlag, während sich ihre Körper wie verschmolzen im gleichen Rhythmus wiegten. Tiefer und tiefer drang er in sie ein.

Ihre Lust wuchs und wuchs und nahm schließlich ganz und gar Besitz von ihr. Als Catriona es nicht mehr länger ertrug, schrie sie auf und fühlte sich anschließend zufriedener und gelöster denn je.

Nach einer Weile spürte sie, wie er in ihren Armen erzitterte, tief durchatmete und sich nicht mehr bewegte.

Danach fluchte er leise und zog sich zurück. Schnell atmend hielt er sie eng umschlungen fest.

Unter Weste und Hemd fühlte Catriona feuchten Schweiß auf seinem Rücken. Auch sie schwitzte, war gleichzeitig berauscht, entspannt und furchtlos, fühlte sich wohlig gewärmt und geborgen.

Doch Evan schüttelte den Kopf.

„Nein“, flüsterte er wie zu sich selbst. „Oh Gott, Mädchen … es tut mir leid. Das hätte nicht geschehen dürfen.“

Er rollte sich zur Seite, setzte sich auf, schob das Plaid beiseite. Kalte Luft drang in ihr Nest, vertrieb Wärme und Leidenschaft.

Fast blieb ihr das Herz stehen.

„Bitte, … warte, Evan.“ Sie versuchte, ihn festzuhalten. „Ich hatte nichts dagegen …“

„Aber ich“, brummte er. „Schlaf, dir ist ja jetzt warm. Uns beiden ist es jetzt warm, … verdammt. Ich bin zu weit gegangen. Verdammt!“ Er schüttelte den Kopf. „Wie konnte ich nur? Oh, Catriona, ich dachte, ich könnte einfach so neben dir liegen. Das hast du wirklich nicht verdient. Das hätte nicht passieren dürfen.“

Es war geschehen. Sie bereute nichts, denn dieses Erlebnis würde ohnehin einmalig bleiben. Aber es gelang ihr nicht, ihn zu beruhigen, abrupt drehte er sich um und stand auf. Mit ihren Blicken verfolgte sie, wie er durch die dunkle Hütte ging, die Tür öffnete und hinaus in die bittere Kälte trat. Ein eisiger Luftzug strömte durch den Raum, besetzte die Leere, wo Evan gerade noch neben ihr gelegen hatte.

Catriona schloss die Augen, um die Tränen zurückzuhalten, und rollte sich in der verbleibenden Wärme unter der Decke zusammen. Das Glücksgefühl, das er in ihr entfacht hatte, schwand und machte einer Einsamkeit Platz, die sie stärker denn je zuvor empfand.

In seinen Armen hatte sie sich wie verzaubert gefühlt, schön und glücklich. Und nun, so von ihm zurückgewiesen, kam sie sich noch unscheinbarer, größer, plumper und hässlicher vor als jemals zuvor. Sie hatte sich schon lange damit abgefunden, der Liebe niemals zu begegnen, jetzt hatte Evan Mackenzie ihr ein wenig Hoffnung gemacht. Stark, attraktiv und freundlich wie er war, begehrte sie ihn von ganzem Herzen. Er jedoch wollte sie nicht. Morgen würden sie sich trennen, jeder würde wieder in seinen eigenen Lebenskreis zurückkehren und den anderen vergessen.

Schließlich kehrte Evan zurück und kniete sich neben sie. Catriona stellte sich schlafend und rührte sich auch nicht, nachdem er sich zu ihr legte. Sie hörte noch, wie seine Atemgeräusche allmählich gleichmäßiger wurden, bevor auch sie einschlief.

Als Evan aufwachte, lag Catriona in seinem Arm, ihr Kopf auf seiner Schulter. Eiskalte Luft drang durch Wände und Decke. Dem gräulichen Licht im Raum zufolge muss es kurz vor Sonnenaufgang sein, dachte er. Es schien zwar nicht mehr zu schneien, die Hänge, die hinunter ins Tal führten, würden trotzdem immer noch gefährlich glatt sein. Es war sicherlich besser, wenn sie noch eine Zeit lang in der Berghütte blieben.

Am liebsten wäre er so lange wie möglich mit ihr hiergeblieben. Er wünschte, sie besäßen die Freiheit, einander noch einmal so lustvoll zu erforschen wie in der vergangenen Nacht, in der ihre Leidenschaft sein Blut so zum Wallen gebracht hatte.

Was, zum Teufel, hatte ihn nur dazu verleitet, sie so zu lieben? In seiner Erinnerung war das Geschehene wie ein wilder Traum. Das Mädchen war so charmant und zutraulich, dass er seine sonst übliche Vorsicht vergessen und die Kontrolle über sich verloren hatte.

Und nun, da er sie so in den Armen hielt, begehrte er sie aufs Neue. Sie vertraute ihm, schlief ohne Argwohn neben ihm. Und er? Er hatte sie geschändet. War das sein Dank dafür, dass sie ihm das Leben gerettet hatte? In dieser kalten, unwirtlichen Umgebung hätten sie letzte Nacht einander wärmen und trösten müssen. Wie wird es weitergehen, wenn wir die Hütte verlassen haben?, fragte er sich.

Sein Handeln war weder rational noch ehrenhaft gewesen. Zumindest schuldete er ihr eine Erklärung – mehr als das. Nur, wie sollte er sich entschuldigen? Er hatte keine Ahnung. Es war nun einmal passiert. Es war sein Fehler, weil er ihre Arglosigkeit ausgenutzt, ihr die Unschuld genommen hatte – auch wenn sie neugierig und willig gewesen war.

Obwohl er sie kaum kannte, begehrte er sie, fühlte sich ihr verbunden. Es wird lange dauern, bis ich sie vergessen habe, überlegte er. Noch nie hatte ihn eine Frau so angezogen oder gar so viel natürliche Kraft besessen, ihn zu solchem Wahnsinn zu treiben. Sie hatte seine Schmerzen gelindert, ihn getröstet, seine seelische Not verstanden wie niemand anders zuvor – und er konnte es sich nicht erklären.

Er senkte leicht den Kopf und küsste sie auf die Stirn. Noch war das magische Band zwischen ihnen nicht zerrissen, noch zog ihn der Zauber wie ein Magnet an. Bald würde das Wetter aufklaren, dann wartete wieder die Welt da draußen auf sie, und der Zauber würde verschwunden sein.

Daran wollte er jetzt noch nicht denken. Sie schlief in seinen Armen, erschöpft dämmerte er in den Traum.

„Catriona!"

Hatte jemand nach ihr gerufen? Evan? Seltsam, das Geräusch klang so weit entfernt. Wie benommen schlug sie die Augen auf. Die helle Morgensonne bahnte sich bereits ihren Weg ins halbdunkle Innere der Hütte. Erschrocken stellte Catriona fest, dass sie viel zu lange geschlafen hatte.

Neben ihr lag Evan, hielt sie im Arm. Wundervoll, die Wärme, die er ausstrahlte.

„Evan?", flüsterte sie.

„Was?" Er blinzelte verschlafen.

„Catriona! Wo bist du?", klang es draußen.

Erschrocken fuhr sie hoch.

„Oje! Mein Vater!"

„Catriona! Bist du da drin?"

Hastig schob sie die Decke beiseite.

Evan hielt Catriona zurück, zog das wollene Plaid fest über sie, während er sich selbst hochrappelte.

„Bleib!", befahl er. „Du hast fast nichts an."

„Oh Gott!"

Verängstigt verschwand sie unter der Decke.

„Catriona!"

Dann wurde die Tür aufgestoßen, fahle Morgensonne flutete in den Raum, im Lichtstrahl erschien die Silhouette eines riesigen Mannes. Da stand er, im schwarzen Anzug, die Melone über der Löwenmähne, in der Hand den langen Wanderstab, und warf seinen langen, bedrohlichen Schatten in die Hütte.

„Catriona!“, brüllte er und blinzelte dabei ins Halbdunkel. „Bist du hier, Mädchen?“

„Ja, Papa.“ Mit klopfendem Herzen, die Decke bis zum Kinn gezogen, setzte sie sich halb auf. Ängstlich schaute sie zu Evan Mackenzie, der hochaufgerichtet und ruhig neben der provisorischen Bettstatt stand.

„Gott sei Dank! Sie ist hier!“, rief Reverend Thomas MacConn über die Schulter und winkte seinen Begleitern.

Dann trat er über die Schwelle. Mühsam bewegte er sich, benutzte den Wanderstab als Gehhilfe. Vier Männer, große, kräftige Gestalten, tauchten am Eingang auf, brachten kalte Luft mit herein, sperrten das spärliche Licht aus, das durch die offene Tür in die Hütte gefallen war. Catriona zitterte.

„Ist dir nichts passiert, Kind?“, fragte der Vater, während er näher kam. „Dem Herrn sei Dank! Wir haben schon befürchtet, es sei auf diesem Berg wieder ein Unglück geschehen.“

Abrupt blieb er stehen, starrte Evan an.

„Sir?“, knurrte er. „Ich denke, ich weiß, wer Sie sind!“

Evan neigte leicht den Kopf.

„Ich nehme es an. Guten Morgen, Reverend MacConn!“

„Mir geht es gut, Papa. Der Sturm hat uns hier festgehalten“, versuchte Catriona hastig abzulenken.

„Oh, Finlay und Mr. Grant!“, grüßte sie ihren Bruder, der sich an dem Vater vorbeigedrängt hatte, und Kenneth Grant, den Lord und Arzt vom anderen Ende des Tals. Der vierte Mann war ihr völlig unbekannt.

Oje, musste ihr Vater unbedingt das halbe Dorf nach ihr auf die Suche schicken? Über kurz oder lang würde das ganze Tal von ihrer Schande sprechen.

Die Blicke der vier Männer waren auf sie gerichtet. Unverständnis, Erstaunen, Misstrauen, absolute Verlegenheit las sie darin. Im Unterhemd, mit offenem Haar, so saß sie auf dem

Boden, das Plaid ganz offensichtlich die einzige provisorische Schlafstatt in der Hütte – nicht zu übersehen, dass sie diese geteilt hatten. Und der Mann neben ihr? Auf Strümpfen, in Hemdsärmeln, mit offener Weste und Hose – schlimmer noch, das Hemd hing aus der Hose, das Haar war zerzaust. Tatsachen, die nicht zu leugnen waren, die so klar wie die kalte Morgenluft waren, die in die verfallene Berghütte drang.

Quälend langsam vergingen die wenigen Sekunden, während die Männer sie und Evan Mackenzie anstarrten.

Dann schlug Kenneth Grant die Tür laut hinter sich zu, so als wolle er damit seiner Missbilligung, mehr noch, seinem Ärger Ausdruck geben.

Das Gesicht ihres Vaters verfärbte sich rot vor Wut.

„Sie, Sir!“, schrie er Evan an. „Wieso sind Sie hier mit meiner Tochter … in diesem … schamlosen Aufzug?“

Das war eigentlich keine Frage. Ihr Vater war nämlich kein Mann, der Fragen stellte, er informierte.

Evan blieb ruhig und sah ihm in die Augen.

„Reverend MacConn, ich versichere Ihnen, es gibt eine Erklärung.“

„Wir haben vor dem Sturm und der Eiseskälte hier Schutz gesucht“, versuchte Catriona zu erklären. „Mr. Mackenzie hat sich beim Sturz verletzt …“

„Verletzt?“, fragte Kenneth Grant. „Ich behandele die Leute hier im Tal, Sir. Miss MacConn, sind Sie verletzt … kann ich Ihnen helfen?“

„Mir ist nichts passiert. Nur Mr. Mackenzie …“

„Ach, es geht schon wieder“, wehrte Evan ab.

„Mr. Mackenzie? So hat er sich dir vorgestellt?“, fragte ihr Vater grimmig.

Catriona verstand nicht, was er damit meinte.

„Wieso?“

„Er heißt nicht nur Mackenzie“, antworte ihr Vater mit unverholenem Ärger.

Überrascht wandte Catriona sich Evan zu, doch er mied ihren Blick.

„Vater, sie brauchen das Essen und die Decken, die wir mitgebracht haben."

Finlay hievte den Rucksack von der Schulter.

„Ganz bestimmt hatten sie eine schwere Zeit. Erst sollten wir sie nach Hause bringen und sie von Mr. Grant versorgen lassen. Später können sie uns dann von ihrem kleinen Abenteuer erzählen."

Evan fuhr sich mit der Hand durch das zerzauste Haar, während er Finlay ansah.

„Danke, Sir!"

„Ich will sofort wissen, was geschehen ist", grollte ihr Vater.

„Wichtig ist nur, dass sie in Sicherheit sind", versuchte Finlay ihn zu beruhigen.

Grant nickte.

„Richtig! Und wenn der Gentleman verletzt ist ..."

„Auf mich machen die beiden einen ganz gesunden Eindruck", widersprach der Reverend, verschränkte die Arme vor der Brust und sah Evan herausfordernd an.

„Oje, oje! Kildonan! Verdammt! Was ist passiert?", meldete sich plötzlich auch der vierte Mann zu Wort.

„Zum Glück lebst du ja noch. Schlimme Nacht, was?"

„Halb so schlimm, Fitz", beruhigte Evan ihn leise.

„Miss MacConn, darf ich Ihnen Mr. Arthur Fitzgibbon vorstellen?"

„Ich hatte schon das Schlimmste befürchtet, weil dieser Sturm einsetzte und du nicht zurückkamst", fuhr Fitzgibbon fort. „Deshalb bin ich losgeritten und habe im Tal diese Gentlemen getroffen, die auf der Suche nach Miss MacConn waren. Wir mussten allerdings warten. Erst nachdem das Wetter aufklarte, konnten wir hierherauf kommen. Es war eine schlimme Nacht, überall Schnee und Eis. Was für ein

Glück, das wir euch beide hier gefunden haben, Kildonan."
Catriona blieb fast das Herz stehen.
„Kildonan", flüsterte sie und starrte Evan ungläubig an.
Er wich ihrem Blick nicht aus.
„Ja. Ich bin Lord Kildonan."

7. KAPITEL

Schweigend folgte Catriona den Männern, die vorsichtig den immer noch vereisten Viehtreiberweg hinuntergingen. Sie vermied es, Evan Mackenzie – nein, Lord Kildonan, dachte sie im Stillen verbittert – anzusehen, und konzentrierte sich völlig darauf, wie ihr Vater vorankam.

Aufgrund seiner Rückenverletzung waren lange Wanderungen im steilen Gelände beschwerlich für Thomas MacConn. Diesmal gestattete er seiner Tochter nicht einmal, hilfreich ihre Hand auf seinen Arm zu legen, wenn die Strecke schwieriger wurde. Seine Zurückweisung, sein Schweigen, mit dem er sein Missfallen ausdrückte, verletzten sie mehr als böse Worte.

Zu Hause wurde Catriona heulend von ihrer Tante, Judith Rennie, und einer Freundin der Familie, Mrs. MacAuley, die die einzige Gastwirtschaft im Tal betrieb, in Empfang genommen. Unter Jammern und aufgeregtem Geraschel ihrer schwarzen Röcke geleiteten die beiden Witwen Catriona eilends in ihr Schlafzimmer, wo schon alles für sie vorbereitet war: ein heißes Bad, saubere Kleider und ein warmes Mahl.

Bevor Catriona nach oben ging, hörte sie, wie Evan seinen Freund Arthur Fitzgibbon bat, zum Kildonan Castle zu reiten und seine Schwester zu benachrichtigen, die heute dort eintreffen sollte.

Aha, dachte Catriona, offensichtlich ist er schon seit ein paar Tagen auf dem Schloss. Ihr blieb nicht verborgen, wie Evan ihr mit den Blicken folgte, während sie sich entfernte, sah sich jedoch nicht um. Der Evan Mackenzie, den sie kennen gelernt hatte, existierte nicht mehr. Sie ließ einen anderen in der Halle zurück.

In dem Moment, in dem ihr das bewusst wurde, hatte sie das Gefühl, ihre gesamte Energie verflüchtige sich. Seine ruhige Art hatte ihr in den vergangenen vierundzwanzig Stunden Zuversicht und Selbstvertrauen gegeben. Hier, in der angespannten Atmosphäre ihres Vaterhauses, hüllte sie sich wieder in ihren schützenden Kokon und wurde wieder zu dem stillen, gehorsamen Mädchen, das sich dumpf in sein Schicksal fügte.

Catriona fühlte sich verletzt und gedemütigt. Ihr einziger Wunsch war, allein zu sein, sich auszuruhen. Sie brauchte Zeit, um über das Geschehene und seine Folgen nachzudenken. Mochten ihre Tante und ihr Vater darüber schockiert sein, dass sie die Nacht mit einem fremden Mann in der Hütte verbracht hatte. Für sie selbst war es eine große Enttäuschung, dass Evan sie betrogen hatte. Wie Verrat kam es ihr vor. Er war nicht mehr der freundliche, liebevolle Fremde. Nicht einmal mehr der Mann, von dem sie später in einsamen Stunden träumen konnte.

Er war der Sohn des verhassten Earl of Kildonan, sein Erbe, von dem es hieß, er sei auch nicht viel besser als der Vater. Und sie hatte ihm erlaubt – nein, sogar schamlos ermuntert –, sie zu lieben. Gefahr und Kälte, Wärme und Leidenschaft, alles hatten sie miteinander geteilt. Nur die Wahrheit nicht, denn er hatte ihr verschwiegen, wer er wirklich war. Und sie wusste nicht, ob sie ihm das jemals vergessen oder gar verzeihen konnte.

Deshalb konnte sie auch nicht in die Halle zurückschauen, wo Kildonan stand und sie beobachtete, so verbissen schweigend wie sie selbst.

„Erlauben Sie, dass ich noch einmal Herz und Lungen gründlich abhorche, Miss MacConn."

Mr. Grant, der neben Catriona auf dem Rosshaarsofa saß, neigte ab und zu lauschend den Kopf, während er ihren Rücken vorsichtig mit den Fingerspitzen abklopfte.

„Trotz der Kälte und des Sturzes in den eisigen Gebirgsbach scheinen Sie keine Lungenentzündung zu bekommen."

Catriona saß aufrecht, atmete ruhig und wartete schweigend, bis Kenneth Grant seine Untersuchung beendete. Sie trug nun ein grau-blau gestreiftes Seidenkleid und war froh, dass Mrs. MacAuley ihr nach dem Bad das Korsett nicht zu eng geschnürt hatte.

Tante Judith stand wie ein Sittenwächter vor der Wohnzimmertür und überwachte von dort aus die ärztliche Untersuchung. Ihrem Missfallen gab die Tante mit strenger Miene Ausdruck.

Judith Rennie, Witwe eines Lords aus dem Perthshire, war eine energische Frau mit eisernem Willen. Sie hatte sofort die Vermutung geäußert, Catrionas Erlebnis mit dem Earl of Kildonan sei eine schamlose Eskapade gewesen.

Es verletzte sie zwar, dennoch war Catriona weder überrascht von den Mutmaßungen ihrer Tante, noch besaß sie die Kraft, ihr zu widersprechen. In gewissem Maße musste sie der Tante sogar recht geben. Schließlich war sie töricht und leichtgläubig gewesen.

Catriona seufzte und guckte Kenneth Grant fragend an, der sich zurücklehnte.

„Alles in Ordnung, Sie sind völlig gesund … nur vermutlich sehr müde."

„Ja, müde", bestätigte sie auf Englisch.

Ihr Vater bestand darauf, dass in seinem Haus – außer in Küche und Kinderzimmer – nicht Gälisch gesprochen wurde. Nur die Predigten in seiner Hochlandgemeinde hielt er auf Gälisch.

„Ihre Nichte hat keinerlei Schaden genommen, Mrs. Rennie. Trotzdem sollte sie sich ein paar Tage ausruhen. Bevor Sie nicht wieder ganz bei Kräften sind, sollten Sie mit Morag MacLeod keine langen Wanderungen durch die Berge unternehmen, Miss MacConn."

„Catriona und Morag MacLeod müssen die Stricksachen abholen, die die Bergbauern in Heimarbeit fertigen, das wissen Sie doch. Eine wertvolle Arbeit für das Gemeinwohl, die regelmäßig getan werden muss", wies ihn Judith Rennie zurecht.

„Ein paar Tage wird sie schon aussetzen können", erwiderte Grant.

„Sie erfreut sich bester Gesundheit, und so wie ich verstanden habe, Lord Kildonan auch. Das war dann ja wohl kein Notfall, Catriona?" Selbstgefällig musterte Judith ihre Nichte.

„Die Situation dort oben schien sehr gefährlich, Mrs. Rennie", erklärte Grant ernst. „Lord Kildonan hat bei dem Absturz eine Kopfverletzung und Prellungen erlitten, zum Glück ist er kräftig und in ausgezeichneter körperlicher Verfassung. Auch er braucht nur ein paar Tage Ruhe, dann ist alles überstanden. Er ist fest davon überzeugt, dass Miss MacConn ihm das Leben gerettet hat. Eine barmherzige Samariterin ist Ihre Nichte. Sie können stolz auf sie sein, Mrs. Rennie."

„Sie ist eine Pfarrerstochter, von der erwartet man stets vorbildliches Benehmen ... Das sind nun Prinzipien, die auf Catriona nicht mehr zutreffen", erwiderte Judith verächtlich.

„Wir sind beide unverletzt und wohlauf, obwohl wir unter schrecklichen Bedingungen dort oben ausharren mussten", konterte Catriona. „Ich denke, dafür sollten wir alle dankbar sein ... ganz besonders in diesem Haus, Tante."

„Selbstverständlich sind wir glücklich und dankbar dafür, dass nicht eine erneute Tragödie über uns hereingebrochen ist ... das hätte dein Vater ganz gewiss nicht überlebt. Dennoch bereitet uns die Angelegenheit großen Kummer."

Catriona seufzte.

Grant betrachtete sie nachdenklich und grimmig wie stets. Sie fühlte sich immer ein wenig bedrückt in Grants Gesellschaft. Seine Miene war ständig mürrisch, für sein Alter – er war nur zehn Jahre älter als sie selbst – fand sie ihn einfach viel zu ernst.

„Ich nehme an, Sie sind hier fertig, Mr. Grant. Der Reverend erwartet nämlich Catriona anschließend in seinem Arbeitszimmer."

Judith öffnete die Tür.

„Nun komm, Liebes. Dein Vater spricht schon mit dem Earl. Sie warten auf uns."

Der Gedanke, Evan zu begegnen, mit ihm zu sprechen, ließ Catrionas Herz schneller schlagen.

„Geh schon voraus. Ich … ich komme sofort nach."

Schulterzuckend verließ Judith Rennie den Salon. Sie ließ die Tür einen Spalt breit offen.

Mr. Grant nahm Catrionas Hand.

„Lassen Sie mich noch einmal Ihren Puls fühlen, Miss MacConn. Sie haben sich sehr aufgeregt."

Nicht so sehr wie über meine Tante, hätte sie am liebsten geantwortet. Stattdessen blieb sie still neben ihm sitzen und lächelte nur verhalten, während er ihre Hand wieder losließ.

„Danke, Mr. Grant, dass Sie sich an der Suche nach mir … und Lord Kildonan beteiligt haben."

„Das war selbstverständlich", antwortete er.

Grant war groß, mit einem groben Gesicht, braunen Augen und dichtem braunen Haar. Der Lord of Kilmallie lebte zwölf Meilen entfernt, am östlichen Ende des Glen Shee, und kam nur selten nach Glenachan. Kenneth hatte nach dem Tod seines Vaters die Schafzucht auf seinem Landgut erweitert und verdiente mittlerweile ganz gut damit. Nebenbei fand er immer noch Zeit, den Bewohnern im Tal medizinischen Rat zu geben, denn der nächste voll ausgebildete Arzt befand sich dreißig Meilen entfernt in Kyle of Lochlash.

„Ich freue mich immer, wenn ich Ihnen helfen kann, meine liebe Miss Catriona."

Manchmal nannte er sie beim Vornamen, schließlich kannten sich beide schon sehr lange. – Eigentlich bereits seit ihrer Kindheit, obwohl Kenneth damals nur ein seltener Besucher in der Pfarrei gewesen war.

Ein Lächeln huschte über seine groben Gesichtszüge, kurz und flüchtig. Er besaß wenig Humor und seine mürrische Art war manchmal sehr anstrengend.

„Na ja, im Moment scheinen sich nicht alle über mich zu freuen."

Er legte die Stirn in Falten.

„Reverend MacConn ist verständlicherweise verärgert. Er hatte befürchtet, Ihnen könnte ein Unfall passiert sein. Letzte Nacht war er so aufgeregt, dass ich ihm eine Beruhigungsspritze geben musste. Und er hat mich gebeten, mit Ihnen zu sprechen, Miss Catriona. Er möchte wissen, ob Sie … hm … nun ja, ob Sie vielleicht anderweitig Schaden genommen haben."

„Lord Kildonan hat sich wie ein Gentleman benommen, wenn es das ist, was Sie andeuten wollen."

Es ist nicht gelogen, denn ich bin es gewesen, die sich nicht richtig benommen hat, dachte sie. Das ging jedoch niemanden etwas an.

Grant starrte sie durchdringend an.

„Ihr Vater fürchtet, Sie … hm … seien kompromittiert. Ganz offensichtlich haben Sie gemeinsam unter der Decke gelegen."

„Um uns zu wärmen. Es war sehr, sehr kalt. Mein Vater und meine Tante mögen es vielleicht nicht glauben, dass wir sogar in der Schutzhütte in Lebensgefahr waren. Sie als Arzt werden ihnen erklären können, dass wir Gründe hatten, die Decke zu teilen. Das bedeutet noch lange nicht, dass ich kompromittiert bin."

„Mithin haben Sie folglich die Decke geteilt", fuhr er sie an, mäßigte dann seinen Ton und sprach weiter: „Ach, ich glaube, das wird man genauso schnell vergessen wie den Sturm letzte Nacht."

Catriona nickte. Wenn jemals die wahren Details herauskommen, dachte sie, während sie aufstand, dann wird sich der

Sturm zu einem Orkan entwickeln.

„War das alles, Mr. Grant? Mein Vater wartet."

Auch Grant erhob sich.

„Einen Moment noch, Miss MacConn", sagte er mit diesem ihm eigenen seltsamen humorlosen Lächeln, ging zur Tür und schloss sie.

„Sie müssen die Tür nicht schließen, ... das gehört sich nicht", sagte sie und streckte die Hand nach der Türklinke aus. „Meine Tante macht zurzeit schon genug Ärger."

Es war witzig gemeint, Grant reagierte jedoch nicht.

„Und was Sie getan haben, hat sich auch nicht gehört, meine Liebe. Wenn ich das gewusst hätte."

„Was gewusst hätte?"

Sie wollte an ihm vorbei, aber er hielt sie an der Schulter fest. Catriona wandte sich ihm zu, erstaunt zunächst und dann alarmiert, weil er verärgert zu sein schien.

„Was ist? Haben mein Vater oder meine Tante Sie gebeten ... über noch etwas mit mir zu sprechen?"

„Wenn ich gewusst hätte, dass die anständige Miss Catriona, das unscheinbare Mädchen von Glenachan, willens ist, die Nacht in den Armen eines Mannes zu verbringen, hätte ich mein Interesse eher gezeigt", zischte er und packte sie bei der Schulter. „Nun muss ich befürchten, ich komme zu spät."

Catriona versuchte, ihn abzuschütteln.

„Zu spät? Was meinen Sie damit?"

„Ich war dort, meine Liebe. Ich sah Sie auf dem Lager sitzen, das Sie mit ihm teilten. Wunderschön waren Sie, offenes Haar, rosige Wangen und Lippen ... das Herz hat mir geblutet", gestand er und strich ihr über die Wange. „Ich will haben, was Sie dem Earl so freimütig gewährt haben. Ich verdiene es mehr als er."

Erneut packte er sie bei den Schultern.

„Nehmen Sie Ihre Hände weg", befahl sie ihm wütend.

Das Herz klopfte ihr bis zum Hals, ihre Gedanken schlugen Purzelbäume. Hatte sie irgendwelche Hinweise seiner Zuneigung übersehen? Waren ihr Anzeichen eines verborgenen, nahezu grausamen Temperaments entgangen? Nein, er war stets ernst und mürrisch gewesen – und äußerst höflich.

„Ich kenne Sie seit langem und ich hätte Ihren Vater um Ihre Hand gebeten, wenn Sie nicht das unscheinbare Mädchen gewesen wären, das niemals heiraten wollte. Und nun das! Wären Sie davongerannt und hätten irgendeinen Fremden geheiratet ... das wäre leichter zu verkraften gewesen. Indes sich dem Earl of Kildonan hinzugeben ... ausgerechnet dem!"

„Ich habe Ihnen schon einmal gesagt: Er hat sich benommen wie ein Gentleman. Und ich bin auch keines Mannes Geliebte, wenn Sie das andeuten wollen. So, und nun lassen Sie mich gehen."

„Jeder im Tal weiß, dass der alte Earl sich im Hochland eine Geliebte hielt ... mehr als nur eine. Wie es aussieht, tritt der Sohn in seine Fußstapfen."

„Nicht mit mir!" Empört stieß sie ihn weg. „Jetzt reicht es mir. Außerdem, was letzte Nacht geschah, geht weder Sie noch irgendjemand anderen etwas an. So, und nun lassen Sie mich endlich in Ruhe."

Er ließ nicht locker, zog sie an sich und umarmte sie.

„Seien Sie still und hören Sie mir zu", zischte er Catriona an, die sich wehrte. „Ich weiß, was Ihr Bruder macht."

„Mein Bruder?", flüsterte sie erschrocken.

„Finlay MacConn hat einige der Leute, die vor Jahren aus dem Tal vertrieben worden sind, wieder in ihren ehemaligen Häusern angesiedelt."

„Ach ... das ist ja lächerlich."

Die Stimme versagte ihr fast. Woher wusste Kenneth Grant davon? Finlay war stets sehr vorsichtig, und außerdem hatte er immer nur Leute in ganz entlegenen Gegenden des Tals angesiedelt.

„Ich war an der Grenze zu Kildonans Ländereien auf der

Jagd und bin meinen Hunden nach, die einen Hirsch verfolgten. Da bemerkte ich, wie Rauch aus einer angeblich herrenlosen Hütte aufstieg. Vor dem kleinen Haus, aus dem sie einst vertrieben worden waren, saßen der alte MacGillechallum und seine Frau in der Sonne. Das Haus hatte ein neues Dach und eine neue Tür. Was halten Sie davon?“

„Keine Ahnung. Ich weiß von nichts.“

„Oh doch!“ Er hielt sie fest im Arm. „Ich denke, Sie haben ihm geholfen. Es ist bekannt, dass Sie und Finlay stundenlang in den Bergen wandern, manchmal sogar tagelang. Die alte Frau dort oben hat eine Weise gesungen, die ich auch schon von Ihnen gehört habe, mein liebes Mädchen.“ Er neigte den Kopf und summte ein paar Töne. „Woher könnten Sie diese alte gälische Melodie wohl kennen? Allein von der alten Frau dort oben.“

Catriona starrte ihn an. Vorgetragen in seiner dünnen Stimme klang das schöne alte Lied schauerlich.

„Lassen Sie mich sofort los, und verlassen Sie das Haus“, sagte sie kalt. „Wenn mein Vater und mein Bruder erfahren, dass Sie … ein Arzt … mich auf so brutale Weise festhalten, wird das Folgen haben.“

Er zog sie noch näher zu sich heran und flüsterte ihr ins Ohr: „Was wird wohl der neue Earl davon halten? Sein Verwalter verfügt über seine Ländereien nach eigenem Gutdünken? Kildonan wird ihn festnehmen lassen. Der Sheriff von Inverness und der Magistrat des Torridon-Distrikts haben den alten Earl immer unterstützt. Finlay MacConn und seine wunderschöne Schwester verstoßen gegen das Gesetz. Jene Leute haben kein Recht dort zu wohnen. Sie sind nicht als Pächter vom Gutsherrn eingesetzt worden. Außerdem können sie auch nicht mehr hart arbeiten und keine Pacht mehr zahlen.“

Catriona stand stocksteif, Angst befiel sie.

„Wieso erzählen Sie mir das gerade jetzt? Was wollen Sie von mir?“

„Küssen sollen Sie mich, meine liebe Miss Catriona", murmelte er böse. „Ich will wissen, was Sie dem Earl of Kildonan gegeben haben!"

Catriona schauderte es, während seine Lippen über ihre Wangen strichen, als dann sein Mund den ihren berührte, fuhr sie angeekelt zurück und trat ihm empört in die Lenden.

Doch Grant war groß und stark und vor allem fest entschlossen zu bekommen, was er haben wollte. Ein Mann ohne jeglichen Humor, seine Sicht der Welt war freudlos, voller Misstrauen. Finlays Vergehen – und auch ihres mit Kildonan – hatte das Böse in ihm ausgelöst.

Kenneth Grant küsste sie, die dünnen Lippen waren hart und kalt. Catriona drehte den Kopf zur Seite.

„Hören Sie mir gut zu", knurrte er. „Ich werde den Earl und den Sheriff über die Aktivitäten Ihres Bruders informieren. Ich werde dafür sorgen, dass die alten Leute und alle anderen, die Finlay zurückgeholt hat, wieder fortgejagt werden. Sie sind illegal hier."

„Was geht Sie das eigentlich an?", fragte sie und versuchte, sich aus seinem Griff zu befreien.

„Sehr viel. Die Ländereien von Kilmallie und Kildonan haben eine gemeinsame Grenze. Der Earl plant an eben dieser Grenze Land zu verkaufen, und ich will es erwerben. Für das restliche Land des Earls gibt es bereits potenzielle Käufer, reiche Männer, die den Grund entweder in Schafweiden oder in ein riesiges Jagdrevier umwandeln."

„Nein!", wisperte Catriona fassungslos. „Ich dachte, es wäre nur ein Gerücht. Das kann er nicht machen."

„Und ob. Alles Volk, das Finlay zurücksiedelt, wird entweder von Kildonan oder dem neuen Eigner wieder vertrieben … oder von mir, wenn ich das Land kaufen kann. Dabei denke ich, wir zwei können einen kleinen Handel machen, nicht wahr, meine Liebe?"

„Was meinen Sie?"

„Ich werde die Aktivitäten Ihres Bruders für mich behalten ... und wir zwei hüten noch ein anderes Geheimnis."

Er riss sie so nah an sich heran, dass sie selbst durch die vielen Petticoats seine harte Manneskraft spüren konnte. Dann beugte er sich über Catriona und küsste sie.

„Du gibst mir alles, was du Kildonan gegeben hast. Wenn du seine Geliebte bist, dann bist du auch meine, nur dann werde ich die Pläne deines Bruders für mich behalten."

Sie starrte ihn fassungslos an.

„Nun, da Sie sich bereit erklärt haben, nehme ich mir, was mir gehört", sagte er, bog ihren Kopf zurück und küsste sie erneut.

Auch diesmal fuhr Catriona angeekelt zurück.

„Das ist der Preis für mein Schweigen, Miss Catriona. Ihr Earl wird's nichts erfahren, und Ihr Bruder kann sich in Sicherheit wiegen. Ich werde das Land kaufen, und Kildonan wird reicher denn je ins schottische Tiefland zurückkehren. Sein schönes Hochlandmädchen wird er schnell vergessen."

Noch einmal küsste Grant sie auf die Wange.

„Bis später, meine Liebe", sagte er, dann ließ er sie los, öffnete die Tür und ging hinaus in die Halle.

Eine ganze Weile stand Catriona da, sie zitterte am ganzen Leib. Plötzlich fühlte sie sich so schwach, dass sie sich setzen musste. Sie hatte das Gefühl, ohnmächtig zu werden.

8. KAPITEL

Nehmen Sie bitte Platz, Lord Kildonan“, sagte Thomas MacConn ernst.

„Lass bitte die Tür angelehnt, Finlay. Deine Tante und Catriona werden auch gleich kommen.“

Ein riesengroßer Schreibtisch, Regale, vollgestopft mit Büchern, ein üppiger Marmorkamin, ein paar Lederstühle auf dem ausgetretenen Teppich – es herrschte bedrückende Enge in dem kleinen Arbeitszimmer, in das die dunklen Vorhänge nur wenig Licht hineinließen. Evan setzte sich in den Ledersessel gegenüber dem Reverend.

„Vater, Lord Kildonan ist bestimmt erschöpft und möchte sich etwas ausruhen, bevor du ihn befragst“, sagte Finlay, der am Fenster stand.

Thomas MacConn schaute seinen Sohn böse an.

„Die Angelegenheit muss sofort geklärt werden.“

„Selbstverständlich, Reverend. Ich habe volles Verständnis für die Bedenken Ihrer Familie.“

Der Reverend, der hinter seinem Schreibtisch saß, lehnte sich zurück und faltete bedächtig die Hände über der schwarzen Weste, die eine silberne Uhrkette schmückte. Er war ein großer, beeindruckender Mann. Und Evan konnte sich gut vorstellen, wie dieser Reverend nicht nur allein kraft seiner imposanten Gestalt, sondern auch mit barschem Ton seine Gemeinde einschüchterte. Insbesondere da es sich um eine Kongregation mit den strengen Ansichten einer Freikirche handelte.

„Sehr gut, Sir“, sagte Thomas MacConn. „Sicher verstehen Sie auch die Befürchtungen meiner Schwester, Mrs. Rennie, die ich, wie auch meine Tochter, gebeten habe, diesem Gespräch beizuwohnen.“

Evan nickte zustimmend. Äußerlich blieb er ruhig, obwohl ihm der Gedanke, Catriona im Kreise ihrer Familie gegenüberzutreten, Herzklopfen bereitete. Das Treffen versprach nicht sonderlich erfreulich zu werden, denn er hatte keinesfalls vor, Einzelheiten über die Geschehnisse in der Schutzhütte preiszugeben. Was immer er Catriona schuldete – und dass er in ihrer Schuld stand, darüber bestand kein Zweifel –, das wollte er mit ihr persönlich klären.

„Während Mr. Grant Sie untersucht hat, Lord Kildonan, ist Mr. Fitzgibbon zum Schloss geritten, um Ihrer Familie mitzuteilen, dass man Sie gefunden hat“, sagte Finlay.

„Danke, Sir. Meine Schwester und mein Schwager werden glücklich sein, weil nichts passiert ist.“

„Kommen wir zur Sache, Lord Kildonan“, begann der Reverend feierlich. „Mr. Fitzgibbon berichtete uns, Sie wollten gestern mit ihm den Beinn Shee besteigen und hatten sich im Nebel verloren. Es ist natürlich sehr bedauerlich, dass das Wetter schlecht wurde. Ist das wirklich ein Grund, einen Tag und eine Nacht mit meiner Tochter in der Schutzhütte zu verbringen?“

„Gewiss. Nachdem ich Mr. Fitzgibbon verloren hatte, bin ich abgestürzt. Miss MacConn hat mich beim Viehtreiberweg gefunden und half mir in die Schutzhütte. Der Sturm wurde schlimmer, die Hänge waren so vereist, dass wir nicht hinunter ins Tal konnten. Deshalb saßen wir dort fest“, erklärte Evan ruhig.

„Schrecklich“, meinte Finlay mitfühlend. „Die halb verfallene Hütte hat bestimmt nicht viel Schutz geboten. Ich wollte schon lange einen Schreiner und einen Dachdecker bitten, sie zu reparieren. Mit Ihrer Erlaubnis werde ich das sofort veranlassen.“

Erstaunt wandte sich Evan ihm zu.

„Mit meiner Erlaubnis?“

„Die Hütte steht auf Ihrem Land. Die Ländereien von Kildonan erstrecken sich über das gesamte Glen Shee – zweiundachtzigtausend Morgen. Ja, und der größte Teil vom Beinn Shee gehört auch Ihnen.“ Finlay verbeugte sich kurz. „Entschuldigen Sie, Sir, bei dem ganzen Wirbel habe ich vergessen, mich richtig vorzustellen. Ich bin der Verwalter von Glen Shee und Kildonan. Nach dem Tod von Mr. Grant Senior habe ich die Stelle übernommen. Wir hatten noch keine Gelegenheit, uns kennen zu lernen, Sir. Bislang habe ich immer mit Lady Jean und Sir Harry verhandelt."

„Ach ja, Mr. MacConn. Meine Schwester hat mir schon davon berichtet, wie ausgezeichnet Sie das Gut verwalten."

„Danke, Sir."

Finlay errötete leicht, lehnte sich gegen die Wand und kreuzte die Arme vor der Brust. Er war ein großer, junger Mann, Ende zwanzig, gut und kräftig gebaut, mit dunkelbraunem Haar, blauen Augen und heller Haut. Evan fiel die Ähnlichkeit zu Catriona auf.

Der attraktive junge Mann machte einen offenen, ehrlichen Eindruck auf Evan. Jean und Harry hatten sich nur lobend über den neuen Verwalter geäußert.

„Mr. MacConn, sobald wie möglich werden wir uns treffen, damit Sie mich über die Angelegenheiten von Kildonan in Kenntnis setzen können."

„Selbstverständlich, Sir. Entschuldigen Sie, ich habe Ihren Bericht unterbrochen. Fahren Sie fort – das Wetter hat sich plötzlich gedreht. Das passiert in diesem Teil der Highlands des Öfteren. Es muss ja teuflisch kalt in der Berghütte gewesen sein."

„Sicher, dennoch haben wir es überstanden."

„Wir haben alle gesehen, dass Sie ein Feuer gemacht haben und ein Kessel auf dem Herd stand", sagte der Reverend. „Vielleicht war es nicht so unwirtlich, wie Sie uns glauben machen wollen."

„Es regnete und stürmte durch das offene Dach. Ja, wir hatten ein kleines Feuer, der Torf war jedoch feucht und brannte schnell wieder herunter. Ein paar Haferplätzchen und ein wenig Whisky haben wir uns geteilt."

„Meine Tochter nimmt starke Getränke nur zu sich, wenn es medizinisch notwendig ist“, sagte der Reverend streng.

„Unter diesen Bedingungen war es medizinisch notwendig. Wir haben nämlich gefroren. Miss MacConn hat sehr unter der Kälte und Nässe gelitten, und sie zeigte erste Anzeichen eines Kältetods. Ihre Tochter war sehr tapfer, Sir. Sie können wirklich stolz auf sie sein. Meiner Meinung nach war ihr Verhalten tadellos.“

Evan wusste, er allein war der Schuldige. Mit strengem Blick wandte er sich dem Vater zu, und der Reverend räusperte sich etwas verlegen.

Es klopfte an der Tür, und Mrs. Rennie trat ein.

Ihr kalter und herzloser Empfang war Evan noch lebhaft in Erinnerung. Zu dem wohl stets unfreundlichen, ernsten Gesicht passten das stahlgraue Haar unter dem schwarzen Netz und das schwarze Kleid, das nur ein weißer Spitzenkragen ein wenig aufhellte.

Evan zog ihr einen Stuhl herbei. Sie nickte kaum erkennbar, setzte sich, den Rücken steif durchgedrückt. Die Hände, in schwarzen Spitzenhandschuhen züchtig über dem Schoß gefaltet, machten auf Evan durchaus den Eindruck, als könnten sie klammern und kratzen.

„Judith, meine Liebe, Lord Kildonan hat uns gerade berichtet, dass er und Catriona wegen des plötzlichen Wetterumschwungs dort oben nicht fortkonnten. Sie mussten in der maroden Hütte vor der Kälte Schutz suchen“, erklärte der Reverend.

„So?“ Mrs. Rennie fixierte Evan. „Sie waren halb nackt, als man sie beide fand. Ein Gentleman wie Sie hielt es vermutlich für seine Pflicht, das Mädchen zu wärmen.“

Der eiskalte Blick aus den bösen blassgrauen Augen ließ ihn frösteln.

„Ihre Kleider waren nass“, erwiderte er ruhig. „Sollte sie frieren, während ich auf mein eigenes Wohlergehen bedacht war? Wäre das angemessener gewesen, als Jacke und Plaid zu teilen?“

„Er hat recht“, sagte Finlay.

Seine Tante schnaubte böse.

„Niemand sollte bei so einem Wetter über Nacht im Gebirge sein. Dafür gibt es keine Entschuldigung. Sie hätten herunterkommen müssen, beide.“

Evan musste sein Temperament zügeln. Gereizt blickte er zur Seite und traf auf Finlays verständnisvollen Blick.

„Sieh mal nach, wo deine Schwester bleibt, Finlay“, bat der Reverend.

„Sie wird schon kommen. Ganz bestimmt will sie nichts verpassen“, antwortete Finlay.

Amüsiert über Finlays ruhige Rebellion blickte Evan zur Tür. Am liebsten hätte auch er seiner Empörung Luft gemacht, wie ein kleiner ängstlicher Schuljunge kam er sich vor.

„Es stimmt, dass Catriona nicht richtig bekleidet war. Können Sie das erklären, Lord Kildonan?“, fragte Reverend Mac Conn.

„Sie ist in einen eisigen Bach gefallen. Ihr Kleid war nass. Sie war völlig durchgefroren, was bei so niedriger Temperatur lebensgefährlich sein kann. Ihre Lippen waren blau, sie hat am ganzen Leib unkontrolliert gezittert. Deshalb habe ich ihr geraten, die nassen Kleider auszuziehen, um sich zu wärmen, ein wenig Whisky zu trinken und … mit mir unter die Decke zu kriechen.“

„Ja, das erscheint mir sinnvoll“, meinte Finlay.

„Mir nicht“, widersprach Mrs. Rennie. „Sie waren allein. Er hat sie überredet, und sie hat sich gefügt. Was mag er ihr sonst wohl noch eingeredet haben? Thomas, ich habe es ja sofort gesagt, der neue Lord Kildonan ist nicht besser als der alte. Jetzt habt ihr den Beweis. Ein junges Mädchen so zu verführen? Oh nein!“

Empört schniefte sie in ihr Spitzentaschentuch.

In Evan stieg heiße Wut auf, trotzdem hielt er sich zurück, presste die Fingerspitzen gegeneinander und holte tief Luft.

„Ich kann Ihnen versichern, die junge Dame hat keinen Schaden genommen. Außerdem haben Sie keinen Grund, mich am Benehmen meines Vaters zu messen."

„Sie waren einen Tag und eine Nacht allein mit meiner Tochter. Wenn sie so geschwächt war, hätten Sie das Mädchen da nicht leicht ausnutzen können?"

Herrje, was sollte er darauf antworten?

„Sir, ich bewundere Ihre Tochter und habe sie respektvoll behandelt."

Nun ja, auf seine Art und Weise hatte er es schon, fand er und schaute sein Gegenüber finster an.

„Aus falsch verstandener Loyalität wird das Mädchen auch nichts zugeben", fauchte Mrs. Rennie.

Evan betrachtete die beiden schweigend. Er fühlte sich mehr denn je mit Catriona verbunden, wurde zunehmend wütender auf die hartherzige Tante und den unnachgiebigen Vater, der überraschend wenig Rückgrat zeigte. Nur der Bruder schien ein wahrer Schatz zu sein. Evan hatte nicht vor, weiter über die letzte Nacht zu diskutieren. Offensichtlich war Catriona tief in Ungnade gefallen, und er war der Grund für ihre Schande. Diese Erkenntnis lag wie eine schwere Last auf seinen Schultern.

„Thomas, du weißt, was das bedeutet!"

Besorgt betrachtete Thomas MacConn seine Schwester.

„Hm. Das Mädchen ist ruiniert und der Sünde verfallen." Er blickte Evan böse an. „Das ist Ihre Schuld, Sir."

Abrupt stand Evan auf, lehnte sich vor und hieb wütend mit der Faust auf MacConns Schreibtisch.

„Alles was wir getan haben, war, uns gegenseitig zu helfen zu überleben." Seine Stimme bebte leise vor Zorn.

„So kann man es natürlich auch ausdrücken", schnaubte Mrs. Rennie verächtlich.

Evan hielt die Luft an.

Gewiss, das Mädchen war unschuldig gewesen, und er war zu weit gegangen. Leidenschaft und Lust waren völlig unerwartet über ihn hereingebrochen, hatten ihn willenlos gemacht, seinen gesunden Menschenverstand ausgeschaltet. Der Mangel an Verständnis in diesem selbstgerechten Haus war kränkend, gleichwohl, er wusste auch nichts zu seiner Rechtfertigung vorzubringen.

„Ich habe größten Respekt vor Miss MacConn. Und das Rendezvous war alles andere als romantisch“, ungehalten machte er seiner Verärgerung Luft.

„Ihnen mag es taktlos erscheinen, dennoch müssen wir genau wissen, was letzte Nacht passiert ist. Haben Sie ...“

„Judith, das interessiert jetzt nicht mehr“, unterbrach der Reverend seine Schwester überraschend rücksichtsvoll. „Sie haben allein und ohne Begleitung die Nacht zusammen verbracht, nur das ist wichtig.“

Judith Rennie bedachte ihren Bruder mit einem so wütenden Blick, dass Evan glaubte, der große Mann müsse darunter zusammenbrechen.

Dann richtete sie ihre blassen Augen auf Evan.

Er hatte nicht vor, sich von ihr tyrannisieren zu lassen.

„Ich habe nicht die Absicht, in weitere Details zu gehen. Es steht Ihnen frei, daraus Ihre Schlüsse zu ziehen, Madam.“

Mrs. Rennie schnappte nach Luft.

Finlay verkniff sich ein Lachen. „Sicherlich haben sie sich gut benommen“, meinte er. „Catriona ist willensstark und vernünftig, und ich halte Lord Kildonan für einen Gentleman, dem man vertrauen kann.“

„Das ganze Tal weiß es, bald wird man in Inverness und Fort William und anderswo darüber sprechen“, ließ Mrs. Rennie nicht locker. „Ihr wisst, wie gerne Mrs. MacAuley klatscht. Sie wird es ihren Verwandten in der Stadt schreiben. Der Name deines Vaters wird in diesen schrecklichen Skandal verwickelt sein.“

„Viel schrecklicher wäre es, wenn das Mädchen erfroren wäre. Entschuldige, Vater, das weißt du ganz genau. Züchtig zugeknöpft bis zum Hals, erfroren in nassen Kleidern, während Kildonan seinen Whisky schlürfte und es sich unter ihrem Plaid warm sein ließ. Wenn ihr mich fragt, ich hätte genauso gehandelt wie er. Ich hätte dem Mädchen auch geholfen, egal was man später darüber sagen würde."

Er nickte Evan aufmunternd zu.

„Eine sehr unangenehme Situation", klagte der Reverend. Unschlüssig, ja fast hilflos hob er die Hände. „Ich dachte, ich hätte mein Mädchen verloren … nun … das ist fast noch schlimmer." Böse richtete er seine Augen auf Evan.

„Wie auch immer, unter dem Dach des Reverend ist für Catriona kein Platz mehr", verkündete Mrs. Rennie. „Wir sind bestürzt und enttäuscht aus den verschiedensten Gründen. Es ist nicht möglich für sie, im Zustand der Sünde weiterhin im Hause eines Pfarrers zu leben."

„Wie kannst du so etwas sagen?", brauste Finlay auf.

„Ich werde wohl hier bleiben und den Haushalt führen müssen", seufzte Mrs. Rennie. „Verwandte in Glasgow könnten sie vielleicht aufnehmen."

„Glasgow?", schrie Finlay empört.

„Ich entschuldige mich nochmals, Mr. MacConn. Zürnen Sie mit mir, bestrafen Sie Ihre Tochter nicht", bat Evan.

„Eine Entschuldigung reicht nicht", fuhr ihn Mrs. Rennie an. „Catriona ist kein Bauernmädchen, mit dem der Earl nach Lust und Laune umspringen kann. Wir leben nicht mehr im Mittelalter."

„Das ist eine Beleidigung, Madam. Miss MacConn hat mir das Leben gerettet."

Unschlüssig, fast beschämt wandte sich der Reverend seiner Schwester zu.

„Ja, es wird wohl das Beste sein, wenn Catriona eine Zeit lang das Tal verlässt", meinte er dann nachdenklich.

„Mein Bruder könnte wegen dieses Skandals seine Stelle verlieren. Wissen Sie überhaupt, was Sie da angerichtet haben?“

Evan konnte sich kaum noch beherrschen Angst, Zorn, Scham, Schuld und Bedauern – all das gärte in ihm.

„Ihre Tochter hat ein Menschenleben gerettet. Und Sie wollen sie deshalb verurteilen, aus ihrem Elternhaus, aus diesem Tal verbannen?“, fragte er vorwurfsvoll.

„Ich …“, stammelte Thomas MacConn und schaute verlegen auf seine Hände. „Catriona war ein mutiges Mädchen … obschon ich nicht überzeugt bin, dass sie beide über Nacht dort oben bleiben mussten.“

„Natürlich schmerzt es uns“, ergriff Mrs. Rennie wieder ungefragt das Wort. „Doch Catrionas Vater ist Gottes Stellvertreter auf Erden. Es ist seine Aufgabe, für Sitte und Anstand zu sorgen, die Moral zu wahren.“

„Mitgefühl, Dankbarkeit, dass sie gesund zurückgekommen ist, das nenne ich Moral, Madam“, schnauzte Evan sie an.

Er ballte die Hände zu Fäusten, um seiner Verärgerung Herr zu werden.

Man wollte Catriona fortschicken – so wie man einst die Highlander aus ihrer Heimat vertrieben hatte. All ihre Fröhlichkeit, all ihre Warmherzigkeit würde versiegen, wenn sie ihr geliebtes Tal verlassen müsste. Ihren Wagemut, ihre leidenschaftliche Hingabe würde sie mit einem gebrochenen Herzen bezahlen müssen. Und alles war seine Schuld! Er trug schon die Last eines anderen Unglücks, das er seiner Meinung nach zumindest teilweise verschuldet hatte. In der vergangenen Nacht war niemand umgekommen, nichtsdestotrotz hatte er etwas Wunderbares zerstört – ein fröhliches, unschuldiges Hochlandmädchen.

Dennoch konnte daraus etwas Gutes entstehen. Sie hatte ihm das Leben gerettet, aus diesem Grund stand er in ihrer Schuld. Evan wusste, was zu tun war.

Er richtete sich auf und erklärte den Anwesenden: „Ich

werde sie heiraten.“

„Was wollen Sie? Oh! Catriona!“ Mrs. Rennies Stimme verstummte plötzlich.

Erschrocken blickte Evan sich um. Im Türrahmen stand Catriona. Ganz still stand sie da, alle Farbe war aus ihrem Gesicht gewichen, mit weit aufgerissenen Augen starrte sie ihn an.

„Ich möchte Miss MacConn heiraten, wenn sie mich haben will“, sagte er leise und ohne die junge Frau aus den Augen zu lassen.

Erst ganz allmählich begriff sie den Inhalt seiner Worte. Wie gefesselt fühlte sie sich von seinem durchdringenden Blick, von dem verführerischen Glanz in den grünbraunen Augen, während Evan langsam auf sie zukam.

„Wollen Sie meine Frau werden, Miss MacConn?“, fragte er so leise, dass die anderen im Zimmer es kaum hören konnten.

Erschrocken trat sie einen Schritt zurück. Was hatte er ihrer Familie gegenüber preisgegeben?

Ihr Vater betrachtete sie traurig und enttäuscht. Ihre Tante war aufgeregt und erzürnt. Finlay beobachtete sie alle mit der amüsierten Miene, hinter der er sich manchmal versteckte. Er war wohl der Einzige, der sie nicht verurteilte.

Ganz offensichtlich vermuteten sie das Schlimmste. Das Herz wurde ihr schwer vor Angst und Erniedrigung. Niemals – nur im Falle eines Skandals – würde ein Earl nach einer so kurzen Bekanntschaft um die Hand einer Pfarrerstochter anhalten.

Sie wussten beide, dass es genug Grund für einen Skandal gab und genauso auch Gründe für eine Heirat. Sie hatten eine ereignisreiche, leidenschaftliche und zärtliche Nacht zusammen verbracht, und nun geschah es ihnen recht, wenn sie wie Fische an der Angel hingen.

Ganz gewiss wollte sie ihn nicht heiraten. Doch sie hatte gehört, was ihre Familie mit ihr vorhatte. Sie wollte Glenachan und Glen Shee nicht verlassen. Und dann auch noch Grants Drohungen. Sie wusste wirklich nicht, wie sie sich verhalten sollte.

„Miss MacConn.“ Lord Kildonan – so nannte sie ihn inzwischen nur noch – kam näher, und bevor sie fortlaufen konnte, nahm er ihre Hand. Sie trugen beide keine Handschuhe und der warme vertrauliche Händedruck zauberte einen Moment lang eine kostbare Erinnerung an die letzte Nacht herbei. Das Gedenken an diese Nacht hatte sie sich bewahren wollen, um für den Rest ihres einsamen Lebens in Glenachan davon zu zehren. Nun hatte man ihr auch das genommen.

Er war nicht mehr der freundliche Mr. Mackenzie, der sie so zärtlich in seinen Armen gehalten hatte. Er war der Sohn des verhassten Earl of Kildonan, ein Fremder, dem sie nicht vertrauen durfte. Eine Närrin war sie gewesen, hatte sich von seinem Charme verführen lassen.

Noch klangen Grants Worte in ihren Ohren nach. Evan beabsichtigte, einen Großteil seiner Ländereien zu verkaufen, das Schloss zu verpachten. Ihn zu heiraten, würde bedeuten, dass sie mit ihrem Ehemann das Tal verlassen müsste. Sie konnte ihn nicht heiraten, jedoch auch nicht zulassen, dass er Land verkaufte.

„Nein“, sagte sie plötzlich und zog ihre Hand zurück. „Nein!“

„Hören Sie mir zu“, flehte Evan leise.

„Nein! Ich kann Sie nicht heiraten“, zischte sie und drehte sich abrupt um. Doch Evan hielt sie zurück. Der harte Griff erinnerte sie sofort an Kenneth Grants Verhalten, und deshalb kämpfte sie umso verzweifelter.

„Bleiben Sie hier, Catriona“, bat er, und da seine Berührung zwar fest, wenngleich nicht grob, sondern eher beruhigend war, hielt sie still.

„Was ist los, Catriona. Benimm dich“, mahnte Mrs. Rennie.

„Es ist das Beste für dich, Kind“, erklang hinter dem Schreibtisch die Stimme des Vaters wie ein mächtiges Grollen. „Natürlich bin ich froh, weil du noch lebst. Mein Mädchen, ich habe wirklich befürchtet, du bliebest auch im Berg. Trotzdem kann auch ich den Rest nicht stillschweigend hinnehmen, und auch nicht akzeptieren, dass sich meine jüngste Tochter so unbeherrscht benimmt. Lord Kildonan hat um deine Hand angehalten. Ich möchte, dass du den Antrag annimmst.“

„Das ist der einzige Weg, um diese Schande aus der Welt zu schaffen“, war Mrs. Rennies Rat.

„Nein!“

Mochte es kindisch klingen, mochte sie sich närrisch verhalten, eine erzwungene Ehe wollte sie nicht.

Sobald Evan seinen Griff lockerte, drehte sie sich geschwind um, rannte mit fliegenden Röcken durch die Halle und die Treppe hinauf. Sie drehte sich noch einmal um, weil sie hörte, wie ihr jemand folgte.

Evan kam mit langen Schritten durch die Halle, auf der Stirn bildete sich eine steile Falte, nicht vor Wut, eher aus Besorgnis.

„Catriona!“, rief er.

Die tiefe Stimme schallte durch das ganze Haus.

9. KAPITEL

Catriona rannte über den Flur zu ihrem Schlafzimmer. Bevor sie die Tür hinter sich zuschlug, bemerkte sie, wie nicht nur Evan, sondern auch ihr Vater und Tante Judith hinter ihr herliefen.

Schwer atmend lehnte sie sich gegen die Türfüllung. Das Herz schlug ihr bis zum Hals. Sie schloss die Augen und versuchte, sich zu beruhigen. Eigentlich war es nicht ihre Art, sich wie ein verwöhntes kleines Mädchen zu benehmen. Normalerweise war sie ruhig und besonnen, zeigte nur selten ihre Gefühle. Dieses Mal jedoch hatte sie impulsiv, fast wie unter einem Zwang, reagiert.

Hier in der Abgeschlossenheit ihres eigenen Reiches wollte sie in Ruhe überlegen, wie sie sich entscheiden sollte. Selbstverständlich musste sie Evans Antrag ablehnen. Sie fühlte sich hintergangen und verletzt. Ihr Herz sehnte sich zwar nach Mr. Mackenzie, ihr Verstand sagte ihr hingegen, sie könne den Lord of Kildonan nicht heiraten. Und Mr. Grants Erpressung? Hilflos und wütend machte sie seine Drohung. Sie wusste wirklich nicht, wie sie sich verhalten sollte.

Unter vier Augen konnte sie vielleicht mit ihrem Vater vernünftig reden. Aber Tante Judith? Von ihr war kein Mitgefühl zu erwarten, ihr Herz war schon vor Jahren zu Stein geworden. Selbst verbittert, ließ sie auch bei ihren Mitmenschen keinerlei Freude aufkommen. Seit dem Tod der Mutter hatte Catriona die harte Kritik ihrer Tante erduldet, die sich verpflichtet fühlte, den sechs Kindern ihres Bruders mit Strenge die Mutter zu ersetzen.

Catriona war die Jüngste der sechs Geschwister. Ein Kind nach dem anderen hatte das Elternhaus verlassen. Zurückgeblieben waren nur Finlay und Catriona, die Tante Judiths selbstgefälliger Kontrolle unterstanden. Finlay, der ein dickfelligeres Naturell als Catriona besaß, ignorierte einfach die

Anweisungen und ewigen Nörgeleien seiner Tante. Und Catrionas Vater? Nun, der war seit Jahren an die ständige Bevormundung seiner Schwester gewöhnt und beugte sich meist deren Willen.

Catriona hatte sich stets bemüht, es ihrer Tante recht zu machen. Und was war der Dank? Kritik, Sticheleien und die Bezeichnung ‚unscheinbares Mädchen'. Nach Judiths Plan sollte die Nichte immer im Hause ihres Vaters bleiben, für Vater und Tante im Alter sorgen. So machte ihre Tante sogar Catrionas Traum zunichte, einmal eine eigene Familie zu gründen. Aus Liebe zu ihrem Vater hatte sie mit der Zeit begonnen, sich in die Situation zu fügen, und hoffte, ihn vor Judiths strengem Regime beschützen zu können.

Jetzt versuchte Tante Judith sogar, den Reverend zu überzeugen, dass seine Tochter entweder das Haus verlassen oder den Earl of Kildonan heiraten müsse.

Eher wollte Catriona ihr geliebtes Tal verlassen, als die Frau des Earls und damit ein Mitglied der Familie zu werden, die sie am meisten im Glen Shee verabscheute. Dann konnte man sie auch gleich ins Exil schicken, denn eine solche Heirat würde sie vom Brauchtum und den Menschen im Tal entfernen.

Lautes Klopfen schreckte sie aus ihren Gedanken auf.

Evan rüttelte an der Tür.

„Machen Sie auf", forderte er.

„Gehen Sie!"

„Ich muss unbedingt mit Ihnen reden", erwiderte er leise, gleichwohl streng.

„Ich nicht. Gehen Sie."

Wieder schlug er gegen das Holz.

„Öffnen Sie diese Tür!"

„Es geziemt sich nicht für ein junges Mädchen, ihre Zimmertür einem Gentleman zu öffnen. Ein Gentleman verlangt keinen Einlass ins Zimmer eines unverheirateten Mädchens.

Er schlägt auch nicht gegen ihre Tür."

Schweigen.

Catriona glaubte, Evan sei gegangen. Traurig, gegen die Tränen ankämpfend, lehnte sie den Kopf gegen die Türfüllung.

„Wenn das junge Mädchen die Nacht in den Armen des Gentleman verbringt und dieser Gentleman sie bittet, seine Frau zu werden, dann gelten diese Regeln nicht mehr", flüsterte er durch die Ritze am Türrahmen.

„Nur wenn das junge Mädchen den Antrag annimmt. Sie wollen mich ja gar nicht heiraten, und Sie müssen es auch nicht", rief sie so laut zurück, dass auch ihr Vater und die Tante es hören konnten.

Wieder Schweigen.

Dann krachte es, so als stemme Evan sich mit Gewalt gegen das Holz.

„Machen Sie diese verdammte Tür auf, Catriona!"

„Nein!"

„In der Halle stehen eine Menge Leute, die liebend gerne unsere Konversation mit anhören wollen. Ich werde äußern, was ich zu sagen habe. Öffnen Sie, oder alle werden es mit anhören."

Sie murmelte so etwas wie ‚man solle gehen und sie in Ruhe lassen', riss dann unvermittelt die Tür auf.

Evan fiel fast ins Zimmer, konnte sich gerade noch am Türpfosten halten und starrte sie an.

Catriona wich seinem Blick nicht aus. Zugleich bemerkte sie hinter ihm ihren Vater, die Tante und Finlay. Peggy, das junge Hausmädchen, stand da mit offenem Mund und der Wäsche auf dem Arm. Mrs. MacAuley und Jessie, der dickliche Koch von Glenachan, spähten vom Treppenabsatz zu ihr herauf.

„Von dort, wo Sie stehen, können Sie vorbringen, was Sie zu sagen haben … alle anderen gehen nach unten."

„Offensichtlich seid ihr beide ja schon sehr vertraut. Nun

besteht ja wohl kein Zweifel mehr, dass du den Earl heiraten musst“, zeterte die Tante. „Du wirst Countess – weshalb weigerst du dich? Entweder du heiratest den Mann, oder du verlässt Glenachan.“ Sie stieß ihren Bruder mit dem Ellbogen an. „Sag ihr das, Thomas!“

„Papa!“ Catriona blickte über Evans Schulter zu ihrem Vater. „Willst du mich wirklich fortschicken, wenn ich ihn nicht heirate?“, fragte sie traurig auf Gälisch.

Thomas MacConn seufzte schwer.

„Es gehört sich nicht, dass du weiter hierbleibst, Catriona. Ich weiß wohl, dass du diesem Mann das Leben gerettet hast, dennoch hat er dich kompromittiert. Die Sünde wiegt schwerer ... als alles andere. Gib ihm die Chance, das wieder gutzumachen ... bei dir ... bei uns allen.“

Er blickte bekümmert zur Seite, und Catriona kam es so vor, ihr Vater, den sie immer für so stark gehalten hatte, wirke plötzlich alt, grau und hilflos.

„Denk daran, welche Stelle dein Vater in der Kirche hat“, mahnte Judith. „Vergiss nicht, was er in all den Jahren aufgebaut hat. Wenn man ihm die Pfründe dieser Pfarrei entzieht, müssen wir alle von hier fort.“

Evan holte laut und deutlich Luft.

Catriona wandte sich ihm zu. Stark wie ein Fels in der Brandung stand er schützend vor ihr.

„Mrs. Rennie“, begann er ruhig und musterte sie dabei von der Seite. „Ich versuche, die Angelegenheit zu regeln. Lassen Sie uns ein paar Minuten allein. Gehen Sie bitte nach unten ... alle.“

Er trommelte ungeduldig mit den Fingern auf dem Türpfosten.

Judith Rennie schnaubte ungehalten, flüsterte dem Reverend etwas zu, der schüttelte den Kopf, nahm ihren Arm und führte sie zur Treppe. Zögernd folgten die anderen.

Evan wandte sich wieder Catriona zu.

„So, nun hören Sie mir zu.“

Die Hand gegen den Türrahmen gestemmt, blockierte er mit seinem kräftigen muskulösen Körper den Ausgang, folglich konnte sie weder an ihm vorbeischlüpfen noch ihm die Tür vor der Nase zuschlagen.

Catriona sah ihn an. Ihr Herz klopfte so sehr, dass sie glaubte, er müsse ihren Herzschlag unter ihrem Mieder bemerken. Sie wusste wirklich nicht, was sie tun sollte. Ihr war, als ob zwei Herzen in ihrer Brust miteinander wetteiferten. Eins war enttäuscht und wütend über ihn, das andere wollte unbedingt sein Angebot annehmen. Vielleicht bestand ja doch eine winzige Chance, dass die letzte Nacht ihm genauso viel bedeutet hatte wie ihr.

„Ich … ich gebe zu, ich habe einen großen Fehler gemacht.“

Enttäuscht hob sie das Kinn.

„Mir einen Antrag zu machen – da bin ich ganz Ihrer Meinung.“

„Nein, ich meine, ich habe einen Fehler gemacht, indem ich vergangene Nacht Ihre missliche Lage ausgenutzt habe. Dafür entschuldige ich mich.“

Er sprach sehr leise, damit mögliche Lauscher im Treppenhaus nichts mitbekommen konnten. Seine Nähe, sein vertraulicher Ton nahmen ihr fast den Atem, ließen unwillkürlich ihr Herz höherschlagen.

„Erlauben Sie mir, dafür die Verantwortung zu tragen.“

„Wir waren beide in Not. Sie müssen für nichts die Verantwortung tragen“, flüsterte sie wütend.

Die Erinnerung an die letzte Nacht trieb ihr die Röte ins Gesicht. Sie hatte sich ihm aufgedrängt. Sie hatte unbedingt geliebt werden wollen, und nun bat Evan um Entschuldigung und wollte die Verantwortung übernehmen.

„Ich wünschte, wir können es vergessen, niemand würde davon erfahren.“

„Dafür ist es zu spät, meine Liebe."

Sacht strich er ihr mit dem Finger über die Wange und hob mit dem Knöchel ein wenig ihr Kinn.

„Und nun müssen wir uns mit den Konsequenzen … unseres Abenteuers befassen."

„Nur weil Sie denen da unten zu viel erzählt haben", fuhr sie ihn an und entzog sich zugleich seiner verführerischen Berührung. „Ich dachte, alles, was geschehen ist, ginge niemanden außer uns etwas an", flüsterte sie.

Evan ließ sich nicht abwimmeln, sondern kam noch näher und schaute ihr tief in die Augen.

„Ihre Tante besitzt zwar eine ausgesprochen niederträchtige Fantasie, doch das, was letzte Nacht geschehen ist, bleibt unser Geheimnis."

Er stand so nahe, dass sie seinen warmen Atem spüren, die honiggelben Punkte in der moosgrünen Iris seiner Augen erkennen konnte.

„Ich verspreche es …"

„Vielleicht ist es besser, wir vergessen das alles … Lord Kildonan."

„Ach so, das beunruhigt Sie."

„Sie hätten es mir sagen müssen", zischte sie.

„Das wollte ich ja. Und dann schimpften sie über meinen Vater und den gesamten Adel, daher hielt ich es nicht für ratsam. Außerdem hatte ich nicht schon so früh am Morgen Besucher in unserer kleinen Bergvilla erwartet. Ich dachte, es bliebe uns noch etwas Zeit."

„Zeit für was? Für weitere Lügen? Oder für weitere … Liebesabenteuer?"

„Zeit für die Wahrheit. Sie haben recht, ich habe Sie enttäuscht. Ich hätte mich sofort mit meinem vollen Namen vorstellen sollen."

„Wenn ich gewusst hätte, wer Sie wirklich sind, hätten Sie keine Gelegenheit gehabt, mich zu enttäuschen."

„Offensichtlich wollen Sie mir nicht vergeben. Dennoch bleibt Ihnen jetzt nichts mehr anderes übrig, als mich zu heiraten."

Die sonore, wohl tönende Stimme verwirrte sie – er hätte Verse deklamieren, Anzeigen vorlesen oder sonst was sagen können, sie hätte ihm gebannt gelauscht. Er sprach von ihren geheimsten Träumen – von einem attraktiven Mann, der um ihre Hand anhielt und ihr zur romantischen Flucht aus einem langweiligen Leben voller Plackerei und Einsamkeit verhalf. Allerdings war dies kein Traum und wenn, fehlte ihm das Wichtigste: die Liebe. Sie schüttelte den Kopf.

„Man hat Sie dazu genötigt. Unter anderen Umständen hätten Sie nie um meine Hand angehalten, Lord Kildonan."

„Niemand hat mich genötigt. Ich selbst habe den Vorschlag gemacht. Ich schulde Ihnen die Rettung."

„Das ist kein Grund für eine Ehe."

Er kam noch näher.

„Und wenn Sie ein Kind bekommen?", fragte er leise.

Catriona hielt einen Moment den Atem an. Der Gedanke war ihr auch schon gekommen.

„Dann müsste ich ganz allein die Konsequenzen tragen."

„Der Meinung bin ich gar nicht."

Catriona schüttelte den Kopf und trat einen Schritt zurück. Sie war kurz davor, die Tür zuzuschlagen, wollte ihm aber nicht die Finger klemmen.

„Bitte gehen Sie."

Zur Antwort drückte er so kräftig gegen die Tür, dass Catriona nicht mehr dagegen halten konnte. Sie wich vor ihm zurück, als er über die Schwelle trat.

Evan schlug die Tür mit dem Fuß ins Schloss und packte Catriona bei den Schultern.

„Ich habe Sie kompromittiert, und ich werde meinen Verpflichtungen nachkommen. Haben Sie das verstanden, Sie

Dickkopf? Wir wissen beide, dass Sie ein Kind bekommen könnten."

„Im Hochland ist ein uneheliches Kind keine solche Katastrophe wie im Tiefland oder anderswo auf den britischen Inseln. Im Gegenteil – hier sind diese Kinder in manchen Familien oft sogar sehr willkommen."

„Mag sein. Jedoch wohl nicht in dieser Familie", sagte er eindringlich und so leise, dass niemand, der außen an der Tür lauschte, ihn verstehen konnte. „In dieser Familie wird man Ihnen das nicht verzeihen. Man wird Sie in den Süden schicken. Und was würden Sie dort machen? Sie müssten in einer Fabrik arbeiten, während Ihr Kind auf der Straße aufwächst. Ich habe solche Kinder gesehen. Sie auch?"

Catriona mied seinen Blick.

„Ja."

„Halb nackt, mit aufgedunsenen Bäuchen und rachitisch krummen Beinen treiben sie sich auf den Straßen herum, während ihre Eltern für einen Hungerlohn schuften. Die Hochlandkinder, die mit ihren Eltern über die Berge wandern, sind schön, kräftig und gerade gewachsen. Dem Kind eines Earls würde es an nichts fehlen. Was ziehen Sie vor, wie unser Kind aufwachsen soll?"

Es war ein deprimierendes Bild, das er ihr ausmalte. Und dennoch schüttelte sie den Kopf.

„Wie können Sie so sicher sein? Haben Sie sich etwa auf irgendeine Weise geschützt? Ich nicht." Er schwieg einen Moment nachdenklich. „Kann ich mir nicht vorstellen … Sie waren so … ach, wie auch immer … erst in ein paar Wochen werden Sie wissen, ob Sie schwanger sind."

„Frauen … kennen ihren Körper, Sir." Sie wurde rot. „Wenn Sie es so genau wissen wollen, müssen wir eben abwarten. Dann wird sich bestätigen, dass wir nicht heiraten müssen."

„Und wenn Sie sich irren?"

Sie blickte unschlüssig zur Seite.

„Nun ja, dann müssten wir heiraten, falls Sie es dann noch wollen.“

„Ich will jetzt heiraten. Abwarten kommt gar nicht in Frage. Ich hatte nicht geplant, so lange im Tal zu bleiben. Und außerdem möchte ich auf keinen Fall ein Sechsmonatskind haben.“

Ihr Gefühl sagte ihr, er war ein hochanständiger, charakterfester Mensch, und sie könnten trotz schwieriger Startbedingungen eine gute Ehe führen. Es sprach jedoch so vieles dagegen, einfach ja zu sagen: Sie hatte ihn verführt, er fühlte sich ihr verpflichtet, und vor allem konnte sie ihm nicht verzeihen, dass er ihr seine wahre Identität verschwiegen hatte.

Ich wollte letzte Nacht nur geliebt werden, nur einmal. Und nun bin ich so tief gefallen, dachte sie und schüttelte weinend den Kopf.

„Glauben Sie mir, dieser herzlose Drache wird Sie aus dem Haus treiben. Erlauben Sie mir, Sie von hier fortzubringen.“

„Damit Sie mich dann wieder fortschicken können, wenn Sie feststellen, dass ich mich nicht als Countess eigne?“

Nein, wenn sie überhaupt heiratete, dann wollte sie eine Partnerschaft, die auf Liebe und Treue basierte.

„Was macht Ihnen Angst, Catriona?“

Sie schwieg, unfähig und nicht willens, ihm alle ihre Ängste und Zweifel zu offenbaren. Sie konnte ihm weder von Grants Drohungen erzählen, noch davon, dass sie wusste, was Evan mit dem Glen Shee vorhatte.

„Mein Gott, nun machen Sie es uns nicht so schwer.“

„Wir haben keine gemeinsame Basis für eine Ehe“, sagte sie schließlich nach einigem Nachdenken.

„Gestern waren wir auf dem besten Weg. Darf ich Sie erinnern?“

Er zog sie an sich, bog ihren Kopf ein wenig zurück und küsste sie mit so zärtlicher Leidenschaft, dass ihr die Sinne schwanden und sie augenblicklich die gleiche überwältigende

Begierde verspürte wie in der vergangenen Nacht.

Instinktiv schmiegte sich Catriona an ihn, legte den Arm um seinen Nacken und erwiderte den Kuss. Mit geschlossenen Augen und schwer atmend stand sie da, als er von ihr abließ.

„Nun? Erinnern Sie sich?", fragte er. „Wir haben die Anlagen zu einer Ehe, das können Sie nicht leugnen."

Catriona machte die Augen auf und betrachtete ihn. Er war der einzige Mann, den sie kannte, der sie überragte – und hartnäckiger war als sie selbst. Sie begehrte ihn von ganzem Herzen. Seine Hände, seine Lippen, seine Stimme verzauberten sie, heilten ihren Kummer, entkräfteten ihren Widerstand.

„Ich weiß", wisperte sie.

Ihre Knie zitterten, mit Leib und Seele war sie ihm verfallen. Am liebsten hätte sie ihn umarmt und nie wieder losgelassen, trotzdem versuchte sie, kühl zu bleiben.

„Ich … nehme Ihren Antrag an. Ihre Schuld ist bezahlt."

Evan umarmte sie.

„Catriona, meine Liebe, ich weiß wirklich nicht, wie ich Ihnen danken soll."

Schweigend wandte sie ihm ihren Blick zu. Plötzlich wünschte sie, er würde sie wieder küssen, um Zwietracht und Zweifel endgültig zu vertreiben.

Stattdessen drehte er sich um.

„Kommen Sie … wir wollen Ihre Familie informieren."

Sobald er die Eichentür öffnete, sah Catriona ihre Tante draußen stehen, gleichsam, als ob sie gelauscht hätte.

„Aha", triumphierte Judith Rennie. „Du hast also eine Entscheidung getroffen. Gut. Sie beide waren ja auch viel zu lange alleine, Lord Kildonan. Ich bin heraufgekommen, um Ihnen zu sagen, Ihre Schwester, Lady Jean, und ihr Mann, Lord … Lord Harry …"

„Sir Harry Gray, Madam", unterbrach Evan sie schroff.

„Nun ja, Lady Jean und Sir Harry sind angekommen." Sie schaute ihn ungehalten an. „Ich besaß nicht die Kraft, ihnen von diesem fürchterlichen Skandal zu berichten. Das überlasse ich Ihnen", entgegnete sie schnippisch, drehte sich abrupt um, und im Vorbeigehen rief sie: „Komm, Catriona. Dein Vater will die Trauung noch heute Abend vollziehen."

Catriona blickte erschrocken zu Evan, während sie sich an ihm vorbeidrängte.

„Heute Abend schon?"

„Der Reverend besteht darauf", rief Mrs. Rennie, die mittlerweile schon den Treppenabsatz erreicht hatte. „Wir haben bereits mit den Vorbereitungen begonnen."

Catriona seufzte ergeben und wollte ihr folgen.

Doch Evan hielt sie am Arm und zog sie zurück ins Zimmer.

„Ganz ruhig! Heute Abend, nächste Woche oder kommenden Monat … das ist vollkommen egal. Je schneller wir heiraten, desto eher sind Sie von dieser so genannten Schmach befreit. Und desto eher können Sie auch dieses Haus verlassen", flüsterte er ihr zu.

„Das ist mein Elternhaus!", fauchte sie ihn an. „Das will ich nicht auf diese Weise so überstürzt verlassen."

„Man wird Sie zwingen … gehen oder heiraten. Um ganz ehrlich zu sein, ich schulde Ihnen nicht nur Ihre Rettung. Sie haben sie auch nötig."

„Sir, Sie irren sich", wies sie ihn zurecht, obwohl sie ihm tief im Innern zustimmen musste.

Vom ersten Moment ihrer Begegnung an hatte sich ihr Leben gründlich verändert. Und es sollte nie wieder so werden, wie es einmal war.

10. KAPITEL

Ihr Vater hat meine Gottesdienste besucht. Wenn ich mich recht erinnere, sind Sie und Ihre Schwester Jean im Tiefland aufgewachsen."

Thomas MacConn, der eine zierliche Teetasse in den groben Händen hielt, sah Evan misstrauisch an. „Gehen Sie zur Kirche, Sir?"

„Selbstverständlich, Sir. Regelmäßig."

Evan guckte zu seiner dunkelhaarigen Schwester, die neben Catriona saß und ihn mit großen, ausdrucksvollen Augen beobachtete. Hübsch sieht sie aus in den ersten Monaten ihrer Schwangerschaft, dachte er. Neben ihr saß ihr Mann. Harry Gray war groß, attraktiv und meist gut gelaunt, nun kniff er grimmig die Lippen zusammen. Dann saß da noch Arthur Fitzgibbon, der geräuschvoll knirschend in ein Biskuit biss.

Evan war froh, dass Jean und Harry sofort mit Arthur in die Pfarrei gekommen waren. Allerdings hatten sie ihre Verwunderung kaum verbergen können, als Evan sie beiseite genommen und sie über seine Eheschließung informierte, die noch am gleichen Abend vollzogen werden sollte. Jean hatte ihm einen liebevollen Kuss auf die Wange gegeben, während Harry freundlich riet, Evan sollte sich wohl in Zukunft besser von den Bergen fernhalten, wenn das Bergsteigen ihm so viel Ärger brachte. Anschließend war Jean auf die Suche nach Catriona gegangen, um sie in der Familie willkommen zu heißen – eine Geste, die Evan sehr glücklich machte.

„Wo immer wir auch waren, ob in Edinburgh oder auf ihrem Gut in Nordengland, unsere Mutter hat stets darauf geachtet, dass wir jeden Sonntag in die Kirche gingen", erklärte Jean in ihrer ruhigen Art.

„Sind Sie Mitglied der schottischen Staatskirche oder der Freikirche?", wollte Mrs. Rennie wissen.

„In keiner von beiden“, sagte Evan und stellte seine Teetasse auf den Tisch.

Die letzte halbe Stunde war äußerst spannungsgeladen gewesen. Liebend gerne wäre er dieser Situation aus dem Wege gegangen, wollte jedoch Catriona, die still neben ihm auf dem harten Rosshaarsofa saß, auf keinen Fall alleine lassen.

„Aha!“, schnaufte Mrs. Rennie unwillig. „Marienanbeter!“

„Tante Judith!“, protestierte Catriona.

„Wenn er Katholik ist, Kind, wird er dich heute Abend nicht heiraten können. Dann benötigt er erst Dispens“, erklärte der Reverend.

„Wir sind Anglikaner“, antwortete Evan gereizt.

Er verhehlte nicht, wie zuwider ihm die ganze Angelegenheit war.

„Wenn wir in Schottland sind, dann besuchen wir die Gottesdienste der schottischen Staatskirche oder die der Episkopaner. Genügt das Ihren Wertvorstellungen?“

Allmählich hatte er genug von seiner zukünftigen Schwiegerfamilie. Dagegen wuchs seine Bewunderung für Catriona von Minute zu Minute. Mehr denn je wollte er sie heiraten, damit sie endlich diese Umgebung verlassen konnte.

„Gut“, meinte Thomas MacConn. „Die anglikanische und die freie Kirche erkennen gegenseitig die Trauungszeremonien an. Dann können wir ja heute Abend so verfahren, wie bereits vereinbart.“

Catriona holte tief Luft. „Papa, ich möchte nicht …“

„Es muss schnellgehen“, fiel ihr Judith Rennie ins Wort.

„Entschuldigen Sie, Lady Jean und Sir Harry“, fuhr sie zu den beiden gewandt fort. „Es ist mir sehr unangenehm. Das ist wirklich kein schönes Willkommen für Ihren ersten Besuch in der Pfarrei.“

„Durchaus nicht, Mrs. Rennie. Ich bin froh und erleichtert, weil meinem Bruder nichts passiert ist, und ich danke Ihrer Nichte von ganzem Herzen für ihren Mut und ihre Hilfsbereitschaft. Ich finde, das gefährliche Abenteuer endet ganz romantisch.“

„Und ich bin sicher, eine Heirat ist unter diesen Umständen die beste Lösung“, meinte Harry lächelnd.

Gott segne die beiden, dachte Evan erleichtert, sobald er bemerkte, wie Catriona sich etwas entspannte. Harrys freundlicher, wenn auch manchmal etwas poltriger Art und Jeans sonnigem Wesen konnten sich die meisten Menschen nicht entziehen.

„Ich brauche etwas Zeit, Papa, um mich auf die Hochzeit vorzubereiten“, begann Catriona. „Ein paar Wochen …“

Verstohlen blickte sie zu Evan.

Er wusste, was sie dachte: keine Schwangerschaft, keine Heirat. Und dennoch, die Schande würde ihr immer anhaften.

„Die Hochzeitszeremonie ist unbedeutend, wichtig ist die Trauung. Du kannst nicht noch eine Nacht in Sünde leben“, sagte Judith Rennie.

Ja, dachte Evan. Es wird Zeit, dass Catriona dieses Haus verlässt.

„Was für ein Tag, Kildonan!“, sagte Arthur Fitzgibbon, als er Evan im Garten traf.

„Ganz recht, Fitz. Was für ein Tag.“

Schweigend folgten die beiden einem Kiesweg entlang einem gepflegten Rasen, dann gingen sie über einen steinigen Hang hinunter zu einem kleinen See. Schlichte Blumenbeete mit Bodendecker, ein paar Chrysanthemen und Stechpalmenbüsche verliehen dem Garten auch im Herbst noch etwas Farbe.

Hinter ihnen lag das Pfarrhaus, ein stattliches Gebäude aus grauem Sandstein. Die hohen, zweiflügeligen Fenster waren mit schweren dunklen Gardinen verhangen. Zur Linken, am Rand des Gartens, hinter Bäumen verborgen, stand die malerische Feldsteinkirche mit dem spitzen Turm. Vor ihnen glänzte still der See im Zwielicht der Abenddämmerung, auf der anderen Seeseite waren im untergehenden Licht gerade noch die hohen Berge zu erkennen. Evan zog es zum Ufer. Fitzgibbon ging an seiner Seite. Der Kies knirschte unter ihren Schuhen.

„Darf ich gratulieren?“, fragte Fitzgibbon.

Evan vernahm den skeptischen Unterton sehr wohl.

„Danke. Bleibst du zur Trauung hier?“

„Selbstverständlich. Das will ich auf keinen Fall verpassen. Miss MacConn ist ein charmantes Mädchen. Sie kann ja nichts dafür, dass ihre Familie sie unter diesen … hm … Umständen verheiraten will. Dennoch kann ich nicht verhehlen, dass ich deinen Entschluss für einen Fehler halte.“

„So?“ Evan schaute den Freund von der Seite an.

Ihn überraschte Arthurs Meinung nicht. Fitzgibbon war etwa zehn Jahre älter als er selbst, mittelgroß und kräftig gebaut, der Backenbart war noch dicht, das braune Haar hingegen zeigte schon erste graue und schüttere Stellen. Der Junggeselle war ein guter Freund, wenn auch etwas eigenbrötlerisch. An der Universität von Edinburgh hatte er einen Lehrstuhl für Geologie. Sein Hauptinteressengebiet galt der Erforschung der Gletscher- und Hochgebirgsformationen, worüber er schon viele Bücher veröffentlicht hatte. Evan hatte bei Professor Fitzgibbon studiert, und im Laufe der Zeit waren sie durch ihre gemeinsame Leidenschaft für Geologie und Bergsteigen zu Freunden geworden.

Vor einiger Zeit hatte Arthur Evan und ein paar andere Freunde zu einer Bergtour in den Schweizer Alpen überredet. Evan war zunächst nur zögerlich mitgefahren. Später dann begeisterte ihn das Bergsteigen, er fand es nicht nur berauschend, so hoch hinaufsteigen zu können, die anstrengende körperliche Betätigung lenkte ihn auch etwas von seinem Kummer über den Einsturz der Brücke ab. Mittlerweile war er in den Waliser Bergen, in den schottischen Grampians geklettert und hatte sich auf die Rückkehr ins Glen Shee gefreut, das an die höchsten Berge Schottlands grenzte.

„Fitz, beim Einstieg in eine Felswand oder beim Weg über die Eisfelder des Wetterhorns habe ich gelernt, dir zu vertrauen. Keineswegs sicher bin ich mir indessen, ob ich dir auch vertrauen kann, was die Ehe anbelangt, denn du wolltest ja noch nie heiraten. Ich dagegen wollte immer eine Frau haben und eine Familie gründen. Es war an der Zeit, mich darum zu kümmern."

„Eine Vernunftehe?", fragte Fitzgibbon. „Na ja, das wäre wohl auch der einzige Weg, wie man mich zur Ehe überzeugen könnte. Allerdings ist der Zeitpunkt verdammt schlecht gewählt. Denkst du gar nicht an die Bergsteigervereinigung?"

„Oje." Evan nickte nachdenklich. „Die schottische Bergsteigervereinigung, die habe ich ja in der ganzen Aufregung völlig vergessen."

Kürzlich hatte er zugestimmt, die Gruppe zu beherbergen, mit der er vor etwa einem Jahr in den Schweizer Alpen geklettert war. Die treibende Kraft hinter diesem Verband war seine Cousine Jemima Murray. Sie wollte mit ein paar Freunden vom Kildonan Castle aus Bergwanderungen durch das schottische Hochland unternehmen. Evan und Arthur hatten geplant, zusammen mit ihnen die Gipfel in der Umgebung zu besteigen.

Nachdenklich vergrub Evan die Hände in den Hosentaschen. Was für ein Zeitpunkt, seine junge Braut ins Schloss zu bringen. Als er die Einladung ausgesprochen hatte, wäre ihm nicht einmal im Traum eingefallen, er könnte gerade frisch verheiratet sein, wenn seine Freunde kamen. Das Schloss würde voll wie ein ausgebuchtes Urlauberhotel sein.

„Sind unsere Gäste schon eingetroffen?"

„Noch nicht! Das schlechte Wetter hat sie aufgehalten", erklärte Fitzgibbon. „Sie wollen Kutschen mieten und dann in ein oder zwei Tagen nach Kildonan heraufkommen. Ein Glück, dass sie nichts von deinem Verschwinden und dem Rest mitbekommen.“

„Dem Rest“, wiederholte Evan trocken.

Ihn amüsierte immer wieder Fitzgibbons Fähigkeit, Tatsachen zu kommentieren, die ihn nicht persönlich betrafen oder die nicht direkt mit der Geologie beziehungsweise dem Bergsteigen zusammenhingen.

„Ich freue mich auf ein paar schöne Bergtouren in den kommenden Wochen. Vielleicht bietet sich mir sogar die Möglichkeit, endlich die Bestätigung für meine Glazialtheorie zu finden. Ich hoffe, du wirst uns begleiten ... oder?“

„Ja, selbstverständlich. Ich weiß allerdings nicht, ob meine ... Braut auch mitkommt. Ich möchte sie nicht schon so kurz nach unserer Hochzeit alleine lassen.“

„Dann nimm sie mit. Hochlandmädchen sind begeisterte Bergsteigerinnen. Obwohl – ich finde, diese Heirat ist überflüssig.“

„Unvermeidbar, Fitz. Ein kleiner Skandal, der wird sicher schnell vergessen sein.“

„Meiner Meinung nach wäre es einen Versuch wert, irgendwie aus dieser ganzen Angelegenheit herauszukommen. Entschuldige dich bei dem Mädchen und seiner Familie, biete ihnen Geld. Willst du nicht noch einmal darüber nachdenken?“

„Sie ist die Tochter des Pfarrers und ich bin der Earl in dieser Gegend. Außerdem möchte ich nicht in die Fußstapfen meines Vaters treten. Jeder Highlander in diesem Tal würde mich verachten“, versuchte Evan dem Freund die Situation zu erklären. „Wahrscheinlich tun das viele sowieso schon“, fügte er leise, wie zu sich selbst, hinzu.

„Unangenehm. Sei mal ehrlich, was ist passiert? Warst du ein solcher Unhold, dass du die Kleine unbedingt heiraten musst?“

Fitzgibbon betrachtete Evan von der Seite.

„Es geht mich ja nichts an, allerdings unsere Freunde, deine Freunde, werden reden.“

„Lass sie reden. Mein Entschluss steht fest. Ungeachtet dessen, was in der Nacht, in der wir da oben alleine waren, geschehen ist, das Mädchen ist kompromittiert.“

„Wenn ihre Familie sie des Hauses verweist, dann such ihr irgendwo eine kleine Hütte und sorge für ihren Unterhalt, bis sie einen Ehemann gefunden hat. Das würde dir auch gewisse … Rechte einräumen.“

„Ich schulde ihr mehr. Sie hat mir das Leben gerettet. Wenn Sie mich nicht gefunden hätte, wäre ich da oben im Berg gestorben.“

„Ach, ich habe dich doch gesucht“, murmelte Fitzgibbon.

„Ja, ich weiß. Danke, dass du den Suchtrupp organisiert hast.“

„Es ist dir demzufolge egal, wen du heiratest? Der Earl braucht einen Erben. Geht es darum?“

Evan zuckte mit den Schultern.

„Zugegeben, im Testament meines Vaters gibt es eine Klausel, nach der ich nur dann gewisse Rechte an Ländereien bekäme, wenn ich geheiratet und einen Erben gezeugt habe.“

„Aha! Deshalb die Eile.“

„Um diese Rechte zu erhalten, muss ich nur innerhalb eines Jahres heiraten. Das ist folglich nicht der Punkt. Und dennoch bestehe ich darauf.“

Leise lachend blieb er stehen und schaute in den Abendhimmel.

„Wirklich eigenartig.“

„Du bist wohl einfach nur anständig und ritterlich. Zugegeben, das Mädchen hat eine gute Figur und ein hübsches Gesicht, nur für eine Countess ist sie ein bisschen glanzlos. Wenn es freilich unbedingt sein muss, dann besser die als gar keine.“

„Eben.“

Evan blieb stehen und blickte über den dunklen See.

„Oje, es ist schon spät.“ Fitzgibbon ließ seine Taschenuhr zuschnappen. „Du musst dich umziehen.“

„Ich bin bereits fertig."

Evan zeigte auf den schwarzen Anzug, zu dem er eine seidene schwarze Weste und eine blaue Seidenkrawatte trug.

„Lady Jean hat mir einen Anzug und Wäsche mitgebracht, ohne zu wissen, dass ich mich für meine Hochzeit umkleiden müsste. Geh schon voraus, Fitz. Ich komme gleich nach, … lass mich ein paar Minuten allein hier unten am Seeufer."

„Wenn du meinst", sagte Fitzgibbon, drehte sich um und ging.

Evan sah lange über den dunklen See, in dessen Oberfläche sich graue Wolken und die lange Reihe der schneebedeckten Berge vom gegenüberliegenden Ufer spiegelten.

Später wird es regnen, dachte er. Kein gutes Omen für eine Heirat … allerdings stand die Heirat bislang sowieso unter keinem guten Vorzeichen. Nachdenklich beobachtete er, wie das kalte klare Wasser die Spitzen seiner schwarzen Lederstiefel umspülte. Heute Abend wollte er einem Mädchen, das er kaum kannte, das Eheversprechen geben. Er hatte das Gefühl, richtig zu handeln. Ihr verdankte er sein Leben, stand tief in ihrer Schuld, und er wollte, dass das Kind, das sie eventuell in der letzten Nacht gezeugt hatten, seinen Namen erhielt, in einer Familie aufwuchs … und einen Vater hatte.

Vater? War es möglich, dass er Vater wurde? Wenn ja, dann wollte er für das Kind sorgen. Sein Kind sollte nicht nur in schöner Umgebung aufwachsen und eine gute Erziehung erhalten und auf keinen Fall auf elterliche Liebe verzichten müssen. Er wollte seinem eigenen Kind, egal ob Sohn oder Tochter, Geborgenheit geben, er wollte, dass es sich sicher und von seinem Vater geliebt fühlte. Vielleicht war es das, was ihn zu diesem ungewöhnlich großen Schritt veranlasste. Er fühlte sich seltsam ruhig, war sich seiner Wahl völlig sicher. Irgendetwas war tief in seinem Innern erwacht, während er Catriona MacConn in den Armen gehalten hatte – etwas, das mehr als pure Begierde und Lust war.

Der Earl of Kildonan brauchte eine Countess. Evan Mackenzie jedoch wünschte sich eine Frau und Partnerin. Er sehnte sich nach einer Familie und nach Liebe. Weshalb Catriona diesen Reiz auf ihn ausübte, konnte er sich nicht erklären. Er konnte sich nicht vorstellen, das Mädchen nach nur einer Nacht und einem Tag wirklich zu lieben, trotzdem hatte er in dieser kurzen Zeit bereits ihre guten Eigenschaften erkennen können. Er war sicher, sie würde ihm eine gute Countess und eine gute Ehefrau sein.

Nach der Trauung musste er sie nur davon überzeugen, bei ihm zu bleiben. Er wusste, es würde dazu mehr als nur eines Ehegelöbnisses bedürfen, um diese Countess zu halten.

Catriona stand in der Mitte ihres kleinen Zimmers und blickte auf die wenigen Dinge, die ihr wichtig waren. Da waren der gerahmte Stich der Torridon-Berge, ein Geschenk ihrer verstorbenen Mutter, der weiße Bettüberwurf, von der Großmutter genäht, und die paar Regale mit ihren liebsten Büchern. Was nimmt man mit, wenn man für immer das Elternhaus verlässt?, fragte sie sich.

Tante Judith hatte ihr befohlen, nur einzupacken, was sie für die nächsten paar Tage benötigte. Alle anderen persönlichen Habseligkeiten würden ihr später ins Schloss nachgeschickt.

Seufzend machte sich Catriona daran, ein paar Blusen und Röcke, zwei Tageskleider und Unterwäsche in die lederne Reisetasche zu packen. In eine zweite Tasche steckte sie die voluminösen Petticoats, die in Papier eingewickelten Schuhe, ein paar Bücher und ihre Liedersammlung mit den Noten.

Ihre wenigen Kleider waren solide und geschmackvoll, denn ihre Mutter hatte sie stets angehalten, auf edle Stoffe und guten Schnitt zu achten. Andererseits ist das nicht die Garderobe einer Countess, überlegte Catriona verzagt.

Sie hatte keine Ahnung, was sie als Countess erwartete.

Würde sie sich in arroganten gesellschaftlichen Kreisen wiederfinden, oder würde sie mehr oder weniger so weiterleben können wie bisher – mit der Ausnahme, dass sie einen Ehemann an ihrer Seite hatte? Ehemann und Familie? Sollte sich ihr Traum erfüllen?

Wohl kaum. Die Wirklichkeit barg nämlich einige Mängel: zum einen die Herkunft dieses Mannes und zum anderen, dass sie nur wenig über ihn wusste.

„Du kannst jederzeit zurückkommen."

Erschrocken drehte sie sich um. In der halb offenen Tür stand Finlay und beobachtete sie.

„Du musst nicht in Eile packen", sagte er ruhig.

„Ich nehme nur das Nötigste mit", erwiderte sie leise, während sie von den Kleidungsstücken, die gefaltet auf der Tagesdecke lagen, ein Nachthemd auswählte und es in die Reisetasche stopfte.

„Du kannst später entscheiden, was du mitnehmen möchtest. Wir bringen es dann hinauf aufs Schloss." Besorgt betrachtete er seine Schwester. „Wenn du willst, kannst du auch alles hierlassen, Catriona, bis du dich eingewöhnt hast und weißt, ob du bleiben willst."

„Hier bin ich nicht mehr willkommen." Sie musste sich abwenden, um nicht zu weinen.

„Bei mir wirst du immer willkommen sein, Catriona", versicherte er ihr leise.

Sie nickte still, dann konnte sie sich nicht mehr beherrschen.

Schluchzend legte sie die Hände vors Gesicht, Finlay eilte sofort zu ihr und nahm sie tröstend in den Arm.

„Ich glaube, ich kann ihn nicht heiraten, Finlay", schluchzte sie.

Er klopfte ihr beruhigend auf den Rücken.

„So übel ist dein Earl doch gar nicht. Ich hatte den Eindruck, ihr würdet euch gut verstehen, als wir euch in der Hütte fanden", versuchte er leise zu scherzen. „Daraufhin konnte Vater nur diese Heirat verlangen!"

Verunsichert wandte sich Catriona an ihn.

„Ich möchte keine Countess werden – schon gar nicht eine Kildonan! Finlay, ich war mein ganzes Leben lang die Haustochter, das Mauerblümchen, für das keine Ehe geplant war."

„Meiner Meinung nach verdienst du es bestimmt, glücklich zu werden, auch wenn das unsere Pläne etwas durcheinander bringt. In Zukunft wirst du mir sicher nicht mehr so helfen können wie bislang", meinte er nachdenklich. „Für dich als Countess wäre das zu gefährlich, Catriona."

Sofort erinnerte sie sich an die Drohungen von Kenneth Grant.

„Finlay", sagte sie und blickte ihn dabei ernst an, „vielleicht solltest du aufhören ..."

„Nein! Im Glasgower Armenviertel wartet eine Familie auf die Rücksiedlung. Und ich suche immer noch nach einigen Mitgliedern des MacLeod-Clans. Ich kann jetzt nicht aufhören, auch wenn das bedeutet, ich muss ohne deine Hilfe weitermachen."

„Bislang schien es so, als kümmere sich der neue Earl noch weniger als sein Vater um die Belange des Gutes. Nun wird er seinen Wohnsitz freilich auf Kildonan Castle haben. Er könnte unangenehme Fragen stellen. Ich möchte nicht, dass du dieses Risiko eingehst."

„Vielleicht ist es ja auch ein verborgener Segen."

„Wieso?"

„Sorge einfach dafür, dass der Earl sich nicht zu sehr dafür interessiert, während ich mit meiner Mission fortfahre. Habe ich die Familien erst einmal in den Häusern hoch oben in den Bergen untergebracht, dann wird sich für lange Zeit niemand mehr darum kümmern. Jahr für Jahr werden die Schafe gehütet, zusammengetrieben und geschoren werden, der Earl wird immer reicher werden ... und er wird wohl kaum hinterfragen, wie sein Reichtum zustande kommt."

„Er ist nicht wie sein Vater, Finlay. Er wird Fragen zur Verwaltung des Gutes stellen und schnell herausfinden, was du gemacht hast."

„Wenn er Verdacht schöpft, dann musst du ihn eben ablenken."

„Finlay, wir kennen einander ja kaum."

„Er wird auf dich hören. Wie könnte er deinem Charme widerstehen? Verschaff mir nur ein klein wenig Zeit, um das, was ich begonnen habe, zu vollenden", bat er lächelnd.

„Ich will es versuchen."

Seufzend drehte sie sich um und packte die restlichen Kleidungsstücke in ihre Tasche. Angst überfiel sie, lag ihr wie ein schwerer Stein auf der Seele. Damit Kenneth Grant seine Drohungen nicht wahr machen konnte, Finlay zu verraten und die Highlander zurück ins Exil zu schicken, musste sie seine Geliebte werden – und gleichzeitig Evans Frau sein.

11. KAPITEL

Nervös trat Catriona von einem Fuß auf den anderen. Unter dem Zeh spürte sie die Silbermünze, die Jean ihr als Glücksbringer in den linken flachen Seidenschuh gesteckt hatte.

Glück? Catriona musste fast lachen.

Da stand sie nun neben dem Earl of Kildonan in der Pfarrkirche von Glenachan und wurde von ihrem Vater getraut. Auf der Bank hinter ihr saßen die wenigen Trauzeugen – Tante Judith und ihr Bruder, Evans Schwester, sein Schwager und sein Freund. Der Schein einiger Kerzen milderte ein wenig das harte Weiß der gekälkten Wände im schmucklosen Innenraum der kleinen Kirche. Die Kälte und das leichte Trommeln der Regentropfen gegen die Fenster erinnerten sie an die Nacht, die ihr diese schlichte Trauung beschert hatte.

Sie trug ihr bestes Kleid aus kobaltblauer Seide. Oberteil und Rock schmückten einfache schwarze Bänder, die weiten Ärmel fielen über cremefarbene enge Manschetten. Ein hübsches Kleid, überlegte sie, eigentlich jedoch mehr geeignet für eine Teestunde, weniger für meine Hochzeit.

Lady Jean hatte vorgeschlagen, den Kirchenraum mit gelben Chrysanthemen aus dem Garten zu dekorieren. Tante Judith hingegen bestand darauf, Catriona solle ohne Blumen oder Schleier getraut werden, weil sie sich im Zustand der Sünde befinde. So hielt die Braut nur die gälische Bibel ihrer Mutter in den Händen, und ihr dichtes kupferrotes Haar bändigte lediglich eine schlichte schwarze, mit weißer Spitze und schwarzen Bändern verzierte Haube.

Sie war eine sehr biedere Braut, urteilte sie über sich selbst.

Auch das trübe Licht im Kircheninnern, die grimmige Stimme ihres Vaters, die kühle Atmosphäre und das ständige Prasseln des Regens – alles passte zum unscheinbaren Mädchen und zu ihrer schlichten Trauung.

Dennoch – trotz der schlichten Zeremonie, trotz ihres zögernden Einverständnisses, den Earl of Kildonan zu heiraten – empfand Catriona ein Flattern in der Magengegend. Niemals hätte sie sich vorstellen können, er würde sie einmal zur Frau nehmen. Allein diese Tatsache galt es zu genießen.

Die ernsten, feierlichen Worte ihres Vaters bekam sie nicht mit. Sie erlaubte sich, einen Moment lang daran zu glauben, ihre geheimsten Wünsche gingen in Erfüllung – wagte von Liebe und Glück, von Kindern, einem eigenen Heim und der lebenslangen Zuneigung eines Ehemannes zu träumen.

Allzu schnell fand sie in die Gegenwart zurück. Dies war keine Liebesheirat, sondern eine Ehe geboren aus Verpflichtung und Zwang.

Ihr Bräutigam machte allerdings nicht den Eindruck, als unterziehe er sich einer Zwangsehe. Wie ein Märchenprinz kam er ihr vor in dem schwarzen Anzug mit der schwarzen Seidenweste, dem weißen Hemd und der blauen Seidenkrawatte. Die dunklen Haare und die haselnussbraunen Augen glänzten im Kerzenschein.

Ungläubig hielt sie einen Moment lang den Atem an, während sie ihn verstohlen betrachtete. Bildschön war er. Kaum konnte sie glauben, dass dieser attraktive Mann sie überhaupt heiraten wollte und er trotz der unglückseligen, erzwungenen Verbindung immer freundlich zu ihr geblieben war.

Evan lächelte kurz, als ihre Blicke sich trafen. Ein flüchtiger Augenblick nur, trotzdem machte er ihr Mut und schenkte ihr Sicherheit.

Nachdem Reverend MacConn leise den Treueschwur auf Gälisch gesprochen hatte, bat er den Bräutigam, ihn zu wiederholen.

Evan signalisierte Catriona mit leicht gehobenen Brauen, er habe sie nicht verstanden.

„Sage: Ich will", flüsterte sie. „Das heißt … wenn du wirklich willst."

Eine ganze Weile schaute Evan sie nachdenklich an.

So lange, bis Catriona sich schon mit klopfendem Herzen fragte, ob ihr Bräutigam seine Meinung noch ändern wollte.

„Ich will", antwortete er schließlich leise.

Kurz darauf wiederholte Catriona ihren eigenen Treueschwur erst auf Gälisch, dann wie Evan auf Englisch.

Leichter Schwindel erfasste sie in dem Moment, in dem Evan ihre behandschuhte Hand in die seine nahm. Sie spürte die unerklärliche Magie des Treueschwurs, der von nun an ihr beider Leben miteinander verband. Ihr Herzschlag übertönte alle anderen Geräusche. Sie schloss die Augen und hatte das Gefühl, in einem unwirklichen Traum zu sein, in dem die Zeit schnell und langsam zugleich voranschritt.

Als Reverend MacConn sie zu Mann und Frau erklärte, warf Evan ihr einen liebevollen Blick zu.

„Es ist vollbracht", übersetzte sie flüsternd. „Jetzt …"

„Dürfen wir uns küssen. Dessen bin ich ganz gewiss", murmelte er und beugte sich zu ihr hinüber.

Er berührte ihre Lippen so sanft, dass sie am ganzen Körper bebte, obwohl ihr Vater sie genau beobachtete.

Verheiratet, dachte Catriona fassungslos.

Schiere Panik erfasste ihn plötzlich.

Mit klopfendem Herzen – doch ohne äußerliche Anzeichen seiner jähen Zweifel – wartete Evan, bis Catriona in der Sakristei mit einer altertümlichen Feder im Kirchenbuch unterschrieb.

Um Gottes willen, was hatte er getan? Er hatte wirklich geheiratet.

Kurz darauf stellte er jedoch wieder fest, dass er – trotz der kurzen Torschlusspanik – immer noch ganz sicher war, in der gegenwärtigen Situation richtig und weise gehandelt zu haben. Während Catriona schrieb, spähte er über ihre Schulter. Catriona Elspeth MacConn. Er kannte ihre geheimsten

Stellen, nur dass Elspeth ihr zweiter Vorname war, hatte er bislang nicht gewusst.

Seine Mutter hieß auch Elspeth. Was wird sie wohl von der neuen Schwiegertochter halten, fragt er sich. Die verwitwete Countess war derzeit mit Freunden in Spanien. Sie hatte keine Ahnung, wie sehr sich das Leben ihres Sohnes veränderte.

Sobald wie möglich wollte er seine Mutter über seine Heirat informieren, obwohl er befürchtete, sie würde dann wie ein Wirbelwind in Schottland auftauchen. Sie hatte sich sehnlichst gewünscht, dass er endlich heiratete. Daher war er sich so sicher, seine Mutter würde genau wie Jean Catriona liebevoll in der Familie willkommen heißen.

Mit diesem Gedanken nahm er die Feder und schrieb: George Evan Mackenzie und fügte nach kurzem Zögern hinzu: Earl of Kildonan, Viscount of Glendevon. Er spürte, wie sich Catriona neben ihm versteifte, während sie verfolgte, wie er mit seinem vollen Titel unterschrieb.

Die Stille in der Sakristei war unerträglich, die Trauzeugen hatten die kleine Zeremonie vom Kirchenschiff aus beobachtet. Jean, die willens war vorzutäuschen, die Trauung wäre eine fröhliche Angelegenheit, kam und umarmte die Braut.

„Willkommen in unserer Familie, Catriona“, sagte sie mit Tränen in den Augen, dann küsste sie glücklich lächelnd ihren Bruder auf die Wange. „Meinen Glückwunsch, Evan. Ich hoffe, ihr werdet beide sehr glücklich zusammen.“

„Hm, ja, auch meinen Glückwunsch.“ Harry schüttelte erst Evan und dann auch Catriona die Hand.

Gleichermaßen übermittelten Arthur Fitzgibbon und Catrionas Bruder ihre guten Wünsche. Reverend MacConn gab seiner Tochter einen flüchtigen Kuss auf die Wange, und von ihrer Tante erhielt sie eine steife Umarmung.

Hierauf geleitete Evan Catriona zur Tür. Während er seine Hand auf ihren Arm legte, beschlich ihn plötzlich ein ungemein zärtliches Beschützergefühl.

Ja, dachte er, ich habe gewollt, dass sie diese Familie, die ihre Stärken nicht zu schätzen weiß, verlässt. Eine Liebesheirat war diese Ehe, die auf Schuld und Dankbarkeit basierte, zwar nicht. Dennoch hegte Evan, der sich immer eine intakte Familie gewünscht hatte, die leise Hoffnung, diese Ehe würde für ihn – und für seine Braut – letztendlich doch zu einer glücklichen Verbindung führen.

Er blickte zu Catriona hinunter, die in der Dunkelheit an seiner Seite über den Rasen zum Pfarrhaus zurückging. Vor ihrer Abreise nach Kildonan Castle sollten sie dort noch zu Abend essen. Der Rest der kleinen Gesellschaft folgte ihnen schweigend.

Blitzartig wurde ihm bewusst, dass kein Dudelsackpfeifer sie begrüßte, keine Schuhe geworfen wurden, nicht gesungen, getanzt und gezecht wurde. Die Braut hatte keinen Ring, keinen Schleier, keine Blumen. Die strikten religiösen Vorschriften ihrer Familie verboten all die fröhlichen Elemente einer Hochzeit. Evan war sich allerdings bewusst, dass Trauungen in der schottischen Freikirche sonst nicht so trist waren.

Sie verdient eine schöne Feier, dachte er. Und wenn es jemand verdiente, die Countess of Kildonan zu werden, dann war sie es. Niemand liebte Glen Shee leidenschaftlicher als Catriona MacConn, keine andere Countess würde sich hier so gut auskennen. Evan war sich sicher, diesbezüglich eine gute Wahl getroffen zu haben – falls er sie auch davon überzeugen konnte, seine Countess zu bleiben.

Er beneidete sie um die Liebe und Verbundenheit, die sie für ihre Heimat, das Hochland, empfand. Als Junge hatte er dieses Land auch sehr geliebt, dann hatte man ihn fortgeschafft und anderswo heimisch gemacht.

Und nun, dank seines Vaters, würden ihm die Leute im Tal nicht mehr vertrauen. Bald musste er Catriona auch seinen Entschluss mitteilen, den größten Teil seiner Ländereien zu verkaufen, das Schloss zu verpachten, ja die Gegend ganz zu verlassen und sich so auch seiner Pflichten als Highland-Earl zu entledigen.

Er musste ihr auch von den Gästen berichten, die er auf Kildonan Castle erwartete. Einige kamen zum Wandern, andere als potenzielle Käufer.

Knapp zwanzig Minuten verheiratet – und schon gab es Geheimnisse.

Sie fuhren in der geschlossenen zweirädrigen Kutsche. Catriona saß ihrem Mann gegenüber auf der lederbezogenen Bank.

Sie beobachtete Evan, der mit ernster Miene aus dem Fenster sah. Bedauerte er die übereilte Trauung? Sie konnte es sich gut vorstellen. War sie doch selbst immer noch wie geschockt über die überstürzte Heirat und den kühlen Abschied von Vater und Tante. Seufzend blickte sie aus ihrem Seitenfenster auf die dunkle Silhouette der hohen Berge, die das lang gezogene Tal umgaben.

In dem Einspänner waren sie allein. Lady Jean und Sir Harry hatten sich Reverend MacConns Ponywagen geborgt und waren schon etwas früher aufgebrochen. Evans Schwester wollte das Hauspersonal informieren, dass der Earl seine junge Braut mitbringen würde.

Allerdings hatte es die Braut nicht so eilig, in ihrem neuen Heim anzukommen. Verzagt drückte sie sich in die Sitzecke, schaute hinaus in den Abendhimmel und wünschte, der Kutscher möge langsamer fahren oder sogar umkehren. Es war ihr keine Zeit geblieben, sich darauf vorzubereiten, das Elternhaus zu verlassen. Zudem fürchtete sie, die Heirat würde weder ihren Vater noch ihre Tante für lange Zeit versöhnlich stimmen. Sie schluckte die Tränen hinunter und sah verstohlen zu Evan Mackenzie hinüber, der mit übereinandergeschlagenen Beinen dasaß und immer noch ernst aus dem Fenster blickte. Er sieht auch nicht sehr glücklich aus, dachte sie traurig und wischte sich ärgerlich eine Träne von der Wange.

Evan wandte sich ihr zu.

„Madam?“, fragte er einfühlsam.

„Vermutlich sind wir bald da“, versuchte sie ein Gespräch anzufangen, in der Hoffnung, auf diese Weise nicht weinen zu müssen. „Es sind nur zwölf Meilen von Glenachan bis Kildonan Castle.“

„Sie werden das Schloss zu Ihrer Rechten liegen sehen. Bei Mondschein – wie heute Nacht – ist es ein wundervoller Anblick. Ah, sehen Sie dort!“

Catriona wandte den Kopf.

„Oh, wie wunderschön!“, rief sie impulsiv.

Im Schutz eines dunklen Bergrückens am Ufer des kleinen Sees lag ein Märchenschloss. Wie verzaubert glänzten das helle Mauerwerk, die vielen Türme mit den spitzen Helmdächern im Mondschein. Von Ferne hatte sie Kildonan Castle schon oft betrachtet, im Innern des Schlosses war sie hingegen noch nie gewesen. Und schon gar nicht hätte sie sich jemals vorstellen können, eines Tages dort zu wohnen.

„Ja, großartig“, sagte er leise. „Für meinen Geschmack etwas zu großartig und auch etwas zu teuer in der Unterhaltung.“

Kurz darauf schwenkte die Kutsche in die lange Auffahrt, die im Bogen zur Vorderseite des Schlosses führte. Ausgedehnte, gepflegte Rasenflächen und Gartenanlagen umgaben das Herrenhaus, das aus einem älteren, zentralen Turmhaus flankiert von zwei rechtwinkligen Flügeln mit gewölbten Fensterfronten bestand. Das Ganze bildete eine Mischung aus ordentlicher Symmetrie und faszinierender Verspieltheit in einer wild zerklüfteten Hochlandszenerie.

„Das ursprüngliche Schloss war der zentrale Bergfried, den ein Vorfahr der Kildonans im sechzehnten Jahrhundert gebaut hat“, erklärte Evan. „Die Flügel hat mein Urgroßvater im achtzehnten Jahrhundert anbauen lassen. Das Mauerwerk besteht aus hiesigem Sandstein, der, wegen des besseren Aussehens und um ihn wetterfester zu machen und mehr Festigkeit zu geben, mit Rauputz versehen worden ist. Ich denke, es braucht wieder einmal einen neuen Verputz – ein langwieriges Projekt, wenn man die Handwerker überhaupt hierherauf bekommt."

„Gewiss, das Tal ist sehr abgelegen", stimmte sie zu, froh, ein neutrales Gesprächsthema gefunden zu haben. „Sicherlich finden sich dennoch auch hier einige Highlander, die diese Arbeit machen können. Dazu braucht man keine Maler und Gipser aus Inverness oder Glasgow nach Kildonan kommen zu lassen."

„Eine gute Idee. Ich werde Ihren Bruder bitten, ein paar Männer aufzutreiben. Die Technik, wie der Rauputz aufgetragen wird, können die Pächter sicherlich schnell lernen."

Catriona nickte und strich nervös erst über den blauen Rock, zupfte an dem kurzen schwarzen Cape und rückte schließlich die schwarze Haube zurecht, während der Wagen über den knirschenden Kies die Auffahrt hinauffuhr. Hingerissen vom Anblick des Schlosses hatte sie ein paar Minuten lang völlig vergessen, dass sie sich den Dienstboten als neue Countess of Kildonan präsentieren musste.

Evan räusperte sich verlegen.

„Ich hätte es schon früher erwähnen müssen, bei all der Aufregung in den letzten Stunden habe ich es völlig vergessen. In ein oder zwei Tagen erwarten wir Gäste auf Kildonan."

„Gäste? So bald schon?"

„Zwei Cousinen und ein paar Freunde planen eine Hochlandtour. Da sie in Schottland wandern und bergsteigen wollen, haben Jean und ich sie eingeladen, ein paar Tage auf Kildonan zu verbringen."

„Aha, wie schön", antwortete sie etwas zurückhaltend und fragte sich zugleich, ob das wohl die Gäste waren, die sich Schloss und Ländereien ansehen wollten, um sie eventuell zu erwerben.

„Ich weiß, es ist nicht leicht für Sie, so schnell schon Gäste im Haus zu haben. Ich bin mir allerdings sicher, wir werden nicht viel von ihnen sehen. Sie wollen das Glen Shee und das Schloss besichtigen."

Aha, hatte ich wirklich recht, dachte sie mit einem bedrückenden Gefühl in der Magengegend.

„Es sind alles erfahrene und begeisterte Bergsteiger, die hier nur in den Bergen klettern wollen. Mit einigen von ihnen habe ich schon in den Alpen Bergtouren gemacht. Sie werden einen vollen Zeitplan haben, und mit ein wenig Glück werden Sie unsere Besucher nur zum Frühstück und gelegentlich beim Abendessen zu Gesicht bekommen."

„Wollen Sie auch mit ihnen Bergsteigen?"

„Ich hatte es geplant. Sie sind herzlich eingeladen, uns zu begleiten. Die Gäste würden bestimmt begeistert sein, und Ihnen würde es sicherlich auch Spaß machen."

„Ich … vielleicht", erwiderte sie unsicher.

Es fiel ihr schon schwer genug, gleich den Dienstboten gegenüberzutreten. Nach der skandalösen Eheschließung nun auch noch direkt auf Evans Cousinen und Freunde zu treffen, potenzielle Käufer, die am Glen Shee interessiert waren, und die Gastgeberin spielen zu müssen – das war mehr, als sie im Moment verkraften konnte.

„Hin und wieder können Sie ja Kopfschmerzen vorschützen, sich zurückziehen und so einigen Pflichten einer Gastgeberin aus dem Weg gehen", meinte Evan verständnisvoll. „Meine Schwester bleibt noch für einige Tage hier, und ich bin ja auch noch da."

„Ich habe selten Kopfschmerzen", antwortete sie stolz. „Und ich werde alles tun, was von mir erwartet wird."

„Alles, was man von Ihnen erwartet?", fragte er leise und betrachtete sie dabei genau.

Sie errötete, sobald sie den tieferen Sinn seiner Worte erkannte.

Alles wonach sie sich sehnte, was sie von ganzem Herzen

wünschte, war wieder in Evan Mackenzies Armen zu liegen, ihn zu lieben und von ihm geliebt zu werden. Dem stand jedoch so vieles entgegen – er war Lord Kildonan, und sie musste den Bruder und die Menschen im Tal vor ihm schützen.

Wie konnte sie diesen Fremden begehren, der so unüberlegt ihr Leben ruiniert hatte und ihr geliebtes Tal verändern wollte? Körper und Herz stritten miteinander. Bekümmert wandte sie sich ab und schaute wieder aus dem Fenster.

Das Gig hielt an, und sie entdeckte das geöffnete Tor zum Schloss. Nacheinander kamen mehrere Leute heraus und stellten sich im Mondschein auf der breiten Freitreppe auf. Evan öffnete den Schlag und stieg aus. Angst lag ihr wie ein Klotz im Magen, als Evan sich umdrehte, um ihr beim Aussteigen zu helfen.

„Willkommen zu Hause!"

Zu Hause?

Ängstlich schloss sie die Augen, und einen Moment lang hatte sie das Gefühl, die Erde schwanke unter ihren Füßen. Dann spürte sie Evans Arm, und das gab ihr erstaunlich viel Kraft.

Die Gesichter waren fremd, die Namen unbekannt. Freundlich nickend ging Evan neben Catriona, während die Haushälterin, Mrs. Baird, der neuen Countess die Dienstboten vorstellte. Evan hörte aufmerksam zu, denn er war auch erst vor ein paar Tagen auf Kildonan eingetroffen und kannte die Dienerschaft selbst kaum.

Mrs. Baird und ihr Mann, der Butler Robert Baird, arbeiteten schon seit Evans Kindheit auf Kildonan. Alle anderen Diener waren ihm nicht so vertraut, und er hoffte, indem er ihre Namen erneut hörte, sie endlich auseinanderhalten zu können. Die meisten Knechte und Hausmädchen waren nämlich irgendwie miteinander verwandt, und so besaß fast die gesamte Dienerschaft eine bemerkenswerte Ähnlichkeit.

Catriona gab jedem, der ihr vorgestellt wurde, die Hand und wiederholte leise den Namen. Evan beobachtete, wie sie mit ihrer ruhigen Art, dem herzlichen offenen Lächeln schnell die Zuneigung der Leute gewann. Siehe da, ich habe schon etwas gelernt von meiner Countess, freute er sich still und begrüßte die Dienstboten ihrem Beispiel folgend mit Handschlag.

„Hier sind Maggie und Deirdre, die Kammerzofen", begann Mrs. Baird. Zwei hübsche braunhaarige Mädchen knicksten verlegen. Catriona grüßte leise und höflich, und Evan neigte leicht den Kopf.

„Bettie ist das Zimmermädchen für den unteren Hausbereich und Seona ist die Küchenhilfe." Die beiden waren etwa im gleichen Alter wie die Kammerzofen, die eine etwas dicklich und rothaarig, die andere schlank und dunkel.

„Davey und Allan kümmern sich um alle Arbeiten, die im und außerhalb des Schlosses anfallen, und der kleine Robbie arbeitet im Stall." Drei schlaksige Jungen, die Hüte in den sauber geschrubbten Händen, nickten ernst.

„Und dies ist Mr. MacGillechallum", fuhr Mrs. Baird fort.

Sie hat genau wie ihr Mann, der Butler, eine etwas herrische, unnahbare Art, dachte Evan.

„Mr. Gillie, so nennen wir ihn, ist Herr über die Ställe. Und seine Frau, Mrs. MacGillechallum, herrscht über die Küche."

„Gillie reicht", sagte MacGillechallum mit tiefer Stimme, nahm den Hut ab und reichte seine große, raue Hand erst Catriona und dann Evan.

„Und mich nennt man Mrs. Gillie oder einfach nur Köchin", stellte sich seine Frau, eine kleine, kräftige Person, vor. „Alle Mädchen und Knechte sind unsere Töchter, Nichten und Söhne. Und Sie kennen wir ja gut … Lady Kildonan", sagte sie lächelnd zu Catriona und flüsterte ihr dann etwas auf Gälisch zu.

Catriona drückte der Köchin die Hand und antwortete leise.

Evans Kenntnisse des Gälischen waren eher gering, ein wenig hatte er vor Jahren von seinem Kindermädchen gelernt. Er hatte nur mitbekommen, wie Mrs. Gillie Catriona für irgendeine Hilfe gedankt und Catriona geantwortet hatte, sie und ihr Bruder Finlay hätten es gern getan.

Verblüfft beugte sich Evan etwas zu Catriona hinüber und fragte: „Sie kennen die Gillies?"

„Oh, wir haben nur Mr. Gillies alten Eltern geholfen, die hoch oben in den Bergen leben."

Evan hätte schwören können, dass sie rot wurde.

Doch dann traten Jean und Harry aus dem Haus, und er vergaß den Zwischenfall. Er küsste Jean auf die Wange und beobachtete, wie seine Schwester Catriona herzlich umarmte und willkommen hieß.

„Kommt herein", bat Jean. „Wir haben in der vergangenen Stunde alles für euren Empfang vorbereitet."

Evan legte seine Hand auf Catrionas Arm und wollte sie zum Eingang geleiten. Doch er erinnerte sich daran, dass er mit seiner Braut das Haus betrat. Schnell nahm er sie auf den Arm, und nach der ersten Überraschung legte Catriona ihren Arm um seinen Nacken. Für ihre Größe war sie nicht schwer, ohne Schwierigkeiten trug er sie über die Schwelle, stellte sie unter dem Applaus der Zuschauer draußen auf der Freitreppe im Foyer auf den Boden, beugte sich über sie und drückte ihr sanft einen kurzen, zärtlichen Kuss auf die Lippen. Ein köstliches Gefühl, das nach mehr verlangte. Mit jeder Faser seines Seins war er sich sicher, die richtige Wahl getroffen zu haben, auch wenn andere dies bezweifelten – einschließlich seiner Braut.

Er nahm ihre Hand. „Willkommen auf Kildonan, Catriona. Ich hoffe, wir machen das Beste daraus", sagte er und schaute ihr dabei tief in die Augen.

„Vielleicht", flüsterte sie ernst.

Die grandiose Aussicht durch die hohen Fenster auf die Berge im Mondlicht war das Erste, was Catriona in Bann schlug, als sie ihr neues Schlafzimmer betrat. Während Mrs. Baird die Tür hinter ihr schloss und die Sturmlaterne mit ihrem flackernden Lichtschein auf den Tisch stellte, kundschaftete Catriona ihr neues Zuhause aus.

Allein die Größe des Zimmers verschlug ihr fast den Atem. Die riesigen Fenster, die hohen Stuckdecken und die hellen Wände ließen das Zimmer riesig erscheinen, ein Eindruck, den selbst das breite Vierpfostenbett nicht mindern konnte. Die Vorhänge, der Bettüberwurf, Sessel und Chaiselongue in geblümtem Chintz und hellbeigem Damast, der große belgische Webteppich mit hellgrünem Blattmuster – alle Farben und Materialien waren harmonisch aufeinander abgestimmt. Polierte Mahagonimöbel, ein kleines Bücherregal und Miniaturen in Öl an den Wänden schmückten das Zimmer zusätzlich.

Im Vergleich zu der einfachen Ausstattung ihrer engen Kammer im Glenachan House kam ihr dieses Schlafzimmer wie das Gemach einer Königin vor. Sprachlos folgte sie Mrs. Baird, die ihr das Ankleidezimmer, das Wasserklosett und das große, gekachelte Badezimmer zeigte. Für Catrionas abendliches Bad rann bereits dampfendheißes Wasser aus den Kupferhähnen in die große Porzellanwanne. Das Stubenmädchen Deirdre legte dicke Leinentücher bereit und lächelte schüchtern, als Catriona einen Blick in das Bad warf.

„Eine Zisterne auf dem Dach versorgt dieses Stockwerk und die Küche mit kaltem und heißem Wasser“, erklärte Mrs. Baird.

Sie stand so steif da, schien so förmlich und korrekt, dass Catriona sich fragte, ob die vielen Jahre im Haushalt des alten Earls ihr wohl jeglichen Humor geraubt hatten.

„Manchmal, wenn wir viele Gäste haben, kann es schon mal vorkommen, dass das Badewasser knapp wird. Dann wird

Ihnen das Wasser in Kannen heraufgebracht.“

„Danke“, sagte Catriona und hätte fast offenbart, dass eine Zisterne und ein eigenes Bad einen kaum zu fassenden Luxus für sie bedeuteten. Im Glenachan House hatte sie nämlich bislang immer zu später Nachtzeit hinter der verschlossenen Tür der Vorratskammer baden müssen.

Dann öffnete Mrs. Baird eine andere Tür. Ein kleiner Kamin, lederbezogene Sessel und eine Couch, davor ein ausgetretener Orientteppich – der Raum wirkte gemütlich.

„Der kleine Salon, den Sie sich mit Lord Kildonan teilen. Seine Zimmer befinden sich hinter jener Tür dort.“

Durch die halb geöffnete Tür konnte Catriona einen kleinen, dunklen Raum mit grünen Tapeten und Mahagonimöbeln erkennen. Im Hintergrund hörte sie Evan leise mit jemandem sprechen, vermutlich mit einem Diener. Sekunden später tauchte er an der Tür auf. Ein kurzer durchdringender Blick streifte sie, dann fiel die Tür ins Schloss.

„Deirdre wird vorerst Ihre Zofe sein, bis Sie sich selbst ein Mädchen suchen“, sagte Mrs. Baird. „Die Witwe des Grafen hat nicht auf Kildonan residiert, und Lady Jean bringt immer ihre eigene Zofe mit.“

Catriona fragte sich insgeheim, wozu sie überhaupt eine Zofe brauchte, und vor allem, wie sie eine auswählen sollte.

„Ich bin sicher, Deirdre wird ihre Arbeit gut machen“, erwiderte sie nach einigem Zögern und nickte dem Mädchen, das Badeöl und Seifen auf einem Tablett mit frischen Blumen arrangierte, aufmunternd zu.

Mrs. Baird war gegangen, und Deirdre half Catriona aus dem blauen Seidenkleid. Das junge Mädchen wirkte unaufdringlich, und unter ihren sanften Händen, mit denen sie das Haar löste und bürstete, wurde Catriona langsam ruhiger. Während Deirdre die beiden Reisetaschen auspackte, schloss Catriona sich im Bad ein, tauchte in das wohltemperierte, mit Rosenessenzen parfümierte Badewasser und schloss seufzend die Augen.

Vor einem Tag noch hätte sie ihre Seele für so ein Bad und einen solchen Luxus verkauft. Nun ja, irgendwie hatte sie es ja auch. Sie erinnerte sich, wie Evan ihren nackten Körper gestreichelt hatte, die Lust, die sie verspürt hatte, sobald sie ihn berührt hatte, und sie stellte sich vor, wie sich seine Lippen und Hände anfühlten. Sie fragte sich, ob Evan heute Nacht das Bett mit ihr teilen oder ob er, genau wie sie, wegen der hastigen Trauung doch eher noch abwarten wollte.

Das duftende, warme Wasser tat ihr wohl, und sie sank tiefer hinein, bis sie fast untergetaucht war und ihr dichtes kupferrotes Haar auf der Oberfläche schwebte. Ihr Körper sehnte sich nach Evans zärtlichen Berührungen, nur ihr Herz wusste nicht, was es wollte.

12. KAPITEL

Spät in der Nacht stand Evan nachdenklich vor der Verbindungstür.

Es war die Hochzeitsnacht – natürlich kannte er seine Rechte, er war sich allerdings nicht sicher, was seine Braut von ihm erwartete. Er schnürte den Gürtel seines rotbraunen Hausmantels fester, klopfte, vernahm ihr leises „herein“ und betrat das Zimmer.

Catriona blickte mit großen, misstrauischen Augen von dem Buch auf, das sie in den Händen hielt.

Sinnlich und wunderschön erschien sie ihm, wie sie auf dem breiten Bett unter der elfenbeinfarbenen Bettdecke in den voluminösen Spitzenkissen saß. Ihre schlanke, anmutige Figur bedeckte ein hochgeschlossenes weißes Nachthemd mit hellblauen Bordüren.

Wie verletzlich sie wirkt, dachte er. Zugleich ließen die leuchtend roten Haare, die ihr über die Schulter fielen, ihr wildes Temperament erahnen.

Ihr Anblick nahm ihm fast den Atem, sein Körper begehrte sie augenblicklich.

„Guten Abend, Madam“, begrüßte er sie leise und näherte sich ihr langsam.

„Lord Kildonan“, erwiderte sie.

Und obwohl sie dabei fast lässig in dem Buch blätterte, entging Evan nicht, wie sehr ihre Hände zitterten.

Er fragte sich, wie er beginnen, was er sagen sollte.

Die Hände tief in den Taschen seines Seidenbrokatmantels vergraben, schaute er sich unsicher um.

Das Zimmer war wohl kürzlich mit neuen Stoffen dekoriert worden, obwohl das Mobiliar aus der Zeit stammte, in der seine Mutter in diesen Räumen gelebt hatte. Selbst der Teppich mit dem Blattmuster lag noch auf dem Boden. Er erinnerte sich an die glücklichen Tage seiner Kindheit, in denen er immer den Konturen der Blätter mit dem Finger nachgefahren war.

„Sie sind sicher … Nein, ich will Sie nicht unterbrechen …“

„Ich wollte nur sagen, was für ein herrliches und behagliches Zimmer dies ist.“

Sie faltete spröde die Hände.

„Hat Ihre Mutter früher hier gewohnt?“

„Ja. Es war ihre Suite … bevor sie ihn verlassen hat. Sie mochte ihn genauso wenig wie Sie“, antwortete er ernst.

Catriona schwieg. Nur daran, wie sie ihn ansah, erkannte er, dass sie ihn verstand.

„Nach seinem Tod hat meine Schwester die Zimmer renovieren lassen.“

Er dachte an sein eigenes gemütliches kleines Schlafzimmer mit den dunklen Möbeln und den dunkelgrünen Tapeten und Vorhängen, in dem er sich wie in einer warmen Höhle fühlte.

„Erst bei meiner Ankunft vor ein paar Tagen habe ich gesehen, was sie verändert hat.“

„Da haben Sie wohl nicht daran gedacht, dieses Zimmer Ihrer Frau zu geben“, meinte sie spitz.

„Richtig, zumindest nicht so schnell“, gab er zu.

Herrje, er sprach mit ihr über den Zustand der Zimmer – wie ein Butler, nicht wie ein Bräutigam. Er wusste wirklich nicht, wie er den richtigen Ton treffen konnte.

Vergangene Nacht, in der sich aus dem Mitgefühl zweier Fremder füreinander allmählich Vertrautheit und Leidenschaft entwickelt hatten, war sie spontan in seine Arme gekommen. Er wünschte, sie beide könnten diesem natürlichen Zauber wieder erliegen. Nur wusste er nicht, auf welche Weise er dies erreichen konnte.

„Was lesen Sie denn?“, fragte er, während er sich ihrem Bett näherte.

Catriona blickte auf den Buchrücken, so als ob sie es selbst nicht wüsste.

„Ich fand es im Regal … Hugh MacBride, ‚Der verzauberte Dornbusch'."

Sie blätterte durch die ersten Seiten.

„Oh! Der Autor hat es signiert … ‚für Master Evan, herzlich Sir Hugh, Dundrennan House, Weihnachten 1840'."

„Kurz vor Weihnachten in dem Jahr bin ich zwölf geworden, er hat es mir zum Geburtstag geschenkt. Hier stand das Buch? Das wusste ich gar nicht. Meine Schwester muss es sich wohl irgendwann einmal geliehen und hergebracht haben. Sie hielt sich viel öfter hier auf als ich."

„Aha. Demnach werden Sie einunddreißig im Dezember?"

„Ja. Und Sie …? Ich weiß nicht einmal, wie alt Sie sind. Sicher wesentlich jünger als Ihr Bräutigam?"

„Im September wurde ich sechsundzwanzig – eine richtig alte Jungfer."

„Nun nicht mehr", erwiderte er und näherte sich ihrem Bett noch ein wenig mehr.

Eigentlich war er ein Mensch der Tat und schneller Entschlüsse. Er hasste unentschlossenes Zögern. Dennoch war es ihm klar, dass sie beide dieses Gespräch brauchten, um sich ein wenig besser kennen zu lernen.

In der Schutzhütte hatte er genau gewusst, was zu tun war. In jener Nacht war er der Stimme des Herzens gefolgt, da hatte allein die Begierde ihn über den feurigen Pfad der Leidenschaft geführt.

Doch nun musste er über den schmalen Pfad gesellschaftlicher Konventionen balancieren, obwohl er sich danach sehnte, sie wieder in seine Arme zu nehmen und zu lieben, aus vollem Herzen, leidenschaftlich – und legitim.

Irgendwie musste er ihr deutlich machen, dass er sie um ihrer selbst willen geheiratet hatte und nicht, weil sie dazu gezwungen worden waren. Eine verzwickte, schwierige Situation. Ein falsches Wort, ein falscher Schritt, und Herzen konnten brechen, Hoffnungen zunichte gemacht werden.

Unschlüssig strich sie über das Buch.

„Interessant, dass Sie Sir Hugh persönlich kennen. Ich liebe seine Gedichte sehr."

Evan wollte nicht über Poesie reden. Am liebsten hätte er ihr das unselige Buch aus den Händen gerissen, in irgendeine Ecke geschleudert und sie in die Arme genommen. Er riss sich dennoch zusammen und setzte sich vorsichtig ans Fußende des Bettes.

„Catriona", begann er sanft.

Sie zog die Beine an, als ob sie jegliche Berührung mit ihm vermeiden wollte, und blätterte wieder durch die Seiten des Buches.

„Kannten Sie Sir Hugh gut?"

Er seufzte. „Ich hatte das Glück, einige Schulferien in seinem Hause verbringen zu dürfen, denn ich bin mit seinem ältesten Sohn befreundet. Aedan, der heutige Lord von Dundrennan, sein Cousin Dougal Stewart und ich waren zusammen in Eton und haben anschließend auch alle drei in Edinburgh studiert. Wir sind immer noch gute Freunde. Sicher werden Sie Aedan und Dougal eines Tages kennen lernen."

„Vielleicht. Hm … beeindruckend, dass Sie einen so berühmten Mann kennen."

„Um ehrlich zu sein, oft habe ich ihn nicht gesehen. Die Ferien habe ich mit seinen Söhnen und Neffen beim Angeln und Bergwandern verbracht … und Sir Hughs schönen Töchtern und Nichten den Hof gemacht. Romantische Gedichte waren nur Mittel zum Zweck bei den Mädchen … Obwohl", er grinste etwas verlegen, „ich mich sicher ziemlich zum Narren gemacht habe."

Catriona sah ihn schelmisch von der Seite an und lachte herzlich. Ein wohltönendes, erfrischendes Lachen, bemerkte er erfreut.

„Na, dann stelle ich es wohl besser wieder an seinen Platz“, meinte sie, schlüpfte aus dem Bett und brachte das Buch zurück ins Regal neben der Chaiselongue an der anderen Seite des Zimmers.

Das Licht der Kerze umgab sie wie ein goldener Heiligenschein. Unter dem dünnen Nachthemd zeichneten sich ihre Formen ab, der volle Busen, die schlanken Schenkel, die sinnlichen runden Hüften und die schmale Taille.

Bei diesem Anblick regte sich seine Manneskraft. Doch Evan nahm sich zusammen, verschränkte die Arme vor der Brust und zog gespannt die Brauen hoch.

Gewiss kannte er sie erst seit Kurzem – und dennoch besser als mancher Bräutigam seine Braut in der Hochzeitsnacht. Er wusste um ihre sinnlichen Formen, wusste, wie ihre Küsse schmeckten, wie sie atmete, wenn sie in seinem Arm schlief.

Still, leise und ohne, dass Evan es gewahr wurde, hatte Catriona ihn in ihren Bann gezogen und ließ ihn nicht wieder los. Wie verzaubert fühlte er sich – anders konnte er es nicht erklären.

Er stand auf und ging auf sie zu.

„Meine Liebe …“

Oje, dachte er, ich weiß ja nicht einmal, wie ich sie anreden soll.

„Ich denke, wir sollten … über unser Arrangement sprechen.“

Catriona drehte sich um und verschränkte die Arme vor der Brust.

„Arrangement?“

„Nun ja, unsere Bekanntschaft und unsere Heirat kam für uns beide recht unerwartet. Eine sehr glückliche Braut sind Sie ja wohl nicht.“

„Wir kennen uns ja kaum.“

„Stimmt, Sie haben recht, trotzdem basieren manche Ehen auf viel weniger.“

„Hm … Ich frage mich, wieso Sie unbedingt heiraten wollten?“

Mit kritischem Blick musterte sie ihn.

„Braucht der Earl so dringend eine Braut? Ein Hochlandmädchen aus einer guten Familie, das sich während Ihrer Abwesenheit um Kildonan kümmert und Ihnen den Weg zu den einfachen Leuten ebnet?“

Evan runzelte die Stirn, spürte, wie Wut in ihm aufstieg.

„Werden Sie nicht beleidigend. Sie wissen genau, ich habe getan, was ich für richtig hielt. Und ich meine, wir sollten unserer Verbindung eine ehrliche Chance geben. Es ist grausam, wenn eine Ehe aufgelöst werden muss.“

Seine Eltern hatten über zwanzig Jahre getrennt gelebt, nur um das Martyrium einer Scheidung vor Gericht zu vermeiden.

„Und den Bund fürs Leben einfach annullieren lassen, können wir auch nicht.“

„Stimmt. Ich dachte nur, Sie hätten noch ein paar Wochen warten wollen … bis … feststeht, ob ein Kind kommt.“

„Ob oder ob nicht spielt keine Rolle mehr. Wir wissen, dass wir gut miteinander zurechtkommen.“

„In der Schutzhütte blieb uns nichts anderes übrig … miteinander auskommen oder umkommen. Ich habe Ihnen vertraut, Mr. Mackenzie.“

„Dem Earl können Sie auch vertrauen, Madam. Sie müssen es nur versuchen. Und außerdem, wie hätte ich mich vorstellen sollen?“

Er unterdrückte ein trockenes Lachen. „Madam, legen Sie sich zu mir. Ich bin der Gentleman, den Sie von Grund auf verachten?“

„Ich hätte mich frei entscheiden können“, gab sie schnippisch zurück.

„Ach, Madam, dann hätten wir beide gefroren.“

„Warum bestehen Sie auf dieser Ehe?“

Er schwieg nachdenklich. Wie sollte er ihr verständlich machen, dass er sich ihr verpflichtet fühlte, sie respektierte und begehrte, und er genau so einsam war wie sie. In seinem Innern fand ein Kampf zwischen heißem Sehnen – purer körperlicher Begierde und einem undefinierbaren Verlangen nach Liebe und Zuneigung – und seiner logischen Vernunft statt. Ein Gefühl mahnte ihn zur Vorsicht, nichts zu überstürzen, das andere drängte: Tanz den Tanz.

Wie sollte er ihr erklären, dass er zwei Jahre lang sein Herz verschlossen hatte und sich in ihrer Gesellschaft geheilt und verstanden fühlte. Nie zuvor hatte ihn eine Frau so verändert.

Stolz und natürliche Zurückhaltung hinderten ihn daran, all diese Gedanken auszusprechen, so weit konnte er sich nicht öffnen, auch ihr gegenüber nicht.

„Ich scheue kein Risiko und ich bin willens, es einzugehen. Sind Sie dazu nicht bereit?"

„Ich will nur keine Verbindung aus praktischen Gründen akzeptieren. Gute Ehen sind mehr als … Begierde und Pflicht", erklärte sie errötend.

„Etwa Liebe? Selten ein Grund für eine Ehe. Ab und zu mag das ja der Fall sein, bestimmt nicht die Regel. Und dennoch, soweit ich weiß, funktionieren viele Ehen recht gut – auch ohne das Ideal der großen immer währenden Liebe."

Catriona schaute ihn ernst an.

Es schien ihm, als verlören ihre Augen allen Glanz, und er verfluchte sich, weil er seiner Meinung freien Lauf gelassen hatte.

„So erwarten Sie in dieser Ehe keine Liebe … und doch halten Sie daran fest?", fragte sie.

Evan zögerte.

„Obwohl das Schicksal seine Hand im Spiel hatte, denke ich, es war für uns beide eine gute Wahl", erklärte er nach einigem Nachdenken. „Ich habe die richtige Countess für Kildonan gefunden, und Sie haben die notwendige Rettung erfahren. Ohne diese Verbindung, fürchte ich, wären Sie in einer schlimmen Lage."

Seine Erklärung klang kalt und unbarmherzig, mehr konnte er im Moment allerdings nicht von seinen Gefühlen preisgeben.

Weshalb er sich unter allen Umständen an dieses Mädchen binden wollte, war ihm selbst nicht ganz klar. Er allerdings war auch nicht der Mensch, der lange über sein Handeln nachdachte. Er war es gewohnt, seinem Instinkt zu folgen, und der sagte ihm, diese Verbindung sei gut für sie beide.

Und schon gar nicht wollte er seine Hochzeitsnacht damit verbringen, die Liebe zu diskutieren, da er sowieso immer der Meinung gewesen war, Liebe käme nicht zu ihm.

„Unsere erste Begegnung war sicherlich ungewöhnlich, deshalb …"

Er musste laut lachen. Doch ihm entging nicht, wie Catriona sich beleidigt auf die Lippen biss. Daher mäßigte er sich.

„Fahren Sie fort."

„… deshalb basiert unsere Beziehung auf Verzweiflung und Angst … und dem Willen zu überleben."

„Ja, es war sehr angenehm, einander dabei zu helfen."

Sie blitzte ihn wütend an.

„Wir sind miteinander ausgekommen, weil es die Situation verlangte. Was aber wird geschehen, wenn wir weder Zwang noch Gefahr ausgesetzt sind? Darüber hinaus haben wir wenig Gemeinsames."

„Wir haben dieses Tal!" Er zeigte zum Fenster. Hoch über den dunklen Bergen stand der Vollmond. „Unsere Bildung, unser Hochlandbrauchtum. Wir haben unsere Schutzhütte … und unsere Trauung."

„Unsere Trauung", wiederholte sie zynisch und blickte bekümmert zur Seite. „Unsere freudlose, kleine Trauung."

„Nun ja, es war nicht gerade ein großes Fest. Aber ich fand die Braut hübsch."

Sein Blick glitt kurz über ihren Körper, dessen Formen unter dem dünnen Nachtgewand im Schein der Kerzen ihn die ganze Zeit schon mehr oder weniger unbewusst fesselten.

Sie schien es plötzlich zu bemerken, denn sie griff nach dem Paisley-Schal, der auf der Chaiselongue lag, hüllte sich darin ein und verschränkte die Arme vor der Brust, sodass er sich nur noch am Anblick ihrer schlanken Beine erfreuen konnte.

„Ich wünschte, wir könnten noch einmal von neuem anfangen ... obwohl die Trauung ja nun vollzogen ist."

„Ich habe nicht den Wunsch, noch einmal vom Berg zu stürzen", entgegnete er.

„Ich wollte damit nur sagen, die meisten Beziehungen, die zu einer Ehe führen, beginnen mit einer Vorstellung und Freundschaft ... dann nach einer Zeit des Werbens ist man sich schließlich einig, dass man heiraten will. Wir haben von hinten angefangen."

Er starrte sie ungläubig an. Sie hatte recht. Ob ein Tanz, ein Weg, ein Berg, den es zu besteigen galt, oder eine Ehe – immer musste man einen Schritt nach dem anderen tun.

„Wir könnten ... noch einmal anfangen. Ohne Berg und Eisregen. Ganz einfach noch einmal anfangen."

„Könnten wir!", sagte sie mit einem vergnügten Blitzen in den Augen.

Dann streckte sie ihm lächelnd ihre Hand entgegen.

„Ich bin Catriona MacConn, Sir. Die Tochter des Pfarrers."

Gott, war sie hübsch. Lachen und Frohsinn verwandelten ihr Gesicht. Und diese Grübchen, wenn sie lächelte, die waren ihm bislang gar nicht aufgefallen.

„Und Sie sind wohl auch nicht Mr. Mackenzie?"

Er verzog die Lippen zu einem Lächeln: „Lord Kildonan."

Mit einer tiefen Verbeugung nahm er ihre schmale kühle Hand in die seine.

Die Chaiselongue stand wie eine Barriere zwischen ihnen.

Die Grübchen wurden tiefer, die blauen Augen glänzten übermütig, das feuerrote Haar hing ihr ungebändigt über die Schultern, die prallen Brüste drängten gegen das durchsichtige Hemd. – Sie war nicht nur bezaubernd, sie war die personifizierte Leidenschaft, hinreißend und die Sinne verwirrend.

Es traf ihn wie ein Schlag, dieses plötzliche Herzklopfen, das eigenartige Gefühl in der Magengegend – könnte es sein, fragte er sich erstaunt, dass ich hoffnungslos verliebt bin?

Er hatte Berge bestiegen, war in die Tiefen der Meere getaucht, hatte unzählige Male sein Leben riskiert. Er hatte nicht gezaudert, offenen Auges eine überstürzte Ehe einzugehen, um dieses Mädchen vor dem Ruin zu bewahren. Und trotz allem ließ ihn der Gedanke erzittern, dass er sich wahrhaftig verliebt haben könnte. War das der Grund, weshalb er sich so zu ihr hingezogen fühlte?

Klopfenden Herzens hielt er ihre Hand und umrundete dabei die Chaiselongue. Vorsichtig zog er Catriona näher an sich heran.

Das, was in ihm brannte, war etwas ganz anderes als das höfliche Geplänkel, mit dem sie bislang ihre Verlegenheit zu überspielen trachteten.

„Wenn Sie wollen, können wir von vorne anfangen“, sagte er heißblütig. „Es ist Ihre Hochzeitsnacht, in der Sie glücklich sein sollen. Glauben Sie ja nicht, wir könnten alles vergessen und abwarten, wohin uns eine kleine, unschuldige Freundschaft führt.“

„Wenn man uns als den Earl und die Tochter des Pfarrers vorgestellt hätte … vielleicht könnte …“

„Wirklich?“

Sie wehrte sich nicht, während er sie noch etwas näherzog.

„Was hätten Sie gefühlt, wenn Sie mir im Vestibül der Kirche Ihres Vaters oder in irgendeinem Salon beim Tee zum ersten Mal begegnet wären? Sagen Sie es mir!“

Er umschloss ihr hübsches, trotziges Kinn mit beiden Händen.

„Ich hätte … eine Anziehungskraft gefühlt“, flüsterte sie.

„Und? Haben Sie das Gefühl jetzt auch?“, fragte er, während er sich zu ihr herunterbeugte.

„Ja“, wisperte sie und bog ihren Kopf zurück.

Sanft berührte er ihre Lippen, köstlich schmeckten sie.

Er holte Catriona noch weiter heran und küsste sie, ungestüm und leidenschaftlich, bis sie stöhnte. Während er seine Hände in ihren Locken vergrub, küsste sie immer verlangender, bis auch er vor Erregung bebte.

Nun nahm er sie in die Arme, drückte seine Hüften fest gegen ihre sanften Rundungen, spürte unter der dünnen Seide ihren warmen, verlockenden Körper.

Er wusste, dass sie an der intimen, nur mit zartem Stoff bedeckten Stelle, dort, wo er zwischen ihre Schenkel passte, seine Männlichkeit fühlen musste.

Er küsste sie und bog ihren Oberkörper zurück, bis ihre Brüste und ihre harten Knospen seine Brust berührten.

Lange, viel zu lange war er enthaltsam gewesen. Er fühlte sich so großartig, viel besser, als er es sich je hätte vorstellen können.

Doch niemals würde er zugeben, dass er sich nach Liebe sehnte. Nicht einmal sich selbst konnte er eingestehen, dass er geliebt werden und jemanden lieben wollte, mehr als alles andere im Leben. Einen Moment lang wollte er sie in den Armen halten, wollte sie küssen, solange wie sie es duldete.

Mit der Zunge erforschte er zärtlich ihren Mund.

Leise seufzend ließ sie ihn gewähren.

Ihr Atem erregte ihn, als er ihren Hals mit Küssen bedeckte, zärtlich an ihrem Ohrläppchen knabberte.

Die Art, wie sie sich ihm entgegenbog, war eine natürliche Einladung. Und als er zärtlich ihre Schulter und Brust streichelte, räkelte sie sich wohlig, sodass ihr Nachthemd verrutschte und den Busen freilegte.

Eine Zeit lang liebkoste er mit der offenen Handfläche diese empfindliche Stelle. Und als er spürte, wie sie in seinen Armen nachgab, stöhnte er vor Erregung.

Erneut küsste er ihren Mund, umschloss mit der Hand ihren warmen weichen Busen.

Sie legte ihren Arm um seinen Nacken.

Er kannte ihre erotischen Geheimnisse, und sein Körper wünschte sich nichts mehr, als erneut mit ihr diese Höhen zu erklimmen.

Er war so steif und stark, dass es ihm fast nicht mehr möglich war, sich zurückzuhalten. Evan schloss die Augen und atmete tief durch.

Plötzlich riss sie sich los. Ihre Brüste wogten, ihr Mund war rot und geschwollen von seinen Küssen. Mit weit aufgerissenen Augen schaute sie ihm ins Gesicht.

„Jetzt nicht", sagte sie atemlos. „Ich denke … wir sollten noch abwarten, allem seinen natürlichen Lauf lassen, nichts erzwingen."

Er hätte ihr sagen können, worauf es hinauslief. Stattdessen nickte er nur und zog sich zurück, obwohl er immer noch erregt war, sein Körper vor Leidenschaft glühte.

„Wie gesagt, Madam", begann er, bemüht, seinen Atem zu beherrschen, „wenn Sie wollen, können wir noch einmal von vorne beginnen. Ich erlaube Ihnen jedoch keinesfalls, nur mit mir zu spielen. Sie wissen, was ich will."

Er strich ihr über den Arm, berührte dabei mit dem Daumen leicht ihre Brust.

Es brachte ihn fast um den Verstand. Er wollte sie ganz oder gar nicht.

„Sie müssen sich entscheiden, Catriona. Küsse und alles, was dazu gehört … oder nichts."

„N…nichts?"

„Keine Spielchen, keine falschen Schwüre, kein Gefängnis

in einer Ehe ohne Liebe. Entscheiden Sie sich, wie Sie leben wollen. Entweder in einer richtigen Ehe als Countess of Kildonan oder wieder als Catriona MacConn. Wie auch immer Sie sich entscheiden, ich werde zu meinem Eheversprechen stehen und für Sie sorgen", sagte er leise, nahm ihre Hand und küsste sie sanft.

Sie zitterte leicht. Er spürte, dass sie genauso erregt war wie er.

„Gehen Sie nun schlafen. Wir brauchen beide etwas Ruhe. Wenn wir einen Neuanfang wollen ... dann sollten wir uns erst einmal richtig ausschlafen."

Mit großen blauen Augen sah sie ihn an, die Wangen leicht gerötet, die Lippen feucht, der Mund leicht geöffnet, das flammend rote, dichte Haar gelöst – dieses Bild würde ihn verfolgen. Mit Mühe wandte er sich ab. Sein Körper pulsierte, protestierte. Trotzdem verließ Evan das Zimmer und schloss die Tür hinter sich.

Seit letzter Nacht hatte er den Moment herbeigesehnt, in dem er ihre Leidenschaft, ihr Feuer endlich wieder spüren durfte. Nun brauchte er ein kaltes Bad.

13. KAPITEL

Erschrocken fuhr Catriona hoch. Es war schon heller Morgen, als Deirdre klopfte und den Morgentee brachte. Anschließend füllte das Mädchen die Waschschüssel mit heißem Wasser, legte Handtücher bereit und erkundigte sich dann, welches Kleid Lady Kildonan zu tragen wünsche.

Catriona war es nicht gewohnt, bedient zu werden. Sie dankte dem jungen Mädchen für die Hilfe und entließ es. Schnell wusch sie sich den Schlaf aus den Augen und überlegte dann, welches Kleid sie aus den wenigen Sachen, die sie mitgebracht hatte, wählen sollte.

Vor ein paar Tagen – es erschien ihr eine Ewigkeit her zu sein – hatte sie sich mit Morag MacLeod für den heutigen Tag an der Brücke verabredet. Daher entschied Catriona sich für einen warmen Unterrock mit einem bequemen Leibchen, darüber einen derben grauen Wollrock und eine Leinenbluse. Und da sie einen weiten Weg über die Berge vor sich hatte, zog sie ihre festen Wanderschuhe an.

Es ist so viel geschehen, seit ich Morag letztes Mal traf, dachte sie, während sie ihre Bluse zuknöpfte.

So viel hatte sich verändert. Sie selbst war eine andere. Wie sollte sie der alten Freundin das alles nur erklären?

Catriona hatte sich zwar immer für stark gehalten, doch auch für unscheinbar und dazu bestimmt, der Familie zu dienen. Ihr einziges Anliegen war, die schönen, alten gälischen Weisen zu sammeln – eine Arbeit, die ihr wirklich sehr am Herzen lag. Niemals hatte sie daran gedacht zu heiraten, ganz gewiss nicht auf die Art und Weise – und vor allem nicht diesen Mann.

Mit dem Eisregen war ein Wirbelwind durch ihr Leben gefahren, und sie war immer noch nicht sicher, wohin er sie getrieben hatte.

Gedankenverloren faltete sie den Paisley-Schal, mit dem sie am Abend zuvor ihre Blöße bedeckt hatte. Sacht strich sie über das hübsche weiche Tuch, während sie es in die Schublade legte. Sie erinnerte sich an Evans Küsse. Leidenschaftlich und verheißungsvoll war ihr Leben geworden.

Sie musste sich entscheiden: das Wagnis einer Ehe eingehen mit einem Mann, den sie kaum kannte, oder zu ihrer Familie zurückkehren.

Diese Tür war ihr nun wahrscheinlich für immer verschlossen. Die Familie, in der sie aufgewachsen war, hielt sie für sündig. Tante Judith und ihr Vater wollten sie nicht mehr im Haus haben – zumindest fürs Erste nicht.

Catriona setzte sich an den Ankleidetisch und betrachtete sich im Spiegel. Das Liebesabenteuer hatte sie nicht verändert – obwohl die blauen Augen ihr lebendiger, die helle Haut etwas frischer, Wangen und Lippen rosiger erschienen. Ihr kupferrotes Haar ließ sich immer noch schwer bändigen, sie liebte seinen feurigen Glanz mehr denn je. Mit einem Mal fand sie sich sogar recht hübsch.

Dennoch, sie war zu groß, die Schultern zu eckig, absolut nicht zierlich und anmutig. Ihr Busen war ziemlich füllig, und obwohl die Taille und die langen Beine schlank waren, war sie froh, mit dem praktischen Schnitt ihrer Kleider die zu breiten Hüften kaschieren zu können.

Catriona Mhòr hatte man sie stets genannt.

Ja, sie war groß, größer als die meisten Männer, die sie kannte. Nie und nimmer konnte ein solches Mädchen liebreizend sein.

Ein Earl of Kildonan konnte jede Frau haben, die er sich wünschte. Ihn zeichneten nicht nur sein Titel und sein scharfer Verstand aus, er war auch charmant und eine blendende Erscheinung.

Der Vorschlag, den Evan ihr gestern Nacht gemacht hatte, hatte sie überrascht und zugleich seltsam berührt. Sie war davon ausgegangen, er werde ihr vorschlagen, ein paar Wochen oder Monate abzuwarten, um danach seinen eigenen Weg zu gehen.

Schicksal und ein ausgeprägtes Verantwortungsbewusstsein hatten dem Earl eine unscheinbare, linkische, rothaarige Highland-Countess beschert, trotzdem war er willens, den Bund der Ehe zu achten.

Sie war darüber wirklich erstaunt. Zwar verstand sie, dass er sich ihr gegenüber verpflichtet fühlte, hätte jedoch niemals erwartet, dass er die Ehe aufrechterhalten wollte, egal ob sie ein Kind bekam oder nicht. Nachdenklich legte sie die Hand auf den Bauch. Erst in drei Wochen würde sie genau wissen, wie es um sie stand.

Catriona war nicht sicher, ob sie ihm vertrauen konnte. Vielleicht verhielt er sich genau wie sein Vater. Evan hatte zwar gesagt, er müsse Kildonan bald wieder verlassen, hingegen nicht erwähnt, dass er Teile seiner Ländereien verkaufen wollte, wie es ihr Grant erzählt hatte. Ganz bestimmt würde sie nicht mit Evan in den Süden gehen, wenn ihre Ehe über kurz oder lang zum Scheitern verurteilt war.

Sie band ihr Haar zu einem einfachen Nackenknoten und streifte ein schwarzes Netz mit einer Samtschleife darüber. Deirdre hatte ihr gesagt, das Frühstück würde bis halb elf im kleinen Esszimmer bereitstehen. Catriona sah auf ihre silberne Damentaschenuhr. Es war fast zehn. Sie sollte sich lieber sputen.

Der Flügel, in dem ihre Suite lag, war mit dem Hauptgebäude durch einen langen, hellen Korridor mit vielen Fenstern verbunden. Der alte Wohnturm mit seinen engen, zugigen Gängen und den unzähligen dicken Eichentüren, den sie anschließend betrat, kam ihr wie ein Labyrinth vor. Nachdem sie kurz die Orientierung verloren hatte, fand sie schließlich den Weg ins Foyer. Hier traf sie auf Mrs. Baird, die sie zum Frühstückszimmer führte.

Es war ein kleines, sonnendurchflutetes Zimmer, in das Catriona kam. Möbel aus poliertem Walnussholz, rote Brokatpolster, ein verschlissener Teppich, glänzende Schüsseln und Platten auf einer riesigen Anrichte.

Lady Jean, Sir Harry, Arthur Fitzgibbon und Evan schauten sie erwartungsvoll an und standen auf, um sie zu begrüßen.

Jean ging Catriona entgegen.

„Kommen Sie. Wir frühstücken hier immer gemeinsam“, erklärte sie und zog Catriona zum Tisch. „Evan, nun ist deine Braut auch endlich wach!“

Glücklich strahlend betrachtete sie die beiden.

„Guten Morgen, meine Liebe.“

Evan ging um den Tisch und begrüßte seine Frau mit einem zarten Kuss auf die Wange.

Bis in die Zehenspitzen spürte Catriona diese Berührung. Er roch so gut, nach Seife und Stärke, einem Hauch von süßem Kaffee und nach etwas, was sie nur mit Evan identifizierte, etwas, das sie an die frische Bergluft erinnerte. Catriona wandte ihm schüchtern lächelnd ihren Blick zu und errötete, sobald sie bemerkte, wie sie beobachtet wurde.

Sie nahm neben Evan Platz und dankte Jean, die ihr eine Tasse heißen Kaffee brachte. Eigentlich trank Catriona morgens lieber Tee, doch heute war ein starker Kaffee genau das, was sie brauchte. An der Anrichte bediente sie sich mit Haferbrei und gebratenem Schinken.

„Ich hoffe, Sie haben gut geschlafen, Lady Kildonan“, erkundigte sich Sir Harry.

Jean musste ihn wohl unter dem Tisch getreten haben, weil er plötzlich zusammenzuckte und seine Frau fragend ansah.

„Danke. Sehr gut“, antwortete Catriona.

„Wie ich sehe, haben Sie Wanderkleidung an, Lady Kildonan. Was steht denn heute auf dem Programm?“, fragte Arthur.

Fitzgibbon hatte ihr schon bei der ersten Begegnung gefallen. Er war ein kräftiger, athletisch gebauter Mann, dem das braune Haar meist tief in die Stirn fiel. Die dunkelblauen Augen passten zu seinem Lächeln, und obwohl er manchmal über Dinge sprach, die nicht jedermann verstand und wohl auch nicht jeden kümmerten, schien er ein geschätzter Freund des Hauses zu sein.

„Wandern?", fragte Evan. „Mr. Grant hat Ihnen und mir nach dem Bergabenteuer und den gestrigen Anstrengungen Ruhe empfohlen. Ich dachte, Sie würden vielleicht das Schloss kennen lernen wollen, meine Liebe, und ich … nun ja, ich muss mich unbedingt mit der Buchhaltung der Gutsverwaltung beschäftigen.

„Wieso Ruhe? Weißt du nicht, was für ein Tag heute ist, Evan? Es ist euer Wandertag", erklärte Jean und blickte dabei vorsichtig zu Catriona.

„Ihr zwei habt gestern Abend geheiratet. Ich weiß, es war eine etwas ungewöhnliche Trauung. Doch es gibt einen wunderschönen Hochlandbrauch. Am Tag nach der Hochzeit wandern Braut und Bräutigam zusammen über die Berge und begrüßen die Bergbauern. Verdient Catriona es nicht, dass sie sich später wenigstens an diesen alten Hochzeitsritus erinnern kann?"

„Auf jeden Fall."

„Dann musst du den Wandertag einhalten. Er passt auch richtig zu eurer kleinen Hochlandtrauung", meinte Jean lächelnd.

Fragend sah Evan seine junge Frau an. „Was meinen Sie, meine Liebe? Kennen Sie den Brauch?"

„Ja. Am Tag nach der Hochzeit geht das Brautpaar durchs Dorf und stellt sich bei den Bewohnern vor. Nur das nächste Dorf liegt Meilen entfernt von hier, und da wir keine gewöhnliche Hochzeit hatten, glaube ich, der Wandertag ist auch nicht nötig."

Oder angebracht, dachte sie und senkte den Blick verlegen auf ihren halb leeren Teller.

„Nehmt die Ponys und nennt es Reittag“, schlug Sir Harry schmunzelnd vor. „Die Ländereien umfassen nahezu zweiundachtzigtausend Morgen – mehr als das ganze Glen Shee“, gab er Catriona Recht.

„Ich denke, meine Braut kennt die Geschichte vom Glen Shee besser als wir alle“, entgegnete Evan mit Blick auf Catriona.

„Hat Ihre Familie schon immer hier gelebt, Catriona?“, wollte Jean wissen.

„Die MacConns sind seit ewigen Zeiten im Glen Shee ansässig. Schon lange bevor die Mackenzies den Earls-Titel verliehen bekamen.“

Evan stellte die Kaffeetasse ab und räusperte sich. „Das stimmt, der erste Earl of Kildonan war mein Großvater. Davor waren wir Lairds ohne Titel außerhalb dieses Tals. Erst im siebzehnten Jahrhundert wurden die Ländereien der Kildonans durch Heirat erworben. Nun, Madam, sind Sie an einem Wandertag mit Ihrem Bräutigam interessiert?“

Sie glaubte, einen gereizten Unterton in seiner Stimme zu hören, und hoffte, er wäre nur ihr aufgefallen.

Die drei anderen unterhielten sich unbekümmert.

Ein glückliches Trio, dachte Catriona. Und was sind wir zwei? Ein unglückliches Duo!

„Jeden Mittwoch habe ich Verpflichtungen. Ich kümmere mich um ein Strickprojekt.“

Evan wirkte ratlos. „Was ist das denn?“

„Dummkopf!“, schalt ihn seine Schwester. „Ein Strickprojekt ist Arbeit, die in der Gemeinde gemacht wird.“

„Ein Projekt für Strickerinnen … hm … das klingt nach weiblicher Verschwörung“, meinte Arthur und lachte über seinen eigenen Witz.

„Na ja, so etwas Ähnliches ist es schon“, erwiderte Catriona lächelnd. „Ich bin Mitglied der Gemeinschaft der Hochlandfrauen. Wir haben ein paar Projekte ins Leben gerufen, um den Menschen zu helfen, die in abgelegenen Regionen leben und sehr unter den wirtschaftlichen Veränderungen der letzten Jahrzehnte leiden. Das Strickprojekt ist ein solches Hilfsprojekt. Die Crofterfrauen bekommen Garn, dann gehe ich mit einer der ortsansässigen Frauen von Hof zu Hof und sammle ein, was die Bauersfrauen daraus gefertigt haben – Socken, Handschuhe, Schals. Dann erhalten sie neues Garn und so weiter."

„Und was machen Sie mit den Sachen?", fragte Evan.

„Wir schicken Sie an Lady Saltoun, die Frau des Clanchefs der Mackenzies. Sie sammelt alle Strickwaren und leitet sie dann weiter an die Hochlandregimenter. Wir haben einen Kontrakt über jeweils tausend Paar Socken und Handschuhe und über fünfhundert Schals. Der größte Teil der Ware wird nach Indien verschifft, ein kleinerer Teil nach Kanada. Wir zahlen den Strickerinnen, die heutzutage ja wenig andere Einkommensquellen haben, ein wenig Bargeld für ihre Arbeit."

Evan nickte zustimmend. „Sehr lobenswert."

„Vortreffliche Wohlfahrtsarbeit", lobte Arthur Fitzgibbon. „Lady Kildonan hat das Zeug für eine vorbildliche Countess."

Er lächelte die beiden an, die verlegen nach ihren Kaffeetassen griffen, und wieder schien niemand die gespannte Stimmung zwischen dem Brautpaar zu bemerken.

„Du hast recht, Fitz", stimmte Evan zu.

„Wäre es Ihnen möglich, meine Liebe, den Wandertag und den Stricktag zu kombinieren? Ich werde Sie zum Treffpunkt mit ihrer Freundin begleiten. Was halten Sie davon?"

Catriona schluckte. „Gut, ich hole nur noch schnell mein Plaid."

Unweit der alten Steinbrücke, die zum Hochwald führte, wartete eine alte Frau.

Argwöhnisch beobachtete sie Catriona und Evan, die sich ihr mit ihren langen Wanderstäben – einer Hilfe bei Wanderungen über die Berge – näherten.

So wie sie auf ihren knorrigen Stock gestützt dastand, erinnerte die Frau Evan an eine Großmutter.

Sie war zwar kräftig und machte einen rüstigen Eindruck, ihr Teint war jedoch runzelig und wettergegerbt. Graues Haar lugte unter der weißen plissierten Leinenhaube mit langen Seitenstücken hervor – eine hübsche Kopfbedeckung, von der Evan wusste, sie wurde nur von den verheirateten Crofterfrauen im Hochland getragen. Ein bodenlanges verschlissenes Plaid bedeckte ein schwarzes Kleid, und an den Füßen trug sie geflickte Lederschuhe.

Sie war eine so altertümliche Erscheinung, dass Evan fast erschrak, als sie zu sprechen begann.

„Catriona Mhòr, ist das dein neuer Ehemann? Ein schöner Mensch!“, sagte sie auf Gälisch.

Evan betrachtete Catriona amüsiert.

„Bin ich das?“, fragte er sie leise.

„Ja“, antwortete Catriona.

„Nein, ich meine, er ist mein Ehemann“, verbesserte sie sich errötend, woraufhin Evan laut lachte.

„Lass uns bitte Englisch sprechen, Morag. Lord Kildonan, darf ich Ihnen meine Freundin Mrs. MacLeod … Morag MacLeod, die Frau des Crofters John MacLeod, vorstellen. Er betreibt am Fuße des Beinn Alligin eine kleine Landwirtschaft.“

Die alte Frau musterte Evan skeptisch.

Er nickte und streckte ihr seine Hand entgegen.

„Evan Mackenzie, Mrs. MacLeod. Ich freue mich, Sie kennen zu lernen.“

„Wieso?“, fragte sie misstrauisch.

„Morag!“, warnte Catriona leise.

„Ich freue mich auch, Sir“, sagte Morag und durchbohrte ihn fast mit ihren Blicken.

Dann wandte sie sich Catriona zu.

„Countess of Kildonan bist du nun, was? Hm, hm! Vermutlich muss ich dir nun zu dieser Heirat gratulieren. Wie konntest du nur? Na ja, ab jetzt werde ich dich Mrs. Mackenzie nennen."

„Catriona ... wie bisher auch ... bitte."

Catrionas Stimme klang fast flehend.

„Wenn du jetzt eine Crofterfrau wärst, wie ich es mir immer vorgestellt habe, dann würde ich dir heute die Haube aufsetzen und ein neues Plaid um deine Schultern legen", fuhr Morag fort. „Nun, als Lady Kildonan wirst du das schöne Plaid, das du da anhast, nicht länger tragen wollen und stattdessen in Spitze und steifen Hütchen herumlaufen."

Unbewusst griff sich Catriona an den Kopf. Ihr Haar war nur mit einem dünnen schwarzen Netz zusammengehalten und teilweise verhüllt durch das lange weiche Plaid in den traditionellen Farben beige, blau und braun.

„Ich denke schon, dass ich immer noch wie eine Hochlandfrau aussehe."

„Sie haben ja auch einen Highland-Earl geheiratet", versetzte Evan.

„Stimmt, Mr. Mackenzie", pflichtete Morag bei und musterte Evan erneut.

„Entschuldigen Sie, wenn ich Sie nicht mit ‚Lord' anrede. Wir schätzen diese Titel hier in der Gegend nicht so sehr."

„Das ist schon in Ordnung. Ich höre Mr. Mackenzie auch lieber."

Morag musterte ihn abschätzig von unten bis oben.

„Groß genug für dich ist er ja, Catriona. Und was für eine Geschichte! Vom Berg soll er gefallen sein ... direkt vor deine Füße? Und gestorben wäre er, wenn du ihn nicht zu der alten Schutzhütte geschleppt und über Nacht gepflegt hättest?"

Sie blickte interessiert zu Evan.

„Na, schlecht sieht er ja nicht aus. War wohl eine gute Pflege, was?"

„So schwer war er nicht verletzt", erwiderte Catriona.

„Sie hat mir wirklich das Leben gerettet, Mrs. MacLeod. Aus Dankbarkeit bat ich sie, meine Frau zu werden."

„So? Da habe ich etwas anderes gehört. Man erzählt sich, ihre böse Tante wollte sie nicht mehr im Haus haben. Du musst ja sehr freizügig gewesen sein, Catriona", meinte Morag vergnügt. „Na ja, bei einem so attraktiven Mann, wer wäre das nicht?"

„Morag!" Catriona klang schockiert.

Evan drehte sich grinsend um.

„Wer hat Ihnen das denn alles erzählt?"

„Meine Tochter. Sie ist Mairi MacAuley, ihr gehört die Gastwirtschaft", erklärte sie Evan mit nur leichtem Akzent in einem erstaunlich guten Englisch. „Und Mr. Finlay hat mir auch davon berichtet, als ich ihn heute Morgen in den Bergen traf."

„Finlay war hier draußen?" Catriona schaute sich suchend um.

„Er wollte nach meinem alten John MacLeod sehen. Anschließend ist er nach Inverness geritten. Sagte, er würde wohl zwei oder drei Tage fortbleiben. Die Nachricht über deine Hochzeit verbreitet sich in Windeseile von Haus zu Haus im Tal. Natürlich nur in den wenigen Häusern, die noch bewohnt sind, wenn Sie verstehen, was ich meine, Mr. Mackenzie."

„Ich verstehe genau, Mrs. MacLeod. Ja, und die Hochzeit war eine ziemliche Überraschung."

„Eine Überraschung!", wiederholte Morag. „Habe ich dir an jenem Tag nicht gesagt, bei dem schlechten Wetter sollst du nicht weitergehen. Ich hatte so ein seltsames Gefühl … und nun? Was ist geschehen?"

„Es war sicher ein gutes Gefühl?", fragte Evan.

„Meist weiß ich das nicht … es sind halt Gefühle … mal gut, mal schlecht. Ich bin keine Seherin. Eines kann ich Ihnen sagen, vielen Leuten hier in der Umgebung wird der Titel Countess of Kildonan für Catriona Mhòr gar nicht gefallen.

Und was sind nun Ihre Pläne, Sir?", erkundigte sie sich ohne Umschweife.

„Meine Pläne?", wiederholte er verständnislos.

„Man sagt, Sie seien nicht gerne hier. Wollen Sie bleiben oder das Tal wieder verlassen?"

„Ich, na ja, ich muss noch einige Entscheidungen treffen."

„Fast ein Jahr ist vergangen, seit er geerbt hat. Und da kommt er erst jetzt und will Pläne machen", sagte Morag leise zu Catriona.

Evan war nicht erstaunt, dass die alte Frau ihm nicht traute. Er hatte erwartet, von seinen Pächtern und den Leuten im Tal abgelehnt zu werden. Das hatte er seinem Vater zu verdanken.

„Nun", wandte er sich an Catriona, „ich verlasse Sie jetzt, damit Sie mit Mrs. MacLeod Ihrer Arbeit nachgehen können."

Einen Moment lang sahen Evan und Catriona sich unsicher an.

Er wusste, sie überlegte genau wie er, wie sie sich verabschieden sollten. Dann beugte er sich zu hier herunter und gab ihr einen keuschen Kuss auf die Wange.

Catriona drehte sich um und ging mit Morag zur Brücke.

Evan blickte ihr nach.

Die altertümliche Bogenkonstruktion der schmalen Steinbrücke fiel ihm auf. Sie führte über die Schlucht, in der tief unten ein breiter Gebirgsbach schäumte. Jenseits der Brücke ragte der Berg auf. Auf die bewaldeten Hänge folgten die kahleren und felsigeren Gebirgszonen, in denen die Herden der zähen Schafe und Ziegen weideten. Und noch weiter oben sah er die Gipfel der Torridon-Berge mit einem Wolkenkranz. Der Wind und das Wasser in der Schlucht rauschten, es roch nach Kiefern und Torf. Die Landschaft war überwältigend, von zauberhafter, ungebändigter Schönheit. Und fast alles, nahezu alles, was seine Augen von diesem Punkt aus wahrnehmen konnten, gehörte ihm.

Er schaute wieder zur Brücke und beobachtete, wie Catriona und Morag begonnen hatten, den langen Bogen zu überqueren.

Während er näher heranging, veränderte sich sein Blickwinkel, und er bemerkte, dass die Brücke beschädigt war. Es fehlte der Mittelstein. Eine breite Spalte klaffte zwischen den beiden Bogenteilen.

Und die zwei Frauen gingen unbekümmert die leichte Steigung hinauf, unterhielten sich, schienen sich der Gefahr nicht bewusst zu sein. Noch ein paar Schritte und sie würden unweigerlich in die Tiefe stürzen.

„Catriona!"

Evan lief los, erreichte die Brücke, packte Catriona und die alte Frau, zerrte beide fort von der gefährlichen Kante, von der Brücke zurück auf den sicheren Boden.

„Ach, hast du dem Mann nichts von der Brücke erzählt?", fragte Morag.

14. KAPITEL

Was erzählt?“, fragte Evan völlig außer Atem. Ähnliches hatte er schon einmal erlebt. Er zitterte bei dem Gedanken, was hätte passieren können. Er ließ Morag los, Catrionas Arm hielt er jedoch fest umklammert.

„Zu Fuß kann man gefahrlos über die Brücke gehen. Nur mit Pferd und Wagen sollte man sie nicht überqueren“, erklärte Catriona.

„Gefahrlos?“, fragte Evan missbilligend. „Sind Sie denn verrückt?“

„Wir benutzen die Brücke immer.“

„Sie ist genau so sicher wie die Berge“, ergänzte Morag.

„Warum wurde sie nicht repariert?“, wollte Evan barsch wissen.

„Man hat es schon oft versucht, der Mittelstein ist trotzdem immer wieder herausgebrochen.“

Er betrachtete die Brücke prüfend.

„Die Krümmung ist zu flach. Die ganze Konstruktion scheint überhaupt nicht zu stimmen“, erklärte er mit Kennerblick und sah forschend hinunter auf den Bach, der sich zwischen Steilufer und Berghang schäumend seinen Weg suchte.

„Im Hang sind tiefe Rinnen von der Schneeschmelze“, fuhr er nachdenklich fort. „Tritt der Bach bei Frühjahrsregen über die Ufer?“

„Manchmal. Wenn das Wasser die Brücke erreicht, brechen meist noch mehr Steine heraus“, antwortete Catriona. „Muss der Bogen höher sein?“

„Nein. Die Spannweite ist für so eine flache Krümmung zu lang, dadurch wird die Konstruktion instabil. Deshalb fallen die Steine so leicht heraus.“

„Nein“, widersprach Morag ungläubig. „Die Feen holen sie.“

Evan blieb skeptisch. „Wer? Feen?“

„Das hier ist die Drochaid nan Sìtheach, die Brücke der Feen“, erläuterte Morag. „Sie führt zum Beinn *Sìtheach,* dem Feenberg. Die *daoine sìth* wollen nicht, dass zu viele menschliche Wesen darübergehen. Wenn es ihnen gefällt, nehmen sie die Steine heraus, und die Menschen stecken sie wieder hinein. Schon in meiner Kindheit haben mein Vater und andere Männer die Steine wieder eingesetzt, und manchmal fielen sie sogar wieder heraus, während sie noch daran arbeiteten. Dann sagten sie, die Feen spielten ihnen Streiche. Allerdings …“, und nun war der Tadel in ihrem Blick deutlich zu sehen, „war das lange bevor Ihr Vater meinen Vater und viele andere aus ihren Häusern vertrieben hat, weil sie alt und nutzlos für den Earl und sein Land waren.“

„Das tut mir aufrichtig leid, Mrs. MacLeod“, versuchte Evan sich zu entschuldigen. „Erzählen Sie mir bitte mehr über die Brücke.“

„Die Feen zerstören sie, und wir reparieren sie. Seit Langem sind schon keine Steine mehr herausgefallen. Als Fußbrücke ist sie stabil genug.“

„In der Mitte ist ein Loch!“ Evan zeigte mit dem Finger auf die Stelle.

„Ja. Bereits bei einem winzigen Fehltritt wird's gefährlich. Wenn man weiß, wo es ist, kann man drüberspringen.“

„Ein winziger Fehltritt!“ Evan schüttelte den Kopf. „Können Sie mir mal erklären, wie Sie drüberspringen?“

„Man muss einen Feenzauber sprechen.“

„Einen was?“

Ratlos sah er erst Morag, dann Catriona an.

Die schien die Äußerung der alten Frau absolut nicht ungewöhnlich zu finden.

Morag nickte heftig.

„Wir sprechen jedes Mal, wenn wir darübergehen, einen Zauber. Damit ist der Wanderer sicher.“

„Ein Feenzauber!“, wiederholte Evan fassungslos.

„Du solltest ihm den Zauberspruch verraten, falls er einmal die Brücke überqueren will“, sagte Morag.

Fragend wandte sich Evan Catriona zu.

„Unbedingt! Verraten Sie ihn mir.“

„Halten Sie ihre Finger so“, sagte Catriona und zeigte ihm, wie er mit Daumen und Zeigefinger einen geschlossenen Kreis bilden sollte.

Nachdem sie ein paar gälische Verse rezitiert hatte, übersetzte sie:

„Ich fliege wie die Vögel am Himmel,
Ich fliege wie die Blätter im Wind,
Vom Kopf bis zu den Füßen,
Von der Krone bis zur Sohle,
Engel, beschützt mich vor den Feen der Höhe.“

„Und das soll Sie schützen?“, fragte Evan skeptisch.

„Damit und mit langen Beinen springt man über die Lücke“, versicherte Morag.

Kopfschüttelnd betrachtete Evan die Brücke. Sie überspannte eine fast sechs Meter tiefe Schlucht und an beiden Seiten der Spalte bröckelten die Schlusssteine heraus.

„Wahnsinn! Ab sofort schließe ich die Brücke!“

„Das ist der direkte und kürzeste Weg zum Beinn Shee“, widersprach Catriona. „Morag und ich benutzen die Brücke jede Woche bei unseren Bergwanderungen. Und die Crofter und die Schafhirten, die mit ihren Familien in den Bergen wohnen, sind darauf angewiesen. Mit Karren und Tieren nehmen sie den Viehtreiberpfad über die untere Brücke, die den Bach einige Meilen weiter unten im Tal überquert.“ Sie zeigte in Richtung Glenachan.

„Dann wird es für alle ja nicht so beschwerlich werden, wenn sie vorübergehend geschlossen wird.“

„Und ob! Der Weg zur unteren Brücke ist viel länger. Einige Crofterkinder gehen über diese Brücke zur Schule in Kilmallie."

„Kinder! Unmöglich! Die Brücke darf nicht mehr betreten werden."

„Mögen Sie keine Kinder auf Ihrem Land?", fragte Morag.

Nun wurde Evan böse.

„Ich mag Kinder sehr. Und deshalb möchte ich auch nicht, dass eines von ihnen von dieser Brücke fällt. Sie bleibt geschlossen, bis sie repariert oder durch eine Neue ersetzt ist."

„Unser Zauberspruch beschützt uns", begehrte Morag erneut auf.

„Ein Unglück geschieht schneller, als man denkt."

Evan wusste nur allzu gut, wovon er sprach. Langsam ging er auf die Brücke, um sie näher zu untersuchen.

Beängstigend wackelten einige Steine unter seinen Füßen. Er drehte sich um. „Als Earl of Kildonan, aus Fürsorge für meine Pächter, schließe ich diese Brücke, bis sie repariert ist."

„Bislang haben sich die Earls of Kildonan kaum um das Glen Shee und seine Bewohner gekümmert. Wieso Sie jetzt auf einmal?"

Wütend drehte er sich zu Catriona um und ging dann auf die Suche nach einem großen Findling.

„Zur Seite Ladies", befahl er.

Fassungslos verfolgten Catriona und Morag, wie er noch ein paar Gesteinsbrocken von ähnlicher Größe vor die Brücke wuchtete, bis der Zugang hinlänglich versperrt war.

Einigermaßen zufrieden klopfte er sich den Staub von den Handschuhen.

„Das reicht fürs Erste. Ich werde jemanden mit einem Seil heraufschicken, der ein Schild anbringen soll, dass die Brücke gesperrt ist."

„Auf Gälisch oder auf Englisch?", fragte Catriona schnippisch. „Hier kann nicht jeder lesen, ganz gewiss nicht die Alten und die Kinder. Stellen Sie lieber einen Wachtposten auf."

„Soll ich vielleicht selbst unter der Brücke wachen … wie ein Troll?", gab er ähnlich schnippisch zurück.

„Der Übergang ist gefährlich. Mir wird im Nachhinein noch angst und bange, wenn ich daran denke, dass er jahrelang so benutzt worden ist. Wieso hat denn niemand meinen Vater darüber informiert?"

„Das hätte ihn nicht gekümmert", sagte Catriona. „Soweit ich weiß, hat er diesen Weg nie genommen. Vermutlich sind in diesem Gebiet die Jagdgründe nicht sehr ertragreich. Er hat uns hier nie gestört, obwohl das Schloss ja nicht so weit entfernt ist."

Evan schwieg. Sie hat sicherlich recht, dachte er betreten.

„Wie auch immer, wenn Sie heute noch in die Berge wollen, müssen Sie über die untere Brücke gehen. Ich bringe Sie dorthin. Wir kehren zurück zum Schloss und fahren mit dem Ponywagen oder dem Gig."

„Ich wohne keine drei Meilen von hier. Glauben Sie etwa, ich gehe den ganzen Weg von der unteren Brücke bis hierherauf?", weigerte sich Morag, wandte sich Catriona zu, und wie in schweigender Übereinkunft hoben die beiden Frauen ihre Rocksäume und kletterten vorsichtig über die Steinbarriere.

Evan folgte ihnen, doch sobald er hinter ihnen den Buckel erreichte, spürte er ein leichtes Zittern. Es war sicherlich nicht klug, die Brücke mit seinem zusätzlichen Gewicht zu belasten, wenn die Frauen nahe dem schwächsten Punkt der Konstruktion standen. Er streckte die Hand aus.

„Kommen Sie zurück, Catriona. Und Sie auch, Mrs. MacLeod", bat er.

„Dein Ehemann ist ein Hasenfuß", neckte Morag.

Ohne sich noch einmal umzuschauen, sprachen sie in leisem Singsang ihren Zauberspruch und sprangen dann nacheinander leichtfüßig über die Kluft.

Als sie auf der anderen Seite des herausgebrochenen Brückenbogens stand, drehte sich Catriona noch einmal um.

„Bis später, Mylord! Zum Abendessen bin ich zurück."

Dann nahm sie Morag bei der Hand, und die beiden Frauen gingen die andere Seite der Brücke hinunter.

Evan blickte ihnen nach und beobachtete, wie sie den steilen Anstieg zum Hochwald nahmen.

Hoch über ihnen erhoben sich der Feenberg und weiter entfernt andere Gipfel in den wolkenlosen blauen Himmel.

Dann schaute er nach unten, wo der Gebirgsbach über Felsbrocken rauschte. Die beschädigte Brücke war klein. Dennoch erinnerte sie ihn an eine grandiose Eisenkonstruktion, an rote Eisenträger, und wie sie in der Sonne glänzten, während sie in den Hafen von Fife krachten.

Die Erinnerung war schmerzlich, trotzdem musste er sich um die Reparatur dieser einfachen Steinbrücke kümmern. Das Herz wäre ihm fast stehen geblieben vor Angst, als er Catriona auf der defekten Brücke bemerkte. Er wollte dafür sorgen, dass weder seiner Frau noch jemand anderem etwas passierte.

Langsam ging er bis zum Brückenbogen, hielt sich an der Brüstung fest und wippte an verschiedenen Stellen hin und her, um mit seinem Gewicht die Festigkeit zu prüfen. Am Rand, wo die Steine wie herausgebrochene Zähne klafften, spürte er bedrohliche Schwingungen. Der Schlussstein und ein paar benachbarte Steine fehlten.

Durch das Loch blickend, konnte er tief unten mitten im rauschenden Gebirgsbach Geröll und Schotter entdecken, Steine, die das Wasser mit der Zeit abgeschliffen hatte. Nachdenklich ging er zurück. Die Steine würden weiter herausbrechen, es musste nur jemand fest genug auf den Rand treten. Und wenn das geschah, dann würde auch kein Feenzauber mehr helfen und die Brücke vor dem Einsturz bewahren.

Oben am steilen Hang im Schutze der Felswand, an der an manchen Stellen Moos und Adlerfarn wuchsen und ein paar

Ziegen kletterten, stand ein kleines Steinhaus mit einem dicken Strohdach. Leichter Rauch kräuselte sich aus dem Loch in der Dachmitte, neben der Tür knabberten zwei Ziegen an einem Placken Torf. Weitere Lebenszeichen konnte Catriona nicht erkennen, während sie sich der kleinen Hofstelle näherten.

„Ist Mutter Flora zu Hause?“, fragte sie Morag.

„Sie ist meist hier. Selten macht sie noch eine Bergwanderung. Ich warne dich. Nachdem sie sich die Lebensmittel oder Geschenke, die ich mitbringe, genommen hat, schickt sie mich meist sofort wieder fort.“

„Ich hoffe, sie wird mir ihre Lieder vorsingen. Ich habe Papier und Bleistift bei mir, sodass ich die Noten aufschreiben kann.“

„Zeig ihr das Papier nicht so schnell“, riet Morag. „Sie weiß, dass du kommst. Vor ein paar Tagen war ich mit meiner Schwiegertochter hier oben. Flora hat mir versprochen, dich zu empfangen. Siehst du, die Tür ist zu. Die alte Hexe … sie will, dass wir anklopfen und sie bitten, hereinkommen zu dürfen.“

Catriona guckte sich um, während sie weitergingen. Dieser einsame Berghang lag am Fuße des Beinn Sìtheach, obwohl der Gipfel von hier aus nicht zu sehen war. Es wehte ein scharfer frischer Wind. Sie atmete tief durch. Es roch nahezu berauschend nach Kiefern, Gras und Wasser und irgendwie war die Energie des Berges zu spüren. Sie konnte den Zauber dieser Berge fühlen. Wenn es wirklich solche Kreaturen wie Feen gab, dann existierten sie hier – in den hohen, rätselhaften Bergen, die nach ihnen benannt waren.

Es war ein gerader Pfad über niedergetretenes Gras. Jedoch war der Anstieg so steil, dass selbst Catrionas Beine vor Anstrengung schmerzten, obwohl sie das Bergsteigen gewohnt war.

Sobald sie den Gemüsegarten der Hofstelle erreichten,

schauten die beiden Ziegen neugierig vom Vordach herunter, huschte eine Katze um die Hausecke, sprang über den Torfplacken aufs Strohdach und beobachtete die Besucher mit misstrauisch aufgestelltem Schwanz.

Morag klopfte an die verwitterte Holztür. Keine Antwort. „Ich weiß, dass du da bist, Flora MacLeod“, rief sie.

Schließlich öffnete sich die Tür mit lautem Quietschen, und eine winzige, alte Frau lugte durch den Spalt.

Eine gebückte, zierliche Gestalt, das Gesicht mit einem Geflecht von zarten Falten überzogen, die Augen ein strahlendes Blau, junge Augen in einem alten Antlitz. Das schneeweiße, dünne Haar war unter einer plissierten Haube verborgen, das zerschlissene braune Kleid nahezu ein Lumpen, dessen Saum in Fetzen über die geflickten Lederschuhe hing. Um die Schultern trug sie ein verblichenes Plaid.

„Ach, du bist es, Morag MacLeod. Was willst du?“

„Ich bringe dir frisches Gemüse.“ Morag hob den Korb in die Höhe. „Und Besuch. Lass uns herein, Mutter Flora. Es weht ein scharfer Wind und der Aufstieg war anstrengend.“

„Es ist ein schöner Tag und Bergsteigen tut dir gut, Morag MacLeod. Du bist ja fett wie ein Schwein!“

Staunend musterte sie Catriona von unten bis oben. „Wie groß bist du denn, Mädchen?“

„Fast ein Meter achtzig“, antwortete Catriona verlegen.

„Huch! Bestimmt mehr.“ Sie musterte Catriona. „Und rote Haare! Mein Mann war auch groß und rothaarig. Könnte er dein Großvater sein?“

„Hm … das glaube ich nicht.“

„Bevor wir uns kennen lernten, war er ein fröhlicher Mann, hatte eine Menge uneheliche Kinder. Danach wollte er dann nur noch mit mir fröhlich sein.“

Flora grinste übers ganze Gesicht und zeigte dabei ihre wenigen Zähne.

„Mutter!“, warnte Morag.

Catriona entging nicht, wie sie dabei lächelte, und wusste, dass Flora und Morag eines gemeinsam hatten – absolute Ehrlichkeit.

„Wie heißt du, Große?“, wollte Flora wissen.

„Catriona MacConn. Mein Vater ist der Pfarrer von Glenachan. Ich glaube, Sie kannten meine Mutter. Sarah hieß sie.“

„Ach, ja! Sie war nicht so groß, hatte allerdings auch so wunderschönes rotes Haar.“ Flora lächelte. „Meins war früher einmal blond.“

„Lässt du uns nun herein?“, fragte Morag.

Flora blickte neugierig in den Gemüsekorb, den Morag ihr reichte. „Ich mag Steckrüben. Was hast du mir sonst noch mitgebracht?“

„Möchten Sie ein Paar Socken?“, fragte Catriona impulsiv und griff gleichzeitig in ihren Korb, in dem die Strickwaren verstaut waren, die sie und Morag bei einigen Crofterfrauen in der Umgebung eingesammelt hatten. Heraus zog sie ein Paar gemusterte Kniestrümpfe in den Farben rot, schwarz und weiß.

Mit gichtigen Fingern schnappte Flora danach.

„Was wartet ihr noch. Kommt herein. Pass auf, Große, stoß dir nicht den Kopf!“

Der Türsturz war in der Tat niedrig, und Catriona erwartete, in eine bescheidene Hütte zu treten. Die Stube war tatsächlich verraucht und düster, hingegen gemütlich eingerichtet mit ein paar hübschen Möbeln und einem ordentlich gemachten Bett, auf dem ein Kissen und eine dicke Decke lagen. Allerdings roch es verdächtig nach Stalldung, und der Fußboden war übersät mit Essensresten.

„Sie lebt wie eine Ziege“, murmelte Morag.

„Setzt euch!“, befahl Flora.

Catriona und Morag nahmen auf der Bank neben der Feuerstelle Platz. Flora selbst setzte sich auf einen Holzstuhl, auf dem ein dünnes Kissen lag.

„Was hast du sonst noch da drin?“ Neugierig fingerte sie in Catrionas Korb herum und zog schließlich einen Schal heraus. „Den kann ich gut gebrauchen!“

Morag riss ihn ihr aus der Hand. „Erst bringst du dem Mädchen deine Feenlieder bei, dann bekommst du den Schal.“

Flora schaute Morag wütend an.

Dann wandte sich die alte Frau an Catriona: „Weshalb willst du meine Feenlieder lernen?“

„Ich sammele schon seit vielen Jahren gälische Lieder. Die Verse und die Melodien schreibe ich auf“, erklärte Catriona, während sie in den Korb langte und ihr Notizbuch herausholte. „Bislang habe ich fast einhundertdreißig Lieder hier drin festgehalten.“

„Ach, das will ich gar nicht sehen. Sag mir nur, weshalb du die alten Lieder aufschreibst.“

„Sie sammelt die Melodien, damit sie für spätere Generationen erhalten bleiben und die Leute dann die alten gälischen Lieder auch noch singen können“, erklärte Morag.

„Weshalb sollten sie die alten Lieder singen wollen, wenn sie diese gar nicht kennen?“, fragte Flora.

„Bist du verheiratet, Mädchen?“

„Ja“, antwortete Catriona zurückhaltend und blickte erschrocken zu Morag.

„Was ist das für ein Mann, der seine hübsche Frau Lieder sammeln lässt? Babys sollte er dir machen!“

Flora betrachtete Catriona prüfend.

„Herrliche Hüften, ein voller Busen! Ach ja, du wirst viele gesunde Kinder bekommen!“

Catriona errötete und schwieg.

„Lass ihr noch etwas Zeit. Sie ist erst seit gestern verheiratet“, sagte Morag.

Flora grinste.

„Ist dein Mann ein MacLeod? Es gibt nicht mehr viele attraktive junge Männer im Glen Shee. Hoffentlich ist es nicht dieser griesgrämige Doktor von Kilmallie, den Morag ein paar Mal mit heraufgebracht hat. Der weiß ja auch nicht mehr als ich. Sag schon, wer ist es?"

„Mackenzie ... of Kildonan", antwortete Catriona und bemerkte, wie Morag neben ihr den Atem anhielt.

Flora kniff argwöhnisch die Augen zusammen.

„Du bist die Countess of Kildonan?"

Catriona nickte. „Ja."

Wütend zeigte Flora auf die Tür.

„Verlass sofort mein Haus! Die Frau eines Kildonan bekommt meine Lieder nicht!"

„Mutter ...", begann Morag.

„Lass, es gut sein, Morag. Es tut mir leid."

Catriona nahm ihren Korb und stand auf. Sie nahm sich zusammen und versuchte, Würde zu bewahren, obwohl ihr die Tränen in den Augen standen. Sie hatte sofort befürchtet, ihr neuer Status als Countess of Kildonan würde einen Keil zwischen sie und die Menschen und die Kultur treiben, die sie liebte.

„Raus!", wies ihr Flora erneut die Tür. „Überlass mich meinen Erinnerungen und meiner Trauer, nimm mir nicht auch noch meine alten Lieder. Sie sind der einzige Trost, der mir noch geblieben ist. Geh!"

„Catriona verdient deine Lieder", versuchte Morag zu vermitteln.

„Sie ist die Countess, und ihr Mann ist mitverantwortlich für die Vertreibung an jenem traurigen Tag vor vielen Jahren. Ich sah ihn, als er zusammen mit seinem Vater beobachtete, wie die Leute unser Tal verließen."

„Ja, das stimmt. Daran erinnere ich mich auch", sagte Morag leise.

„Der Vater hat mir seinerzeit die Verwandten genommen. Willst du etwa zulassen, dass der Sohn mir nun auch noch meine Lieder nimmt?"

Catriona wandte ihren Blick betreten ab. Auch sie hatte an jenem Tag Vater und Sohn zusammen gesehen. Nun war sie Evans Frau und würde keine Bemerkung über die Beobachtung machen.

„Der alte Earl hat vierzehn meiner Kinder und zehn erwachsene Enkel mit ihren Familien aus dem Tal verjagt“, klagte Flora. „Nur ein paar Verwandte durften bleiben, sie sorgen nun für mich. Es sind bestimmt nicht die Besten“, fügte sie mit einem bösen Blick in Richtung Morag hinzu.

„Nun hör mir mal zu …“, begann Morag.

Catriona bückte sich, trat über die Türschwelle nach draußen und schaute sich noch einmal um. „Es ist schlimm, was passiert ist, Flora MacLeod. Auch ich habe an jenem Tag um Verwandte und Freunde getrauert, die das Glen Shee verlassen mussten. Dabei sind weder mein Mann noch ich für diese Tragödie verantwortlich. Wir leiden mit Ihnen und wir hoffen mit Ihnen, dass eines Tages einige der ehemaligen Bewohner in das Tal zurückkehren können. Und nun komm, Morag.“

Tränen standen ihr in den Augen. Der Rock blähte sich im Wind, während sie sich schnellen Schrittes entfernte. Morag folgte ihr leise schimpfend.

Als sie den kleinen Hof durchquerten, sang Flora eine Klageweise. Die Stimme war rau und zittrig, man hörte dennoch, wie kraftvoll und schön sie einst gewesen war.

Catriona drehte sich um.

Wohin sollen wir gehen, an wen sollen wir uns wenden,
wenn wir allein und hungrig sind?
Hiri uam, hiri uam …

Die alte Frau sang dasselbe *tuireadh,* mit dem Catriona an dem Tag, an dem die Menschen aus dem Glen Shee vertrieben worden waren, von ihnen Abschied genommen hatte.

Catriona sah auf, holte tief Luft und fiel ein in den Gesang.

Ihre Stimme war höher und klarer als die der Alten, doch zusammen klangen die beiden Stimmen harmonisch und schwermütig.

Wohin sollen wir gehen, wer wird uns wärmen,
wenn wir kalt und einsam sind?
Wohin sollen wir gehen, wer gibt uns Schutz,
wenn der Herd unserer Liebsten verloschen ist?
Hiri uam, hiri uam …

Mit jedem Ton verbreitete sich der Klang des herzzerreißenden Gesangs wie ein Echo über die Berge.

Dann trat Flora aus der Hütte und ging zu Catriona.

Die klaren blauen Augen fest auf die junge Frau gerichtet, fragte sie: „Du warst das? Du hast an jenem Tag das *tuireadh* für die Leute gesungen?“

Catriona nickte.

Flora fragte Morag: „Hast du sie damals auch gehört?“

„Ja. Ich wusste immer, dass sie die Klageweise gesungen hat.“

„Warum hast du mir das nicht gesagt? Komm!“

Flora fasste Catriona am Arm und zog sie hinter sich her zurück zum Haus.

15. KAPITEL

Morag quakt wie ein Frosch, deshalb konnte ich ihr nie meine geliebten Feenlieder beibringen", erklärte Flora, als sie wieder in der gemütlichen Crofterstube saßen. Morag wollte protestieren, doch die Alte fuhr schon fort: „Schon immer habe ich mir eine Schülerin gewünscht, die diese Musik schätzt. Du hast eine reine Stimme, Catriona Mhòr. Du liebst die schönen alten Weisen, und du weißt, weshalb sie so wertvoll sind."

„Danke, Mutter Flora", antwortete Catriona ganz gerührt.

„Ich mochte deine Mutter. Hingegen bist du die Countess of Kildonan und das ist nicht gut", meinte die Alte nachdenklich.

„Catriona Mhòr liebt deine alten Lieder genauso wie ihre Mutter. Sie will sie auch bewahren. Vergiss jetzt mal deine Abneigung für die Kildonans und bring ihr deine Weisen bei", drängte Morag.

„Ihrem Mann kann man nicht trauen", sagte Flora. „Wie können meine Lieder in seinem Haus sicher sein? Ausländer und Freizeitkletterer werden seine Frau bitten, ihre hübschen kleinen Lieder zu singen ... mit gezierter Klavierbegleitung. Oh nein! Diese klangvollen schönen Weisen! Nein, nein! Man muss ihren Zauber zu schätzen wissen. Das konnte der alte Earl nicht, und der neue kann es auch nicht."

„Evan ist nicht wie sein Vater", verteidigte Catriona plötzlich ihren Mann. „Sie tun ihm Unrecht. Evan ist ein guter Mensch. Er liebt diese Lieder und er weiß, welche Bedeutung sie für dieses Tal haben."

„Er ist auch ein attraktiver Mann, Mutter Flora", sagte Morag. „Wenn du mal diesen Berg verlassen und ins Tal kommen würdest, dann könntest du dich mit eigenen Augen davon überzeugen."

„Ach, mein Mann war der Schönste, es gibt keinen schöneren“, widersprach Flora. „Ich werde dich prüfen, Catriona Mhòr. Hat dir deine Mutter eins meiner Lieder beigebracht?“

„Sie kannte viele Ihrer Lieder, doch nur eins Ihrer Feenlieder.“

„Dann sing es.“

Catriona richtete sich auf, schloss die Augen, konzentrierte sich einen Moment lang und stimmte das Lied an, mit dem die Mutter einst ihre Kinder in den Schlaf gesungen hatte.

Meine Freude, mein Glück und mein Weh,
mein Kind, mein Kleines,
mein Herzallerliebstes,
Hill o hu ro,
Hill o ro, hiri o …

Ganz, ganz leise verklangen die letzten Töne dieser Melodie.

„Gut!“, lobte Flora.

„Jetzt hat sie ja wohl die Prüfung bestanden“, meinte Morag.

„Nein! Die Prüfung ist der Feengesang, den meine Urgroßmutter von den Feen hörte, wann immer sie nach ihrem Kind in der Wiege schaute. So, und nun zu dir. Du willst alle meine Lieder lernen? Stimmt das?“

„Ja, bitte“, antwortete Catriona.

„Nun ja, du hast wohl die Gabe einer Feenstimme. Doch zuerst müssen wir wissen, ob die Feen auch zustimmen. Hm …“ Flora sah sich nachdenklich in der Stube um. Dann stand sie auf, ging zum Fenster und nahm einen Gegenstand von der Fensterbank. „Bring mir einen Kristall.“ Sie öffnete die Hand. Auf ihrer Handfläche lag ein länglicher Rauchkristall.

„Ein Cairngorm“, sagte Catriona.

Diese Quarze in durchsichtigen braunen Schattierungen konnte man an den Hängen eines Gebirgszuges weiter im Osten finden, der nach diesen Steinen benannt war. Bei ihren

Bergwanderungen hatte Catriona schon manchmal einen solchen Stein gefunden.

„Gerne suche ich Ihnen so einen Quarz.“

Flora legte den Kristall wieder auf die Fensterbank, wo er whiskyfarben im Licht blinkte.

„Ach, so ein Stein ist leicht zu finden. Ich will einen Stein haben, der sehr selten vorkommt. Bring mir einen Zauberstab.“

„Was? Die gibt es ja gar nicht“, protestierte Morag.

„Und ob, sie sind nur schwer zu finden“, behauptete Flora. „Sie leuchten in ihrem eigenen magischen Licht. Wenn du mir so einen Stein bringst, werde ich dich meine Lieder lehren.“

„Steine, die man Feenzauber nennt?“, fragte Catriona. „In alten Geschichten habe ich schon darüber gelesen. Nur kenne ich niemanden, der so einen Stein schon einmal gesehen hat. Ich weiß nicht, wie er aussieht und wo ich nach ihm suchen sollte.“

„Sie kommen nur auf dem Gipfel vom Beinn Sìtheach vor.“

Flora zeigte auf die Zimmerdecke. Sie meinte den hohen Berg, in dessen Schatten das Crofterhäuschen lag.

Catriona starrte sie fassungslos an.

„Dort oben war noch niemand. Man sagt, es sei unmöglich, den Gipfel zu besteigen.“

Das wusste sie nur allzu gut – Evan war bei dem Versuch abgestürzt, und vor Jahren war ihr Bruder auf dem Weg zum Gipfel an einem Felshang gestorben.

„Es ist nicht leicht. Das stimmt. Wenn du meine Lieder haben willst, dann musst du den Willen und die Kraft haben, den Stein zu finden. Es heißt, der Gipfel strahlt in der Sonne, weil so viele Feenkristalle dort oben liegen. Indessen will ich einen ganz besonderen Stein haben, einen, der im Mondschein leuchtet.“

„Im Mondschein? Du bist ja verrückt“, protestierte Morag abermals. „Solch einen Kristall gibt es gar nicht. Willst du etwa das Mädchen im Dunkeln dort oben hinaufschicken?“

„Halt den Mund! Sie hat die Wahl! Die kostbarsten Feenkristalle besitzen ein magisches Licht, das man am besten in der Dunkelheit oder bei Mondschein sieht. Wenn du meine Lieder haben willst, dann geh dort hinauf. Wenn du ihrer würdig bist, dann werden die Feen dir den Weg nach oben weisen, dort wirst du einen solchen Kristall finden, und sie werden dich sicher wieder nach unten führen. Wenn die Feen die Hand über dich halten, wird es nicht so schwer sein.“

„Ach, du hast schon viel zu lange in deiner verrückten Traumwelt gelebt“, schimpfte Morag. „Catriona ist eine junge Braut, die Countess of Kildonan, nicht eines dieser magischen Fabelwesen aus deinen alten Geschichten.“

„Wie habe ich wohl diese Feengesänge gelernt? Sie werden nicht allen Menschen gegeben. Auch mir hat vor langer Zeit ein alter Barde eine Prüfungsaufgabe gestellt.“

„Und? Musstest du etwa auf dem Besenstiel über die Berggipfel reiten?“

„Gut, wenn du es wissen willst, du Nörglerin! Es war die Macht der Liebe. Ich musste Rory MacLeods Herz gewinnen. Es gelang mir, und lass dir gesagt sein: Das war schwerer, als diesen Berg zu besteigen. Dieser Mann war die Anstrengung wert.“ Einen Moment lang lächelte sie verträumt, dann wurde ihr Blick durchdringend. „Nun? Was meinst du?“

Catriona dachte nach. Seit langem schon, seit sie den besonderen Zauber der keltischen Musik entdeckt hatte, war sie auf der Suche nach den alten, sagenumwobenen Feengesängen.

In Zeiten, in denen alles Brauchtum verloren ging, war es ihr Traum, ihr Herzenswunsch, die alten gälischen Melodien zu lernen und bewahren zu können. Die seltenen, zauberhaften Feengesänge hatten sie schon immer mehr als alle anderen Melodien begeistert, und niemand kannte so viele wie Flora MacLeod. Ohne diese Lieder würde die Arbeit, an der ihr

Herz hing, niemals vollständig sein.

Ich muss es versuchen, dachte sie. Hatte nicht Evan erst letzte Nacht gesagt, dass er das Wagnis, das Unbekannte nicht scheute, während sie die vertraute Sicherheit vorzog? Er wollte, dass sie Zweifel und Ängste überwand und der Ehe eine Chance gab. Nun musste sie den Mut aufbringen, den Berggipfel zu besteigen, höher hinaufzuklettern als irgendjemand zuvor, höher als ihr Bruder und Evan. Sie musste den Feenzauber finden, den Flora haben wollte – andernfalls blieb ihr Lebenswerk unvollendet.

„Ja, ich werde ihn suchen", sagte sie schließlich.

„Gut. Beeil dich besser. Ich bin nämlich eine sehr alte Frau."

Später, nachdem Catriona Kildonan Castle wieder erreicht hatte, verschwand sie unter dem Vorwand, von der anstrengenden Bergwanderung müde zu sein, in ihre Suite und nahm dort allein den Tee ein.

Wie schon unzählige Male zuvor hatte sie auch dieses Mal den Rückweg über die alte Brücke genommen. Evan, der ihr entgegengekommen war, hatte zum Glück nicht gesehen, wie sie über den Spalt gesprungen war. Ihre Wege hatten sich erst kurz vor dem Schloss gekreuzt, dort, wo der kühle Herbstwind über die hügelige Heide strich. Sie waren beide müde, Catriona von der langen Bergwanderung, und Evan hatte, wie er ihr erzählte, die Bücher des Gutes gesichtet und anschließend im Stall mit Mr. Gillie über den Viehbestand geredet.

So waren sie meist schweigend durch feuchtes, allmählich braun werdendes Heidekraut in Richtung Kildonan gewandert und hatten nur ab und zu ein paar freundliche Worte miteinander gewechselt. Er war ihr nachdenklich erschienen, und Catriona hatte über das Treffen mit den fremden Leuten und ihre Mission gegrübelt – Gedanken, die sie einfach nicht mit Evan diskutieren konnte.

Als er sie nach den Liedern fragte, sang sie das Wiegenlied, das sie von ihrer Mutter kannte. Ruhig und aufmerksam hatte er zugehört – eine Eigenschaft, die sie an ihm schätzte – und sie dann gebeten, das Lied zu wiederholen.

Hinterher hatte er ihr leise gedankt und kurz seine Hand auf ihre Schulter gelegt. Eine harmlose Berührung nur, dennoch reichte sie aus, um Catriona eine seltsame Erregung spüren zu lassen. Und die warme, von Herzen kommende Art, mit der er ihren Gesang lobte, bedeuteten ihr fast so viel wie ein leidenschaftlicher Kuss.

Im Foyer trennten sich ihre Wege. Evan ging zu Arthur in die Bibliothek, Catriona auf ihr Zimmer, um sich umzuziehen.

Sie hatte Tee getrunken und ein wenig gelesen, dann war sie eingeschlafen. Es war schon dunkel, als Lady Jean an die Tür klopfte. Schlaftrunken vernahm Catriona, dass auch Evan tief schlief und beide nicht zum Essen erwartet wurden.

„Die letzten Tage waren sicher sehr anstrengend. Erst der schreckliche Sturm in den Bergen, dann die Hochzeit und die neue Umgebung“, sagte Jean und lächelte voller Sympathie. „Kein Wunder, dass ihr beide Schlaf braucht – ganz so, wie es Mr. Grant ja auch angeordnet hat.“

Catriona zitterte leicht, weil sie an Kenneth Grant dachte. Sie nickte todmüde und ließ es zu, dass Jean ihr ein Bad einließ, die Vorhänge zuzog und das Feuer im Kamin schürte. Dann verließ Jean sie und schickte Deirdre mit einem Tablett mit heißer Suppe, Brot und Tee hinauf. Sobald Catriona wenig später im Bett zwischen den weichen Kissen lag, schlief sie schnell ein.

Tief in der Nacht wachte sie auf, und nachdem sie ihre Toilette benutzt hatte, blieb sie vor dem kleinen gemeinsamen Wohnzimmer stehen. Neugierig lief sie auf nackten Füßen bis zur Tür von Evans Schlafzimmer. Sie hob die Hand, um anzuklopfen, legte sie dann sie jedoch nur flach auf das Türblatt.

Er schien im Zimmer auf und ab zu gehen, sie hörte Schritte, und die Bodendielen knarrten leise. Auch ihn musste irgendetwas aufgeweckt haben.

Schließlich wurde es ruhig. Sie spürte, dass er auf der anderen Seite der Tür stand. Die Stirn gegen das Holz gelehnt, glaubte sie ihn fast atmen zu hören.

Sie klopfte nicht. So sehr sie auch die Schwelle überschreiten und wissen wollte, was er bereit war zu riskieren – ihr fehlte der Mut.

Einen Moment lang dachte sie an seine leidenschaftlichen Küsse, und Lust und Begierde keimten umgehend auf. Sie musste lediglich klopfen … und schon bald würde die Ehe vollzogen sein. Nur wollte sie mehr als Zuneigung und Begierde. Sie wünschte sich Liebe, wahre Liebe mit allem, was dazu gehörte.

Daher kehrte sie um, ging in ihr Schlafzimmer, schlüpfte unter die Decke und vergrub sich einsam unter dem weißen Leinen. Sie wusste genau, dass sie die Nacht eigentlich nicht alleine verbringen musste. Doch was sie sich wünschte schien unerreichbar.

16. KAPITEL

Evan arbeitete ganz alleine an der beschädigten Brücke. Es war ein sonniger, windiger Herbsttag, und er war glücklich, den Morgen über eine anstrengende körperliche Arbeit verrichten zu können. Am Hang suchte er nach geeigneten Steinen, verkeilte sie einen nach dem anderen an beiden Seiten des Spalts zwischen den gelockerten Steinen und versuchte so, die Konstruktion wieder zu festigen. Dann holte er sich aus einem Waldstück ein paar kräftige Äste, brach sie auf passende Länge und zwängte sie anstelle des Passsteins in die verbleibende Lücke, um so den Steinen auf beiden Seiten der Brücke wieder Halt zu geben.

Nach dem Frühstück hatte er nach Finlay MacConn schicken lassen, sein Knecht Davey MacGillechallum konnte allerdings nur in Erfahrung bringen, dass Mr. MacConn noch in Inverness weilte.

Catriona konnte ihm auch nicht sagen, weshalb ihr Bruder nach Inverness geritten war. Sie wollte sich mit ihrer Freundin Morag MacLeod treffen, um bei den Bauersfrauen, die sie am Tag zuvor nicht erreicht hatten, Strickwaren abzuholen.

Bevor er zur Brücke aufgebrochen war, hatte Evan daher Davey angewiesen, die beiden Frauen mit dem Ponywagen so weit wie möglich den Berg hinaufzufahren. Und weil Catriona darauf bestand, über die Feenbrücke zurückzukommen, hatte er ihr versprochen, sie am späten Nachmittag an der Brücke zu treffen.

Schließlich war er zufrieden mit seiner Arbeit. Er glaubte, die provisorische Reparatur würde fürs Erste halten. Schmutzig und durstig holte er die Whiskyflasche aus der Innentasche seiner Jacke und nahm einen tiefen Zug. Dann stieg er das steile Ufer in die Schlucht hinunter und trank von dem klaren, kühlen Gebirgswasser. Als er die Böschung wieder hinaufkletterte, beobachtete er in der Ferne zwei Männer. Sie wanderten auf dem Weg, der von dem kleinen Gut Kilmallie kam, das an seine Ländereien grenzte.

„Hallo! Kildonan!", rief Arthur von weitem.

Der Gentleman in Arthurs Begleitung war Kenneth Grant. Evan winkte zurück und beobachtete, wie die beiden näher kamen. Arthur hatte wie üblich Knickerbocker und Stiefel, Grant einen dunklen Tweedanzug an. Was indessen Evan besonders auffiel, waren die langläufigen Flinten, die die Männer über der Schulter trugen.

„Kildonan! Mr. Grant hat mich zu einem Jagdausflug eingeladen", sagte Arthur und fuchtelte mit seiner Flinte in der Luft. „Er hat mir sein Jagdgewehr geliehen. Treffsicher! Selten eine so schöne Waffe in der Hand gehabt! War ein erfolgreicher Morgen!"

„So?" Evan steckte die Hände in die Hosentaschen. Seine Jacke, die er während der schweißtreibenden Arbeit ausgezogen hatte, hing immer noch über dem Brückengeländer. Er betrachtete die beiden skeptisch. Sie trugen nur die Flinten und zwei Rucksäcke aus Öltuch bei sich. „Was habt ihr denn erlegt?"

„Sechs Moorschneehühner auf der Heide zwischen hier und Kilmallie, fünf Rebhühner in den Hügeln im Süden und zwei Wildenten im Reet am Fluss. Grants Knecht bringt die Beute nach Kildonan und Kilmallie."

„Ausgezeichnet! Mrs. Baird wird sich freuen, wenn sie uns zum Abendessen etwas Gutes auftischen kann", sagte Evan, und zu Grant gewandt fügte er hinzu: „Ich weiß zwar, dass Mr. Fitzgibbon gerne auf die Jagd geht, dennoch hatte ich dieses Mal eigentlich keinen Jagdausflug eingeplant."

Grant lehnte seine Flinte gegen einen Felsblock.

„Jagen Sie nicht, Kildonan? Ihr Vater war ein ausgezeichneter Jäger. Er besaß eine Menge guter Jagdgewehre, und an der Wand in seinem Billardzimmer hing eine Reihe imposanter Hirschgeweihe."

„Hm."

Jagen war nicht mehr Evans bevorzugte Freizeitbeschäftigung, seit sein Vater durch einen versehentlich abgegebenen Schuss während einer Rotwildhatz mit Gästen im Jagdrevier von Kildonan umgekommen war.

„Sie scheinen ja die Sammlung recht gut zu kennen. Sind Sie öfter mit meinem Vater auf die Jagd gegangen, Sir?"

„Wenn sich Ihr Vater hier aufhielt, habe ich ihn im Schloss besucht. Ich habe den Earl nicht nur medizinisch versorgt, sondern auch regelmäßig mit ihm gejagt. Er hat mir eine Menge über die Rotwildjagd beigebracht. Ein exzellenter Jäger war ihr Vater."

„Ja, das weiß ich. Bis zum Alter von zehn Jahren durfte ich mit den Treibern gehen. Danach bot sich nie mehr die Gelegenheit, mit ihm zusammen zu jagen", erklärte Evan, dem später, sobald er erwachsen war, das Jagen allerdings nie viel Spaß gemacht hatte.

„Er besaß wirklich eine gute Jagdgewehrsammlung, doch die meisten Stücke sind nun verkauft. Im Süden haben sie einen guten Preis gebracht."

„Verkauft?" Grant war fassungslos.

„Aus dem Erlös konnten wir die Erbschaftsteuer und einen Teil seiner Schulden zahlen. Ich persönlich habe keine Verwendung für die vielen Gewehre, und in Anbetracht der Art und Weise, wie mein Vater starb, weigerte sich meine Schwester, die Waffen weiter im Haus zu behalten."

„Ich verstehe. Wie dumm von mir, nicht daran zu denken", murmelte Grant. „Ein tragischer Unfall, Sir. Ich war verreist, und als ich zurückkam, war Ihr Vater bereits beerdigt."

Nachdenklich blickte er sich um.

„Wenn Sie nicht jagen, Sir, darf ich fragen, welchen Sport Sie dann ausüben? Zur Erholung betreiben Sie sicherlich auch irgendeine körperliche Ertüchtigung? Sie kommen ja aus dem Tiefland, lieben Sie vielleicht Golf?"

„Kildonan ist zwar ein ausgezeichneter Golfspieler, seine bevorzugte Sportart hingegen ist das Bergsteigen“, sagte Arthur.

„Im Moment sieht es eher so aus, als wäre es Baumstammwerfen oder Steinebrechen“, meinte Grant missbilligend.

Evan blickte an sich herunter, die Kleidung verstaubt, das Hemd leicht verschwitzt, die Ärmel aufgerollt, der Kragen offen.

„Ich habe die alte Brücke repariert.“

„Zum Teufel, wieso das denn?“ Arthur schüttelte den Kopf. „Hast du etwa Steine transportiert … wie ein Schwerarbeiter?“

Evan zeigte auf die Brücke.

„Verdammt gefährlich! Die Hochlandbewohner benutzen sie, obwohl das Mittelstück fehlt. Die Brücke muss unbedingt für die Fußgänger geschlossen und durch eine neue ersetzt werden. Ich habe versucht, sie provisorisch zu flicken, für den Fall, dass trotzdem jemand darüber geht.“

„Recht haben Sie. Mehr als einmal habe ich mich über den Zustand dieser Brücke bei dem verstorbenen Earl of Kildonan beklagt, er hat sich indessen immer geweigert, sie reparieren zu lassen. Viel zu teuer, war stets sein Kommentar.“

„So?“ Evan sah Grant erstaunt an. „Das hat mein Vater nie erwähnt. Eigentlich hat er über solche Dinge immer mit mir gesprochen. Ich bin nämlich Brückenbauingenieur.“

„Ich dachte, Sie und der verstorbene Earl waren zerstritten?“

„Das kann man nicht sagen. Ich bin viele Jahre nicht auf Kildonan gewesen, obgleich ich stets über alle Angelegenheiten, die die Familie und das Gut betrafen, mit meinem Vater korrespondiert habe. Weil ich eines Tages einmal alles erben würde, hat er mich mit sporadischen Berichten über alles in Kenntnis gesetzt.“

„Ich verstehe. Das wusste ich nicht. Entschuldigen Sie.“

„Es gibt nichts zu entschuldigen“, erwiderte Evan brüsk. „Doch kommen wir zurück zur Brücke. Mein Verwalter wird ein Schild aufstellen und den Zugang mit einem Seil versperren. So bald wie möglich wird die Brücke auf meine Kosten ersetzt.“

Kenneth Grant nickte. „Sehr großzügig, Sir.“

„Durchaus nicht! Es ist meine Pflicht.“

Arthur ließ suchend seinen Blick schweifen. „Wo ist Lady Kildonan eigentlich heute?“

„In den Bergen, mit ihrer Freundin Mrs. MacLeod“, antwortete Evan.

„Ach ja, das Hochland-Strickprojekt. Miss MacConns – oh, entschuldigen Sie – Lady Kildonans Projekt im Glen Shee hat mich so beeindruckt, dass ich einige Damen in der Gemeinde von Kilmallie ermuntert habe, die Idee aufzugreifen. Wir betreiben nun auch auf meinem Gut ein solches Projekt, allerdings ohne das bewundernswerte Engagement von Lady Kildonan.“

Während Grant sprach, hatte er Evan unverwandt angestarrt, und seine schmalen braunen Augen vermittelten etwas ganz anderes als die leise, freundliche Stimme.

Obwohl es ihm absurd erschien, konnte sich Evan dennoch einen Moment lang des Gefühls nicht erwehren, dass der Mann ihn nicht mochte – ihn vielleicht sogar hasste.

Kenneth Grant kennt Catriona seit Jahren, überlegte Evan. Grant war bei dem Suchtrupp gewesen, hatte gesehen, wie Catriona mit ihm in der Schutzhütte genächtigt hatte. Vielleicht missbilligte der Mann die Begegnung und die daraus folgende Heirat.

Da Grant ein Freund des verstorbenen Earls gewesen war, konnte sich Evan nicht vorstellen, weshalb er dem neuen Earl übel gesonnen sein sollte.

„Ja, es freut mich, wenn meine Frau sich in der Wohltätigkeitsarbeit engagiert“, erwiderte er deshalb höflich.

„Darf ich mir die Brücke einmal ansehen?", fragte Grant.

Die drei Männer gingen dorthin.

„Das haben Sie ja richtig gut abgestützt", lobte Grant. „Die Highlander springen schon seit ewigen Zeiten über diese Lücke, bislang hat sich auch noch niemand verletzt. Die Leute sind wirklich gelenkig wie die Ziegen, die meisten wenigstens."

„Dennoch, ich werde später noch einmal zurückkommen und aufpassen, damit Catriona sicher herüberkommt", erwiderte Evan.

„Natürlich! Sie sind ja jetzt ihr Ehemann."

Grant lächelte, und wieder fiel Evan ein böses Flackern in den Augen auf, das nicht zu der freundlichen Art des Mannes passte.

Etwas stört mich an Kenneth Grant, überlegte Evan. Vielleicht war es, weil ihm der Mann seltsam bekannt vorkam, er sich jedoch nicht erinnern konnte, wo er ihm schon einmal begegnet war.

„Mr. Grant ist auch Bergsteiger", sagte Arthur. „Wir haben uns heute Morgen lange über das Bergsteigen unterhalten. Er kennt die Torridons gut und hat mir beschrieben, welche Herausforderung jeder einzelne Gipfel an den Kletterer stellt."

„Oh? Das ist ja interessant!"

Evan holte schnell seine Jacke, schlüpfte hinein und setzte seinen Hut auf, dann folgte er den beiden Männern den Hang hinunter.

„Sie sind demnach auch schon hier in den Bergen geklettert, Mr. Grant?"

„Ja, nur den Beinn Shee dort oben, den Berg mit dem eigenartig in der Mitte gezackten Gipfel, den habe ich noch nicht bezwungen", erwiderte er und zeigte dabei auf die schneebedeckte Gebirgskette, die das Tal überragte. „Ich habe es schon verschiedentlich versucht, musste wegen schlechten Wetters allerdings immer wieder aufgeben. Ein temperamentvoller Berg. Man sagt, noch nie habe es jemand bis zum Gipfel geschafft. Bei anderen Bergen im Highland und auf der Insel Skye hatte ich mehr Glück."

„Oh ja, auf Skye kann man herrliche Gebirgstouren machen. Fitz und ich sind vor ein paar Jahren einmal zum Bergsteigen dort gewesen", erzählte Evan.

„Auf dem Sgurr nan Gillean hatten wir dichten Nebel, dank unseres guten Bergführers haben wir dennoch den Gipfel erreicht", berichtete Arthur.

„Ja, das ist ein imposanter Fels. Der höchste in der mächtigen Cuillin-Gebirgskette. Sie müssen wirklich erfahrene Bergsteiger sein. Er soll nämlich kaum zu bezwingen sein", wunderte Grant sich.

„Erfahren … das kann man wohl nicht sagen", meinte Evan zurückhaltend. „Vorsichtig und hartnäckig wäre vielleicht die bessere Beschreibung. Sgurr nan Gillean ist felsig und rau, deshalb hat man immer guten Halt trotz des steilen Wegs nach oben. Wir haben einfach nicht aufgegeben."

„Weil noch niemand auf dem Gipfel des Beinn Shee gewesen ist, dachten wir, der Berg sei eine ausgezeichnete Herausforderung für unsere Alpinistengruppe … Zumindest für diejenigen unter ihnen, die richtige Klettertouren machen wollen und nicht nur an landschaftlich attraktiven Bergwegen wandern wollen", erklärte Arthur.

„Was meinst du, Kildonan? Ich denke, die weiblichen Mitglieder der Gruppe werden nicht mitgehen. Trotzdem sollten wir Mr. Grant einladen, uns zu begleiten. Er kennt diese Berge, außerdem könnten uns vielleicht auch seine medizinischen Kenntnisse hilfreich sein."

„Eine gute Idee, Fitz. Vorausgesetzt, Mr. Grant hat Lust mitzukommen."

Grant lächelte. „Es wäre mir eine Ehre, Ihre Gruppe zu begleiten."

„Unsere Freunde treffen heute Nachmittag ein. Wir geben Ihnen Bescheid, wann wir unsere Klettertour planen."

„Mit Ihren Erfahrungen wären Sie bestimmt eine Bereicherung für unseren schottischen Alpinistenverein“, meinte Arthur.

„So groß sind meine Kenntnisse bestimmt nicht“, erwiderte Grant bescheiden. „Wenn Sie den Beinn Shee besteigen wollen, sollten Sie den besten Bergführer dieser Gegend mitnehmen.“

„Stimmt. Können Sie jemanden empfehlen?“, fragte Evan.

„Viel Erfahrung hat der Kleinbauer John MacLeod, Morag MacLeods Mann. Seine betagte Mutter lebt hoch oben im Berg, unterhalb der Feenberge. Der alte John kennt alle Hänge und Gipfel der Torridons von Kindesbeinen an. Bei vielen Klettertouren durch die Berge war er mein Führer. Wie gesagt, er kommt langsam in die Jahre. Außerdem könnte ich Ihnen noch Ihren Verwalter empfehlen, Sir. Auch Finlay MacConn kennt diese Berge sehr gut. Allerdings weiß ich nicht, ob er schon auf dem Beinn Shee war.“

„Finlay? Wirklich?“, fragte Evan überrascht.

„Er hat sehr oft mit dem Vater und den Brüdern Klettertouren in den Bergen gemacht. Das war allerdings, bevor der Reverend sich verletzt hat und sein ältester Sohn tödlich im Berg verunglückt ist.“

Evan musterte Grant von der Seite.

„Der älteste Bruder meiner Frau … ja, sie hat es erwähnt.“

„Während einer Kletterpartie ist Donald MacConn von einem plötzlichen Wetterwechsel überrascht worden … genau so wie Sie, Sir. Er hatte nur nicht das Glück, so rühmlich gerettet zu werden. Er ist ausgerutscht und zu Tode gestürzt. Der Reverend und Finlay haben ihn gesucht. Es war ein schreckliches Wetter an jenem Tag, die Hänge waren glatt und tückisch. Der Pfarrer ist gefallen und hat sich auch verletzt. Davon hat er sich nie ganz erholt, seither ist er ein anderer Mann. Es ist wohl sein Glaube, der ihm in seinem Leid Halt gibt … zum Glück. Seine Frau starb kurze Zeit nach diesem Unglück, meiner Meinung nach auch aus Kummer. Und dann mussten auch noch viele Verwandte das Tal verlassen, Ihr Vater hatte sie vertrieben. Ja, ja, die MacConns of Glenachan hatten es wirklich nicht leicht."

„Oje … das ganze Ausmaß dieser Tragödie war mir nicht bekannt."

„Es gibt einiges, was Sie über Ihre Braut nicht wissen, Sir. Unter den gegebenen Umständen ist das ja auch erklärlich."

Der schmeichlerische Ton, die scheinheilige Versicherung ließen Evan aufhorchen.

„Täuschen Sie sich nicht, ich lerne schnell", antwortete er spitz.

„Das glaube ich. Ach so, Lord Kildonan, darf ich, bevor ich gehe, noch eine Bitte äußern?"

„Sicher, Sir."

Evan war leicht verärgert, obwohl er nicht genau wusste, weshalb.

„Von meinem Anwalt in Inverness hörte ich, Sie beabsichtigen, einen Teil Ihrer Ländereien zu veräußern. Sie sollen sogar schon Kaufinteressenten haben."

Evan blickte ihn argwöhnisch an.

„Nun ja, ich höre mich zurzeit erst einmal ein wenig um. Das Gut ist sehr groß, und es erscheint schon irgendwie ratsam, das Ganze etwas zu verkleinern."

Er hatte nicht vor, Grant zu erzählen, dass einer der Gäste kam, um sich das Gut anzusehen und vielleicht einen großen Teil der Ländereien zu kaufen, wenn möglich sogar das Schloss zu günstigen Bedingungen zu pachten.

„Darf ich Ihnen ein Angebot machen, Sir? Ich wäre ernsthaft interessiert, Land an der Grenze zu Kilmallie, ganz im Osten des Tals, zu erwerben. Da ich vorhabe, die Weideflächen für meine Schafherden zu vergrößern, wäre dieses Arrangement möglicherweise für uns beide von Vorteil."

„Ein reizvolles Angebot, Grant. Ich werde darüber nachdenken. Vielleicht können wir später darüber sprechen."

„Selbstverständlich, Sir. Dann wünsche ich Ihnen noch einen schönen Tag. Ich muss mich beeilen. Reverend MacConn und Mrs. Rennie erwarten mich zum Tee in der Pfarrei. Daher muss ich nach Kilmallie, um mich umzuziehen.“

Er schulterte die Flinte, die er Arthur geliehen hatte, neben der seinen.

„Es war angenehm, mit Ihnen zu jagen, Arthur.“

„Grüßen Sie bitte Reverend MacConn und Mrs. Rennie von mir und richten Sie ihnen bitte aus, wir werden sie demnächst zum Dinner einladen.“ Evan war sich sicher, der Zwist zwischen Catriona und ihrem Vater und der Tante würde früher oder später beigelegt sein.

„Ich werde es ausrichten. Auf Wiedersehen!“

Grant tippte zum Gruß kurz an seinen Hut und ging.

Evan und Arthur wanderten in Richtung Kildonan Castle, das in der goldenen Nachmittagssonne vor ihnen lag, die zerklüfteten Berge im Hintergrund, der blaue Himmel – das Schloss bot ein märchenhaftes Bild.

„Wäre nicht schlecht, Grant Land zu verkaufen, wenn du das Gut verkleinern willst“, meinte Arthur.

„Ja, es wäre mir lieb, wenn das Land in den Händen eines Hochländers bliebe. Doch der Kerl ist irgendwie …“

Evan sprach nicht weiter, weil er annahm, Arthur betrachte den Mann als einen Freund.

„Stimmt. Ein netter Kerl, allerdings hundsgemein und hinterhältig. Er hat den Blick eines Wolfes. Ich wäre vorsichtig bei seinem Angebot. Sobald er kann, haut er dich übers Ohr. Nahm zwei Rebhühner, die ich geschossen hatte, und behauptete, es sei seine Beute. Nicht sehr sportlich.“

Evan schnaufte empört und nickte zustimmend.

Dann blieb er stehen, hob die Hand über die Stirn und blickte gegen die Sonne zum Schloss, wo er mehrere Leute, einschließlich vier Frauen mit Sonnenschirmen, sah, die über den Schlosshof spazierten.

„Wer ist das denn?“, fragte Arthur.

Evan beschleunigte seine Schritte, während er den Hang hinunterging.

„Ich denke, unsere Gäste sind früher als erwartet eingetroffen.“

Nachdem Catriona sich oben am Berg von Morag getrennt hatte, wanderte sie zur Feenbrücke. Evan war zwar nicht damit einverstanden, wenn sie darüber ging, doch dies war der kürzeste Weg zum Kildonan Castle. Außerdem hatte sie keine Angst, die beschädigte Brücke zu überqueren. Sie war bereits seit Jahren in diesem Zustand, und es war noch nie etwas passiert.

Nachdem sie aus dem Wald trat, konnte sie das Wasser schon in der Schlucht rauschen hören. Auf der anderen Seite der Brücke stand Kenneth Grant.

Catriona blieb stehen und blickte, auf ihren Wanderstab gestützt, verärgert zu ihm hinüber.

„Hallo, Lady Kildonan“, rief er.

Langsam ging sie weiter. Sie fühlte sich wie in einer Falle. Weit und breit gab es keinen anderen Weg über die Schlucht.

„Was wollen Sie?“

Grant streckte ihr seine Hand entgegen. „Aufpassen, damit Sie sicher hinübergelangen.“

„Danke. Das schaffe ich schon.“

„Vorhin habe ich Ihren Mann getroffen. Er ist sehr besorgt über den Zustand der Brücke. Schwer geschuftet hat er den ganzen Morgen und sie notdürftig repariert – nur damit Ihnen nichts passiert.“

Prüfend schaute Catriona auf die Steine und die dicken Äste, die den Spalt überbrückten.

„Ja, es sieht ganz stabil aus. Ich brauche Ihre Hilfe wirklich nicht, Mr. Grant. Sie können ruhig nach Hause gehen.“

„Kommen Sie nur“, winkte er. „Ich dachte, wir könnten

uns noch etwas unterhalten."

Verzagt blickte sich Catriona um, in der Ferne wanderte ein Mann über die Heide auf die Brücke zu.

Evan kam ihr entgegen. Sofort war all ihre Furcht vor Kenneth Grant vergessen. Sie war selbst überrascht, dass ihr seine Drohungen plötzlich keine Angst mehr machten. Ohne Schwierigkeiten sprang sie über das Loch in der Brückenmitte und spürte direkt, dass die alte Steinkonstruktion sehr viel stabiler geworden war.

Grant packte sie fest am Arm und riss sie an sich.

Vor Schreck schrie Catriona leise auf und stolperte. Mit dem linken Fuß verfing sie sich an der Bruchstelle der zerklüfteten Steinkante und riss dabei einen der zwischen das Loch geschobenen Äste heraus. Gleichzeitig drückte Grant sie zurück.

Verzweifelt klammerte sie sich an seinen Arm und versuchte, mit dem Wanderstab die Balance zu halten.

Den schlug Grant ihr mit aller Gewalt aus der Hand. Polternd fiel der Stab durch die Schlucht, dann schlug er auf dem Wasser auf.

„Vorsichtig, meine Liebe!" Grant zog sie neben sich auf eine Stelle, an der die Brücke stabiler war. „Sie wären ja beinahe gefallen!"

Catriona starrte ihn an. Das Herz klopfte ihr bis zum Hals.

Hatte er wirklich beabsichtigt, sie stolpern zu lassen? Oder hatte er selbst fast das Gleichgewicht verloren? Ihr war klar, was er behaupten würde.

Sie trat einen Schritt zurück, versuchte sich aus seinem Griff zu befreien, hingegen ließ er sie nicht los.

„Bei unserer letzten Begegnung wusste ich nicht, dass Sie Kildonan heiraten wollten. Das hätten Sie mir sagen müssen."

„Da wusste ich es auch noch nicht." Sie drehte ihren Arm. „Sie tun mir weh …"

Er lockerte seinen Griff etwas.

„Vorsicht, nicht dass Sie noch einmal fallen!“, drohte er leise. „Und vergessen Sie nicht, worüber wir gesprochen haben.“

„Ich verstehe Sie nicht. Weshalb sind Sie so verärgert über mich? Weshalb wollen Sie mich und meine Familie unbedingt bestrafen? Wir haben Ihnen immer vertraut.“

„Ich habe Ihnen vertraut, meine Liebe. Nur mit Ihrer übereilten Hochzeit haben Sie mich sehr gekränkt. Ich hatte immer gehofft, wenn Sie sich einmal entscheiden würden zu heiraten, würde ich dann der Auserwählte sein. Als Mackenzie in Ihrem Leben auftauchte, was hat sich da verändert? War es nur der Mann, der charmant zu der einsamen jungen Frau war? Oder war es sein Titel und sein Reichtum – und Sie haben ihm eine Falle gestellt?“

„Wie können Sie so etwas behaupten! Sie wissen doch, was geschehen ist. Wir mussten heiraten, wir hatten keine andere Wahl.“

So dicht an der Bruchstelle, so nahe neben diesem Mann auf der engen Brücke, fühlte sie sich äußerst unbehaglich – allerdings war es ihr nicht möglich, an Grant vorbei auf den sicheren Weg zu kommen.

„Ich dachte es mir. Das ist also der Preis für Ihre Sünde. Als wir Sie in der Schutzhütte fanden, ist mir aufgefallen, wie Sie sich anschauten. Ich wusste sofort, dass Ihre Zuneigung auf Gegenseitigkeit beruhte. Das unscheinbare Mädchen von Glenachan konnte Kildonan nicht widerstehen. Zum Teufel mit dem Mann!“, schimpfte er.

„Nein … das verstehen Sie nicht.“

Ach, weder mit ihm noch mit jemand anderem wollte sie darüber sprechen.

„Ich habe lange gewartet, immer auf den rechten Augenblick gehofft. Nie hätte ich erwartet, dass Sie sich an einen Fremden verschenken. Um ehrlich zu sein, ich hätte auch nie gedacht, dass dieser Mann jemals hierher zurückkommen würde. Man hatte mir gesagt, seine Schwester und Sir Harry leiten das Gut, und Kildonan wolle möglichst schnell den größten Teil verkaufen. Ich bin enttäuscht. Ist das nicht zu verstehen? Mit seiner Rückkehr hat er mein Leben zerstört … und Ihres auch." Kalt und böse sah er ihr ins Gesicht.

Catriona versuchte, von ihm frei zu kommen.

„Was wollen Sie von mir?"

„Das, was er mir genommen hat!", drohte er, zog sie plötzlich noch enger an sich und küsste sie auf den Mund, obwohl sich Catriona verzweifelt wehrte. Ohne sie loszulassen, starrte er sie dann an und warnte: „Beherzigen Sie meinen Rat, unscheinbares Mädchen!"

Catriona blickte trotzig zu ihm auf.

„Mein Mann und meine Familie werden es nicht tolerieren, wenn sie erfahren …"

„Niemand wird es erfahren, weil Sie es niemandem erzählen können. Sie werden für mein Schweigen zahlen. Ich kann Ihre Familie ruinieren. Wenn Sie nicht schweigen, werden sie das Tal verlassen müssen … so wie alle anderen zuvor."

Erschrocken richtete Catriona ihre Augen auf ihn. Was er von ihr verlangte, war ungeheuerlich und machte ihr Angst. Dennoch blieb ihr keine Wahl, sie musste schweigen. Sonst würde ihre Familie leiden, ebenso wie auch die Leute im Tal – ohne Finlays Hilfe und ohne den geistlichen Beistand ihres Vaters.

„Werden Sie den Mund halten und meine Geliebte werden? Oder wollen Sie Ihren edlen Earl einweihen und riskieren, dass Ihre Welt zusammenbricht?"

Er bog ihren Kopf zurück und wollte sie erneut küssen, sie wendete sich jedoch ab.

„Lassen Sie das", fuhr sie ihn an.

Grant ließ sie frei.

„Gefängnis für Finlay und Ruin für Thomas? Schade. Ich mag sie beide. Nun ja, der Brief an den Sheriff ist geschrieben. Er muss nur noch auf die Post."

Catriona trat zurück und rieb sich die Arme.

„Ich hätte nie gedacht, dass Sie so hasserfüllt sein könnten."

„Vielleicht ist es mir angeboren. Wo sollen wir uns treffen, um über unseren Handel zu reden? Vielleicht in der Schutzhütte, in der Sie mit Ihrem Earl geschäkert haben? Sie können Ihrem Earl ja erzählen, Sie seien mit Morag MacLeod verabredet."

„Nein!"

„Denken Sie darüber nach, Catriona", drohte er leise.

Dann drehte er sich um und blickte zum Schloss.

„Ah, sehen Sie, Ihr Bräutigam kommt Ihnen zu Hilfe."

„Evan!", rief Catriona.

Grant packte sie erneut am Arm.

17. KAPITEL

Kildonan!", rief Grant, winkte und zog Catriona gleichzeitig von der Brücke. Er stand dicht neben ihr und wartete, bis Evan näher kam.

Catriona war sprachlos. Zwar kämpfte sie mit den Tränen, blieb trotzdem ruhig. Grant hatte recht, sie musste schweigen. Evan war so weit entfernt gewesen, dass er von dem, was sich gerade auf der Brücke ereignet hatte, nichts mitbekommen haben konnte.

„Gut, dass Sie kommen, Sir", sagte Kenneth Grant, als Evan die Kuppe erreichte. „Ihre Braut hat mir einen richtigen Schreck eingejagt. Beinahe wäre sie von dieser maroden Brücke gefallen. Glücklicherweise kam ich gerade vorbei."

„Um Gottes willen! Sind Sie verletzt?"

Blass vor Schreck zog Evan seine Frau an sich.

„Nein!"

Erleichtert lehnte sie ihren Kopf einen Moment an seine Schulter. Obwohl sie am liebsten immer in seiner sicheren Umarmung geblieben wäre, löste sie sich. Doch sie hielt sich an seiner Jacke fest und blieb ganz dicht neben ihm stehen, während sie Grant mit Abscheu betrachtete.

„Ihre Braut stolperte, während sie die Brücke überqueren wollte. Zum Glück stand ich nahe genug und konnte sie auffangen. Sie tun wirklich gut daran, Sir, den Übergang zu verbieten. Das hätte schon lange geschehen sollen."

„Ich weiß gar nicht, wie ich Ihnen danken soll, Sir."

Evan schüttelte Grant die Hand.

„Ach, es war mir ein Vergnügen, so einer hübschen jungen Dame zu helfen. Sie sind wirklich ein Glückspilz, Sir. Und nun wünsche ich Ihnen beiden noch einen schönen Tag."

Er verbeugte sich, ohne Catriona anzuschauen.

„Wir sehen uns ja bald, wenn wir auf die Bergtour gehen."

„Bis dann!", antwortete Evan.

Grant setzte seinen Hut auf und marschierte davon.

„Bergtour? Sie wollen mit ihm eine Bergtour machen?“, fragte Catriona.

„Arthur und ich trafen ihn heute Vormittag. Wir haben ihm angeboten, uns zu begleiten. Welch ein Glück, dass er Sie auf der Brücke gesehen hat. Ich wollte Sie hier abholen, wäre jedoch höchstwahrscheinlich zu spät gekommen. Mein Gott, Catriona, Sie haben mir einen ganz schönen Schreck eingejagt“, sagte er und zog sie wieder näher zu sich heran.

Einen Moment lang glaubte Catriona, er würde sie küssen und war enttäuscht, weil er nur seinen Arm um ihre Schulter legte.

Seite an Seite gingen sie den Berg hinunter. Weshalb bin ich so enttäuscht, fragte sie sich insgeheim. Ich hatte ihn schließlich selbst darum gebeten, noch einmal von vorne anzufangen und uns langsam näher zu kommen.

Nach einiger Zeit blickte sie heimlich zurück. Grant war außer Sichtweite.

„Evan … ich möchte ja nicht undankbar sein … aber muss Mr. Grant unbedingt mit auf Ihre Bergwanderung gehen?“, fragte sie ohne Umschweife. „Sie kennen ihn nicht so gut wie ich. In der letzten Zeit gefällt er mir gar nicht.“

Evan sah sie ein wenig ratlos von der Seite an.

„Er ist Ihr Retter, meine Liebe“, lachte Evan.

Er würde nicht lachen, wenn er wüsste, was sich wirklich auf der Brücke abgespielt hat, dachte sie, gab ihren Gefühlen nach und schmiegte sich eng an ihn.

„Nein, Evan, mein wahrer Retter sind Sie. Erst als ich Sie den Berg heraufkommen sah, fühlte ich mich wirklich in Sicherheit.“

Evan blieb stehen und murmelte etwas Unverständliches, dann drückte er sie fest an sich und küsste sie.

Catriona schloss die Augen, genoss die zärtlichen und zugleich begehrlichen Liebkosungen. Sie schlang ihre Arme um seinen Nacken, schmiegte sich fester an ihn und erwiderte seine Küsse mit gleicher Leidenschaft. Es war ein herrliches Gefühl, so geliebt zu werden, so sicher zu sein – egal, ob es der Wahrheit entsprach oder nicht.

Eng umschlungen standen sie im hohen Kraut auf der offenen Heide.

Der Wind zerrte an ihrem Rock und ihrem Plaid. Catriona fühlte sich benommen, wie verzaubert – um sie herum die grandiose Gebirgslandschaft, über ihr die ziehenden Wolken, und inmitten dieser mächtigen Elemente stand sie mit Evan. Gleichsam schien es ihr, alle Kräfte der Natur bündelten sich, und sie wünschte, dieses Gefühl möge niemals enden.

Unvermittelt ließ er von ihr ab, schob sie ein wenig von sich. Sein Atem ging schnell, seine Hände zitterten. Die Farbe seiner Augen war leuchtend grün. Ernst schaute er sie an.

„Vergeben Sie mir. Ich hatte versprochen, Sie nicht zu drängen. Beinahe hätte ich Sie heute verloren, Catriona. Sie haben mir einen furchtbaren Schreck eingejagt. Versprechen Sie mir, nicht mehr über die Brücke zu gehen."

Catriona schüttelte den Kopf.

„Das kann ich nicht versprechen. Morag und ich müssen immer wieder in die oberen Bergregionen gehen."

Evan ließ sie los und wanderte schweigend neben ihr weiter den Hang hinunter. Catriona wünschte, sie könnte die Zeit zurückdrehen – nur ein paar Minuten oder gar zu der fantastischen Nacht, die sie in seinen Armen verbracht hatte, bevor ihr Leben so schwierig und risikoreich geworden war.

„Es gibt andere Wege, die in jene Bergregionen führen", sagte er nach einiger Zeit.

„Sollen wir etwa durch die Schlucht klettern und über die Steine im Bach springen? Morag ist über siebzig."

Evan zog die Brauen hoch.

„In dem Alter sollte sie freilich auch nicht mehr über das Loch in der Brücke springen."

„Sie überquert diese winzige Lücke schon länger als ich. Außerdem passe ich immer auf, damit sie sicher hinüberkommt."

„Eines Tages könnten Sie beide hinunterfallen. Dieser Feenzauber hätte heute fast versagt. Nein, Catriona, ich möchte, dass Sie in Zukunft immer mit den Ponys über den Viehtreiberweg reiten."

„Das ist umständlich. Die Berge sind steil und schroff, die alten Wege sind in schlechtem Zustand, seit keine Schafherden mehr darüber getrieben werden. Auf Ponys wären wir viele Stunden länger unterwegs, die meisten der entlegenen Crofterhäuser könnten wir damit überhaupt nicht erreichen. Im Tal wohnen nur noch wenige Leute, oben in den Bergen jedoch warten viele Menschen auf unsere wöchentlichen Besuche."

„Ich verstehe. Nun gut, wir werden uns etwas einfallen lassen. Lassen Sie uns nach Hause gehen – Sie sehen erschöpft aus. Haben Sie überhaupt schon etwas gegessen?"

„Ach, mir geht es gut. Ich habe mit Morag und ihrem Mann Tee getrunken."

„Das letzte Stück nach Kildonan fahren wir. Das Gig steht dort drüben unter den Bäumen."

Er legte den Arm um sie, ihre Körper eng aneinander geschmiegt wanderten sie im Gleichschritt den Berg hinunter.

Sie kannte diesen Mann kaum, dennoch hatte er ein bislang unbekanntes leidenschaftliches Gefühl in ihr entfacht. Unerwartet, fast im wahren Sinne des Wortes, war sie über ihn gestolpert, und er hatte einen Platz in ihrem Leben eingenommen, so als ob er nur für ihn freigehalten worden wäre. Er gab ihr Sicherheit, und sie wünschte, dass sie die Schutzhütte niemals hätten verlassen müssen, niemals voneinander hätten mehr erfahren müssen als nur das, was das Wichtigste war: Sie konnten für einander sorgen, einander lieben und miteinander auskommen.

Während sie so umschlungen von Evans Arm wanderte,

bemerkte sie, wie sie sich nicht nur sicherer und entspannter fühlte, sondern auch Grants Drohungen allmählich ihren Schrecken verloren. Allerdings wusste sie genau, so sicher wie das Sonnenlicht langsam hinter den Bergen verschwand, würde auch dieses Gefühl nicht lange anhalten.

Mit dem Gig waren Evan und Catriona über das hügelige Grasland gefahren und näherten sich Kildonan Castle, als Catriona plötzlich auf der gegenüberliegenden Talseite am Hang eines der steilen Berge hinter dem Schloss einige Wanderer erblickte. Sie fasste Evans Arm.

„Sehen Sie, dort drüben! Wer sind die Leute?"

„Ach, das habe ich in der Aufregung ganz vergessen zu erwähnen. Unsere Gäste sind in der Zwischenzeit eingetroffen, die Bergsteigergruppe und mit ihnen ein guter Freund, den ich auch auf Kildonan erwartete. Nach dem Mittagessen wollten sich die Leute unbedingt ein bisschen bewegen, und so haben Jeanie und ich ihnen empfohlen, jenen eindrucksvollen Berg zu besteigen. Die Aussicht von dort oben ist grandios."

„Ja, das stimmt. Ich war schon auf dem Gipfel. Von dort kann man die gesamte Gebirgskette der Torridons überblicken. Wir nennen den Berg auf gälisch Sgairneach Mhòr."

„Und was bedeutet das?"

„Hoher Stein."

Evan lachte leise, was sie so sehr an ihm liebte.

Dann beobachtete sie wieder fast ungläubig die Wanderer, die sich in zwei Gruppen geteilt hatten. Eine lagerte auf einer Bergwiese weiter unten am Hang, die andere kletterte oben den steinigen Berg hinauf. Zwischen den beiden Parteien lag die schroffe, mit Gesteinsbrocken übersäte Bergflanke, über die Gebirgsbäche in schmalen Rinnen ihren Weg nach unten suchten und wo Schafe zwischen Adlerfarn weideten.

Was Catriona verwunderte, war die Kleidung der Leute, ihre Anzüge, die feinen Kleider, die Hüte und Hauben, die

Gehstöcke und Sonnenschirme.

„Die Leute sehen ja aus, als wollten sie in die Kirche gehen. Und dabei sind einige von ihnen schon fast bis auf den Gipfel da drüben geklettert."

„Ein schneidiger, doch auch ein vornehmer Haufen", meinte Evan und lenkte das Gig zum Fuß des Hangs.

Dort brachte er es zum Stehen und winkte zu den Leuten hinauf, die ihn mit lautem Hallo begrüßten. Dann sprang er aus dem Gefährt und half Catriona beim Aussteigen.

Gern nahm sie seine kräftige Hand, es war ein köstliches Gefühl, wie er sie aus dem Wagen hob und langsam an seinem Körper entlang auf den Boden gleiten ließ. Errötend erinnerte sie sich an Vertraulichkeiten, an die zu denken gerade jetzt höchst unschicklich war, die sie jedoch nicht vergessen konnte und hoffentlich bald wieder genießen durfte.

Sie schrie leise auf, sobald Evan ihren Ellbogen berührte. Ihre Arme waren übersät mit blauen Flecken, eine Folge von Kenneth Grants rüder Behandlung.

Evan blickte sie fragend an. „Soll ich Sie bekannt machen?"

„Selbstverständlich", antwortete sie lächelnd, während ihre Stimme leicht zitterte und ihre Hände feucht vor Aufregung wurden.

Sie kletterten den Sgairneach Mhòr hinauf. Evan gab ihr seinen Wanderstock für den Aufstieg über den felsigen Hang. Sie hörten das Blöken der Schafe, das Echo menschlicher Stimmen, das peitschende Geräusch des kalten Windes und das Sprudeln des Wassers in den Rinnen. Der Anstieg war so steil, dass Catriona ihren Kopf weit zurücklegen musste, um nach oben schauen zu können. Sie war solche Wege gewohnt, hätte Evan mit Leichtigkeit überholen können, ging jedoch schweigend hinter ihm.

Ihr war nicht besonders daran gelegen, seine Freunde zu treffen.

Lady Jean und Sir Harry erkannte sie und auch Arthur

Fitzgibbon, nur die anderen waren ihr fremd. Außer einem älteren Gentleman und einer Frau, die beide voller Energie zu sein schienen, waren wohl alle Gäste in Evans Alter. Sie lachten und plauderten miteinander, bewegten sich am steilen Hang, als spielten sie Tennis oder Golf.

Lady Jean und die anderen Damen trugen entzückende kleine Hauben, dunkle Tageskleider mit kurzen Spenzern und hielten Sonnenschirme in den Händen. Catriona entdeckte sogar Krinolinen und zierliche, seitlich geknöpfte Stiefeletten.

Im Vergleich zu diesen eleganten Damen kam sie sich in ihrem derben Rock, der einfachen Bluse und dem karierten Schal wie eine Bauersfrau vor. Sie besaß weder eine Haube noch Handschuhe, ihr zu einem Knoten gebundenes kupferrotes Haar hatte sich aus dem Haarnetz gelöst, und ihre Wangen waren von Wind und Anstrengung gerötet. Vergeblich versuchte sie, eine Haarsträhne zurückzuschieben.

Die ältere Dame winkte.

„Fantastisches Wetter für unseren Ausflug in die schottische Bergwelt, Lord Kildonan. Wolkenloser Himmel, ein leichter Wind, schöne Berge, wenn auch nicht so aufregend wie die Alpen, in denen Lord Wetherstone und ich unsere Sommerferien verbracht haben."

Sie war zwar korpulent, doch nicht unsportlich. Das schwarze Kleid, der Hut mit dem kurzen Schleier, Handschuhe, Stiefeletten, der schwarze Spitzenschirm, alles war von bester Qualität, wie Catriona bemerkte.

„Freut mich, dass Sie zurück sind, Kildonan."

Der ältere Gentleman, der Evan mit Handschlag begrüßte, trug einen braunen Anzug und einen langen Mantel. Er war wohlbeleibt, nicht sehr groß, ein Kaiserbart kaschierte die Hängebäckchen.

Evan legte seine Hand auf Catrionas Arm.

„Darf ich Ihnen unsere Gäste vorstellen, meine Liebe. Lord und Lady Wetherstone sind aus London nach Schottland gekommen.“ Das ältere Ehepaar nickte höflich. „Mrs. Anna Wilkie und ihr Mann, Reverend John Wilkie, aus Sterling.“ Das junge Paar stand neben Jean und Harry.

„Lady Kildonan, meine Frau Catriona, geborene MacConn.“

Wetherstone reichte Catriona lächelnd die Hand.

„Erfreut, Sie kennen zu lernen, Lady Kildonan. Herzlichen Glückwunsch!“

Auch Mrs. Wilkie wünschte Catriona alles Gute. Sie war eine Schönheit, feingliederig, mit hellem Teint und blauen Augen. Ein kleiner grauer Hut verdeckte das blonde Haar, und die Farbe des Jackenkleides aus hellgrauer Wolle stand ihr ausgezeichnet. Einen hübschen blauen Sonnenschirm hielt sie über der Schulter.

Neben diesem zierlichen, modisch gekleideten Wesen kam sich Catriona plump und linkisch vor … Sie dachte an ihre Größe, ihren sonnengebräunten Teint. Wie eine hässliche, rotbunte Kuh kam sie sich vor. Das freundliche Lächeln der jungen Frau war jedoch so herzlich, dass Catriona sofort alle Selbstzweifel vergaß.

Reverend John Wilkie war groß, blond, ein stattlicher Mann.

Catriona wechselte mit ihm ein paar Worte und stellte fest, er gehörte der Schottischen Staatskirche an. Als sie erzählte, ihr Vater verdiene seinen Lebensunterhalt bei der Freikirche in Glenachan, bemerkte sie, wie Lady Wetherstone die Augenbrauen hochzog. Vielleicht hätte ich das noch nicht erwähnen sollen, überlegte Catriona. Denn sie wusste, dass normalerweise ein Earl nicht die Tochter eines Geistlichen heiratete.

„Danke. Erfreut, Sie kennen zu lernen. Schön, Sie als Gast auf Kildonan Castle begrüßen zu dürfen“, wiederholte sie immer wieder.

Mit ihrem langen Schal, der ihr zerzaustes Haar ein wenig bedeckte und ihr bis zu den Füßen reichte, der einfachen schottischen Tracht musste sie einen recht gewöhnlichen Eindruck machen. Sie war nicht in einer so wohlhabenden Gesellschaftsschicht wie diese Leute aufgewachsen. Indes hatten ihre Mutter und ihre Lehrer ihr und den Geschwistern von klein auf gutes Benehmen beigebracht. Diese Erziehung sollte ihr helfen, die neue Situation zu meistern.

Sie hieß die Gäste willkommen, nickte hin und wieder und lächelte freundlich, ansonsten sagte sie wenig und hielt sich zurück. Sie wich nicht von Evans Seite, war froh, wenn sie ab und zu seine Hand auf ihrem Arm oder ihrem Rücken spürte, während er sich mit den Freunden unterhielt.

„Haaalloo! Kommt herauf!"

Catriona blickte auf. Der Ruf kam von einer jungen Frau. Wie eine Bergziege stand sie am Steilhang kurz unter dem Gipfel, breitbeinig, die Arme in die Hüften gestemmt.

„Kommt rauf!"

„Sie fordert uns heraus!", sagte Evan und winkte zurück.

„Haaalloo, Jemima! Wir kommen!" Er sah sich in der Runde um. „Wer geht mit?"

„Ich nicht!"

Jean blickte zu Sir Harry, der ebenso wie die beiden Wetherstones den Kopf schüttelte.

„Ich komme mit", bot sich John Wilkie an. „Liebes?"

„Ich bleibe bei Lady Jean", antwortete seine Frau. „Und Sie, Lady Kildonan, wollen Sie hinaufklettern oder lieber bei uns bleiben?", fragte sie.

Catriona bemerkte, wie Lady Wetherstone sie erwartungsvoll anstarrte.

„Ach, meine Frau ist solche Kletterpartien gewohnt", sagte Evan, reichte Catriona seine Hand und ließ ihr so keine Wahl. Hand in Hand gingen sie bergan, Reverend Wilkie folgte ihnen langsam in gebührlichem Abstand.

„Danke, dass Sie mich wieder einmal gerettet haben", sagte sie nach einer Weile.

Evan grinste.

„Sie wurden ja ganz blass bei dem Gedanken, Sie sollten die Gäste allein unterhalten. Außerdem kann ich mir gut vorstellen, dass Sie die anderen Gäste lieber auf vertrautem Terrain kennen lernen wollen – auf diesem grandiosen Berg“, sagte er und schaute sich um.

Der Aufstieg war leicht, der Hang bis zum konischen Gipfel war übersät mit Felsbrocken und Heidekraut. Catriona, die nur hin und wieder den Wanderstab zu Hilfe nahm, kletterte voran, hinter ihr ging Evan und mit einigem Abstand folgte John Wilkie.

Kurz unter dem Gipfel blieb sie stehen und ließ den Blick schweifen. Ihre Wangen waren gerötet, der Wind blähte ihren Rock. Die Aussicht von hier oben war grandios: Kildonan Castle thronte zwischen Berg und See, auf dessen glitzernder Oberfläche sich das Schloss, der Himmel und die Berggipfel spiegelten. Über viele Kilometer erstreckte sich das Glen Shee, grün die Hänge, übersät mit weinroten und goldgelben Punkten – den Dächern der kleinen Crofterhäuser und den weidenden Schafen. Wie von einer Riesenhand ins grüne Gras gestreut, schimmerten hier und dort Bachläufe und kleine Seen. Und über alles wachte stolz und unbezähmbar das urgewaltige Bergmassiv mit seinen schneebedeckten Gipfeln.

„Fantastisch!“

Vergeblich strich sie sich eine Haarsträhne aus dem Gesicht.

Evan trat neben sie.

„Nun, haben Sie Mut gesammelt?“

„Mut?“

„Es ist bestimmt nicht leicht, so kurz nach Ihrer Ankunft im Schloss all diese fremden Menschen zu treffen. Sie müssen sich ja selbst erst an Ihre neue Rolle gewöhnen.“

„Rolle?“, fragte sie scharf zurück. „Bislang haben wir uns darüber noch nicht geeinigt.“

Evan strich ihr die lose Haarsträhne aus dem Gesicht hinters Ohr.

Ein köstlicher Schauer lief ihr über den Rücken.

„Ich habe darüber nachgedacht“, sagte er leise.

„Ich auch.“

Sehnsüchtig wandte sie ihm ihren Blick zu – wagte jedoch nicht, mehr Gefühle zu zeigen.

Evan drehte sich um. „Oh, da kommt Wilkie.“

„Was für eine fantastische Aussicht! Mal sehen, wie der Blick vom Gipfel ist“, rief der Reverend, während er an den beiden vorbeiging.

Evan nahm Catriona bei der Hand. Von dem Felsvorsprung kletterten sie das letzte Stück den Berg hinauf. Oben senkte sich der schmale Kamm wieder, wie ein riesiger Drachenrücken folgten seine Zacken dem Verlauf des Tals.

„Willkommen auf dem Gipfel!“, empfingen Arthur und die übrigen Bergsteiger sie.

„Meine Cousinen Miss Jemima Murray und ihre Schwester Miss Emily, meine Liebe. Und das ist Sir Aedan MacBride.“

Evan wies auf den großen dunkelhaarigen Gentleman, der hinter dem Geschwisterpaar stand.

„Darf ich Euch Catriona vorstellen, die neue Countess of Kildonan?“

„Und Herrin all dessen, was ihr von hier oben erblickt“, fügte Arthur hinzu. Evan lachte.

„Erfreut, Sie kennen zu lernen“, sagte Catriona lächelnd.

„Was für eine frohe Nachricht! Unser Earl hat endlich seine Countess gefunden!“, freute sich die hübsche braunhaarige Miss Jemima Murray.

Lachend, ohne Scheu und mit festem Druck schüttelte sie Catrionas Hand und ließ sie auch sofort wissen, sie sei nicht nur Evans Cousine, sondern auch Organisatorin der Bergtour und Vizepräsidentin des Bergsteigervereins, und dass Arthur Fitzgibbon erst kürzlich zum Präsidenten des Vereins ernannt worden sei. Mein Gott, die ist nicht nur fähig, ein paar Bergsteiger, sondern eine ganze Armee zu führen, dachte Catriona, beeindruckt von Jemimas grenzenloser Energie und ansteckendem Enthusiasmus.

Miss Emily Murray war das genaue Gegenteil ihrer Schwester. Die zurückhaltende junge Frau schien zwar von Natur aus ebenso sportlich zu sein wie Jemima, reichte Catriona jedoch nur schüchtern und mit einem unsicheren Lächeln die Hand.

Absolut nicht zu übersehen war dagegen der letzte Gentleman, der Catriona vorgestellt wurde. Er fiel nicht nur wegen seines guten Aussehens, sondern auch wegen seiner einzigartigen Ausstrahlung auf ... schwarze Haare, blaue Augen – das Erscheinungsbild eines echten Kelten und Gentleman – Sir Aedan MacBride von Dundrennan war der einzige Mann in der Gruppe, der Kilt und Jacke trug. Leicht und elegant bewegte er sich in dieser Kleidung. Catriona fühlte sich bei seinem Anblick sofort an einen edlen Hochlandkrieger erinnert.

„Lady Kildonan!" Kurz beugte er sich über Catrionas Hand. „Kildonan und ich sind seit langem Freunde. Glücklich kann er sich schätzen, eine solche Hochlandschönheit seine Countess nennen zu dürfen."

Catriona lachte und dachte gleichzeitig an ihr rustikales Äußeres.

„Danke, Sir. Mein Mann hat mir schon von Ihnen erzählt, auch von den Ferien im Haus Ihrer Familie. Und ich – ich habe immer die Gedichte Ihres Vaters bewundert."

„Oh, Madam, er wäre entzückt, das zu hören", versicherte er ihr.

„Atemberaubend schön ist der Ausblick von hier oben", schwärmte Jemima. „Wir könnten hier picknicken und versuchen, vor Sonnenuntergang einige Berge zu ersteigen. Das müsste zu schaffen sein. Wäre das nicht ein aufregender Tag? Was meinen Sie, Lady Kildonan? Sie kennen diese Berge besser als wir."

„Möglich ist das schon. Es dauert mehrere Stunden, bis man die höheren Gipfel erreicht hat, wenn man einmal oben ist, kann man über den Kamm von Gipfel zu Gipfel wandern. – Selbstverständlich nur bei gutem Wetter.“

Sie drehte sich zu Evan um, der ihr zunickte und ihr dabei flüchtig tief in die Augen sah.

„Vielleicht kann Lady Kildonan uns sogar auf die schönsten Berge hinaufführen? Denken Sie daran, wir lieben die Herausforderung“, meinte Emily Murray.

„Hier im Glen Shee findest du genug Herausforderung“, antwortete Evan.

„Ich habe gehört, einige der höheren Gipfel seien überhaupt noch nicht bezwungen worden – Beinn Alligin und Beinn Shee zum Beispiel?“, erkundigte sich Jemima.

„Dann werden wir zwei zusammen die beiden Gipfel stürmen, Miss Jemima“, erklärte sich Arthur galant bereit.

Jemimas Lachen hallte in den Bergen wider.

„Gewiss! Meine Schwester und Reverend Wilkie werden auch mitkommen. Sir Aedan will uns ja morgen schon wieder verlassen. Mrs. Wilkie und die Wetherstones begleiten uns vielleicht auch. Und du, Evan? So jung verheiratet …“

Zweifelnd richtete sie ihre Augen auf Catriona.

„Um keinen Preis würde ich mir das entgehen lassen. Und meine Braut wird sicherlich auch mitkommen wollen“, wandte er sich fragend an sie.

Während sie zuhörte, ließ sie ihren Blick über Berge, Tal und Seen schweifen. Von dem Berg, an dem ihr ältester Bruder vor Jahren gestorben war, konnte sie sich kaum lösen. Hier hatte sich auch ihr Vater an Leib und Seele verletzt.

Beinn Shee war nicht der Berg, den sie unbedingt besteigen wollte. Flora hatte ihr hingegen eine Aufgabe gestellt, und Catriona glaubte, ihr Lebenswerk nicht vollenden zu können, wenn sie jenen Berg nicht bezwang und den Kristall fand, den die alte Frau verlangte.

Sie selbst war im Laufe der Jahre auf vielen der umliegenden Berge gewesen, deshalb verstand sie, weshalb Evan und seine Freunde diese Bergtour machen wollten. Dort oben auf den Gipfeln hatte sie sich stets frei und unbeschwert gefühlt, sodass es sie wieder und wieder dorthin zog. Die Vorstellung, zusammen mit Evan diese Höhen zu erklimmen, war verführerisch. Egal wie die Ehe sich entwickelte – ob sie bei Evan blieb oder sich von ihm trennte –, diesen Berg wollte sie an seiner Seite besteigen.

Catriona drehte sich um und lächelte gezwungen. „Sehr gerne."

Die Diener hatten bereits bei ihrem letzten Kontrollgang durch das Haus die Lampen gelöscht. Alles war ruhig, nur Evans Schritte hallten durch die dunklen Gänge des Haupthauses, während er am späten Abend zu dem Gebäudeflügel ging, in dem seine und Catrionas Privaträume lagen.

Vor Catrionas Tür blieb er stehen, war versucht zu klopfen. Trotzdem lauschte er nur in die Stille, stellte sich vor, wie sie friedlich dalag und schlief.

Zusammen mit ihren Gästen hatten sie im kleinen Speisesaal ein einfaches Abendessen eingenommen – ein typisches Hochlandmahl: Lamm-Stew mit dunklem Brot und Zitronenkuchen mit Zuckerguss zum Nachtisch.

Catriona hatte vorgeschlagen, die weiblichen Gäste sollten sich früh zurückziehen. Es überraschte Evan nicht, wie sehr sie als rücksichtsvolle Gastgeberin auf das Wohl seiner Freunde bedacht war, die nach einem anstrengenden Reisetag und einer Bergwanderung ziemlich müde sein mussten.

Lady Jean, schwanger und dementsprechend erschöpft, verabschiedete sich als Erste. Kurz darauf folgten ihr die anderen Damen, und auch einige Gentlemen verschwanden in ihre Schlafgemächer, die im Hauptgebäude und den beiden Seitenflügeln des Schlosses lagen.

Zurückgeblieben waren nur Sir Aedan MacBride und Reverend Wilkie, mit denen Evan noch bei Portwein und einer Zigarre zusammensaß. Bis lange nach Mitternacht hatte Wilkie, der einige Bücher über seine Reisen und abenteuerlichen Bergtouren geschrieben hatte und ein ungeheures Erzähltalent besaß, Evan und MacBride mit seinen Geschichten unterhalten.

In guter Gesellschaft und bei zwei Glas Portwein hatte sich Evan entspannt. Nun stand er still vor Catrionas Tür und kämpfte mit sich. Alles, was er wollte, war, zu ihr zu gehen, sie in die Arme zu nehmen, zusammen mit ihr in das breite komfortable Bett zu sinken und ihre erste gemeinsame Nacht zu wiederholen. Nichts wünschte er sich mehr, als noch einmal diese Zärtlichkeit aufleben zu lassen und das Gefühl erneut zu erleben, wie einer um das Wohl des andern so sehr besorgt ist, dass die eigenen Bedürfnisse unwichtig erscheinen.

Gefahr hatte sie in jener Nacht zusammengeschweißt. Und aus Lust und Leidenschaft war Liebe – echte Liebe entstanden. Dessen war er sich von Tag zu Tag sicherer. Zugleich machte die Vorstellung ihn nachdenklich, die Kraft des Gefühls erstaunte und veränderte ihn. Er wusste, er war jetzt nicht mehr der Mann, der vor ein paar Tagen im Nebel auf den Berg gestiegen war.

Konnte Liebe so plötzlich entbrennen, so heiße Flammen schlagen, innerhalb von Stunden Leidenschaft entzünden? Würde das Feuer, das er im Herzen fühlte, wie eine ewige Flamme immer weiter brennen, nie verlöschen? Er hätte es niemals für möglich gehalten, er fühlte sich, als ob ein geheimer Zauber ihn berührt und aus einem langen, tiefen Schlaf erweckt hätte. Mit einem Mal verspürte er wieder Lebensfreude und Selbstgewissheit, Zuneigung und Lust. Das konnte nur Liebe sein – wahre Liebe, so wie sie eigentlich nur in Märchen und Sagen vorkam.

Und doch hing alles in der Schwebe. Catriona und er konnten zerstören, was sie entdeckt hatten – oder etwas unvergleichlich Schönes darauf aufbauen.

Evan holte tief Luft und entschied sich abzuwarten, sie nicht zu drängen, ihr die Entscheidung zu überlassen. Nur so konnte er erfahren, was sie wirklich wollte.

Sie hatte ihm das Leben gerettet, im Gegenzug hatte er sie beschützt. Erst jetzt wurde ihm ganz deutlich, wie viel Druck sie von ihm genommen hatte, wie weniger schwer ihm seine Last erschien. Längst erloschene Lebensfreude glimmte zu neuem Leben wie ein Docht mit neuem Funken.

In der Dunkelheit lehnte er sich an die Tür, und plötzlich hatte er ein seltsames Gefühl – ihm war, als stürze er wieder, ein Sturz, den er nicht aufhalten konnte, in einen Abgrund der Liebe.

18. KAPITEL

Oje, was für eine traurige Angelegenheit", tuschelte jemand. „Heiraten wegen widriger Wetterbedingungen." Eine Frau prustete indigniert. „Unvorstellbar! Eine übereilte Trauung! Ohne Gäste! Und das erst vor ein paar Tagen!"

Catriona ging am nächsten Morgen langsam durch die Halle zum Frühstücksraum. Sie zögerte, ob sie forsch weitergehen oder sich umdrehen und fliehen sollte. Die Bemerkung war zwar nicht für ihre Ohren bestimmt, trotzdem tat sie weh.

„Es war eine stille, sehr romantische Trauung", hörte sie Lady Jean sagen. „Die beiden kennen sich schon seit ihrer Kindheit. Ihre Liebe entflammte sehr schnell und sie wollten nicht länger getrennt sein." Sie seufzte laut und sehnsuchtsvoll.

Gott segne Jean, dachte Catriona. Es stimmte zwar, dass sie und Evan als Kinder im selben Tal lebten, ihre Wege hatten sich jedoch kaum gekreuzt. Dennoch, Jean versuchte nur, eine unangenehme Situation zu beschönigen und vor allem eine übereilte Trauung zu erklären. Schon allein aus diesem Grund hatte Catriona ihre Schwägerin gern.

Catriona schaute sich auf der Suche nach einem Versteck in der Halle um. In dem Moment tauchte Mrs. Baird am anderen Ende der Halle auf. Die Haushälterin blieb stehen und sprach mit einem Dienstmädchen.

„Ich habe ein Hausmädchen nach den Gründen für die plötzliche Heirat des Earls ausgefragt", meldete sich die erste Stimme wieder – die Lady Wetherstone gehörte, wie Catriona nun erkannte.

„Es hat mir erzählt, die beiden waren eine ganze Nacht allein in den Bergen! Kein Wunder, dass sie heiraten mussten!"

„Lady Jean sagte, sie hätte ihm das Leben gerettet."

Catriona vernahm Anna Wilkies leise Stimme.

„Er hätte sie aus Dankbarkeit geheiratet und um ihre Ehre zu retten. Die Liebe seiner Kindheit – ach, wie herrlich!“, seufzte sie.

Lady Wetherstone schniefte.

„Na ja, verständlich, wenn ein Mann unter diesen Umständen der Versuchung nicht widerstehen kann – sie ist ja ganz hübsch. Allerdings, für meinen Geschmack ist das rote Haar ein bisschen wild, außerdem ist sie viel zu groß. Ich war richtig erschrocken, als ich sie sah und dann auch noch in diesem karierten Highland-Plaid. Wie eine Bauersfrau wirkte sie, nicht wie eine Braut und schon gar nicht wie eine Countess.“

Entrüstet lehnte sich Catriona gegen die Wand. Lady Wetherstone mag ich nicht besonders, dachte sie. Trotzdem würde sie niemals offen über die Charakterschwächen dieses Gastes tratschen.

„Ich finde sie sehr hübsch. Und ihre Hochlandtracht steht ihr fantastisch“, erwiderte Anna. „Ich hätte gerne einen solchen Schal aus diesem herrlichen Material.“

„Jedenfalls ist sie keine typische Countess – auch wenn das Paar weggelaufen ist, oder wie soll man das nennen, was sie getan haben?“, empörte sich Lady Wetherstone.

„Lady Kildonan ist ein Gewinn für dieses Haus“, sagte Jean leise, aber bestimmt. „Und ein Gewinn für meinen Bruder. Haben Sie die beiden einmal beobachtet? Wie sie sich anschauen, wie sie so leise miteinander sprechen, dass sie niemand hört? Ohne an die Gefahr zu denken, haben sie einander das Leben gerettet. Sie sind füreinander bestimmt. So eine Liebe ist etwas sehr Seltenes und Kostbares. Meiner Meinung nach sollten wir ihre Entscheidung respektieren.“

„Das finde ich auch!“, pflichtete ihr Anna Wilkie bei.

„Ach, Sie beide sind ja noch jung und unerfahren. In Ihrem Alter hat man noch Träume“, meinte Lady Wetherstone.

„Und Sie, Lady Jean, sind bestimmt durch Ihre Schwangerschaft zurzeit besonders romantisch. So, und nun sagen Sie mir, welche Tür in den Park führt. Den möchte ich nämlich heute Morgen besichtigen."

„Es ist zwar nebelig, aber ich glaube, wir werden den Rundgang trotzdem genießen können. Wenn es Ihnen nichts ausmacht, nehmen wir den kürzesten Weg über die Treppe in der Halle nach unten und dann an der Küche vorbei", erklärte Jean.

Catriona atmete erleichtert auf, als sie hörte, wie sich die Damen langsam entfernten. Sie richtete sich auf, strich über ihren braunen Seidenrock und nestelte noch einmal an dem Haarnetz, mit dem sie ihre roten – wie hatte Lady Wetherstone gesagt? – ein bisschen zu wilden Locken gebändigt hatte. Dann ging sie festen Schrittes durch die Halle und öffnete die Tür zum Frühstückszimmer.

„Wilkie hat mit erzählt, er habe wieder ein Buch geschrieben", verkündete Arthur, und sein Blick streifte dabei Evan, Wilkie, Sir Harry und Catriona, die um den Frühstückstisch saßen.

Catriona hielt die Teetasse in der Hand und schaute gespannt auf.

„Oh! Und wovon handelt dieses Buch?" Bislang hatte sie zwar nicht gewusst, dass Reverend Wilkie überhaupt Bücher schrieb, wollte jedoch nicht zeigen, dass sie keine Ahnung hatte.

„Bergsteigen! Alle seine Bücher handeln vom Bergsteigen und Bergwandern", erklärte Arthur. „Das erste habe ich richtig verschlungen. Ein sehr guter Bericht einer Wanderung durch die Schweizer Alpen. Wie war noch der Titel, Sir?" Fitzgibbon sah John Wilkie fragend an.

„‚Kletterpartien in den Alpen'", antwortete der junge Reverend. „Ich habe auch ‚Kletterpartien auf Skye' verfasst, und mein letztes Buch heißt ‚Kletterpartien in den Grampians'."

Sir Harry, der neben Catriona saß, räusperte sich leise und langte über den Tisch nach einer Scheibe Toast. Evan saß auf der anderen Seite neben Catriona und blinzelte ihr mit einem Auge zu. Sie unterdrückte ein Lächeln.

„Fürchterliche Titel! Entschuldigen Sie, wenn ich so offen bin, Sir“, meinte Arthur. „Allerdings ist jedes Buch nützlich, das Schottlands herrliche, altehrwürdige Gebirgsformationen beschreibt.“

Er wandte sich an Catriona. „Wenn Sie es lesen möchten, kann ich es Ihnen gern geben, Lady Kildonan. Ich habe ein Exemplar von Wilkies Buch über die Alpen bei mir.“

Catriona nickte dankbar.

„Stimmt es, dass Sie auch wieder ein Buch veröffentlicht haben, Mr. Fitzgibbon?“, wollte Wilkie wissen.

„Ja, mein drittes. ‚Die Geologie der Alpen‘ war das erste, das nächste ‚Glazialtheorien am Beispiel der nördlichen Highlands von Schottland‘, und das letzte ist ‚Eiszeitliche Formationen auf den Hebriden‘.“ Er lächelte verschämt. „Nur meine Bücher liest niemand – leider.“

„Deine Studenten haben sie gründlich studiert, und Jahr für Jahr findest du in den Studenten eine neue Leserschaft. Ich musste diese verdammten Wälzer auch durcharbeiten“, sagte Evan.

„Natürlich!“, erwiderte Arthur, als sei es eine Selbstverständlichkeit gewesen. „Das heißt nicht, dass du immer meiner Meinung warst.“

„Stimmt. Ich finde nicht, dass man einen Gletscher als einen heimtückischen, instabilen, flüssigen Körper beschreiben kann“, antwortete Evan.

„Doch, Kildonan! Kann man, wenn der Körper aus gefrorenem Salzwasser besteht.“

„Mag sein, in machen Fällen. Soweit ich weiß, nähren sich die meisten Glazialformationen in Schottland aus Oberflächenwasser. Worauf ich allerdings sehr neugierig bin, das sind deine praktischen Beweise über die thermische Leitfähigkeit verschiedener Gesteine.“

„Oh …? Das klingt … interessant“, mischte sich Catriona in das Gespräch. Zugleich war ihr klar, dass sie nicht sehr überzeugend klang.

Evan und Sir Harry lachten leise, selbst Arthur schmunzelte verhalten.

„Fitz ist Professor für Naturwissenschaften an der Universität von Edinburgh“, erklärte Evan ihr. „Er war ein ganz junger Professor, während Sir Aedan und ich seine Vorlesungen besuchten. In der Zwischenzeit hat er alle möglichen Auszeichnungen bekommen. Er ist sogar Mitglied der Royal Society in London.“

Catriona nickte ehrfürchtig, obwohl sie noch nie von dieser Londoner Gesellschaft der Wissenschaften gehört hatte.

„Und Lord Kildonan war das jüngste Mitglied, das die Royal Society von Edinburgh jemals aufgenommen hat. Im Alter von achtzehn hat er eine brillante Abhandlung über erloschene Vulkane in Schottland veröffentlicht. Er ist ein ausgezeichneter Geologe, auch in seiner praktischen Arbeit.“

„Sind Sie denn auch Naturwissenschaftler?“, fragte Catriona und erkannte gleichzeitig, wie seltsam es erscheinen musste, dass sie so wenig über ihren Mann wusste.

„Nein. Ich habe Ingenieurwissenschaften studiert. Allerdings muss ich für meine Arbeit viel über Steine und geologische Strukturen wissen“, erklärte Evan.

„Er ist ein sehr talentierter Brückenbauer“, sagte Sir Harry. „Ich habe selbst mit ihm gearbeitet, Lady Kildonan. Meine Familie besitzt nämlich einen Eisen- und Stahlbaubetrieb.“

„Aha.“ Catriona dachte an Evans Bemühungen, die Feenbrücke zu reparieren. „Dann sind die Brücken, die mein Mann baut, wohl keine Steinkonstruktionen.“

„Nein“, antwortete Evan schroff.

Besorgt betrachtete sie ihn und bedauerte insgeheim, das Thema angesprochen zu haben. Sie erinnerte sich nun nämlich, wie Evan erwähnt hatte, dass einmal eine Brücke eingestürzt sei und dabei einige Freunde umgekommen waren.

„Stimmt es, Mr. Fitzgibbon, dass Sie hergekommen sind, um die Gesteinsformationen der Torridons zu untersuchen?“, versuchte Wilkie abzulenken.

„Ja!“, antwortete Arthur ganz begeistert. „Das vorherrschende Gestein dieser Gegend ist der Torridon-Sandstein, insbesondere der braune und der rote Typ. Außerdem findet sich hier noch ein besonderer Gneis, ein harter schwarzer Stein, der auch auf den Inseln Lewis und Skye vorkommt. Und dann trifft man auch noch auf kristalline Formationen.“

„Kristalle? Faszinierend!“ Catriona sah ihn wissbegierig an.

„Kennen Sie sich mit Geologie und Gesteinsformationen aus, Lady Kildonan?“, fragte Arthur.

„Nur mit den Bergen rund um das Glen Shee. Beinn Alligin im Westen, Liathach der Riese im Süden, Beinn Dearg im Norden und Beinn Eighe im Osten des Tals. Ich bewundere ihre Gipfel, ihre säulenartigen Felsklippen, ihre Kämme und ihre kleinen Talkessel. Trotzdem weiß ich wenig über ihre geologische Zusammensetzung oder ihre thermischen Kräfte.“

Sie blickte zum Fenster, durch das man in der Ferne im Nebel die bläulichen Umrisse des Beinn Alligin erkennen konnte.

„Manchmal sieht es so aus, als scheine die Sonne durch die Spitzen der Gipfel, und sie wirken wie aus Glas geformt. Ein zauberhafter Anblick.“

„Mit Zauber hat das allerdings rein gar nichts zu tun! Vermutlich handelt es sich um großflächige Kristalleinlagerungen, so genannte Kristallrasen. Die entstehen manchmal in Gipfellagen und führen zu solchen Effekten“, erklärte Arthur ganz sachlich.

„Raub ihr nicht ihre Illusion. Mir gefällt die Vorstellung von verzauberten Kristallbergen durchaus“, sagte Evan und lächelte Catriona über den Rand seiner Kaffeetasse zu.

„Wussten Sie, dass Beinn Alligin ‚Juwelenberg', bedeutet?", fragte Catriona.

Die Männer schüttelten den Kopf und schauten sie fragend an.

„Die Spitze des höchsten Gipfels heißt auf Gälisch Beinn Sìtheach und soll aus reinem Kristall sein."

„Ach ja, Beinn Shee … der Feenberg." Evan grinste. „Daran erinnere ich mich gerne", neckte er sie.

Catriona lächelte zurück, freute sich an der intimen Zwiesprache. Er wirkte so glücklich und zufrieden, und sie wünschte, es könnte immer so zwischen ihnen sein.

„Niemand weiß, ob dort oben wirklich Kristalle liegen, weil noch keiner jemals so hoch hinaufgestiegen ist", fuhr sie fort. „Professor Fitzgibbon, glauben Sie wirklich, dass dort oben größere Kristalleinlagerungen zu finden sind?"

„Durchaus möglich. In den Gebirgsformationen ganz hoch im Norden Schottlands befinden sich zwischen schwarzem Gneis ausgedehnte weiße Quarzfelder, über Sandstein und einem massiven Felssockel. Die Kristalle in den Bergen dieser Region sind meist auch aus weißem Quarz, manchmal gibt es auch größere Ablagerungen von Rauchquarzen oder Cairngorm, wie man in Schottland dazu sagt."

„Ja, die findet man oft hier in den Bergen", bestätigte Catriona. „Haben Sie denn schon mal von einem Kristall gehört … der im Mondschein leuchten soll?"

„Im Mondschein? Vielleicht enthält er Phosphor", meinte Arthur nachdenklich.

„Natürlich. Manche Mineralien haben solche Einschlüsse", erklärte Evan Catriona. „Sie strahlen, wie von innen erleuchtet. Richtig unheimlich sieht es aus, wenn diese kleinen Lichter in einer Höhle oder in schmalen Felsspalten aufblitzen. Ein seltsames Phänomen, das noch nicht richtig erforscht ist."

„Sind es Kristalle?", fragte Catriona aufgeregt.

Arthur schüttelte den Kopf. „Nein … nicht so ganz.

Manchmal können in Kristallen Einschlüsse vorkommen, so genannte Phantome. Herrliche Steine … und äußerst selten. Ein Schatz, falls man so einen Stein überhaupt finden sollte."

Catriona lächelte, nur mit Mühe konnte sie ihre Aufregung verbergen.

„Kennen Sie einen Stein, der Zauberstab oder Feenkristall heißt?"

Evan klopfte ungeduldig mit den Fingern auf den Tisch.

„Ja, so nennt man klare oder blasse Kristalle mit mehreren Spitzen, die zusammen so aussehen wie ein winziges Feenschloss. Schöne, kleine Steine. Ich besaß so einen … Wo mag er wohl sein?", fragte er sich nachdenklich. „Als Kind habe ich Steine und Kristalle gesammelt … ich hatte eine ganze Kiste voller Mineralien."

Lächelnd wandte er sich Catriona zu. „Wieso dieses Interesse, meine Liebe?"

„Weil ich hoffte, einen Feenkristall auf dem Beinn Shee zu finden, so einen, der im Dunklen oder im Mondschein leuchtet."

„Warum das denn?", fragte er verblüfft.

„Ich … habe einer Freundin versprochen, ihr einen zu bringen, wenn es so einen Kristall wirklich gibt."

„Vom Gipfel des Beinn Shee?", meinte Reverend Wilkie ungläubig. „Unmöglich! Meines Wissens hat der Beinn Shee noch einen anderen, einen gälischen Namen. Ich kenne allerdings nur die Übersetzung: die unzugängliche Spitze. Sie soll uneinnehmbar sein."

„Das habe ich auch gehört", erklärte Evan, und mit einem bedeutungsvollen Blick zu Catriona fuhr er fort: „Fitz und ich wollten ja bereits einmal an der weniger steilen Felswand im Norden hinaufklettern – vergeblich, weil das Wetter umgeschlagen ist. Na ja, und wegen ein paar anderer denkwürdiger Ereignisse."

„Das Abenteuer, das er auf dem Berg erlebt hat, wird Kildonan nicht so schnell vergessen“, meinte Arthur verschmitzt. „Sollten wir es nicht doch noch einmal versuchen, Kildonan?“

„Ja, eigentlich reizt es mich immer noch. Die bergsteigerische Herausforderung war schließlich auch einer der Gründe, weshalb ich nach Kildonan zurückgekehrt bin.“

„Dann werde ich Jemima die Tour vorschlagen, wenn sie mit den beiden anderen Damen von ihrem Rundgang durch den Park zurückkommt. Sollen wir heute noch aufbrechen?“, fragte Arthur.

„Für heute Nachmittag haben Miss Murray und die übrigen Damen bereits ein Picknick organisiert – auf einer leicht erreichbaren Bergkuppe mit einem herrlichen Panoramablick“, erklärte Reverend Wilkie. „Wenn das Wetter hält, dann könnten wir vielleicht morgen oder übermorgen versuchen, den Beinn Shee zu besteigen. Sie werden uns hoffentlich begleiten, nicht wahr, Lady Kildonan?“

„Übermorgen ist Sonntag“, gab Catriona zu bedenken. „Wollen Sie mit Ihrer Gruppe an einem Feiertag eine Kletterpartie unternehmen?“

„Oh, daran habe ich gar nicht gedacht“, antwortete Wilkie lachend. „Na ja, ein Geistlicher der Staatskirche sieht das nicht so eng. Ich bin kein strikter Sabbatist und, soweit ich weiß, die übrigen Mitglieder der Gruppe auch nicht. Bereitet Ihnen denn der Gedanke Unbehagen, an einem Sonntag eine Bergtour zu machen, Madam?“

„Die ortsansässigen Leute werden es nicht sehr schätzen, wenn Sie an einem Sonntag einen Berg besteigen“, vermied sie eine direkte Antwort auf seine Frage. „Man wird Ihnen nur unwillig Auskunft geben, Sie werden auch nichts zu essen bekommen, wenn Sie um Gastfreundschaft nachfragen. Eventuell wird es sogar schwer sein, einen Führer oder Knecht zu finden, der Sie begleitet. Ja, und was mich anbetrifft“, fügte sie mit einem leicht gequälten Lächeln hinzu, „… nun, ich richte mich jetzt nach den Gepflogenheiten auf Kildonan.“

„Dann werden Sie am Sonntag wohl lieber hierbleiben und den Gottesdienst besuchen", antworte Reverend Wilkie. „Schade, Miss Murray hatte eine Bergtour für die Gruppe geplant. Ich möchte allerdings morgens vor der Bergwanderung auch in die hiesige Kirche gehen. Das ist doch auch die Kirche, in der Ihr Vater predigt, nicht wahr?"

„Ja. Reverend MacConn of Glenachan würde sich bestimmt sehr über Ihren Besuch freuen. Ich …" Sie sah Evan fragend an.

„Die Entscheidung liegt bei Ihnen, meine Liebe", antwortete er leise. „Sie können mit Ihrer Familie den Gottesdienst besuchen oder für sich alleine beten und dann mit auf Miss Murrays Exkursion gehen. Ganz wie Sie wollen."

Einen Moment lang schaute sie ihn nachdenklich an. Er hatte recht. Bislang war ihr Leben mit strenger Autorität geregelt gewesen, es galt, was der Vater und die Tante befahlen oder die Sitten der Freikirche vorschrieben. Stets hatte sie sich nach Freiheit gesehnt. Hin und wieder hatte sie sich diese heimlich genommen, allerdings niemals offen verlangt. Vielleicht war das der Grund, weshalb sie so gerne durch die Berge wanderte, eventuell war das Strickprojekt nur eine Entschuldigung. Bereitete es ihr deshalb so viel Freude, die alten Weisen zu lernen und aufzuzeichnen, weil es ihr oftmals im Jahr nicht erlaubt gewesen war zu singen?

Plötzlich fiel ihr ein, dass auch Kenneth Grant wie jeden Sonntag den Gottesdienst besuchen würde. Jahrelang hatte sie Grant sonntags in der Kirche gesehen, hatte ihn freundlich begrüßt und hatte von dem Hass, den er gegen sie oder ihre Familie hegte, nichts geahnt. Jetzt erinnerte sie sich, wie ernst und verschlossen er sie manchmal während der Predigt angestarrt hatte – nun wusste sie, welche dunklen Gedanken er gehegt hatte. Nein, sie hatte absolut nicht das Bedürfnis, sich seiner stillen Bedrohung auszusetzen.

Evan beobachtete sie geduldig. Sie wusste, er wartete auf

eine Antwort. Was sie an Sonntagen zu tun und zu lassen hatte, würde er ihr nicht vorschreiben. Von ihm erhielt sie die Chance für mehr Freiheit. Dafür müsste sie dann auch die Risiken in Kauf nehmen, von denen er gesprochen hatte. Sicher konnte er sich nicht vorstellen, wie viel schwerer es für sie als für ihn war, diese neuen Herausforderungen zu meistern. Sie musste ihren gewohnten Lebenskreis verlassen, Grenzen überschreiten. Ja, das war es, worum Evan sie gebeten hatte, wenn auch mit anderen Worten. Doch er drängte sie nicht, überließ ihr die Entscheidung und zeigte Geduld und Verständnis, ohne sie zu beeinflussen.

So muss es sein, wenn man geliebt wird, dachte sie plötzlich. Geliebt und gestützt um ihrer selbst willen, bekommen, was sie brauchte. Der Gedanke war wie eine Offenbarung.

Ihr Gesicht erhellte sich.

„Bergsteigen am Sonntag? Warum nicht? Ich werde darüber nachdenken“, sagte sie.

19. KAPITEL

Lord Wetherstone hielt sein Weinglas hoch. „Ladies und Gentlemen, auf ein herrliches Picknick in den Bergen."

Im weiten Rund hatten sich die Wanderer auf Decken oder Felsen niedergelassen, man prostete sich zu und unterhielt sich.

Die beiden Laufburschen Davey und Allan hatten Körbe mit Sandwiches, Käse, Obst und Kuchen sowie Limonade und Wein durch den Wald einhundertzwanzig Meter hoch geschleppt und an den Ort gebracht, an dem die Gruppe nun lagerte.

Catriona saß neben Evan auf einem von der Sonne gewärmten Felsbrocken. Sie nippte an ihrem Glas und stellte es auf den Felsen. Der Rastplatz befand sich in einem kleinen Talkessel auf halbem Weg zum Gipfel des Beinn Eighe. Ein scharfer Wind wehte über die Senke, die teils im Schatten des Berges, teils in der warmen Sonne lag. Es bot sich ein einzigartiger Panoramablick auf das Glen Shee und die umliegenden Bergketten. Der leichte Frühnebel hatte sich verzogen und die dünne Wolkendecke erlaubte eine gestochen klare Fernsicht.

Eine Ponykutsche hatte die Gesellschaft bis zum Ende eines befahrbaren Weges im Glen Shee gebracht. Von dort war die Gruppe zu Fuß weiter gewandert. Zunächst ging es etwa zwei Meilen über einen Waldweg, anschließend über einen holprigen Pfad ständig bergauf durch ein Dickicht aus Kiefern und kniehohem rostfarbenen Adlerfarn.

Einmal legten sie eine kurze Rast ein. Im leichten Sprühnebel hatten sie eine Weile an einem spektakulären Wasserfall gestanden und zugeschaut, wie er in Katarakten schäumend und so laut tosend über den Fels in die Tiefe stürzte, dass man kaum sein eigenes Wort verstand. Dann wurde der Durst an dem kalten, klaren Wasser des Tobels gestillt, der von dem Wasserfall gespeist wurde. Erfrischt setzten sie den Weg fort und wanderten weiter bergauf.

Weiter oben wurde das Gelände etwas offener, der steile schwierige Aufstieg konnte jedoch nur mithilfe der Wanderstöcke bewältigt werden, die zur Ausrüstung eines jeden gehörten. Die beiden nimmermüden Knechte halfen Lady Wetherstone und Anna Wilkie, als deren Kraft nachließ.

Nach fast zwei Stunden Wandern und Klettern war auch Catriona hungrig und froh, dass Jemima Murray vorschlug, in diesem Talkessel zu rasten.

Catriona hatte ein halbes Schinkensandwich und etwas Obst gegessen, und nun genoss sie die friedvolle Szenerie, atmete die frische Kiefernluft ein. Evan saß an ihrer Seite, lachte und unterhielt sich mit Aedan MacBride.

Seit ihrer Kindheit hatte sie sich nicht so unbeschwert gefühlt, und während sie hinunter ins Tal schaute, überlegte sie, wie ihr heutiger Tag wohl ausgesehen hätte, wenn es nicht zu dieser überstürzten Heirat mit Evan Mackenzie gekommen wäre.

Vielleicht hätte sie jetzt zusammen mit Tante Judith in der Küche gestanden und Gemüse für das abendliche Stew geputzt, das Waschen der Bettwäsche überwacht oder die Möbel im Wohnzimmer abgestaubt. Am Nachmittag wäre sie vielleicht geflüchtet, wäre mit Morag über die Berge gewandert, hätte Strickwaren eingesammelt und ein paar neue Lieder gelernt. Spät abends würde sie dann in ihrem Zimmer beim Schein einer Kerze gesessen haben. Sie hätte erst sorgfältig die Noten transkribiert, danach die Texte vom Gälischen ins Englische übertragen und noch Anmerkungen für ihre immer größer werdende Sammlung gälischer Lieder verfasst. Anschließend wäre sie allein und einsam in ihr Bett gegangen – ein Bett, das sie niemals mit einem Ehemann geteilt hätte, denn noch vor ein paar Tagen war sie die unscheinbare Haustochter von Glenachan gewesen.

Nun saß sie bei strahlender Sonne in angenehmer Gesellschaft hoch über dieser herrlichen Welt, trank Wein, genoss das ausgezeichnete Essen, war eine Dame von Adel, umsorgt von zuvorkommenden Dienern. Und ihr Mann, der Herr über all diese Ländereien, saß neben ihr, berührte ab und zu ihre Schulter, hielt den Wind ab und bot ihr stillschweigend Schutz und Sicherheit. Seine sanfte Stimme, sein ruhiges Lachen erregten sie, ein Blick auf sein markantes, bildschönes Profil brachte sie innerlich zum Schmelzen. Frei und zufrieden fühlte sie sich, ja, sie war glücklich, zuversichtlich und fast euphorisch. Ein Gefühl, das ihr wie ein Traum vorkam, von dem sie wünschte, sie möge nie daraus erwachen.

Ohne sein Gespräch mit Sir Aedan MacBride zu unterbrechen, beugte sich Evan zu ihr herüber und schenkte ihr Wein nach. Reverend Wilkie, seine Frau Anna und Emily Murray saßen zusammen mit Lord und Lady Wetherstone. Arthur Fitzgibbon und Jemima Murray spazierten gemeinsam durch den Talkessel, ab und zu, wenn sie über große, runde Felsbrocken kraxelten, reichte er ihr hilfreich die Hand. Davey und Allan sammelten die Essensreste ein, reinigten das Geschirr und verstauten es wieder in den Körben.

„Fitz hat Cousine Jemima gestellt“, sagte Evan.

Er beobachtete Fitzgibbon, der zusammen mit Jemima auf einem Felsen stand und, ganz der Lehrer, mit weit ausholenden Gesten um sich zeigte.

„Sehen Sie, so erklärt er seine Glazialtheorien, so verdeutlicht er, wie der Druck der Eismassen über Jahrmillionen die schottischen Bergprofile geformt hat“, sagte Evan, während er sich leicht an Catriona lehnte. „Er glaubt, Skye und Lewis sind vor Jahrmillionen vom nordwestlichen Festland abgetrennt worden.“

„Was ja auch Sinn macht in Anbetracht einiger besonderer Gesteinsfunde auf diesen Inseln“, bemerkte Aedan.

„Ja, zum Beispiel findet man auf Lewis und Skye den gleichen Gneis wie in den Torridons. Die abwechselnden Streifen von schwarzem Gneis und weißem Quarz können sehr attraktiv aussehen“, erklärte Catriona mit einem schelmischen Lächeln.

„Aha! Sie sind wohl auch schon von Professor Fitzgibbon gestellt worden“, bemerkte Evan ein wenig mitleidig.

Catriona lachte. „Gestern saß er beim Abendessen neben mir.“

„Ob sich Miss Murrays Liebe zur Bergwelt wohl auf die Liebe zu naturwissenschaftlichen Vorlesungen erweitert?“, sinnierte Aedan.

„Schon möglich. Sie hört ihm ja wie hypnotisiert zu.“

Evan und Aedan lachten leise. Und wirklich, Catriona beobachtete, dass Miss Murray und der Professor nahe beieinander standen. Jemima Murray schien fasziniert seinen enthusiastischen Erklärungen zu lauschen, die er mit lebhaften Handbewegungen auf eine andere Bergkette deutend unterstrich.

„Befassen Sie sich auch mit Geologie, und lieben Sie das Bergsteigen?“, wollte Catriona von Sir Aedan wissen.

„Eine Kletterpartie hin und wieder, da bin ich nicht abgeneigt. Ich betreibe das Bergsteigen zwar nicht als Sport, so wie Evan. Doch in der Umgebung von Strythclyde, wo ich wohne, gibt es ein paar recht beachtliche Berge; um ehrlich zu sein, eigentlich macht mir die Kletterei keine große Freude. Und die Geologie – die brauche ich schon von Berufs wegen. Ich bin Bauingenieur, konstruiere Straßen.“

„Aha? Ingenieur wie mein Mann?“

„Wir haben zusammen in Edinburgh Ingenieurwesen studiert. Mein Hauptinteresse lag auf dem Straßenbau, und Evan hat sich für die Konstruktion von schönen Brücken begeistert. Es gibt noch einen dritten Freund, der entwirft und baut Leuchttürme. Er ist derjenige von uns, der sich gerne den größten Gefahren aussetzt.“

„Die Herausforderungen des Bergsteigens reizen Sie nicht?“

„Ich bin vielleicht von Natur aus etwas ängstlich veranlagt, Madam.“ Aedans blaue Augen strahlten. „Ich liebe ein ruhiges Leben. Meine Frau behauptet, in der Beziehung sei ich ein Langweiler, ich halte mich dagegen eher für gewissenhaft und zuverlässig.“

Catriona lachte. Sie mochte Aedan MacBride, und es gefiel ihr, wie gelöst und fröhlich Evan in seiner Gesellschaft zu sein schien.

„Außerdem bin ich nicht zum Klettern ins Glen Shee gekommen. Ich wollte lediglich Ihren Gatten besuchen, Madam. Manchmal kann er nämlich genauso ein Draufgänger sein wie unser Freund Dougal Stewart, der Leuchtturmkonstrukteur. Ich wollte mich nur vergewissern, welche Dummheiten Evan hier wieder macht.“

„Eine Menge!“, meinte Evan und nippte nachdenklich an seinem Weinglas.

„So, so!“ Aedan grinste. „Ich bin ja wohl gerade rechtzeitig gekommen. Deine Hochzeit war ja wirklich mal eine gute Nachricht. Eine richtige Überraschung.“

„Wie wahr!“, erwiderte Evan kurz angebunden.

Catriona mied Aedans Blick und beschäftigte sich geflissentlich mit der Landschaft.

„Schade, dass Lady MacBride dich nicht begleitet“, fuhr Evan nach kurzem Überlegen fort. „Deine Heirat letztes Jahr hat mich übrigens auch ziemlich überrascht. Hattest du nicht einmal geschworen, dich nie in den Stand der Ehe zu begeben?“

„Ein Meinungswechsel kann sehr gesund sein, besonders für jene von uns, die der Ehe immer ablehnend gegenüberstanden.“

Aedan sah Evan mit hochgezogenen Brauen an.

„Na ja, schön, dass du Zeit gefunden hast zu kommen – auch wenn es nur für einen Tag ist. Habe ich richtig verstanden, du willst nach Skye?“

Aedan nickte. „Eine Regierungskommission bat mich, das Gelände für eine neue Straße zu vermessen. Außerdem beginnt Dougal gerade mit dem Bau eines Leuchtturms an der Nordwestküste von Skye. Wir werden uns wohl beide eine ganze Weile auf der Insel aufhalten, und wir könnten deinen Expertenrat gebrauchen. Auch wegen dieser Bitte bin ich gekommen, Evan.“

„Dougal hat mir bereits schriftlich von seinem neuen Projekt berichtet. Er fragte, ob ich auf die Insel kommen würde und bei einigen Tauchgängen die Fundamente der neuen Konstruktion unter Wasser begutachten könnte.“

„Tauchen?“, fragte Catriona. „Ich dachte, Sie seien ein Experte für Brücken und geologische Strukturen.“

Evan nickte. „Brücken und Werftanlagen können auch auf felsigem Grund in Flüssen, Seen oder Häfen verankert sein. Da eine Untersuchung unter Wasser für diese Arbeiten ganz nützlich sein kann, habe ich vor einigen Jahren eine sehr gründliche Tauchausbildung gemacht. Dougal Stewart bittet mich manchmal, die geologische Beschaffenheit seiner Fundamente im Meer zu untersuchen.“

„Hm ... das klingt recht gefährlich“, meinte Catriona nachdenklich.

„Zuweilen schon“, gab Evan zu, während er Aedan einen warnenden Blick schickte.

„Hast du Dougal in der letzten Zeit gesehen?“, lenkte er ab.

„Ja, er hat uns zusammen mit Meg – das ist Dougals Frau, Lady Strathlin – vor ein paar Wochen auf Dundrennan besucht“, erläuterte Aedan kurz.

„Lady Strathlin?“, fragte Catriona. „Der Name kommt mir bekannt vor. Sie hat den Hochländern großzügig geholfen, ... wenn sie Ärger mit Zwangsräumungen hatten.“

Sie blickte unsicher zu Evan. Ob er wohl erkannte, dass sie

eigentlich die Vertreibungen meinte, an denen auch sein Vater nicht unerheblich beteiligt gewesen war?

„Eine nette, zurückhaltende Frau, diese Meg", sagte Evan. „Man kann kaum glauben, dass sie reicher als die Königin ist. Eigentlich hätte es Dougal nicht mehr nötig zu arbeiten, dennoch konstruiert er weiter seine Leuchttürme. Es muss wohl der Kampf gegen die Naturgewalten sein, der ihm Spaß macht."

„Genau wie ich eine unheimliche Freude empfinde, Trassen durch die Berge zu sprengen und Straßen zu bauen."

„Und Sie?", fragte Catriona Evan. „Empfinden Sie es auch als einen Kampf gegen Naturgewalten und berauschend, wenn Sie Ihre Brücken bauen?"

Sie genoss die Unterhaltung und die Aufmerksamkeit der beiden attraktiven, intelligenten Gentlemen, von denen einer ihr Ehemann war – zumindest für diesen wunderbaren Nachmittag wollte sie einmal nicht daran denken, was später geschehen könnte.

Evan wurde plötzlich ganz ernst.

„Nein!", antwortete er barsch.

„Es hat Ihnen doch offensichtlich Spaß gemacht, unsere kleine Brücke zu reparieren", ließ sie nicht locker, obwohl sein finsterer Blick sie etwas irritierte.

„Brücke? Du hast eine Brücke repariert?", fragte Aedan erstaunt.

„Es gibt da auf unserem Gelände eine kleine Steinbrücke, die in sehr schlechtem Zustand ist", erklärte Evan. „Das verdammte Ding ist ein Risiko für Leib und Leben, die ortsansässigen Hochländer benutzen sie trotzdem. Meine Frau wäre vor kurzem fast abgestürzt."

„Das stimmt ja gar nicht!", widersprach Catriona heftig.

„Abgestürzt? Großer Gott! Nur das nicht", murmelte Aedan.

„Ach, vergiss es! Die Brücke wird schon sehr bald durch eine neue ersetzt werden."

Wie schon zuvor warf Evan dem Freund einen warnenden Blick zu.

Verblüfft über den plötzlichen Temperamentsausbruch starrte Catriona Evan an.

Er nahm einen Schluck aus seinem Weinglas und schien sich wieder beruhigt zu haben.

„Nun erzähl mal, Aedan, wie geht es eigentlich Christina und dem Kind?“

„Den beiden geht es ausgezeichnet. Christina findet sogar wieder Zeit für ihre wissenschaftliche Arbeit.“

Lächelnd wandte Aedan sich an Catriona: „Unser Sohn ist im Juli geboren. Den ersten Monat hielt er uns nächtelang wach, jetzt scheint der Wicht sich einzugewöhnen.“

Er strahlte vor Stolz. Ein intelligenter, interessanter Mann, wie glücklich muss diese Christina sein, dachte Catriona.

Und Evan? Groß, attraktiv und stark war der Mann mit dem dunklen gewellten Haar und den rätselhaften grün-braun gesprenkelten Augen, der neben ihr saß. Seine dunkle Stimme jagte ihr Schauer über den Rücken, und seine Berührung entflammte ein unheimliches Feuer in ihr. Und plötzlich erkannte sie, wie glücklich auch sie sein konnte – zumindest für den Augenblick. Evan Mackenzie irritierte und faszinierte sie zugleich. Die Heirat mit ihm war wie die Erfüllung eines wunderschönen Traums. Sollte sie das aufgeben?

Sie wollte mehr, sie sehnte sich nach seiner Aufmerksamkeit, seiner Leidenschaft, seiner Liebe, wollte ein Kind von ihm. Der Wunsch war so mächtig, dass ihr fast schwindelig wurde. Sie wollte ihn lieben, sich ihm hingeben – ohne Wenn und Aber.

„Ich hoffe, ihr kommt bald einmal und seht unseren kleinen Wicht an“, hörte sie Aedan sagen. „Christina würde sich über deinen Besuch freuen, Evan. Und erst recht wäre sie entzückt, deine junge Frau kennen zu lernen.“ Er wandte sich an Catriona. „Warum verbringen Sie nicht Weihnachten bei uns im Dundrennan House? Dougal und Meg mit ihren beiden Kindern werden auch da sein.“

„Oh ja, das … oh …“ Betreten blickte sie auf ihre Hände und wagte nicht, Evan anzusehen. Um Weihnachten konnten sie bereits wieder mitten in Trennungsverhandlungen sein.

„Wir werden darüber nachdenken, Aedan. Nicht wahr, meine Liebe?“, antwortete Evan und drückte ihren Arm. Warm und beschützend war die Berührung.

Sie spürte es, maß dieser Geste trotzdem keine große Bedeutung bei.

Catriona nickte und wünschte, sie besäße wirklich die Freiheit und das Recht, eine Einladung für sich und ihren Ehemann anzunehmen – ihren geliebten Ehemann.

„Auch wenn wir alle todmüde sind und uns am liebsten zu einem kleinen Nickerchen am Wegesrand niederlassen würden, glauben Sie mir: Der Abstieg ist viel leichter als der Aufstieg“, munterte Jemima die Gruppe auf.

Evan lachte zustimmend und blickte zu Catriona, die neben ihm ging. Nur um ihr nahe zu sein, um sie anfassen zu dürfen, hätte er sie gerne hilfreich bei der Hand genommen. Von allen in dieser Gruppe war seine Frau allerdings diejenige, die sich mit dem Bergsteigen am besten auskannte. Sie bedurfte seiner Hilfe daher nicht. Mit natürlicher Grazie wanderte sie bergab. Im Rhythmus ihres festen Schritts schwang der weite dunkelgraue Rock, der etwas kürzer als allgemein üblich war, damit er sie beim Wandern nicht behinderte. So konnte Evan immer mal wieder einen kurzen Blick auf gerüschte Petticoats und schlanke Waden über festen ledernen Wanderschuhen werfen.

Meine Hochlandbraut, dachte er und lächelte versonnen. Auch die anderen Frauen waren schon oft in den Bergen geklettert, ihre Garderobe war jedoch weitaus weniger zweckmäßig und unterschied sich nur kaum von dem, was sie zu einer Teegesellschaft tragen würden – weite Röcke, Handschuhe und Schals, Sonnenschirme und hübsche kleine Hüte. Catrionas Kleidung hingegen war praktisch und bequem. Ihr braun-blau-beige-kariertes Plaid war nicht nur hübsch, sondern Farben und Muster passten auch gut in die karge Schönheit der Bergwelt.

Während sie über ein weites, mit Felsbrocken übersätes Plateau hinunterwanderten, blieb Jemima häufig stehen und bewunderte die Szenerie oder besonders interessante Steine. Arthur war dann jedes Mal glücklich, einen ausführlichen Vortrag über die geologische Beschaffenheit des Steins halten zu können. Folglich kamen alle nur langsam voran. Dies störte dennoch niemanden, es war ein angenehmer Herbsttag, noch nicht zu kalt, und trotz der dunklen Wolken und der Nebelschleier an den höheren Berghängen schien auch kein Regen zu drohen.

„Oh, was ist das?“ Mrs. Wilkie zeigte auf einen Hang, wo Steine wie in Form eines Bienenkorbes aufgehäuft waren. „Sieht aus wie ein cairn, einer dieser komischen Steinhaufen.“

Catriona legte die Hand über die Stirn und sah in die Richtung, in die Mrs. Wilkie zeigte. „Ach ja, das ist ein sehr alter Steinhaufen. Niemand weiß mehr, woran er eigentlich erinnern soll.“

„Ist es vielleicht ein Grab?“, fragte Lady Wetherstone, die ganz froh über jede Pause zum Luftholen zu sein schien.

„Das glaube ich nicht. Es sei denn, es ist ein sehr altes. Die meisten Steinhaufen hat man errichtet, um an ein besonderes Ereignis zu erinnern, zu Ehren eines Verstorbenen oder einfach nur, weil jemand an diesem Ort vorbeigekommen ist. Dieser Steinhaufen liegt hier schon seit langer Zeit. Dort drüben liegt allerdings ein ganz besonderer Stein. Er hat in der Mitte ein Loch.“

„Das muss ich sehen! Ein kleiner Abstecher wird ja wohl niemanden stören?“

Ohne auf eine Antwort zu warten, gingen Reverend Wilkie und seine Frau in Richtung des Steinhaufens.

Recht gelangweilt lief Evan neben Catriona her, die den Weg wies. Sobald er dann allerdings den fast mannshohen Megalithen mit dem großen Loch am oberen Ende erblickte, wurde er lebhafter. Wie eine riesige im Boden steckende Nähnadel wirkte der Fels.

„Eigenartig!“ Jemima legte ihre Hand in das Loch.

Ihre Schwester Emily tat es ihr gleich und spähte dann in die fast kreisrunde Öffnung. „Hier sind Markierungen im Stein … Kreise, Kreuze und so.“

Sir Aedan trat näher und fuhr mit dem Finger über die Linien. „Zeichnungen der Pikten vielleicht. Meine Frau ist Archäologin. Sie wäre fasziniert von diesen Markierungen und wird mich bestimmt beneiden, weil ich so etwas gesehen habe.“

„Ich reibe einen Abdruck auf Papier für Lady MacBride“, bot ihm Catriona an. Aedan nickte dankbar.

„Faszinierend!“ Reverend Wilkie umrundete staunend den Monolithen. „Ich habe gehört, solche Steine mit Löchern sollen Geschenke der Feen sein.“

Evan erinnerte sich sogleich an Morag, die in so erfrischender Offenheit zu ihm gesprochen hatte. „Ich kenne eine Frau hier aus der Umgebung, die würde dem zustimmen“, sagte er und wechselte einen verstohlenen Blick mit Catriona.

Catriona nickte zustimmend. „Seit ewigen Zeiten erzählt man sich, dass die umliegenden Berge die Heimat der Feen sind. Schließlich heißt es ja Gleann nan Sìtheach, das Tal der Feen.“

„Feen? Das glaube ich nicht.“ Arthur trat nahe an den Stein und untersuchte ihn. „Löcher kommen selten in Steinen vor. Wenn, dann haben sie einen natürlichen Ursprung, meist entstehen sie durch die Kraft, die das Wasser über Millionen von Jahren auf sie ausgeübt hat. Höchstwahrscheinlich wurde dieser Stein von einem alten Stamm für irgendeinen heidnischen Ritus hierhergebracht."

„Man erzählt sich, dieser Stein besitze Zauberkräfte", erklärte Catriona.

„Fantastisch!", rief Anna Wilkie, die nun auch ihren Kopf in die Öffnung steckte. „Was für Zauberkräfte?"

„Man soll in die Zukunft sehen können, wenn man durch das Loch sieht."

„Und … was siehst du, Liebes?", fragte Reverend Wilkie.

„Das ganze wunderbare Tal … ein Paradies", antwortete Anna und strahlte ihren Mann an. „Das bedeutet sicherlich, dass eine wunderbare Zukunft vor uns liegt." Hand in Hand entfernten sich die beiden.

Nun trat einer nach dem anderen an den Stein und schaute durch die Öffnung. Auch Evan warf einen Blick über das herrliche weite Tal und die Bergkette, die sich im Nebel verlor.

„Die Zukunft von uns allen scheint recht gut auszusehen", meinte er, während er sich zu Catriona umwandte, die sich als Einzige zurückgehalten hatte. „Möchten Sie nicht in Ihre Zukunft sehen?", wollte er leise wissen.

Catriona schüttelte den Kopf. „Darüber möchte ich selbst entscheiden."

Ihre Worte berührten ihn zutiefst, weil er verstand, was sie meinte.

„Gut", erwiderte er leise.

Zwischen ihnen der Stein, stand Catriona oben, Evan unten am Hang, beide hatten sie eine Hand auf den rauen Sandstein gelegt – doch nur Evans Finger berührten das Innere des Lochs.

„Der Stein hat noch eine andere Bedeutung", erklärte Catriona, während sich der Rest der Gruppe um sie scharte. „Man nennt ihn den Heiratsstein. Wenn in früheren Zeiten ein Paar heiraten wollte, kam es hierherauf. Durch die Öffnung gab es sich die Hände und gelobte sich ewige Treue. So brauchten sie keinen Geistlichen."

„Wie praktisch!", meinte Lord Wetherstone und erntete vereinzeltes Lachen.

„Wie schön, dass unser junges Paar gerade jetzt da steht! Obwohl ... eigentlich ist es ja noch etwas zu früh, das Gelöbnis zu wiederholen", lachte Anna Wilkie.

„Nun, dann müssen wir eben später noch einmal hierherauf kommen", meinte Evan und schaute auf zu Catriona.

Die Runde lachte, nur Catriona und Evan sahen sich stumm in die Augen.

„Sehen Sie mal, wie weit voraus die Laufburschen schon sind. Wir müssen uns beeilen, wenn wir sie noch einholen wollen", mahnte Lord Wetherstone zum Weitergehen.

Während die anderen schon bergab wanderten, wartete Evan auf Catriona. Der Stein stand immer noch zwischen ihnen.

Sie rührte sich nicht von der Stelle. Ihr Blick schweifte über die Landschaft und blieb schließlich an ihm hängen. Leicht bewegte sie ihre Hand und berührte seine Finger, die immer noch in dem Loch lagen. Ein beinahe zufälliger Kontakt, den sie trotzdem ganz bewusst zu suchen schien.

Ein seliger Schauer durchfuhr ihn. Wortlos hielt er ihre Finger fest, bevor sie ihre Hand zurückziehen konnte.

Sie wehrte sich nicht. Still und ernst sah sie ihn an, mit einer einzigen Frage im Blick.

Er kannte die Antwort. Ganz genau, schon lange. Und er fragte sich, ob ihr die Antwort auch so klar war wie ihm. Er ging um den Stein, trat neben sie, ohne ihre Hand im Auge des Steins loszulassen.

„Catriona ..."

Während er sich noch zu ihr hinunterbeugte, wandte sie ihm schon ihr Gesicht zu. Er küsste sie, vorsichtig und zärtlich, und dabei drückte er ganz fest ihre Hand in dem Zauberstein.

Tief einatmend zog er sie näher zu sich heran und küsste

sie erneut und noch leidenschaftlicher, als er merkte, wie sie sich an ihn lehnte. Noch immer waren ihre Hände im Loch des Zaubersteins ineinander verschlungen. Und Evan spürte, wie Catriona seine Liebe erwiderte, er fühlte, wie sich ihre Lippen öffneten, spürte ihre feuchte Zungenspitze. Ein seliges Gefühl durchfuhr ihn wie ein Blitz.

Ein kalter Wind strich über den Hang. Evan wusste, er musste sich beherrschen. Weithin sichtbar für alle Welt standen sie auf einem windigen Felsplateau und küssten sich. Entfernt hörte er Rufe, Lachen. Zögernd ließ er von ihr. Nur ihre Hand in dem Stein hielt er noch fest.

„Heute Nacht. Komm heute Nacht zu mir", bat er, obwohl er wusste, er sollte sie nicht drängen. Indessen konnte er nicht länger warten, sein Körper, sein Herz verlangten nach ihr. Er verspürte einen inneren Zwang, sich mit ihr zu vereinigen. Es war ein ganz neues Gefühl, das er immer noch nicht verstand, ein tieferes, leidenschaftlicheres Gefühl denn je.

Er schaute sie an – ihr Haar war vom Wind zerzaust – und küsste sie auf die Wange. Er wusste, er liebte sie. Ihre in dem urzeitlichen Stein verschlungenen Hände schienen ihm wie ein stilles Versprechen. Mit dieser Frau brauchte er keinen anderen Treueschwur. Er wusste, was er fühlte, was er wollte. Eigentlich hatte er es schon in der ersten gemeinsamen Nacht gewusst.

Die Verbindung war übereilt, dennoch war sie richtig gewesen. Er vertraute seiner inneren Stimme, die ihm ruhig und klar sagte, diese Ehe würde Bestand haben.

Nur Catriona war sich dessen nicht sicher … und er sollte ihr Zeit lassen.

Er küsste sie noch einmal auf die Wange. „Wir müssen gehen", flüsterte er. „Die da unten erfreut unser Beisammensein fast so sehr wie mich."

„Evan", wisperte sie. „Oh, Evan."

Aus ihrem Mund klang sein Name wie der Wind, der ihr

Plaid bewegte. Verlangen und Kummer hörte er.

„Catriona, meine Liebste“, flüsterte er, und irgendwie erinnerte ihn ihr Vorname an die Stimme der Berge, großartig und stark. Es kam ihm vor, als lege sie einen Zauber über ihn, mache ihn zu ihrem willenlosen Opfer.

„Heute Nacht“, drängte er und küsste sie noch einmal. Dann ließ er ihre Hand los.

Catriona trat zurück, ging um den Stein und eilte den Berg hinunter zu den anderen, die schmunzelnd auf die beiden warteten.

Evan folgte ihr langsam. Sie hatte ihm nicht geantwortet.

20. KAPITEL

Spät am Nachmittag war die Gruppe von der Bergwanderung zurückgekommen. Alle tranken zunächst noch gemeinsam bei angeregter Unterhaltung Tee, danach hatten sich die meisten Gäste zurückgezogen. Evan war in sein Arbeitszimmer gegangen, um die Bücher des Gutes durchzusehen.

Catriona wollte ein paar weitere gälische Melodien transkribieren. Allerdings konnte sie sich vor lauter Aufregung kaum konzentrieren. Hin und her überlegte sie, ob sie nachts zu Evan gehen sollte oder nicht. Die Entscheidung fiel ihr wirklich nicht leicht.

Später dann – nach einem einfachen Abendessen – bot Evan den Gästen, die sich noch nicht zur Nachtruhe begeben hatten, eine Besichtigungstour durch das Schloss an. Über die Haupttreppe waren sie in die lang gestreckte Ahnengalerie gegangen.

Lord Wetherstone blieb vor dem Porträt eines Highlandchiefs stehen.

„Was für ein riesiger Kerl!“, staunte er. „Vermutlich auch einer von Kildonans Vorfahren.“

„Ein attraktiver Highlander, der schönste von allen, die hier hängen“, meinte Catriona, während sie das Bild genauer betrachtete.

„Ach, der sieht doch wie ein Wilder aus. Sehen Sie nur das Wolfsfell und all diese Waffen und dieser schreckliche Tartan“, sagte Lady Wetherstone. „Wieso hüllt er sich in so eine Menge karierten Stoffs?“ Sie blickte zu Evan und seinem Freund Sir Aedan. „Sie tragen heute Abend ja auch Kilts, Ihre Plaids sind trotzdem ganz anders als der da auf dem Bild.“

„Früher trugen alle Männer im Hochland diese langen Tartans“, erklärte Anna Wilkie, die sich nun auch zu der kleinen Gruppe gesellte. „Wir finden es heutzutage anstößig, Arme und

Beine zu entblößen. Sind Sie nicht auch der Meinung, Lady Kildonan, dass ein Hochlandbewohner diese Kleidung mit einer unübertrefflichen Grazie trägt? Herrlich diese Manneskraft, die sich dort zeigt.“

Anna Wilkie betrachtete Catriona mit einem so verschmitzten Lächeln, dass diese fast laut gelacht hätte.

„Oh ja, Mrs. Wilkie, das stimmt.“ Catriona fand wirklich, dass Evan in seinem Kilt heute Abend großartig aussah. Zu seinem Tartan in den Grundfarben dunkelgrün und blau mit roten und weißen Streifen trug er eine schwarze Jacke mit Weste und Kniestrümpfe mit Troddeln.

Verstohlen schaute sie zu ihm hinüber. Wohlwollend glitt ihr Blick über seine straffen Waden, die runden Knie, und bei dem Gedanken an seine langen kräftigen Schenkel unter den Falten des Kilts und der Felltasche verspürte sie ein seltsames Kribbeln. Errötend stellte sie sich den Rest seines muskulösen Körpers vor und musste lächeln.

Sie glaubte nicht, ihm länger widerstehen zu können. Ja, dachte sie, vielleicht besuche ich ihn heute Nacht.

Die Bilder der Ahnengalerie faszinierten sie ganz besonders, weil sie viele Porträts an Evan erinnerten. Dunkles Haar und grüne Augen schienen die Kildonan-Mackenzies über viele Generationen vererbt zu haben – und Evan machte da keine Ausnahme.

Catriona wies auf das Bild, auf dem der feurige Hochlandkrieger mit dem roten Plaid um die Schulter sein Breitschwert und einen messingverzierten Schild präsentierte.

„Das ist ein echter schottischer Kilt“, erklärte sie. „Das traditionelle Plaid besteht aus einem langen, schmalen Stück Stoff, das der Träger sich um die Hüften schlingt und mit einem Gürtel befestigt, das freie Ende wirft er über die Schulter und formt aus dem Rest eine Art Tasche, worin er etwas verstauen kann. Bei Nacht konnte sich der Highlander in sein Plaid hüllen, beim Schlafen im Freien hielt es ihn warm.“

„Die Kleider ausziehen und sich daraus ein Bett machen? Grausam!“ Lady Wetherstone blickte ganz entsetzt in die Runde.

Ihr Mann grinste. „Mir gefällt die Idee“, meinte er. „So ein Plaid hätten wir heute bei unserer Wanderung gebrauchen können. Der Wind hat ganz schön gepfiffen! Außerdem, wenn es als Rucksack und Decke zugleich dient, dann muss man nicht ständig die Kleider wechseln, nicht wahr, Kildonan?“

„Ja, das war der eigentliche Grund“, sagte Evan. „Die Hochländer sind ein kreatives Völkchen. Dieser prächtige Kerl ist Sir Niall Mackenzie, der zweite Lord of Kildonan. Man nannte ihn Niall, den Schlauen. Er hat den Wohnturm errichtet, der jetzt das Zentrum des Schlosses ist.“

„Woher hatte denn ein armer Highlander das Geld, sich so ein herrliches Schloss zu bauen?“, wollte Lady Wetherstone wissen.

„Vom Schafeklauen“, erwiderte Evan barsch.

„Aha, daher Niall der Schlaue!“, murmelte Aedan MacBride.

Während die Gruppe noch über die Bemerkung lachte, führte Evan sie zu einem weiteren Porträt.

„Das ist mein Großvater, der erste Earl of Kildonan.“

Das Bild zeigte einen Gentleman in schwarzem Abendanzug mit weißer Weste und weißem Halstuch. Eine Militärmedaille schmückte das Revers seines Anzugs. Über die Stuhllehne hinter ihm war ein Plaid drapiert, um so seine Ursprünge im schottischen Hochland deutlich zu machen. Der Mann auf dem Gemälde hatte braune Haare und braune Augen, der Gesichtsausdruck war grimmig, die Haltung aufrecht und steif. Evans Großvater schien der einzige in der langen Reihe der Ahnenbilder, dem Evan und Jean nicht ähnlich sahen.

Nachdenklich betrachtete Catriona das Bild. Wie würde wohl ein Kind von ihr und Evan aussehen? Hätte es die roten Haare und blauen Augen, die in ihrer Familie vorherrschten, oder die grünlichen Augen und glänzenden schwarzen Haare, die so häufig bei seinen Vorfahren vorkamen, geerbt? Vorsichtig legte sie ihre Hand auf ihren Bauch und fragte sich, ob bereits ein kleines Wunder in ihr heranwuchs – oder demnächst vielleicht? Sie musste sich nur entscheiden, nur ja sagen, und alles andere würde sich von selbst entwickeln. Vielleicht war ja auch schon in der ersten leidenschaftlichen Nacht ein Kind gezeugt worden. Einen Moment lang wünschte sie, es wäre so. Ja, dachte sie fast dankbar, das Wunder der Liebe macht manchmal alles ganz einfach.

„Er war bereits Viscount, den Titel hatte Lord Glendevon von seinem Vater geerbt", hörte sie Evan fortfahren. „Die Grafschaft verlieh ihm Queen Victoria erst vor dreißig Jahren für seine Tapferkeit in Indien. Er rettete ganz allein ein schon fast besiegtes Regiment, brachte Gold und Juwelen mit zurück, die er zum größten Teil der Krone übereignete. Damit gewann er vermutlich die Dankbarkeit der Königin. Sie ehrte ihn, indem sie ihn zum Earl seiner eigenen Ländereien ernannte – Kildonan und Glen Shee."

„Ja, ich erinnere mich an die Geschichte", sagte Wetherstone. „Eine kleine Grafschaft im Vergleich zu vielen anderen, doch der Titel wurde von der Königin verliehen. Dann sind Sie, Sir, folglich der dritte Earl. Interessant!"

„Noch vor ein paar Generationen war der Unterschied zu den meisten Bewohnern dieses Tals nicht sehr groß. Meine Vorfahren waren kleine Grundherren, die Rinderherden und ein paar Schafe besaßen und meist aus Loyalität zu ihrem Clan ständig in irgendwelche Stammesfehden verwickelt waren."

Einen Moment lang ließ Evan seinen Blick bedeutungsvoll auf Catriona ruhen, dabei huschte ein verschämtes Lächeln über sein Gesicht.

„Ehrlich gesagt waren mir meine Titel immer etwas unangenehm, ich wäre viel lieber ein einfacher schottischer Grundherr. Mir würde das reichen."

Lady Wetherstone, die Wilkies und MacBride gingen langsam weiter und betrachteten die anderen Bilder auf der Galerie. Catriona wusste nicht recht, ob sie ihnen folgen sollte. Sie schwankte zwischen ihrer Pflicht als Gastgeberin und dem Wunsch, in der Nähe ihres Mannes zu bleiben, der sich vor dem Bild seines Großvaters weiter leise mit Lord Wetherstone unterhielt.

„Bei so einer wechselvollen Vergangenheit eigentlich eine Schande, das Gut zu verkleinern", meinte Wetherstone mit Blick auf das Bildnis des ersten Earls.

„Verkleinern?", fragte Catriona ihren Mann erstaunt, der schien sie jedoch nicht zu hören.

„Eigentlich haben Sie recht", antwortete er Wetherstone. „Trotzdem ist es einfach zu groß. Aus einer Entfernung von fast fünfhundert Kilometern lässt es sich so nicht ordentlich verwalten. Ich besitze ein Stadthaus in Edinburgh, und selbst dort halte ich mich selten auf. Mein Beruf bringt es mit sich, dass ich oft für längere Zeit an entlegenen Orten sein muss. Zum Beispiel hat mich Sir Aedan gerade gebeten, für ihn auf Skye ein Gutachten für ein Straßenbauprojekt zu erstellen. Ein so großes Gut verlangt die volle Aufmerksamkeit seines Eigentümers, andernfalls würde man weder dem Tal noch seinen Bewohnern gerecht werden können – dann wäre ich kein guter Grundherr."

„Ich verstehe Ihren Standpunkt durchaus. Die Ländereien in kleinere Güter aufteilen und das Schloss verpachten, das ist bestimmt keine schlechte Lösung", antwortete Wetherstone.

„Na ja, als ich nach Kildonan zurückkam, habe ich mich schließlich dafür entschieden", sagte Evan. Lange und ernst blickte er dabei Catriona an. Kummer, unendlich großen Kummer las sie in seinen Augen.

Bestürzt trat sie neben Evan. Vergessen waren die anderen Gäste, im Moment war es nur dieses Gespräch, das sie fesselte. Das Herz schlug ihr bis zum Hals. Sie konnte kaum glauben, was sie gerade gehört hatte. Evan sprach über einen eventuellen Verkauf von Kildonan an Wetherstone und seine Frau.

„Ich verstehe Sie“, sagte Wetherstone. „Wenn man schon einmal den Weg hier heraus gefunden hat, möchte man auch eine Weile bleiben. Vielleicht die Jagdsaison oder den Sommer hier verbringen. Natürlich nicht den Winter, viel zu einsam, oder?“

„Natürlich nicht“, murmelte Evan.

Unsicher ging sein Blick zurück zu Catriona. Es kam ihr vor, sie führten auf diese Weise eine stille Konversation – er mürrisch, fast entschuldigend, und sie immer ungehaltener – sie konnte sich gut vorstellen, dass sie, sobald sie alleine wären, sehr, sehr wütend werden würde.

Nach seinen heißblütigen, leidenschaftlichen Küssen am Nachmittag hatte sie die Nacht mit ihm herbeigesehnt. Nun war sie nur noch wütend. Nein, sie konnte nicht ruhig zusehen, wie er Kildonan und das Glen Shee aufgab, ausgerechnet an einen Engländer verkaufen wollte, der dann hier nach eigenem Gutdünken schalten und walten könnte. So schnell wollte sie ihr neues Heim und ihren Ehemann nicht wieder verlieren – gerade jetzt, da sie glaubte, ihr Traum erfülle sich. Kenneth Grant hatte behauptet, Evan wolle das Gut verkaufen. Die Vorstellung, Grant sollte Recht behalten, war unerträglich.

„Nachdem ich diesen wunderbaren Landsitz nun mit eigenen Augen gesehen habe, beabsichtige ich ernsthaft, ihn zu kaufen. Wie sind die Jagdgründe? Gut, sagten Sie?“, wandte sich Wetherstone fragend an Evan.

„Evan?“, meldete sich Catriona leise. Die Jagdgründe kümmerten sie nicht, sie wollte nur wissen, was dieses Gespräch bedeuten sollte.

Mit einem kurzen unwilligen Blick streifte Evan sie, dann sah er Wetherstone an.

„Die Jagd ist ausgezeichnet, Sir. Mein Vater war ein begeisterter Jäger. Sie sehen ja seine Trophäen überall im Haus. Im Rauchzimmer können Sie das Geweih eines Sechzehn-Enders bewundern. Mich selbst interessiert die Jagd nicht so sehr. Mehr über Kildonans Attraktionen für den Jäger kann Ihnen Fitzgibbon erzählen. Er war heute Morgen noch mit Mr. Grant, einem Arzt und Gutsherrn aus der Nachbarschaft, auf Jagd."

„Aha, einen Arzt gibt es auch in der Nähe? Hast du gehört, Liebes, es gibt auch einen Arzt hier im Tal", rief Wetherstone seiner Frau zu.

Lady Wetherstone kam zurück. „Wirklich? Das wollte ich sowieso schon fragen."

„Er ist kein qualifizierter Arzt", stellte Catriona richtig.

Evan und die Wetherstones blickten sie völlig fassungslos an – so als ob es eine Unverschämtheit wäre, sich einzumischen.

„Oje? Ein Schwindler?", stöhnte Lady Wetherstone.

„Kein Schwindler. Er hat sein Studium nicht beendet, und deshalb kann er auch nicht so viel, wie er immer behauptet", erwiderte Catriona. „Der Highlander fragt nicht danach, ob jemand einen medizinischen Grad hat, für jemanden aus dem Süden mag das aber schon wichtig sein. Wenn man hier in diesem Tal einen medizinischen Rat braucht, Madam, dann wendet man sich an eine Crofterfrau, die sich mit Heilkräutern und Zauberextrakten auskennt. Was auch immer sie Ihnen rät – ein paar ihrer zusammengeknoteten roten Fäden bei sich zu tragen oder sich mit dem Schleim von Schnecken einzureiben oder nur einen Zauberspruch zu rezitieren –", nun sah sie Evan strafend an, „was auch immer Ihre Krankheit ist, das Mittel wird auf jeden Fall helfen."

„Aha." Lady Wetherstone schien nicht sehr überzeugt, doch dann lächelte sie. „Bei dem gesunden Klima hier im Hochland wird man sicher nicht krank. Man braucht gar keinen Doktor."

„Gesundes Klima und gesunde Umgebung“, stimmte ihr Lord Wetherstone zu.

„Oh ja. Außer den Lungenentzündungen“, antwortete Catriona. „Ob Jung oder Alt – in den Wintermonaten ist die hiesige Bevölkerung besonders anfällig.“ Sie schüttelte traurig den Kopf. „Das beste Mittel gegen Husten ist, mehrmals am Tage geröstete Mäuse zu essen und sich mit einem Stein, den man mit der eigenen Spucke befeuchtet hat, über die Brust zu reiben. Das soll ausgezeichnet helfen, habe ich gehört. Wie Sie sehen, gibt es wirklich keinen Grund, sich Sorgen zu machen. Krankheiten kann man auch hier heilen.“

„Oh nein!“ Lady Wetherstone hielt sich die Hand im Spitzenhandschuh vor den Mund und ihre Gesichtsfarbe wurde leicht grünlich.

Evan warf Catriona einen strengen Blick zu, dann redete er weiter mit den Wetherstones: „Ganz gewiss werden Sie es nicht bereuen, wenn Sie sich entschließen sollten, einen Teil von Kildonan zu kaufen. Sie haben es ja heute selbst gesehen, die Landschaft ist einfach spektakulär.“

„Wunderschön, so gut für die Seele und so beruhigend“, bestätigte Lady Wetherstone, die sich ein wenig erholt zu haben schien.

„Ach ja, wir steigen oft auf die Berggipfel und beobachten, wie die fürchterlichsten Orkane aus dem Westen über die Inseln zu uns herüberstürmen“, sagte Catriona. „Ein herrlicher Anblick – so lange, bis ein Blitz einschlägt oder der Sturm das Dach vom Haus reißt. Dann kann man froh sein, wenn man im warmen, behaglichen Schloss sitzt.“

„Nun lass gut sein“, warnte Evan streng, und in freundlichem Ton fuhr er wieder an die Wetherstones gerichtet fort: „Natürlich machen auch die Wanderungen durch die wildromantische Berglandschaft sehr viel Freude.“

„Ja, und so einsam ist es hier, dass man sich leicht verlaufen kann“, meinte Catriona. „Und das Wetter ist so unberechenbar, dass man nie weiß, wie es sich entwickelt. Stimmt es nicht, Evan?", fragte sie ihn mit einem schelmischen Lächeln.

„Manchmal", sagte er barsch. „Sir, Sie sollten noch wissen, dass wir zurzeit ungefähr fünfzigtausend Schafe auf unseren Ländereien stehen haben. Die Einnahmen können recht beachtlich sein."

„Na ja. Denken Sie auch daran, dass all diese Schafe geschoren werden müssen, die Wolle eingesammelt und auf dem Markt verkauft werden muss", mischte sich Catriona wieder ein. „Und Sie haben es ja sicherlich schon gehört: Die Highlander sind faul. Ich persönlich kann das zwar nicht bestätigen, musste ja auch noch nie Schafe einfangen und scheren. Wenn ich jedoch so eine Arbeit zu verrichten hätte, wäre ich vielleicht auch so ein Faulpelz und würde lieber in meinem gemütlichen Häuschen bleiben." Sie lachte fröhlich. „Es ist ja nicht schwer, Saisonarbeiter aus dem Süden anzuheuern."

„Ich glaube, meine Liebe, Sir Aedan hat noch eine Frage bezüglich der anderen Porträts."

Evan legte seine Hand fest auf Catrionas Arm und versuchte, sie fortzuschieben.

Catriona rührte sich nicht von der Stelle. Nachdem sie anfänglich verärgert über Evan gewesen war, machte ihr die Situation nun Spaß. Stolz und selbstbewusst fühlte sie sich, wie eine streitbare Heldin, die ihre Heimat vor den Invasoren verteidigte.

„Wie würden Sie denn das Leben im Hochland beschreiben, Lady Kildonan. Können Sie empfehlen, hierher zu ziehen?", fragte Lord Wetherstone.

„Ich liebe es, hier zu leben. Ich würde niemals wegziehen. Niemals", wiederholte sie und zog energisch ihren Arm zurück. „Ich bin eine starke, gesunde Frau und hier aufgewachsen. Täglich wandere ich viele Kilometer durch die Berge, meistens steil bergauf. Natürlich ist das Leben hier ein wenig rau und einfacher als anderswo. Wir kennen es ja nicht anders."

„R…rau und einfach?“, wiederholte Lady Wetherstone, und es schien, als denke sie immer noch an die gerösteten Mäuse.

„Ich kenne all die Annehmlichkeiten nicht, die Menschen im Süden täglich genießen, daher vermisse ich sie auch nicht. Unsere Küchengärten geben oft nicht viel her, deshalb kaufen wir Lebensmittel und sonstige Güter auf dem Markt in Inverness oder in Fort Williams. Wenn Sie Orangen, Zitronen und Bananen lieben, dann müssen Sie viel Geld dafür bezahlen. Und wenn Sie mit Ihrer Kutsche oder auch nur mit Ihrem Gig gut ausgebaute Straßen befahren wollen, nun, dann sollten Sie am besten Sir Aedan fragen, was er vorschlägt“, meinte sie lächelnd. „Ach ja, ein regulärer Postdienst, die neuesten Zeitungen, sogar englisch sprechende Dienstboten und Händler, alles ist hier äußerst selten anzutreffen. Vermutlich kommt ein Fremder sich im entlegenen Hochland mit seiner gälischen Kultur wie im Ausland vor. Das sollten Sie bedenken.“

„Oh, mein Gott!“ Lady Wetherstone warf ihrem Mann einen entsetzten Blick zu.

„Darf ich fragen, weshalb Sie das interessiert?“, erkundigte Catriona sich betont freundlich und schaute Evan dabei herausfordernd an. „Denken Sie an einen längeren Urlaub in dieser Gegend?“

„Danke, meine Liebe. Sie waren uns eine große Hilfe“, zischte Evan fast böse, während er sie fest um die Taille fasste. „Sie sollten Mrs. Wilkie erlösen. Sir Aedan und der Reverend unterhalten sich über das Lachseangeln.“

„Gerne, Mylord. Lady Wetherstone … Lord Wetherstone … ich hoffe, wir können morgen unsere nette kleine Unterhaltung fortsetzen.“

Sie nickte freundlich, dann wirbelte sie mit fliegenden Röcken herum.

Evan, der sie immer noch um die Taille hielt, verbeugte sich tief.

„Ich hoffe auch, wir können unsere nette kleine Unterhaltung heute Nacht fortsetzen", flüsterte er, und seine Stimme klang scharf. So hatte Catriona ihn bislang noch nie gehört.

„Oh ja. Jetzt freue ich mich direkt darauf", flüsterte sie im Gehen.

Nachdem die Gäste auf ihre Zimmer entschwunden waren, hatte auch Catriona sich zurückgezogen. Trotz der vorgeschrittenen Stunde war sie nicht müde. Wie sollte sie auch? Nach dem aufschlussreichen Gespräch mit Evan und den Wetherstones, bei dem alle so höflich geblieben waren? Ungeduldig hatte sie darauf gewartet, dass Evan an ihre Tür klopfte.

Weil er sich nach längerer Zeit nicht meldete, hatte sie selbst die Initiative ergriffen. Zuerst klopfte sie noch leise, dann unbeherrscht und wütend gegen seine Tür. Weil er nicht antwortete, hatte sie die Tür geöffnet und festgestellt, dass er gar nicht in seinem Zimmer war. Der ganze Mut, den sie aufgebracht hatte, um zu ihm zu gehen, war umsonst gewesen.

Da sie anschließend nicht schlafen konnte, aber auf andere Gedanken kommen wollte, begann sie mit der Niederschrift ihrer Lieder. Seit der Nacht, in der sie in der Schutzhütte einige Notenblätter verbrannt hatten, um das Feuer in Gang zu halten, hatte sie noch keine Zeit gefunden, die Melodien erneut aufzuschreiben. Und obgleich sie vor lauter Wut kaum stillsitzen konnte, lenkte sie diese Arbeit ab.

Vier der verbrannten Lieder hatte sie inzwischen schon wieder niedergeschrieben. Und immer noch war Evan nicht erschienen!

„O! Si rùn mo chéill'a bh'ann. Hu ill o-ho-ro, hu ill o!", sang Catriona, während sie auf dem abgetretenen Teppich in ihrem kleinen Wohnzimmer auf und ab ging. Immer wieder summte sie die Melodie, wiederholte leise die Worte: *„O! Si rùn mo chéill'a bh'ann!"* und übersetzte: „Oh, meine heimliche Liebe war sie!"

Dann ging sie schnell zu dem Tischchen, das zwischen

zwei Sesseln stand, und malte mit dem Bleistift die Noten auf ein vorbereitetes Notenblatt. Anschließend summte sie die Melodie wieder, dabei verfolgte sie wie eine Klavierspielerin mit dem Finger die Töne auf dem Blatt. „Oh, meine heimliche Liebe war sie, Hu ill o-ho-ro!“ Sie biss sich auf die Lippen, nickte im Takt der Melodie.

„Meine heimliche Liebe war sie“, sang sie wieder, diesmal ohne den Refrain. Dann schrieb sie wieder ein paar Noten, summte die Melodie, folgte ihr dabei mit dem Finger durch die Luft, weil ihr das half, die Töne zu transkribieren, notierte den folgenden gälischen Vers, summte ihn, übersetzte ihn, summte wieder und sang: „Die Lippen wie Erdbeeren, der Mund wie Wein …“

„Oh, meine heimliche Liebe war sie …“

Catriona sprang auf. Der Bleistift fiel auf den Boden, rollte davon.

An seiner Zimmertür stand Evan, die Schulter gegen den Rahmen gelehnt, die Hand am Türsturz. Er trug noch immer die schwarze Jacke, die Weste und den Kilt, wie beim Abendessen, nur das Halstuch hatte er abgelegt und den Hemdkragen geöffnet. Sein Haar war zerzaust, die Augen glänzten.

„Was für ein hübsches Lied! Meine heimliche Liebe war sie. Hu ill o-ho-ro, hu ill o…“

Ohne einen Misston sang er die Melodie.

Entzückt lauschte sie dem tiefen, weichen Klang seiner Stimme. Sie hatte nicht gewusst, wie gut er singen konnte.

Es gab vieles, was sie über ihren Ehemann nicht wusste. Sie hatte ihn auch noch nicht betrunken gesehen.

Er hielt sich mit der Hand am Türrahmen, senkte den Kopf, kniff die dunklen Brauen zusammen und stierte Catriona an.

„Eine herrliche Hochlandweise. Tragen Sie uns das Lied demnächst nach dem Abendessen vor. Es wird unsere Gäste erfreuen. Hu ill o, meine heimliche Liebe war sie. Ein wenig

Hochlandatmosphäre auf Kildonan, ganz persönlich heraufbeschworen durch Lady Kildonan."

Catriona ging langsam auf ihn zu.

„Lippen wie Erdbeeren", sang er nun. „ … der Mund wie Wein … und wie geht es weiter? Haare wie Feuer? Temperament wie … ach ja, wie die schrecklichen Stürme, die von den Inseln herüberjagen und die Dächer von den Häusern blasen. Für die Sie auf die Berge steigen, wenn Sie sich nicht verlaufen haben oder fiebern oder Mäuse verspeisen", grummelte er.

„Sie sind ja betrunken!"

„Ach ja?" Schwerfällig löste er sich von der Tür. „Missbilligt das die Pfarrerstochter? Dieselbe Pfarrerstochter, die mir vor kurzem noch den Alkohol löffelweise einflößte und auch selbst gerne einen kleinen Schluck nahm, bevor sie sich ihrer Kleider entledigte?"

Empört sah sie ihn an.

„Entschuldigen Sie, Madam. Das war ein Ausrutscher", murmelte er.

„In der Tat. Meine Missbilligung hängt davon ab, was getrunken wurde, wie viel … und ob es Gewohnheit ist."

„Whisky, eine Menge, musste mithalten mit Wetherstone. Wie ein Schwamm saugt der offensichtlich das Zeug auf. Nein, Gewohnheit ist es nicht. Nur ein einziges Mal im Leben war ich bislang richtig betrunken – und das hat mir gar nicht gefallen. Ich habe lieber einen klaren Kopf …", sagte er und trat noch einen Schritt näher, „wenn ich schlechte Nachrichten überbringen muss."

„Und die wären?"

Sie straffte die Schultern, als er noch näher kam, wich jedoch nicht vom Fleck, blickte ihn forsch an, obwohl ihr Herz wie wild pochte.

21. KAPITEL

Ich hatte gerade ein langes Gespräch mit Wetherstone. Der Kerl hat sich entschieden. Er will weder ein Stück Land von mir kaufen, noch mein Schloss zu dem stattlichen Preis mieten, den er mir anfänglich angeboten hatte. Nicht, weil es ihm im Hochland nicht gefällt. Nein!", polterte Evan und kam noch ein Stück näher. „An Jagdausflügen und Klettertouren in dieser Region, daran ist er sehr interessiert. Nur seine Frau, die will nicht unter Wilden im abgeschiedenen nordwestlichen Hochland leben. Warum wohl? Hm?" Er verschränkte die Arme vor der Brust und sah Catriona herausfordernd an. „Sie wollen nun ein Gut in der Nähe von Inverness ... oder Sterling kaufen ... näher zur Zivilisation."

„Eine wirklich gute Nachricht ... zumindest für die beiden."

„Und für Sie auch, nicht wahr? Die schlechte Nachricht, meine liebe Countess, bleibt für mich und meine Anwälte, für die geldgierigen Teufel, die in Edinburgh auf mich warten."

„Anwälte?"

„Ich brauche Geld, Madam. Dieses Gut muss es bringen. Wetherstone wollte einen großen Teil der Ländereien kaufen ... mehr als die Hälfte. Das war meine Chance. Und nun hat er sein Angebot zurückgezogen. Genau darauf haben Sie es ja angelegt. Ganz bewusst haben Sie meinen Plan untergraben. Lady Wetherstone ist verstimmt und hat sich mit Kopfschmerzen in ihr Zimmer zurückgezogen. Lord Wetherstone ist auch verstimmt, nicht nur weil man ihn über das Leben eines Gutsbesitzers im Hochland aufgeklärt hat, nein", brüllte Evan und zeigte dabei auf Catrionas Tür, „er ist verstimmt, weil seine Frau ihm den Zutritt zu ihrem Zimmer verweigert!"

Catriona schwieg, hob nur die Brauen. Ungewollt drängte sich ihr das Bild eines amourösen Beisammenseins von Lord und Lady Wetherstone auf.

„Letzteres Problem kann ich gut verstehen, mir geht es ja

nicht viel anders“, fuhr Evan fort.

„Sie hatten immer freien Zutritt in mein Zimmer. Seit der ersten Nacht habe ich auf ein Klopfen gewartet. Vergeblich! Sie haben mich alleine gelassen!“

„Wie abgemacht!“ Er stemmte die Hände auf die Hüften. „Haben Sie etwa an meine Tür geklopft? Sie war nicht verschlossen. Doch mein Klopfen wäre sowieso umsonst gewesen, nicht wahr? Offensichtlich wollen Sie gar nicht meine Frau bleiben. Das habe ich heute Abend erst richtig verstanden.“

„So? Weil ich nicht will, dass das Gut verkauft wird? Ausgerechnet an einen Engländer? Weil ich meine, Sie hätten eine solche Entscheidung erst mit Ihrer Frau besprechen sollen?“

„Wie denn? Wenn die ersten Verhandlungen stattgefunden haben, bevor ich eine Frau hatte? Schon vor zwei Monaten habe ich mit Wetherstone bis ins Detail alles geklärt. Daran waren Sie gar nicht beteiligt.“ Er ging ein paar Schritte, strich sich mit der Hand durchs Haar und kam zurück.

„Jetzt bin ich es.“

„Oh ja! Recht erfolgreich haben Sie sich eingemischt!“, schimpfte er, machte kehrt und ging – genau wie sie vorher – auf dem Teppich auf und ab.

„Sie hätten es mir sagen müssen, genau wie Sie mir hätten sagen müssen, dass Sie der Earl of Kildonan sind!“

„Was hätte ich sagen sollen? Hallo, ich bin der neue Earl! Ich will das Land verkaufen, auf dem Sie stehen! Kommen Sie unter die verdammte Decke, damit wir nicht erfrieren?“ Ärgerlich schlug er mit der Hand durch die Luft.

„Warum sind Sie nicht gekommen und haben versucht, es mir zu erklären? Bis tief in die Nacht habe ich dort in dem Bett wachgelegen. Über die Zukunft habe ich nachgedacht – über unsere gemeinsame Zukunft, worum Sie mich gebeten haben.“

Sie schluchzte, verletzt und traurig, weil ihre geheimsten

Wünsche, ihre Träume zerstört wurden.

„Und während ich langsam begann, daran zu glauben, wir könnten hier vielleicht trotz allem gut miteinander leben, als Earl und Countess, als Mann und Frau, eines Tages vielleicht sogar als Vater und Mutter, planen Sie, das Land zu verkaufen, das Schloss zu verpachten und so schnell wie möglich in den Süden zu ziehen!"

Zuletzt war sie laut und wütend geworden, sie atmete heftig, strich ein paar Haarsträhnen aus dem Gesicht, sah ihn zornig an.

„Das wusste ich nicht", antwortete er ruhig. „Ich glaubte, Sie wollten die Ehe lösen. Ich wusste nicht, dass Sie so dachten – wirklich nicht. Woher sollte ich es wissen?"

„Sie hätten mich fragen können."

„Ich wollte abwarten. Wollte Ihnen Zeit lassen, nachzudenken – darum hatten Sie gebeten. Von vorne anfangen – erinnern Sie sich? Ach, um Sie werben, mit Blumen und schönen Worten – das liegt mir nicht. Ich bin geradeheraus. Seien Sie meine Frau oder lassen Sie es bleiben. Nur wissen muss ich, woher der Wind weht, Madam!"

„Ihr Wind weht ja wohl nach Süden", antwortete sie schnippisch. „Nach Edinburgh."

„Aus Notwendigkeit, nicht aus Verlangen", erwiderte er leise und bestimmt zugleich. „Wie gesagt, ich brauche Kapital. Ein Teil dieser Ländereien muss verkauft werden. Es gibt keine andere Lösung."

Sie verschränkte die Arme vor der Brust. „Warum nicht? Wieder etwas, das Sie mit mir hätten besprechen können. Wie kann ich Ihre Frau werden, wenn ich so wenig von Ihnen weiß? Saufen, Schulden, falsche Identität – wahrlich keine guten Eigenschaften! Und dann … wie können Sie Schulden haben? Ihr Vater hat schließlich jahrelang aus diesem Land höchstmöglichen Gewinn gezogen?"

Diese Frage beschäftigte sie schon die ganze Zeit. Wenn sein

Vater ein so großes Vermögen angehäuft hatte, wieso muss der Sohn dann noch weiteres Kapital aus dem Gut ziehen?

„Was wissen Sie schon von mir? Von dem, was ich tue?" Seine Stimme klang rau und trotzig. „Sagen Sie ... was wissen Sie wirklich von mir?"

„Hm ... dass Sie Geheimnisse vor mir haben."

Evan nickte. „Dann lassen Sie sich sagen, dass ich Probleme meist mit mir selbst abmache. Vielleicht ist das nicht immer ganz klug, doch das ist meine Natur. Ich gebe meine Fehler ja zu, Madam. Das wäre wohl der erste. Weiter, was wissen Sie sonst noch von mir?"

„... dass Sie der Sohn des Mannes sind, der viele meiner Freunde und Verwandten aus diesem Tal vertrieben hat."

Sie holte tief Luft, es klang fast wie ein Schluchzen.

„Nur als kleiner Junge lebte ich in seinem Haus, später hatte er keinen Einfluss mehr auf meine Erziehung. Meine Mutter und deren Familie haben mich erzogen, und das sind Highlander mit Leib und Seele, feine Menschen, die jetzt im Tiefland leben und dort Gutes tun. Ich liebe das Hochland, Catriona. Jahrelang habe ich mir das selbst nicht eingestanden. Nun, seit ich wieder hier bin und Sie getroffen habe, weiß ich, dass ich mit ganzer Seele ein Highlander bin."

„Warum wollen Sie dann die Ländereien verkaufen? Warum Kildonan, warum mich verlassen? Warum dieses Land Menschen überlassen, die unsere Bedürfnisse, unsere Sitten und Gebräuche nicht verstehen und mehr Probleme schaffen werden, als wir unter Ihrem Vater hatten?"

„Sie verlassen?", fragte er leise, so als habe sie nur diesen einen Satz gesagt.

Sie nickte, kämpfte plötzlich mit den Tränen.

„Wenn Sie Ihre Rechte an Kildonan und die Ländereien im Glen Shee verkaufen, werde ich nicht mitgehen. Ich werde mein Tal nicht verlassen."

Er seufzte und schaute zur Seite.

„Ihr Vater und Ihre Tante hätten Sie nach Glasgow geschickt."

„Ich wäre zu Freunden hoch oben in den Bergen gezogen. Auch wenn man uns später von dort vertrieben hätte", fügte sie bitter hinzu.

„Ich würde Sie nicht vertreiben."

„Aber Wetherstone oder Grant. Der will nämlich auch Ihr Land haben. Das hat er mir gesagt. Sie dürfen ihm nichts verkaufen."

„Grant? Weshalb denn nicht? Sein Land grenzt an Kildonan, er ist ein Hochlandgutsherr, der hier lebt. Ihn stört es nicht, wenn er Zeitungen und Orangen nicht pünktlich bekommt. Vielleicht sollte ich ihm so viel Land wie möglich verkaufen, jetzt, da Wetherstone abgesprungen ist."

Nur mit Mühe konnte sie die Tränen zurückhalten.

„Warum wollen Sie verkaufen? Weshalb bleiben Sie nicht hier … bei mir … werden selbst ein Hochlandgutsherr?"

Lange betrachtete er sie nachdenklich.

„Die Hochländer mögen den neuen Earl nicht", antworte er schließlich.

„Beweisen Sie ihnen, dass sie Unrecht haben."

„Und wie?" Er lachte verhalten.

„Reparieren Sie die Brücke." Neue Hoffnung keimte auf. „Geben Sie ihnen ihre Heimat zurück."

Er zog die Brauen zusammen, sah sie ratlos an. „Unmöglich."

„Überhaupt nicht." Das wusste sie nur zu gut. „Man kann die Leute finden … wieder ansiedeln."

Er schüttelte ungeduldig den Kopf.

„Nein, ich muss Kildonan verkaufen. Na ja, und diese verdammte Brücke reparieren. Anders geht es ja nicht."

„Glauben Sie etwa, mit einer baufälligen Brücke kauft niemand Ihr Land? Das soll wohl ein Witz sein."

„So etwas kann ich nicht auf meinem Grund und Boden

ertragen. Ach, das verstehen Sie nicht."

„Dann erklären Sie es mir. Und erklären Sie mir auch, warum Sie unbedingt verkaufen müssen. Wenn ich Ihre Frau sein soll, dann sollte ich auch Bescheid wissen."

Mit einem langen Satz war er bei ihr, fasste sie um die Taille und zog sie an sich, so eng, dass sie durch die Kleider seinen festen harten Körper fühlen konnte.

„Willst du meine Frau bleiben? Von welcher Seite bläst denn nun der Wind, Catriona Bhàn?"

Er erinnert sich, dachte sie. Er hatte gesagt, sie sei hübsch, während andere sie als groß und plump bezeichneten. Plötzlich glaubte sie zu spüren, wie etwas, das bislang eisig und kalt war, aufzutauen begann.

„Catriona", raunte er, als sie nicht antwortete, rieb seine Nase an der ihren, strich mit seinen Lippen über ihre Wange. „Catriona ..."

Mehr denn je hatte sie das Gefühl, in seinen Armen voller Verlangen dahinzuschmelzen, wenn er nicht sofort aufhörte, ihre Wange zu liebkosen ... und ihren Mund ...

Endlich erwiderte sie seinen Kuss.

Sofort schloss er sie fester in die Arme. Sein Kuss war fordernd, fast grob, seine Lippen, seine Zunge schmeckten nach Whisky, sein Atem roch scharf und beißend.

Sie umschlang seinen Nacken und küsste seinen Mund. – Ihre Herzen schlugen im gleichen Rhythmus.

Dann befreite sie sich, obwohl sie genau wusste, dass einer den anderen begehrte. Sie beherrschte sich, und er ließ sie gehen. Es brach ihr fast das Herz.

„Bläst der Hochlandwind nun wieder aus einer anderen Richtung?"

Hilflos hob er die Hand und trat einen Schritt zurück. Catriona fühlte die Leere zwischen ihren beiden Körpern fast körperlich.

„Wie kann ich die Frau eines Highlanders sein, wenn er

nicht in den Highlands lebt? Warum musst du verkaufen?“

„Bist du meine Frau? Eine verzwickte Frage, nicht wahr?“

Sie hob den Kopf. „Mir blieb kaum Zeit, mich zu entscheiden.“

„Ich wusste es sofort. Ich wusste, was ich wollte … du bist mein Mädchen. Ich brauche keinen Beweis, wie du. Ich weiß es einfach. Mein Gott“, murmelte er, „ich weiß wahrhaftig nicht warum … ganz besonders in diesem Moment.“

Sie verschränkte die Arme, ihr Kinn zitterte. Sein Bekenntnis erstaunte sie, gab ihr Hoffnung. Jedoch blieb sie wie stets auf dem sicheren Pfad, während er willens war, sich in gefährlichere Gefilde zu begeben.

„Ich brauche keinen Beweis“, sagte sie. „Ich muss nur wissen, weshalb du mein Heim verkaufen willst. Nicht dieses Schloss. Das gehört dir. Das Glen Shee … das ist mein Heim, meine Heimat.“

Evan nickte.

„Mein Vater hinterließ einen Berg von Schulden. Er investierte eine Menge Geld in Kildonan und tausende Schafe, allein, er zahlte nicht alle Schulden zurück. Ich besaß etwas Kapital, habe sofort die größten Rückstände beglichen. Darüber hinaus habe ich noch eine andere Schuld zu begleichen … dafür sind die Einnahmen vom Verkauf des Gutes bestimmt.“

„Und was für eine Schuld ist das?“

Er seufzte tief und schaute zur Seite.

„Ach, was soll's. Sie wird beglichen, egal, was ich dafür tun muss.“

Plötzlich erkannte sie, dass er Zeit brauchte. Sie konnte und wollte ihn nun auch nicht drängen. Irgendwann würde er es ihr schon erzählen, dieses Geheimnis, das ihn so sehr bedrückte. Sie musste warten, ihm vertrauen. Was auch immer es sein mochte, er würde auch dieses Problem mit derselben Sicherheit lösen, mit der er alle Schwierigkeiten handhabte.

Da standen sie nun in dem schmalen Gang zwischen ihrem

und seinem Zimmer. Liebend gerne wollte sie seine Frau sein. Dennoch konnte sie das Glen Shee nicht verlassen. Es würde ihr das Herz zerreißen, und dann wäre sie nicht mehr dieselbe Frau, dieselbe Geliebte.

„Du musst daher diese Schuld begleichen?"

„Ja", antwortete er, halb abgewandt, den Kopf gesenkt, die Hände auf den Hüften.

„Dann ... ist alles zu Ende. Ich will und ich kann das Glen Shee nicht verlassen."

„Dickkopf!", murmelte er und sah sie über die Schulter an. „Wieso glaubst du, wir könnten nur hier im Glen Shee eine gute Ehe führen? Was hat das Tal damit zu tun?"

„Alles!" Ruhig und aufrecht stand sie da. „Das Tal ist ein Teil von mir. Ich kann es nicht ändern. Ich verstehe, wenn es nicht ein Teil von dir ist ... fortgehen von hier, das kann ich nicht."

„Und wenn man dich auch, wie die anderen damals, vertrieben hätte? Hättest du dich dann nicht auch anpassen müssen?"

Sie schüttelte den Kopf und antwortete leise: „Ich wäre vor Kummer gestorben. Die Berge ... die Erde ... irgendwie bin ich damit verwachsen. Ich wäre dahingesiecht. So wie viele Leute, die gehen mussten."

Sein Blick wurde scharf. „Woher weißt du das?"

„Ich weiß es eben", antwortete sie trotzig und erinnerte sich, dass auch sie ihr Geheimnis hatte.

Er schaute aus dem Fenster. Draußen war es dunkel. Der Mond, fast war das Rund voll, stand über den Bergen.

„Wir haben geheiratet. Wir können nicht noch einmal von vorne beginnen, wir können auch nicht so einfach den großen Sprung zum Ende machen. Wir haben eine Kostprobe von unserer Liebe genommen, und wir wollen mehr davon. Das kannst du nicht leugnen."

„Nein, das leugne ich nicht."

„Dann entscheide dich, Catriona. Willst du die Ehe? Auch wenn du nicht weißt, wohin sie dich führen wird? Die Ehe ist so etwas wie Bergsteigen“, sagte er und deutete auf die Berge in der Ferne hinter den Glasscheiben. „Man besteigt den Berg, weil der Gipfel lockt. Er ist so schön, er muss erobert werden, von dir ganz allein. Es ist wie ein Versprechen, das eingelöst werden muss, die Aussicht hoch oben ist schöner, besser, grandioser. Verstehst du, was ich meine?“

„Ja. Hoffnungen, Träume!“

„Genau. Du weißt, sie sind dort. Du bist bereits ein wenig hinaufgeklettert, und nun musst du weiter hinauf. Du bist eine Verpflichtung eingegangen, hast ein Versprechen gegeben. Und dann findest du, dass es schwerer ist, als du dachtest. Es bedarf großer Anstrengung, obgleich es auch Freude bringt. Für die Freude musst du nur etwas tun. Wohin auch immer dich dieses Abenteuer führt, du musst dich mit Herz und Seele darauf einlassen. Willst du das?“

„Vielleicht.“

„Ich kann es. Auch ohne zu wissen, wohin es mich bringt. Ich weiß, der Berg ist wunderschön. Die Erfahrung, die ich mache, wenn ich ihn besteige, wird mich stärken. Der Berg lässt dich nicht los.“ Er drehte sich um und sah sie an. „Er geht in dein Blut, in deine Träume, wird Teil deiner Seele. Er ist unendlich schön, wenn du einmal die Verpflichtung eingegangen bist und dich daran hältst. Du wirst dich so gut wie nie zuvor fühlen. Er wird dich prüfen und dann verändern, obwohl es nur dein Wunsch war, ihn zu erobern und dein Eigen nennen zu dürfen.“

Gebannt hörte sie ihm zu. Die sonore, leicht vibrierende Stimme verzauberte ihr Herz, konnte ihren Widerstand schmelzen, ihr die Angst nehmen – wenn sie es wirklich zuließ. Langsam ging sie auf ihn zu, blieb dicht neben ihm stehen.

„Weiter … der Berg …?“, wisperte sie.

Er drehte sich um, stand wie ein gewaltiger Fels neben ihr.

Er war der einzige Mann weit und breit, der größer und starrköpfiger war als sie.

„Wenn du den Berg besteigen willst … dann sei bereit, Catriona."

„Wofür?"

Er beugte sich vor, strich ihr mit dem Finger über die Wange.

„Für die Leidenschaft, die du in jener Höhe erfährst. Glaub mir, es wird ein einzigartiges Erlebnis sein, du wirst es allerdings nur erleben, wenn du dich auf das Risiko einlässt und den Mut aufbringst, durchzuhalten. Dann wird sich deine Seele öffnen. Ich schwöre es, ich weiß es."

Sacht streichelte er mit dem Handrücken über ihr Kinn.

Sie zitterte vor Erregung, blickte ihn unverwandt an, versuchte in seinen Augen zu lesen. „Und du möchtest, dass ich mich auf dieses Risiko einlasse?"

„Ich habe gesagt, dass das Risiko eine reiche Belohnung birgt."

Er vergrub seine Hände in ihrem Haar, zog an dem Knoten unter dem Haarnetz. „Der Berg ist der Fremde, der Geliebte, erreichbar und unerreichbar zugleich", raunte er ihr zu und zog dabei ganz langsam die Nadeln aus ihrem Haar.

Selig schloss sie einen Moment lang die Augen. Noch konnte sie ihn zurückhalten. Konnte ihn bitten, ihr mehr Zeit zu lassen, weitere Erklärungen verlangen. Oder sie konnte ihrem immer schneller schlagenden Herzen folgen, abwarten, wohin es sie führte – so wie sie es schon einmal getan hatte.

„Es stimmt, normalerweise scheue ich das Risiko. Mein Vater war sehr streng, ich bin in einem sehr religiösen Haus aufgewachsen … Irgendwelche Freiheiten wurden mir nie erlaubt, obwohl ich zugebe, ich wollte sie und nahm sie mir, wann immer ich konnte."

„Mit deinen Liedern und deinem Strickprojekt, bei deinen Wanderungen durch die Berge?"

Sie nickte, dankbar, dass er sie verstand.

„Einmal brachte ich den Mut auf, meinem Herzen zu folgen. Das war, als ich dich traf und …“

„… wir uns liebten in jener Nacht“, flüsterte er.

Catriona nickte, schaute ihn wortlos an. Sie genoss es, wie er sachte die Haarnadeln aus dem Netz zog. Die kupferrote Lockenpracht fiel über ihre Schultern, achtlos steckte er Netz und Nadeln in seine Tasche.

Dann fuhr er vorsichtig mit den Händen durch ihr Haar. Sie spürte die Hitze seines Körpers, roch den leichten Duft von Zigarre und Bergluft, der noch in seinen Kleidern hing. Seine Hände verzauberten sie, obgleich er nur langsam über ihr Haar streichelte, vom Scheitel bis zur Schulter – immer wieder.

Sie schloss die Augen, legte den Kopf zurück. Ein Gefühl der Schwerelosigkeit überkam sie – ihr Mann verführte sie –, und diesmal ließ sie es zu. Erst spürte sie ein leichtes Kribbeln, dann ein sehnsuchtsvolles Pochen an gewissen Körperstellen, sie wünschte, hoffte, dass er sie dort berührte, sie küsste, in die Arme nahm und endlich erlöste.

Er beugte sich über sie, sein nach Whisky riechender Atem hauchte über ihre Wange.

„Du bist ein großes Risiko eingegangen, als wir uns kennen lernten. Und wenn ich den Ärger bedenke, den es dir eingebracht hat – den vermeintlichen Zustand der Sünde und diese Heirat –, kann ich verstehen, dass du es bedauerst.“

Unablässig strich er immer wieder liebevoll über ihr schweres seidenes Haar.

Sie wollte mehr.

„Ich wusste, welches Risiko ich einging. Ich bedaure es nicht. Kein bisschen“, flüsterte sie und sah ihn voller Verlangen an.

Ihr Körper begehrte ihn so sehr, dass ihr fast die Sinne schwanden.

Trotzdem musste sie ihm zuerst noch gestehen, was sie in jener Nacht getan hatte.

„Ich wollte, dass es geschah, Evan. Es war mein Fehler."

Seine Hände hielten kurz inne und umschlossen ihren Kopf.

„Dein … Fehler?"

Catriona nickte.

„Ich wollte wissen, wie es ist, wenn man geliebt wird. Nur ein einziges Mal, denn ich dachte, so eine Gelegenheit böte sich mir nie wieder im Leben. Während wir uns küssten und dann versuchten, einander zu wärmen, wollte ich nur noch mit dir zusammen sein. Du musst dich nicht entschuldigen für das, was geschehen ist … und du musstest mich ganz gewiss auch nicht heiraten." Sie blickte traurig zur Seite. „Du hast mich nicht ruiniert. Ich habe mich dir angeboten."

„Aha. Du hast mich also nur benutzt? Ist es das, was du sagen willst?"

„Hm … in gewissem Sinne habe ich dich in die Falle gelockt, mich zu heiraten. Obwohl das ganz bestimmt nicht meine Absicht war. Ich schwöre es."

Bekümmert wandte sie sich ab und fühlte sich dennoch irgendwie erleichtert. Was wird er dazu sagen, fragte sie sich. Wird er so wütend sein, dass es nicht ein neuer Anfang, sondern das Ende sein wird?

„Du hast es geschehen lassen, nur weil du wissen wolltest, wie es ist", murmelte er.

Sie nickte betrübt, wagte ihn nicht anzusehen.

„Mit dir."

Dann hörte sie ihn lachen. Erstaunt schaute sie ihn an.

Er legte ihr die Hände auf die Schultern.

„Catriona, wir haben uns gegenseitig gewärmt und getröstet. Was sich dann entwickelte, war ganz natürlich. Du hast nicht schamlos und mutwillig gehandelt, du hast nur auf ein besonders starkes, ganz gesundes Bedürfnis deines Körpers reagiert – und das war etwas Neues für dich. Für mich war es hingegen nicht die erste Erfahrung. Ich hätte es verhindern müssen, doch ich konnte es nicht. Und du vermutlich auch nicht.“

Sie sah ihn zweifelnd an.

„Ich dachte … ich hätte dich verführt …“

„Schlimmes Mädchen!“, tadelte er schmunzelnd. Seine Hände glitten über ihren Rücken, umfassten ihre Taille. Ganz eng drückte er sie an sich. „Gut, dass du mich geheiratet hast.“

„Ich wollte wirklich nicht, dass du diese Verpflichtung eingingst. Was willst du mit einer armen Hochlandfrau? Ich besitze keinen Titel, kein Vermögen, nicht einmal eine Erbschaft ist in Aussicht, ich habe keine einflussreiche gesellschaftliche Stellung. Du hast Schulden und solltest frei sein, eine reiche Erbin zu heiraten.“

„Soso? Und was macht dich so sicher, dass ich eine Frau mit solchen Qualitäten wollte?“

„Du bist ein Earl. Du brauchst eine richtige Countess, eine Frau, die für ein Leben an der Seite eines Edelmannes erzogen ist. Ich fürchte, später wirst du einmal bereuen, mich geheiratet zu haben, wenn du bemerkst, wie wenig wir zusammenpassen und dass dir diese Ehe keine Vorteile gebracht hat. Dann wirst du mich hassen und mich loswerden wollen. Wir werden getrennt leben. Eine solche Ehe will ich nicht führen.“

„Ich auch nicht. Eine solche Ehe hielt meine Eltern gefangen. Für mich kommt das nicht in Frage. Ich will auch keine Frau aus der reichen Gesellschaft; Geld, Macht oder ob sich durch die gesellschaftliche Stellung meiner Frau meine Lage verbessert – all das interessiert mich nicht“, stellte er in scharfem Ton klar.

„Du gehörst zum Hochadel, hast einen ererbten Sitz im Oberhaus.“

„Ich habe es dir schon einmal gesagt, ich bin Evan Mackenzie, nicht der Earl of Kildonan. Und Evan Mackenzie ist zufrieden mit einer Frau, die es mit ihm aufnimmt, geistig und körperlich. Eine Frau, die seine Fehler sieht und ihn dennoch liebt. Eine großherzige, liebevolle Frau, die mich zu einem besseren Menschen macht. Einem besseren Menschen, nicht zu einem besseren Earl!"

„Aber …"

„Pssst, Catriona Bhàn", sagte er leise, hob mit der Hand ihr Kinn an, beugte sich zu ihr hinunter und berührte ihre Lippen. Der Kuss war lange und leidenschaftlich, ein Versprechen all dessen, was sie sich immer gewünscht hatte. Selig sank sie in seine Arme.

Er brannte vor Leidenschaft, sobald er ihren Mund berührte. Heißblütig und ungestüm begann der Kuss, dann wurde er zärtlich und forschend. Seufzend öffnete sie ihre Lippen und erwiderte seine Zärtlichkeit. Süß und unschuldig schmeckte sie. Sein ganzes Leben hatte er auf sie gewartet. Er liebte sie, egal, wie lange er sie kannte.

Es erstaunte ihn auch nicht mehr, dass er fähig war zu lieben. Er, der in der Vergangenheit so sehr gelitten hatte, er, der sich selbst nicht vergeben konnte, war nun voller Liebe. Sie war eine Wohltat für ihn, ein lindernder Quell, der ihm neue Kraft gab und verborgenes oder lange unterdrücktes Verlangen offenbarte …

Ja, er war etwas betrunken. Den ganzen Abend über hatte er Whisky getrunken. Sein Blut war in Wallung geraten, der Kopf leicht, der Alkohol hatte seine Zunge gelöst, seine Zurückhaltung aufgehoben. Er wollte sie, und sie wollte ihn auch. Dieses Mal musste er sich nicht zurückhalten wie in der Nacht ihrer Eheschließung. Sie war seine Frau, alle Geständnisse, alles Reden hatte Zeit. Jetzt regierte die Leidenschaft, jetzt wollte er lieben, nur lieben. Und sie auch – er spürte es an ihren sehnsüchtigen, zärtlichen Küssen, hörte es an ihren tiefen Atemzügen.

Er spürte, wie sie sich ihm entgegenbog, ihren straffen, herrlichen Körper an ihn schmiegte, und verlor fast die Beherrschung. Er küsste, zwickte, liebkoste ihre Lippen und ließ seine Hände über ihren Körper gleiten, umschlang die schmale Taille und zog die Seidenbluse aus dem Rock.

Als er die prallen Formen ihres Busens unter dem Stoff erkundete, antwortete sie darauf mit einem wohligen Stöhnen. Er konnte die Knospe fühlen, jedoch noch nicht berühren. Langsam tastete er sich mit seinen Fingern weiter hinauf, begann die kleinen Knöpfe der Bluse zu öffnen. Zum Vorschein kam ein winziges Stück zarter Haut. Er folgte mit der Fingerkuppe der Brustfalte und konnte unter den Lagen von Stoff ihren Herzschlag spüren.

Erneut küsste er sie, hemmungslos – und auch sie verlangte nach mehr. Ihre Arme um seinen Hals geschlungen, schmiegte sie sich eng an ihn. Sein Herz klopfte, sein Blut brodelte, dennoch versuchte er, sich zurückzuhalten. Er küsste sie zärtlich, und wie eine Blume öffnete sie ihren Mund, ließ ihre Zunge die seine berühren.

Dann öffnete er den letzten Knopf, die Bluse gab ihre hübschen Brüste frei. Sein Körper spannte sich, wurde hart wie Stahl, weil er bemerkte, wie heftig sie atmete. Ihr Busen hob und senkte sich, quoll aus Hemdchen und Mieder hervor, wollte befreit werden. Er küsste sie dort, sein Atem wärmte das Tal zwischen ihren Brüsten. Willig ließ sie sich die dunkle Seide von den Schultern streifen und schlang die nackten Arme sofort wieder um seinen Hals.

Da stand sie vor ihm in Hemd, Mieder und Rock. Ihr Anblick, ihr Duft, ihre Haut – alles erregte ihn, erinnerte ihn daran, wie sie schon einmal vor ihm gestanden hatte, halb nackt und zitternd, an dem Tag, an dem er sich in sie verliebt hatte.

Er streichelte ihre nackten Arme, und gemeinsam zogen sie

an Bändern, lösten Haken und ließen Kleidungsstück für Kleidungsstück einfach fallen.

Es drängte ihn nur noch, sie zu berühren, ihre Schultern, ihr Dekolleté zu küssen, die weiche sinnliche Haut ihrer Brüste zu liebkosen, seine Hände in der seidigen Lockenpracht, die ihr über den Rücken fiel, zu vergraben.

Nun zog sie ihm Jacke, Weste und Hemd aus, und er ging ihr dabei eifrig zur Hand. So standen sie schließlich voreinander – in Kilt und Strümpfen, in Hemdchen und Höschen.

Sie schmiegte sich in seine Arme, während er ihren warmen weichen Körper überall küsste, und war einfach nur glücklich …

Willig bog sie sich ihm entgegen, forderte ihn so wortlos auf, sie weiter zu entkleiden. Er streifte ihr das Hemd über den Kopf, warf es achtlos zu Seite. Beinahe nackt stand sie nun vor ihm. Ihre schlanke, schöne Gestalt, ihre wohlgeformten Wölbungen und Kurven, ihre zarte Bereitschaft, ihre fühlbare Erregung, all das raubte ihm fast den Verstand. Leicht nur berührte er ihre festen Brüste, fand das Taillenband an ihrer Unterhose, löste es, und das letzte Kleidungsstück glitt zu Boden.

Wieder schmiegte sie sich in seine Arme, vergrub ihre Hände in seinem Haar, hauchte leise Küsse über seine Wange, sein Ohr. Ihr Körper bewegte sich dabei lustvoll wie der einer erfahrenen Geliebten in seiner Umarmung.

Er wusste nicht mehr, wer wen verführte. Zunächst hatte er sie gedrängt, sie so sehr gewollt, dass er sich kaum noch beherrschen konnte. Nun hatte er einen Moment lang das Gefühl, dass sie wie die starke herrliche Macht des Berges war und er hilflos ihrem Zauber erlag.

Der Whisky zeigte seine Wirkung, viel länger konnte er sich nicht beherrschen. Er war bis aufs Äußerste erregt, sein Herz klopfte, seine Männlichkeit forderte ihr Recht. Unvermittelt nahm er sie auf den Arm, hörte ihr überraschtes Lachen und trug sie durch die Verbindungstür in sein Schlafzimmer. Dunkel wie in einer Höhle war es dort, schwarz glänzten die waldgrün tapezierten Wände und die dunklen Mahagonimöbel im Mondlicht, auf dem Sekretär stand die Sturmlampe, ihre goldene Flamme wies den Weg zum weißen weichen Bett.

Hier, auf seinem Himmelbett, ließ er sie nieder und sank neben ihr auf die tiefe, weiche Matratze. Bislang hatte er die plüschige Behaglichkeit nicht sehr geschätzt, doch nun erschien ihm das Bett wie ein himmlischer Ort für leidenschaftliche Stunden mit der Frau, die er liebte.

Sie schlang ihre Arme um seinen Nacken und zog ihn zu sich herüber. Er küsste sie und glitt auf sie. Mit ihrem Knie hielt sie ihn in Balance, und er hatte das Gefühl, sie wären füreinander geschaffen, Schulter auf Schulter, Hüfte auf Hüfte, und auch die Beine hatten die gleiche Länge.

Kalt waren ihre Finger, dennoch empfand er ihre Berührung heiß wie Feuer. Sie strich über seine nackte Brust, seinen flachen Bauch, die Falten seines Kilts. Durch die Wolle spürte er ihre Hand. Dann schob sie den Stoff beiseite, glitt mit der Hand darunter und streichelte seine Schenkel. Es nahm ihm den Atem. Forschend strichen ihre Finger über sein Bein, während sie mit der anderen Hand die Gürtelschnalle öffnete und ihn von dem Kilt befreite.

Sie fand, was sie suchte, erkundete seine geheimen Stellen. Doch er zog sich zurück, wollte die Spannung noch hinauszögern, wohl wissend, welche Wonne es ihr bereitete.

Sie bog sich ihm entgegen, ihr Körper zitterte, sobald seine Finger zärtlich über ihren straffen Bauch, ihre Brüste glitten, leise stöhnend öffnete sie die feuchten, heißen Lippen unter seinem Kuss.

Er küsste ihre Brüste, seine Zunge liebkoste ihre Knospen, und sie schlang ihre Arme um ihn, grub ihre Hände in sein Haar. Er spürte, wie ein leichtes Beben durch ihren Körper ging, ahnte ihre Erregung und hatte selbst das Gefühl zu bersten.

Mit beiden Händen umschloss er ihr Gesicht und küsste sie feurig und ungestüm. Ein heißes Glücksempfinden stieg in ihm hoch. Wieder fühlte er die Wärme, die er bei ihrem ersten Zusammensein verspürt hatte, wusste, er würde nie aufhören, sie zu lieben, wusste, wann immer er sie berührte und küsste, würde er sich an die Wärme und Selbstlosigkeit erinnern, mit der sie sein Leben gerettet hatte. Und jedes Mal, wenn er sie liebte und wieder diese Wärme spürte, dann würde ein Stückchen seiner Seele zurückkommen – durch sie und ihre Liebe zu ihm.

Sie hatte ihm gesagt, man könnte in Zeiten des Kummers einen Teil seiner Seele verlieren. Plötzlich wusste er, weshalb er sie liebte, weshalb sie so einen Zauber auf ihn ausübte. Sie erweckte ihn wieder zum Leben, baute ihn auf, wenn er schwach war. Ganz allmählich fühlte er, wie Herz, Seele und Geist wieder erwachten, wie er begann, das Leben wieder lebenswert zu finden. Er wusste nicht, weshalb oder wie es geschah, doch sobald er mit ihr zusammen war, sobald er sie berührte, sie liebte, überkam ihn dieser Zauber. So wie jetzt. Und dann konnte er nicht aufhören, sie zu lieben.

Sie wand sich in seinen Armen, zeigte ihm, welche Lust sie verspürte. Seine Hände glitten tiefer, fanden die geheimnisvolle, verführerische Stelle zwischen ihren Beinen, den köstlichen, heißen Schoß. Er streichelte sie, reizte sie, bis sie sich krümmte, sich leise keuchend an ihn klammerte, sich ihm entgegendrängte. Da erst drang er in sie ein, vorsichtig und langsam zunächst, dann tiefer und heftiger. Tief in seinem Innern setzte ein Beben ein, Kraft strömte durch seinen Körper, entlud sich in ihr, und ihm gab es das Gefühl, er würde ein neuer Mensch.

Er war nicht mehr der Mann, der er noch vor Wochen gewesen war. Er war zärtlicher, stärker und besser, und sie hatte ihn dazu gemacht. Sie brachte ihn dazu, solche Höhen zu erklimmen – Höhen, von denen er im Traum nicht geglaubt hätte, sie erreichen zu können. Nie hätte er gedacht, zu solcher Liebe fähig zu sein. Und dabei war es ganz einfach, man musste nur dem natürlichen Begehren von Herz und Seele folgen, loslassen und sich völlig hingeben.

22. KAPITEL

Evan schlug eine Seite in seinem Bilanzbuch um und schaute auf. Vor seinem Schreibtisch im sonnigen Arbeitszimmer stand Finlay MacConn, sein junger Verwalter und Schwager. Die braune Wolljacke hatte er lose über den kräftigen Schultern hängen, in der Hand drehte er nervös seinen Hut, ab und zu sah er besorgt seine Schwester an.

Catriona stand neben dem Ledersessel vor Evans Schreibtisch. Die Geschwister hatten es abgelehnt, sich zu setzen. Still, die Hände gefaltet, wirkte sie verführerisch und schüchtern zugleich. Der einfache dunkle Rock, von der Art, wie sie ihn oft zum Wandern trug, verbarg ihre üppigen Formen. In der hochgeschlossenen weißen Bluse kamen ihr heller Teint und der warme Glanz auf ihrem Haar besonders zur Geltung. Ihre Wangen waren gerötet, die blaugrauen Augen blickten ernst, das Kinn war stolz, fast kämpferisch emporgereckt.

Evan dachte an die Freuden der vergangenen Nacht und hätte ihr fast zugelächelt. Weder Catriona noch Finlay schien nach einem Lächeln zumute zu sein, wie Evan verwundert feststellte. Eine Besprechung über die Belange des Gutes konnte doch für die beiden keine bedrohliche Angelegenheit sein. Finlay schien ein fähiger Verwalter zu sein. Evan konnte sich nur vorstellen, dass Catriona möglicherweise immer noch verärgert über seinen Entschluss war, Teile von Kildonan zu verkaufen. Vielleicht hatte sie mit ihrem Bruder darüber bereits gesprochen.

Dann fiel ihm der Blick auf, den seine Frau und ihr Bruder tauschten. Eine stumme Botschaft? Irgendwie hatte Evan das Gefühl, sie verheimlichten ihm etwas. Er fuhr mit dem Finger über die Zahlenkolonne und die Auflistung von Pächternamen. Dann setzte er sich zurück und legte die Hand nachdenklich vor den Mund.

„Wir besitzen zweiundachtzigtausend Morgen“, murmelte

er nach einer Weile. „Wie viele Schafe waren es bei der letzten Zählung?“

Finlay räusperte sich.

„Ich habe es im Buch vermerkt. Einundfünfzigtausendvierhundertzwanzig im letzen Frühjahr. Vielleicht ein paar mehr oder weniger. Es ist eine teuflische Arbeit, die Schafe von den Bergen zu treiben. So viele haben wir jedenfalls im letzten April gefangen und geschoren.“

„Hm … wirklich eine enorme Leistung“, bestätigte Evan, blätterte durch die Seiten und suchte nach einer anderen Notiz. „Und das hier? Sechsundzwanzig Männer aus dem Süden angeheuert für das Sammeln, Scheren, Packen und Transportieren von Wolle?“

„Ja“, antwortete Finlay und blickte wieder zu seiner Schwester.

„Und Pächter?“

„Wie bitte, Sir?“

„Wie viele Pächter haben wir zurzeit auf den Ländereien von Kildonan?“

„Nun, Kildonan umfasst das ganze Glen Shee“, begann Finlay und schaute dabei zur Decke, als müsse er nachdenken. „Nicht alle sind mit der Schafzucht befasst … ungefähr achtzig Haushalte mit vielleicht vierhundertneunzig Bewohnern jeden Alters.“

„Einschließlich der Männer, die in den letzten zehn Jahren von außerhalb angeheuert worden sind und im Glen leben und sich um die Schafe kümmern?“, wollte Evan wissen. Als er merkte, dass Finlay zögerte, wiederholte er die Frage noch einmal. „Wie viele sind das?“

„Insgesamt sind es achtzehn Männer mit ihren Familien, Sir. Es sind alles Leute aus dem schottischen Tiefland und Engländer.“

„Aha.“

Evan blätterte in dem dicken Buch zurück, kontrollierte

die Zahlenreihen, die Finlay und der letzte Verwalter, Kenneth Grants Vater, eingetragen hatten, verglich sie mit den wenigen Eintragungen, die sein eigener Vater gemacht hatte.

„Wie viele Einwohner hatte Glen Shee vorher?“, fragte er schließlich.

„Wann, Sir?“

„Vorher!“, wiederholte Evan und drehte sich zu Catriona um.

„Tausende“, antwortete sie. „Vielleicht zweitausendfünfhundert zu Zeiten deines Urgroßvaters, bevor das Gebiet ein Earldom wurde, bevor die Landvertreibungen begannen und das Land in Schafweiden umgewandelt wurde. Jetzt leben hier nicht einmal fünfhundert Menschen.“

Evan nickte nachdenklich.

„Eigenartig.“

„Was?“, fragte sie fast ein wenig zu scharf.

„Diese enorme Anzahl von Schafen auf dieser riesigen Fläche, jedes Frühjahr all diese Arbeit mit der Wolle, die zum Markt muss. Den Büchern zufolge haben das in den letzten zwei Jahren höchstens dreißig Männer verrichtet.“

„Das war die Absicht deines Vaters“, sagte sie. „Je weniger Männer mit ihren Familien hier leben, desto besser. So blieb mehr Platz für Schafe.“

Evan blätterte, fand Seiten, auf denen weiter zurückliegende Jahrgänge aufgeführt waren, fuhr mit dem Finger über die Zahlenreihen.

„Hier, zwei Jahre früher haben wir einige Männer mehr fürs Scheren und Wollepacken beschäftigt, und wir hatten weniger Schafe. Die Herde zählte vor fünf Jahren fünfunddreißigtausend.“ Er wirkte irritiert.

„Vielleicht war der letzte Verwalter, Mr. Grant, nicht so besonders gut in der Buchführung“, meinte Catriona.

„Ja, in anderen Dingen war er schon besser“, murmelte Finlay wie zu sich selbst.

Evan sah ihn verwundert an. „In welchen denn?“

„Vertreiben“, sagte Catriona. „Das konnte er gut.“

„Wie mein Vater. Willst du das damit andeuten?“

„Ja.“ Sie wich seinem Blick nicht aus. „Du weißt, wie es war.“

Natürlich wusste er es, ließ es sich jedoch nicht anmerken. Er blätterte wieder durch das Buch und schlug eine leere Seite auf.

„Ich würde gerne eine Zählung machen.“

„Wie? Eine Zählung von allen Schafen oder von allen Pächtern?“, fragte Finlay.

„Ich möchte eine Liste der Pächter haben. Ich möchte wissen, wer hier lebt, wo die Leute wohnen und wie viel Personen zu jedem Haushalt gehören. Des Weiteren möchte ich wissen, welche Arbeiten sie für das Gut verrichten und was wir ihnen dafür zahlen.“

Finlay schluckte und warf seiner Schwester wieder einen Blick zu.

Was auch immer der Kerl zu verheimlichen hat, ein guter Schauspieler ist er jedenfalls nicht, dachte Evan, der nicht nur den Blick, sondern auch die roten Flecken auf Finlays Wangen bemerkte.

„Wir sollten eine exakte Zählung der Schafe durchführen und jeden Monat die Zu- und Abgänge verzeichnen. Dann wissen wir auch im nächsten Frühjahr, wie viele Arbeiter wir für die Schur brauchen.“

„Ja, Sir. Ich werde einige Pächter bitten, mir bei der Zählung der Schafe und der Bevölkerung zu helfen. Wir werden sofort damit anfangen. Gibt es sonst noch etwas, Sir?“

„Ja. Die Brücke am Fuß des Berges, Feenberg heißt er hier wohl, ist in schlechtem Zustand. Ich habe sie schon verbarrikadiert“, erklärte er und warf Catriona einen scharfen Blick zu. „Gleichwohl hindert das einige Leute nicht daran, sie trotz der offensichtlichen Gefahr zu nutzen.“

„Die alte Brücke ist zwar schon eine ganze Weile kaputt, wenngleich immer noch begehbar", erwiderte Finlay. „Ich benutze sie selbst oft. Zwar würde ich nicht mit dem Karren darüber fahren, sonst ist sie noch in Ordnung."

„Absolut nicht. Ich werde eine neue Brücke entwerfen und Leute kommen lassen, die sie bauen. Das geht nur nicht so schnell. Fürs Erste brauchen wir ein paar fähige, starke Männer für Ausbesserungsarbeiten. Ich werde ihnen zeigen, wie man die Brücke abstützen kann. Können Sie genug Männer dafür zusammenbekommen?"

„Ja, Sir."

Wieder tauschte Finlay einen kurzen Blick mit seiner Schwester.

„Sagen Sie mir einen Zeitpunkt, dann werde ich mit den Männern an der Brücke auf Sie warten."

„Gut. Irgendwann nächste Woche."

Stirnrunzelnd saß Evan hinter dem riesigen Walnussschreibtisch, den sein Vater schon benutzt hatte, und beobachtete seine Frau und ihren Bruder. Die Spannung zwischen den beiden war ganz deutlich zu spüren. Eigentlich sollte er sie verstehen. Er hütete ja auch noch ein paar Geheimnisse, von denen er glaubte, sie gingen Catriona nichts an. Allerdings hatte er sich bis jetzt nicht vorstellen können, dass sie Heimlichkeiten vor ihm hatte. Warum eigentlich nicht? Dennoch – es machte ihm Sorge, sie könnte ihm etwas vorenthalten. War es der Ehemann oder der Earl, vor dem sie etwas verbarg?

Arm in Arm mit Finlay ging Catriona zum Hauptausgang. An der Tür vom Arbeitszimmer hatte sie noch einmal kurz zurückgeschaut und gesehen, wie Evan weiter die Dokumente des Gutes sichtete. Sie nahm an, er wollte ihr Gelegenheit geben, mit ihrem Bruder allein zu sein.

„Weiß er etwas von den neuen Pächtern?", fragte Finlay leise. „Hast du ihm davon erzählt?"

„Nein, kein Wort, ehrlich!"

Zu dem Butler, der bereitstand, sagte sie: „Danke, Baird, ich geleite Mr. MacConn selbst hinaus."

Erst als der Butler im Salon verschwunden war, wandte sie sich wieder Finlay zu.

„Hast du etwa im letzten Frühjahr die Namen der neuen Pächter, ihre Arbeit oder ihren Lohn in den Unterlagen des Gutes verzeichnet?", fragte sie leise.

Finlay schüttelte den Kopf.

„Diese Unterlagen hebe ich anderswo auf. Ich hatte gehofft, es würde ihm nicht so schnell auffallen. Catriona, ich habe wirklich angenommen, der Mann würde niemals hierherauf nach Kildonan kommen. Ich dachte, er würde die Leitung des Gutes mir und seiner Schwester überlassen, die keine große Ahnung hat und auch nur hin und wieder herkommt", flüsterte er eindringlich, während sie bei der Eingangstür stehen blieben. „Dein Mann hat sofort bemerkt, dass eine Diskrepanz besteht zwischen der Menge der Wolle, die auf Kildonan produziert worden ist, und der Anzahl der Arbeiter, die man eigentlich dafür benötigt. Er hat Verdacht geschöpft. Die Frage ist nur, was wird er daraus schließen und was wird er tun?"

Sie blickte zur Seite. Voller Angst dachte sie an Kenneth Grant, der auch wusste, dass Finlay vertriebene Pächter heimlich zurück ins Tal holte und als Schafhirten einstellte. Kenneth hatte gedroht, ihren Bruder der Obrigkeit zu melden.

„Evan ist ein guter Mensch, Finlay. Er ist nicht wie sein Vater – oder andere. Ich glaube, wir können ihm erklären, was wir getan haben."

„Ich habe nur noch eine Familie, die ich wieder ins Tal holen will. In Inverness habe ich einige Mitglieder der MacLeods ausfindig gemacht. Sie arbeiten an der Küste, holen Netze ein – keine Arbeit, an die sie gewöhnt sind. Halb verhungert hausten sie in einer Hütte am Strand. Morgen will ich sie durch das Tal bringen."

Catriona nickte.

„Wohin?"

„In die alte Schutzhütte am Beinn Sìtheach."

„Wie bitte? Wo Evan und ich – die ist doch verfallen. Wir wären in der bitterkalten Nacht um diese Jahreszeit schon fast erfroren. Den Winter wird eine Familie mit Kindern dort nicht überleben", flüsterte sie erschrocken.

„Einige Crofter haben in den letzten Tagen das Dach und die Wände repariert und Möbel, Lebensmittel und trockenen Torf heraufgebracht. Es ist jetzt eine ordentliche Behausung für die Familie, der einzige Ort, wo ich sie noch unterbringen konnte. Im nächsten Frühjahr werden sie sich bestimmt weiter oben in den Bergen ein neues Crofterhaus bauen. Für den Moment reicht es."

„Sei vorsichtig, Finlay. Evan und ein paar andere Gäste wollen morgen Papas Gottesdienst besuchen."

„Sicher!" Er küsste sie kurz auf die Wange.

„Finlay!", rief Evan.

Catriona drehte sich erschrocken um. Sie hatte ihren Mann nicht kommen hören.

„Ja, Sir", antwortete Finlay ruhig.

„Unsere Freunde planen irgendwann in den kommenden Tagen eine Kletterpartie auf den Beinn Shee", sagte Evan. „Sie wurden uns als Führer empfohlen. Wären Sie bereit, eine Gruppe von uns auf den Berg zu führen?"

„Selbstverständlich, Sir. Es kann eine leichte oder eine schwierige Tour werden … alles hängt vom Wetter ab und welche Route wir nehmen. Sind es erfahrene Bergsteiger, Sir?"

„Einige schon. Ich muss gleichwohl zugeben, dass ich es über die schwierige Route auch nicht zum Gipfel geschafft habe. Allerdings – wenn ich es geschafft hätte, dann wäre ich Ihrer Schwester nicht begegnet", ergänzte er lächelnd.

Finlay grinste unverhohlen.

„Ich bin sicher, irgendwann wären Sie ihr bestimmt über den Weg gelaufen. Nur das kleine gemeinsame Abenteuer, das hätten Sie nicht erlebt, und dann wären Sie auch jetzt nicht verheiratet."

„Stimmt. Ich sollte daher dem Berg dankbar sein, dass er mich an dem Tag besiegt hat."

Catriona entging das Funkeln in den haselgrünen Augen nicht, als er kurz zu ihr herüberblickte.

„Übrigens, wir haben Ihre Schwester gebeten, uns bei der Kletterpartie zu begleiten."

Zweifelnd musterte Finlay seine Schwester. „Dort hinauf? Ich glaube nicht, dass sie den Gipfel dieses Berges besteigen will."

„Doch."

Catriona hob das Kinn, sobald sie Finlays überraschten Blick bemerkte. Er dachte bestimmt an ihren Bruder Donald, der auf dem Beinn Shee umgekommen war. Finlay wusste ja auch nichts von Floras Bitte, ihr einen Feenkristall von der gefährlichen Höhe mitzubringen.

„Wenn Sie Montagmorgen zum Frühstück kommen könnten, das wäre schön. Dann können wir alles Weitere besprechen und vielleicht schon am nächsten oder übernächsten Tag aufbrechen."

„Sagen Sie Ihren Freunden, sie sollen morgen Abend früh zu Bett gehen. Wenn das Wetter es zulässt, sollten wir Montagmorgen aufbrechen. Das Wetter ist hier sehr unbeständig. Deshalb sollten wir den Aufstieg nicht verschieben und das gute Wetter nutzen", sagte Finlay.

„Ah ja. Ein guter Rat, den wir alle beherzigen sollten", erwiderte Evan und sah dabei Catriona an.

„Ich werde in aller Frühe hier sein. Nur die Schaf- und Bevölkerungszählung werde ich wohl bis dahin noch nicht fertig gestellt haben."

Finlay lächelte etwas gequält, wie Catriona bemerkte.

„Ach, das eilt nicht so. Bis dann. Sicherlich sehen wir uns morgen in der Kirche."

Evan drehte sich um und ging durch die Halle zurück zu seinem Arbeitszimmer.

„Du willst also auch auf den Beinn Shee?", fragte Finlay.

Catriona nickte. „Ich muss, ach, das erkläre ich dir später."

„Gut, wenn du da schon hinaufgehst, dann lieber mit mir. Diesen Berg zu besteigen kann zu einem sehr gefährlichen Abenteuer werden. Ich hielte es für besser, wenn diese Möchtegern-Bergsteiger auf einen anderen Gipfel klettern würden."

Nachdem er sie eine Weile schweigend angesehen hatte, fragte er plötzlich leise: „Bist du glücklich, Catriona?"

Anfangs zögernd, nickte sie dann.

„Ja, Finlay. Glücklicher als ich mir das jemals vorstellen konnte. Alles ist so schnell gegangen – trotzdem glaube ich, es war richtig."

Er runzelte die Stirn.

„Und wird hoffentlich auch halten. Wenn Kildonan dich jemals unglücklich machen sollte, werde ich persönlich dafür sorgen, dass er seine gerechte Strafe bekommt. Sehe ich dich morgen beim Gottesdienst?"

„Ich würde gern kommen, nur, Papa und Tante Judith waren so erzürnt über Kildonan und mich. Seit ich hier bin, habe ich noch nichts von ihnen gehört."

„Seit du fort bist, hat Vater sich Sorgen gemacht. Er hat sich nur noch nicht dazu durchringen können, dich selbst zu besuchen, um zu sehen, ob es dir gut geht. Auch wenn er es nicht zugibt, er würde sich bestimmt freuen, wenn du zum Gottesdienst kommst und auch deinen Mann mitbringst. Denke daran, dass du zeitig genug zur Bibellesung da bist. Judith würde es dir übel nehmen, wenn du am Sonntag zu spät kommst."

Catriona nickte. „Ich ... wir kommen."

23. KAPITEL

Gleichmäßig und nahezu beruhigend trommelte der Regen gegen die Fenster der Bibliothek. Catriona saß in einem ledernen Ohrensessel und transkribierte Lieder. Hin und wieder blickte sie von ihrer Arbeit auf und sah durch die hohen Fenster. Ein feiner Dunstschleier lag über Wiesen und Wäldern, die Berge verschwanden fast im Nebel, der hohe Himmel war wolkenverhangen.

Die Bibliothek befand sich im selben Flügel wie ihre Suite, nicht weit entfernt von dem Korridor, der zum Esszimmer führte. Es war ein kleiner gemütlicher Raum, Bücherregale an den Wänden, die auf der einer Seite durch hohe Fenster, auf der anderen durch schmale Türen unterteilt wurden. Holz und Wände waren in einem dunklen Grün gestrichen, die Sessel mit gelbbraunem Leder bezogen, auf dem Boden lagen herrliche, alte Teppiche, und die Vorhänge waren aus dunkelgrünem Samt. Von allen Räumen im Schloss – einschließlich ihres eigenen hübschen, wenn auch steif eingerichteten Schlafzimmers – gefiel ihr diese gemütliche, etwas schäbige Atmosphäre am besten.

Catriona beobachte, wie Kildonans Gig den Schlosshof verließ. Die Kutsche brachte Sir Aedan MacBride, Lady Jean und Sir Harry zu dem kleinen Hafen von Kyle of Lochlash. Jean und ihr Mann hatten sich kurzfristig entschlossen, Sir Aedan zu begleiten, der beruflich nach Skye musste. Sie wollten ein paar Tage in einem Seehotel in Broadford verbringen, bevor sie nach Edinburgh zurückkehrten.

Catriona war sehr erstaunt gewesen, als Lady Jean sie heute Morgen beim Abschied umarmt und zu ihr gesagt hatte, wie glücklich sie sei, weil Catriona nun zur Familie gehörte. Verwirrt hatte sich Catriona Aedan zugewandt, der sich mit einem Handkuss verabschiedet und seine Einladung wiederholt hatte, ihn zusammen mit Evan über Weihnachten im Dundrennan House zu besuchen. Sie hatte nur wortlos gelächelt, Evan hatte hingegen versichert, sie würden ernsthaft darüber nachdenken.

Vom Korridor waren Schritte und Stimmen zu hören. Jemimas dunkles Lachen klang durch den Gang. Catriona wusste, dass sie nicht in der Bibliothek gesucht wurde. Sie hatte vorgegeben, müde zu sein und eine Menge zu tun zu haben, um sich vor dem heutigen Ausflug drücken zu können.

Da es regnete, kalt und nebelig war, wollten die Gäste in zwei geschlossenen Kutschen am Ufer des Loch Torridon entlangfahren. Mr. Grant hatte sich angeboten, sie zu begleiten – der eigentliche Grund, weshalb Catriona nicht mitfahren wollte.

Kurz nachdem Finlay gegangen war, war Mr. Grant gekommen, um nach Lady Wetherstone zu sehen. Sie hatte so sehr über Kopfschmerzen geklagt, dass ihr Mann nach dem Arzt hatte rufen lassen. Eine Dosis Laudanum versöhnte die Wetherstones zwar mit dem Märchen über die Hochlandmedizin, fesselte die Dame allerdings für den Tag ans Bett.

Später hatte Mr. Grant den Salon aufgesucht, und Arthur Fitzgibbon hatte ihn gefragt, welche Ausflugsmöglichkeiten man an so einem regnerischen Tag hier hätte.

Catriona hatte Kenneth Grant nur kurz begrüßt, und nachdem sie Mr. Baird gesagt hatte, sie wolle nicht gestört werden, hatte sie sich mit ihren Notenblättern in die Bibliothek zurückgezogen.

Natürlich konnte sie Grant nicht ständig aus dem Weg gehen, doch so bald nach der Liebesnacht mit Evan wollte sie ihn nicht sehen. Nichts sollte ihr die Erinnerung daran verderben.

Es klopfte, und Evan trat ins Zimmer. Ihr Herz begann, höher zu schlagen.

„Entschuldige, Catriona. Ich weiß, du willst allein sein. Ich brauche deine Aufmerksamkeit nur einen Moment."

„Was kann ich für dich tun?“

Nervös rutschte sie auf den Sesselrand – merkte nicht, wie dabei ein paar Blätter auf den Boden fielen – und überlegte, ob er mit ihr über Finlay reden wollte.

Evan bückte sich, sammelte die Notenblätter ein und reichte sie ihr.

„Reverend Wilkie suchte mich vorhin auf, um mir zu sagen, dass unsere Gäste morgen früh gerne den Gottesdienst in Glenachan besuchen wollen. Ich nehme an, wir fahren dann alle zusammen, oder?“

„Oh? Du auch?“

Trotz der hässlichen Vorkommnisse merkte sie auf einmal, wie sehr sie ihren Vater vermisste.

Evan nickte.

„Mein Vater betet und liest die Bibel schon ganz früh, vor dem Gottesdienst. Man erwartet mich dazu.“

„Dann werden wir beide dort sein. Ich werde den Gästen sagen, dass wir sie an der Kirche erwarten.“

Catriona lächelte. „Danke.“

Sie war glücklich, weil er ihre Familie respektierte, und erleichtert, weil er weder über Finlay noch die Pächter sprechen wollte.

Er blickte auf die Notenblätter.

„Arbeitest du an den Liedern, die wir verbrennen mussten?“

Catriona entdeckte das Funkeln in seinen Augen und verspürte ein Kribbeln im Körper.

„Ja, die habe ich fast alle wiederhergestellt, jetzt schreibe ich noch ein paar auf, die Morag MacLeod mir diese Woche beigebracht hat.“

„Wie viele sind es denn schon?“

„Insgesamt einhundertvierunddreißig Lieder in Gälisch und Englisch – mit Noten und Anmerkungen über alle wichtigen Details, die ich über die Lieder erfahren habe“, erklärte sie, während sie aufstand.

„Wirklich bewundernswert, was du dir damit für eine Arbeit machst. Ich bin richtig stolz auf dich. Bist du bald fertig damit?“

„Eine Sammlung alter gälischer Weisen wird nie vollständig sein. Im Hochland und auf den Inseln gibt es sicherlich noch Tausende unbekannter Lieder, niemand weiß das so ganz genau. Um sie alle zu sammeln, bräuchte es ein Menschenleben. Ich sammle nur die Lieder vom nordwestlichen Hochland. In den letzten Jahren habe ich alle Crofterhäuser in diesem Tal und viele in den angrenzenden Tälern aufgesucht. Ich bin so weit gegangen, wie mein Vater es mir gestattete, um Sänger zu treffen, die die Melodien noch kannten.

Evan legte seinen Arm um ihre Taille.

„Kein Wunder, dass du unbedingt im Hochland bleiben willst.“

„Ich muss hier bleiben, Evan. Wegen der Lieder und aus anderen Gründen. Ich kann nicht weg.“

„Wenn du hier die Lieder alle gesammelt hast, könntest du die Sammlung anderswo vervollständigen. Und in Edinburgh sind Verleger, die wären bestimmt sehr an einer Veröffentlichung deiner Arbeit interessiert.“

Sie trat einen Schritt zurück.

„Denkst du immer noch an den Verkauf?“

Er zog sie wieder an sich.

„Heute Nacht sind wir übereingekommen, das Thema eine Weile ruhen zu lassen. Zumindest so lange, bis unsere Gäste abgereist sind.“

„Stimmt.“ Sie schwieg nachdenklich. „Dennoch, ich will nicht fort von hier, und die Lieder will ich auch nicht veröffentlichen.“

„Nein? Schottische Balladen sind zurzeit sehr populär.“

„Und jagen den Lesern Angst und Schrecken ein. Das könnte ich mit diesen Liedern nicht machen. Gälische Weisen sind Teil der uralten magischen Seele des keltischen Hochlands. Die ersten Lieder lehrte mich meine Mutter. Ich habe erst angefangen zu sammeln, nachdem so viele Menschen aus diesem Tal vertrieben worden waren, die Menschen ihre alten Lieder mitgenommen hatten. Weil die gälische Kultur immer schneller aus dem Hochland verschwand, merkte ich, dass ich etwas tun kann, um die Musik, die ich liebe, zu retten."

Sein Blick zeigte Verständnis und Respekt.

„Ein weiterer Beweis deiner tiefen Liebe für diese Region und seine Kultur", sagte er nachdenklich und führte sie langsam zur anderen Seite des Zimmers.

Zwischen überfüllten Bücherregalen stand ein Kamin, darüber hing ein großes Porträt an der Wand.

„Es wurde ein paar Jahre vor seinem Tod gemalt", erklärte Evan.

Das Ölgemälde zeigte ein Brustbild des verstorbenen Earls.

Catriona hatte George Evan Mackenzie, Evans Vater, nie persönlich kennen gelernt, hatte auch nie Lust dazu verspürt, nun war sie indessen neugierig. Sie legte den Kopf zurück und studierte das Bild.

Trotz der grauen Haare, der feisten dicken Gestalt ähnelte ihm der Sohn. Die gleichen feinen Gesichtszüge, die gleichen haselgrünen Augen. Nur in den zusammengekniffenen Brauen, den herunterhängenden Mundwinkeln erkannte sie einen Ausdruck von Unzufriedenheit und unversöhnlichem Groll. Ein einsamer, ärgerlicher Mann. Sie wusste, dass die Countess ihn viele Jahre, bevor dieses Brustbild gemalt worden war, verlassen hatte. Mit ihren beiden Kindern, Jean und Evan, war sie ins schottische Tiefland gezogen.

„Weshalb hat ihn deine Mutter verlassen?", fragte sie nach.

Evan seufzte.

„Meine Mutter ist eine starke Persönlichkeit, genau so eigensinnig, wie er es war. Sie liebt das Highland ebenso wie du. Sie engagiert sich immer noch in Wohltätigkeitsorganisationen für die Highlander. Ich glaube, sie wird dich von ganzem Herzen gern haben.“ Er drückte Catrionas Schulter.

„Damals, als ich noch ein Junge war, war sie mit der Entscheidung meines Vaters nicht einverstanden. Er wollte sein Vermögen mehren, die Ländereien erweitern, Schafweiden, Jagdgründe schaffen. Sie hasste es, wie kalt und mitleidslos er die Pächter behandelte, konnte ihn jedoch nicht davon abhalten. Ein strenger Gutsherr und ein strenger Vater war er – kein strenger Gatte. Auf seine arrogante Art liebte er sie. Ich glaube, er wurde noch strenger, nachdem sie ihn verlassen hatte. Aus Ärger vielleicht. Die grausamsten Vertreibungen fanden in den Jahren statt, während ich auf der Universität war, lange, nachdem wir von hier fort waren. Vielleicht wäre alles nicht so schlimm geworden, wenn er seinen Stolz hätte überwinden können. Er konnte nie zugeben, dass er Unrecht hatte.“

Sie legte den Kopf auf seine Schulter. „Bislang kann ich nicht behaupten, dass er diese Eigenschaften seinem Sohn vererbt hat.“

„Danke“, sagte Evan leise. „Das hoffe ich auch nicht. Allerdings hoffe ich, seinen scharfen Intellekt, seine Beharrlichkeit geerbt zu haben. Den Rest meines Charakters und meiner Erziehung beeinflussten meine Mutter und ihre Familie.“

Sie seufzte und schlang die Arme um seine Hüften, er drückte sie fest an sich. Ein Freudenschauer durchfuhr sie, als sie an die vergangene Nacht, an seine Leidenschaft, seine zärtlichen Umarmungen dachte. Sie fühlte sich sicher in seinen Armen. Ja, geliebt fühlte sie sich – obwohl er es ihr nie gesagt hatte. Sie konnte sich überhaupt nicht vorstellen, ihn jemals zu verlassen, so wie seine Mutter mit ihren beiden Kindern seinen Vater verlassen hatte.

Trotzdem hatte Evan immer noch ein Geheimnis. Sie fragte sich, ob sie jemals erfahren würde, weshalb er unbedingt einen Teil des Gutes verkaufen musste. Sie schaute auf zu dem Bildnis seines gestrengen Vaters und fürchtete, eines Tages könnte auch ihre Ehe durch einen Streit zerbrechen. Denn sie würde es nicht ertragen, wenn Evan Kildonan verkaufte und sie bitten könnte, mit ihm das Tal zu verlassen.

Evan senkte den Kopf.

„Darf ich dich etwas fragen, Catriona?“

„Ja?“

Sie wartete, mit klopfenden Herzen, fast angstvoll überlegte sie, was er wissen wollte.

„Vor Jahren, am letzten Tag, an dem mein Vater die Leute vertrieb, war ich auch hier“, begann er so leise, dass er kaum zu hören war.

„Ich weiß“, flüsterte sie. „Ich habe dich mit ihm zusammen gesehen.“

„Was sicherlich für meinen Ruf bei den Leuten im Glen Shee oder bei dir nicht gerade förderlich war. Als ich an jenem Tag das Tal verließ, war ich wütend. Ich hatte wegen der Vertreibungen einen heftigen Streit mit meinem Vater. Damals glaubte ich, nie wieder hierher kommen zu können, zumindest nicht hocherhobenen Hauptes.“

Plötzlich fühlte sie Sympathie. Wie musste der Sohn unter dem arroganten, selbstgerechten Vater gelitten haben? Catriona sah ihn verständnisvoll an, wartete darauf, dass er weiter sprach.

„Ich war sicher, dass sein Handeln nicht richtig war und er dieses Tal, noch dazu viele Hundert Menschenleben, ruinierte. Eigentlich wollte ich etwas anderes von dir wissen“, sagte er und legte dabei seine Hände auf ihre Schultern. „Als ich damals fortritt, hörte ich eine junge Frau singen. Sie stand auf einem Berg, das Haar leuchtete kupferrot“, er strich über ihr Haar, „und das Lied, das sie sang, war klagend und zu Herzen gehend. Ich teilte ihren Kummer, obwohl sie das nicht wissen konnte.“

„Jetzt weiß sie es“, sagte Catriona leise.

„Ich dachte es mir. Du warst es. Dieselbe Stimme hörte ich,

während ich vom Berg stürzte. Ich rappelte mich auf, folgte der Stimme und fand den Viehtreiberweg, obwohl ich im Nebel die Orientierung verloren hatte und mir schwindelig war. Ohne diese Hilfe wäre ich vielleicht ausgerutscht und weiter den Berg hinuntergefallen."

„Du hörtest mich singen?", fragte sie erstaunt. „Ich war auf dem Rückweg von der Bergwanderung mit Morag. Ich habe die Lieder geübt, die sie mir gerade beigebracht hatte. Ich wusste gar nicht, dass dir mein Gesang geholfen hat, mich zu finden."

„Dein Lied hat mich gerettet, Liebste." Er drückte sie fest an sich, sie legte ihren Kopf auf seine breite Schulter und genoss seine Nähe.

„Oh, Evan. Ich wusste es nicht", wisperte sie. Es gab so vieles, was sie nicht über ihn wusste – so vieles gab es zu lernen.

Er ließ sie los und schaute sie an.

„Siehst du, du hast mir mehr als einmal das Leben gerettet. Nun lass dir helfen. Was kann ich für dich tun?"

Sie sah ihn erstaunt an. „Mir helfen?"

„Die Handlungen meines Vaters haben viel Kummer in dieses Tal gebracht. Das weiß ich, Catriona, und mir ist auch klar, dass die Kultur ebenso wie die Menschen gelitten haben. Du versuchst, dieses Erbe zu retten. Kann ich dir irgendwie dabei helfen?"

Lange starrte sie ihn an, ein wenig verwirrt zunächst, dann erkannte sie, dass er es ernst meinte, und sie war dankbar und glücklich. Trotzdem, sie konnte ihm nicht von Finlay und den Pächtern erzählen, noch nicht. Obgleich sie langsam begann, ihm zu vertrauen. Vielleicht weihte sie ihn eines nicht allzu fernen Tages ein, und er würde Verständnis zeigen.

Dann allerdings dachte sie an Kenneth Grants Drohungen und beschloss, noch einmal mit ihm zu sprechen, um ihn zu überreden, die Angelegenheit zu vergessen.

Nun wusste sie auch, worum sie Evan bitten sollte. Eigentlich hatte sie nicht vorgehabt, ihm von Flora und den Feengesängen zu berichten, aber jetzt gestand sie ihm, dass sie sich kaum etwas mehr wünschte, als die alten Melodien zu lernen.

„Es heißt, die Feengesänge kommen nur im Glen Shee vor", fuhr sie fort, während Evan gespannt lauschte. „Ich habe nur ein paar dieser Lieder gehört, sie besitzen einen ganz besonderen Zauber. Wenn ich Kildonan und das Glen Shee verlassen muss, Evan, dann werde ich diese Lieder niemals lernen. Und wenn nicht ich, wer dann? Ich fürchte, eines Tages werden sie ganz in Vergessenheit geraten. Flora wird sie keinem Fremden anvertrauen. Sie ist sehr alt und sehr stur."

„Dir will sie die Lieder beibringen?"

„Ja, wenn ich die Prüfung bestehe, die sie mir auferlegt hat."

Obwohl Catriona befürchtete, Evan könnte es für Unsinn halten, erzählte sie ihm von dem Feenkristall, den sie Flora bringen sollte.

„Und du willst wirklich nach diesem Stein suchen?"

Catriona nickte. „Ja, unbedingt, das ist der Preis für diese kostbaren Gesänge. Allerdings weiß ich nicht, ob es überhaupt möglich ist, ihn zu finden."

Er schüttelte den Kopf und gab ein kurzes Lachen von sich.

„Und ich dachte, du wolltest keine Risiken eingehen."

„Ich lerne von dir, der Gefahr ins Auge zu sehen."

„Und ich lerne von dir, Liebste", raunte er, nahm sie wieder in den Arm und küsste sie so lange, bis ihre Knie weich wurden.

„Ich würde auf den Berg steigen und dir den Stein holen, du musst ihn lediglich selbst suchen", sagte er. „Nur du allein wirst wissen, wie der Stein aussehen soll. Freilich kann ich dir helfen, sicher hinaufzukommen und ihn zu finden. Wir werden auch nicht alleine sein. Nach den begeisterten Planungen zu urteilen, die ich in den letzten Tagen gehört habe, wird es auf dem Gipfel dieses Berges sehr eng werden. Was denkst du, Catriona Bhàn?"

Glücklich lachend schmiegte sich Catriona an ihn. Er küsste sie, immer und immer wieder, und jeder Kuss dauerte länger, war süßer und leidenschaftlicher. Dann fasste er sie um die Hüften, wiegte sie ein wenig hin und her.

Ihr Herz klopfte, sie wusste genau, was er wollte, und sie wollte es auch – hier und sofort.

„So, meine Liebe, du wolltest ungestört sein", flüsterte er und rieb seine Nase an der ihren.

„Wollte ich", wisperte sie.

Ihr Körper begann zu pulsieren und sich schmerzlich nach ihm und ihrer beider Geheimnis zu sehnen.

„Gut", sagte er, nahm sie bei der Hand und zog sie fort vom Kamin und dem herrischen Mann auf dem Porträt zu einem kleinen Bücheralkoven mit nur einem einzigen Ledersessel. Hier küsste er sie so plötzlich, so feurig, dass sie das Gefühl hatte, der Blitz träfe sie.

Sie rang nach Luft und umarmte ihn. Während er ihre Bluse aufknöpfte und sie an seiner Jacke nestelte, musste sie plötzlich leise lachen, weil ein Gefühl von Freude, Freiheit, Leidenschaft und Glück sich in ihr ausbreitete. Sie küsste ihn, drückte sich an ihn, während beide damit beschäftigt waren, einander lachend die Kleider zu öffnen.

„Ich denke, wir sollten uns beeilen", flüsterte sie und küsste ihn erneut, kurz und verlangend.

„Dieses Mal", sagte er und beugte sich über sie, bedeckte ihre Brust mit Küssen, befreite sie vom Mieder, liebkoste mit seiner heißen, feuchten Zunge ihre Knospen, „dieses Mal, Catriona Bhàn, wäre Eile sehr schön", wisperte er über ihre Haut, als sie vor Wonne laut stöhnte.

Wieder küsste er ihre Lippen feurig, und sie hätte geschrien, wenn er den Laut nicht mit weiteren heißen Küssen im Keim erstickt hätte. Dann schob er seine Hand unter ihre Röcke und fand den praktischen Schlitz in ihrem Höschen.

Sie rang nach Luft, denn zu spüren, wie er seine Finger sicher und hart zwischen ihre Beine gleiten ließ, war himmlisch und erregend. Ihr Herz raste, sie wiegte sich in seinen Armen, küsste ihn und wurde geküsst, wünschte, sie könnten sich all ihrer Kleider entledigen, seinen nackten Körper auf ihrem fühlen, spüren, wie seine Lippen sie liebkosten, wo immer sie ihn hinführte.

Er sank in den Sessel und zog sie zu sich herunter. Mit gespreizten Beinen saß sie auf ihm, die Röcke bauschten sich wie ein dickes Kissen um sie und über die Armlehnen des Sessels. Geschwind öffnete sie seine Hose gerade so weit, dass sie seinen heißen, festen Schaft mit der Hand liebkosen konnte. Evan keuchte leise und bäumte sich auf. Dann drang er tief in sie ein, goss seinen Samen in ihren Schoß, verborgen unter den keuschen Falten ihrer Röcke – im Versteck des kleinen Alkovens stillten die beiden leise ihr glühendes Verlangen nacheinander.

Die Gefühle, die sie überkamen, waren so neu, so vielfältig, sie fühlte ein solches Feuer, dass sie nicht mehr klar denken konnte. Sie bewegte sich und atmete im Rhythmus mit ihm, gab sich ganz dem feurigen Blitzen in ihrem Inneren hin.

Es fühlte sich so gut an, so richtig, so wunderbar, das war das Einzige, woran sie denken konnte – es fühlt sich so gut an.

24. KAPITEL

Sonntagmorgens, so empfand es Evan schon, seit er als kleiner Junge in der Kirche die Hand seiner Mutter gehalten hatte, da hatte der Himmel immer ein ganz besonderes Licht, da wehte stets ein laues Lüftchen, da war das Wetter nie schlecht, da klang der Gesang der Vögel melodischer denn je.

Ganz anders im Glenachan House. Hier herrschte eine gedrückte Atmosphäre – wie kurz vor einem Gewitter. Hier war es düster, hier warf ein trübes Licht bedrohliche Schatten, hier erklang kein Vogelgesang – wäre wohl auch nicht erlaubt gewesen.

Evan saß neben Catriona beim Mittagsmahl im Haus ihres Vaters und blickte von einem Familienmitglied zum anderen.

Bedrückte Mienen, wohin er schaute. Am Kopf saß der Vater, breite Schultern, gewaltiges Haupt, zornig und doch irgendwie hilflos, daneben sauertöpfisch die Tante, der Bruder ungewöhnlich zurückhaltend und nachdenklich. Und dann Catriona, still und liebenswert – wie sollte sie auch anders sein, seine Catriona.

Es wurde wenig gesprochen beim Essen. Ein großes Stück kaltes Roastbeef stand auf dem Tisch, dazu Gemüse und Brot mit reichlich Butter – alles abends zuvor zubereitet, so wie es sich für einen Haushalt geziemte, in dem die Sonntagsruhe strikt eingehalten wurde.

Es überraschte Evan, als Judith Rennie und Catriona aufstanden und einen ausgezeichneten Apfelkuchen, einen köstlichen Plumpudding und starken Kaffee servierten. Er hatte eigentlich gedacht, Süßigkeiten und alle Genussmittel wären auf dem Tisch des Reverend verboten.

Vor dem Mahl hatte man den Morgen beim Beten und Lesen der Bibel verbracht, die in diesem Haus nur ‚Das

Buch' genannt wurde. Über eine Stunde lang hatte der Vater Bibelverse intoniert, während Evan, Catriona und die übrigen Familienmitglieder um den Esstisch saßen. Anschließend waren sie alle in die Kirche gegangen, wo sich bereits die Bewohner der kleinen Hochlandgemeinde und die Gäste von Kildonan Castle versammelt hatten. Thomas MacConn hatte eine Predigt über den barmherzigen Samariter gehalten, erst auf Gälisch und anschließend für die fremden Gäste auf Englisch.

Eine ungewöhnliche Wahl für einen Predigttext, fand Evan angesichts der Tatsache, dass MacConn seine eigene Tochter bestraft hatte, weil sie einem Mann das Leben gerettet hatte. Vielleicht ist es eine Geste, MacConns Art, sich zu entschuldigen, überlegte Evan.

Er war ja schon erleichtert gewesen, dass Catriona morgens freundlich und mit so viel Zuneigung, wie der barsche MacConn und seine zugeknöpfte Schwester eben zeigen konnten, empfangen wurde. Ihm selbst begegneten sie respektvoll, mit freundlicher, kühler Zurückhaltung.

Nach dem Gottesdienst hatten sich Reverend Wilkie und MacConn über das Verfassen von Predigttexten unterhalten, und Evans Gästen wurden nach der langen Andacht kleine Kuchen und Limonade zur Erfrischung gereicht. Bevor die Familie sich zum Mittagsmahl setzte, waren Evans Freunde gegangen.

Sobald das Mahl beendet war, hoffte Evan, er und Catriona könnten sich nun verabschieden, doch es begann eine erneute Lesung aus dem Buch. Evan hörte geduldig zu. Es wäre unhöflich gewesen, zu gehen.

Schließlich meinte er, Mr. Gillie hätte schon lange genug draußen bei dem Gig auf ihn gewartet, und entschuldigte sich damit, sich um seine Gäste kümmern zu müssen. Er hatte fest angenommen, auch Catriona werde ihren Schal holen und ihre Haube aufsetzen, erleichtert, mit ihm entfliehen zu können. Zu seinem Erstaunen blieb sie sitzen, die Hände sittsam gefaltet, den Mund zu einem angespannten Lächeln verzogen. Sie wirkte, als wolle sie Glenachan nicht wieder verlassen.

Enttäuscht fragte Evan sich, ob sie wirklich vorhatte zu bleiben. War sie dem Einfluss des strengen Familienverbandes so schnell wieder erlegen? War sie etwa der Ansicht, die Ehe würde nicht halten? Wie war ihre seelische Verfassung? Er konnte es nicht erkennen. Ihre Miene war ausdruckslos, ihr Blick wich ihm aus.

„Wenn du möchtest, kannst du mich später abholen – nach dem Tee", sagte sie.

„Selbstverständlich", antwortete er leise, maßlos erleichtert.

Die Vorstellung, ohne sie zurückkehren zu müssen, war wie ein Stoß in die Magengrube gewesen. Den ganzen Tag über hatte er ein brennendes Verlangen nach ihr verspürt. Es war eine heilsame Kraft, die er aus dieser Liebe schöpfte. Jetzt erst erkannte er, dass er ohne sie nicht mehr leben konnte, wie sehr er sie brauchte, immer und ewig.

„Sicherlich möchtest du mit deinen Gästen wandern", fuhr sie fort. „Es ist herrliches Wetter und soviel ich weiß, hat Miss Jemima einen Ausflug mit der Kutsche geplant."

„Einen Ausflug? Am Sonntag?", fragte Judith Rennie entrüstet.

Catriona drehte sich um und starrte ihre Tante an.

„Ja. Am Sonntag", antworte sie, das Kinn etwas angehoben, mit der sanften Sturheit, die auch Evan schon bei ihr kennen gelernt hatte. Zugleich erkannte er, dass sie den Vater nicht verletzen wollte, ihm noch einen gewissen Respekt zollte, indem sie nicht mit ihrem Mann ging.

Evan ließ sich seine Enttäuschung nicht anmerken. Er verabschiedete sich mit einem Handkuss von ihr, weil er sie nicht vor den Augen des gestrengen Vaters und der sauertöpfischen Tante auf die Wange küssen wollte. Dann sagte er den anderen Familienmitgliedern Lebewohl und ging.

Das Gig hatte noch nicht ganz das Gelände von Glenachan verlassen und kaum die Straße erreicht, die durch die Heide führte, da wandte sich Catriona schon vom Fenster im Salon ab.

Fragend sah sie Finlay an. „Wann?“

„Gleich. Wir müssen abwarten, bis Lord Kildonan am anderen Ende des Tals ist. Erst packen wir noch ein paar Lebensmittel für die MacLeods ein, dann holen wir sie mit dem Ponywagen in Mrs. MacAuleys Gastwirtschaft ab. Sie wird ihre Verwandten zwar gut versorgt haben, dennoch brauchen sie eine Menge Lebensmittel für ihren kleinen Haushalt. Dann fahren wir mit ihnen hinauf zu der Schutzhütte. Ich warte nur noch auf jemanden, der versprochen hat, uns zu helfen.“

Catriona vermutete, er erwartete jemanden aus dem MacLeod-Clan, vielleicht Morag oder Mrs. MacAuleys Sohn.

Sie schaute wieder aus dem Fenster, das Gig war nicht mehr zu sehen. Wäre sie mit Evan gefahren, hätte es ihr niemand übel genommen. Auch wenn ihre Tante und ihr Vater damit ganz sicher nicht einverstanden gewesen wären, hätte sie den Sonntag in fröhlicher Gesellschaft an Evans Seite verbringen und an diesem wunderschönen Herbsttag mit ihm wandern können. Das war keine Sünde.

Es würde noch andere Sonntage geben, die sie mit Evan verbringen konnte – so hoffte sie jedenfalls inständig. Für seine Probleme musste eine andere Lösung gefunden werden als der Verkauf von Kildonan, der das Ende ihrer Ehe bedeuten würde.

Heute galt es, eine andere wichtige Aufgabe zu erfüllen. Gewiss konnte ihr Bruder ohne ihre Hilfe die MacLeod-Familie in der Schutzhütte unterbringen, jedoch war es ihr wichtig, ihn in allem, was er tat, zu unterstützen. Außerdem wollte sie den Neuankömmlingen als Countess of Kildonan das Gefühl vermitteln, sie seien willkommene Freunde im Glen Shee und keine Flüchtlinge.

Die Tür zum Salon wurde geöffnet und ihr Vater trat ein, wie oft in der letzten Zeit gestützt auf den Wanderstock. Catriona blickte verzagt zu Finlay. Was würde der Vater wohl zu ihrem Vorhaben an einem Sonntagnachmittag sagen?

„Seid ihr bereit?“, fragte Thomas MacConn seinen Sohn.

„Bereit?“ Catriona schaute von einem zum anderen.

„Die neuen Einwohner in die Schutzhütte zu bringen“, antwortete ihr Vater. „Ich habe Finlay versprochen, ihm zu helfen.“

„Papa, es ist Sonntag!“, erwiderte sie impulsiv, mehr aus Erstaunen, als dass es sie wirklich kümmerte.

Er schenkte ihr eines seiner seltenen Lächeln. Als sie ein junges Mädchen war, hatte er oft gelächelt – erst jetzt fiel ihr auf, wie sehr ihr dieses Lächeln fehlte.

„Ich weiß, dass es Sonntag ist, Mädchen – es ist Gottesarbeit, die wir verrichten.“

Er ging voran, hielt die Tür auf und bedeutete den beiden Kindern, ihm zu folgen.

„Hier auf diesem Pfad hat Lady Kildonan Sie gefunden? Faszinierend!“ Jemima wanderte neben Evan über den Viehtreiberweg, der von den Berggipfeln hinunter ins Tal führte. „Schade, dass Jeanie und Harry schon abgereist sind. Sie hätten bestimmt gerne gesehen, wo Sie verunglückt sind. Jean findet die ganze Geschichte ja so romantisch.“

„Sicher“, sagte Evan ein wenig entrüstet. „Ich mit blutigem Kopf, bewusstlos und bestimmt schwer wie Blei, und ein armes Mädchen, das mich über gefährliche, vereiste Hänge schleppt. Wirklich romantisch!“ Er grinste. „Um ehrlich zu sein, ich bin immer noch überrascht, dass sie mir keine drastische Lektion erteilt hat, wie man sich bei Nebel und Eisregen im Gebirge verhält.“

„Sie war sehr mutig, Ihre Countess“, meinte Emily Murray. „Ich weiß nicht, ob ich in dieser Situation auch nur halb so viel Mut besessen hätte." Sie schaute sich um. „Wo sind Sie abgestürzt?"

Evan blieb stehen und drehte sich um. „Dort!", sagte er nach einer Weile und zeigte nach links oben. „Dort von dem Felshang."

Auch Reverend Wilkie, der an der Seite seiner Frau direkt hinter Evan und seinen Cousinen ging, blieb stehen, legte die Hand gegen die Sonne schützend vor die Stirn und sah nach oben.

„Diesen schwarzen gefährlichen Hang sind Sie hinaufgeklettert? Das war dann ein langer, harter Sturz. Ein Wunder, dass Sie das überlebt haben. Wenn Sie bis da oben hinaufgestiegen sind, dann sind Sie entweder ein sehr guter Bergsteiger ... oder ein Idiot", scherzte Wilkie gutmütig grinsend.

Evan lachte leise. „Als ich an dem Tag loszog, hielt ich mich noch für den besten Bergsteiger, schließlich stellte sich heraus, was für ein Vollidiot ich war."

„Bis Sie Ihren rettenden Engel trafen – dann hielten Sie sich für einen Glückskerl", neckte Jemima ihn.

„In der Tat", bestätigte Evan leicht schmunzelnd.

„Sicherlich gibt es einen einfacheren Weg hinauf zum Beinn Shee", fragte Jemima, während ihr Blick forschend über den steilen Hang schweifte.

„Die gibt es zwar, allerdings sollen alle Wege ab einer gewissen Höhe schwierig werden", antwortete Evan.

„Da unser schottischer Alpenverein einstimmig beschlossen hat, während unserer Wanderung durch die Torridons den Beinn Alligin und den Beinn Shee zu besteigen, werden wir eine Route finden müssen, die für uns alle begehbar ist", sagte Jemima. „Keiner von uns kann einen so schrägen Felshang hinaufklettern."

„Nur Kildonan und Mr. Fitzgibbon", meinte Emily. „Und vielleicht Mr. Grant, er scheint ganz versessen auf gefährliche Kletterpartien zu sein."

Wilkie, der sich leise mit seiner Frau unterhalten hatte, drehte sich um. „Kildonan … meine Frau und ich hätten gerne gewusst, wo diese Schutzhütte ist."

„Dort, direkt hinter dem Kamm", zeigte Evan. „Ein wenig abseits des Pfades, den Berg hinunter, beim Bach."

„Wir werden uns das mal ansehen. Das könnte wichtig sein – für das Buch, das ich über die Torridons schreibe", erklärte Wilkie freundlich lächelnd, nahm seine Frau bei der Hand und wanderte mit ihr zum Kamm.

„Ach, da sind ja endlich auch Wetherstone, Mr. Grant und Mr. Fitzgibbon", freute sich Jemima, sobald sie die Männer über einen anderen Hang kommen sah. „Den ganzen Nachmittag trödeln sie schon hinterher. Das können sie nicht machen, wenn wir einen der schwierigeren Berge besteigen – dann müssen wir alle zusammenbleiben. Wir wissen, was geschehen kann. Denkt an Evan und Fitzgibbon, die waren auch getrennt."

„Ich hätte nichts dagegen, verloren zu gehen, wenn ich auf diese Weise einem attraktiven Fremden begegnen würde", sagte Emily und warf Evan einen so charmanten und schelmischen Blick zu, dass er laut lachen musste.

„Hallo, Kildonan!", rief Arthur, der sich ihm mit den beiden anderen Männern näherte. „Heckt ihr schon eine Route für morgen aus?"

„Ja, Fitz! Wir wollen dich die schwarze Wand dort hinaufschicken. Du sollst den Lewiser Gneis untersuchen", antwortete Evan. „Alle anderen, auch die Burschen mit den Picknickkörben, reiten auf Ponys über den Viehtreiberweg. Wir treffen dich dann auf dem Gipfel!

Arthur grinste. „Das mache ich. Allerdings nur, solange kein Eisregen einsetzt."

„Stimmt, es war mörderisch, über den Eisfilm zu klettern."

„Wenn Sie da hinauf wollen, Arthur, könnte ich Ihnen bei der Planung der Route behilflich sein", bot sich Kenneth Grant in seiner üblichen grimmigen, ernsten Art an. „So hoch wie ich ist noch keiner auf diesen gefährlichen Fels gestiegen. An einigen Stellen sind die Felsen instabil, der Grat ist so scharf, dass man kaum darüber gehen kann." Sein Blick glitt über die weiblichen Mitglieder der Wandergruppe. „Für Frauen mit ihren weiten Röcken ist das vollkommen unmöglich!"

„Mr. MacConn will als Führer mitkommen", erwiderte Evan. „Sie sind gerne eingeladen, uns zu begleiten. Jeder Ortskundige ist willkommen."

„Sicher", antwortete Grant.

Arthur langte in seine Tasche. „Ich habe ein besonders schönes Exemplar von einem Cairngorm gefunden." Er zeigte einen glitzernden Kristall, einen Rauchquarz, dessen Schönheit Jemima und Emily gebührend bewunderten.

„Kildonan!" Winkend kamen die Wilkies zurück über den Kamm. „Haben Sie nicht gesagt, die Hütte sei verfallen?"

„Ja, das halbe Dach ist eingestürzt."

„Hinter dem Kamm steht eine bezaubernde kleine Hütte", sagte Anna Wilkie. „Es wohnt jemand dort. Rauch kräuselte sich aus dem Reetdach, vor dem kleinen Haus stehen Pferd und Wagen. Sehr malerisch. Liebling, von dieser Idylle werde ich auf jeden Fall eine Skizze für dein Buch über das Bergsteigen in den Torridons machen", versicherte sie ihrem Mann.

„Bezaubernde Hütte?"

Evan sah sie verständnislos an und schritt in Richtung der Schutzhütte. Der Rest der Gruppe folgte ihm. Auf dem Kamm blieb er erstaunt stehen.

Die verfallene Schutzhütte, in der er und Catriona in dem Eissturm jene bitterkalte Nacht verbracht hatten, die Hütte mit dem halb eingefallenen Dach, mit den Ritzen in der Mauer, durch die der eisige Nordwind blies – diese Hütte war tatsächlich mit einem Mal ein gepflegtes, gemütliches Hochlandhäuschen geworden.

Das Dach war mit frischem Reet ausgebessert. Der Hof war gefegt, der Mörtel, mit dem die Außenwände neu verfugt waren, noch weiß, die Tür mit roter Farbe frisch gestrichen, neben der Tür lag ein Stapel Torf. Rauch kräuselte sich aus dem Loch in der Mitte des Dachs. Seitlich des Hauses standen Pferd und Wagen.

Wie Evan sich erinnerte, hatte Finlay den Wunsch geäußert, die alte Schutzhütte zu reparieren – weshalb so schnell? Und wer sollte hier wohnen?

Die Tür wurde geöffnet. Jemand trat aus dem Häuschen. Evan erkannte das kupferne Haar, die liebliche Gestalt seiner Frau. Sie drehte sich um, sprach zu jemandem. Finlay und Thomas MacConn tauchten hinter ihr auf.

Wieso waren sie an einem Sonntag hier oben? Verwundert verschränkte Evan die Arme vor der Brust, breitbeinig stand er auf dem Kamm des Hügels und schaute auf das kleine Haus. Er fröstelte, ein kalter Windstoß fuhr durch sein Haar, schlug ihm den Mantel um die Beine. Ein Tag, an dem man in Bewegung bleiben muss, dachte er, kein Tag, an dem man hoch auf dem Berg im kalten Wind stehen sollte.

Ein dritter Mann kam aus dem Häuschen, dann eine Frau mit einem Baby auf dem Arm. Zwei weitere Kinder standen schüchtern hinter ihr. Die Fremden waren schlecht gekleidet, die Kinder schienen zwar recht gesund, trugen jedoch keine Schuhe.

Catriona reichte der Frau die Hand, dann beugte sie sich zu den Kleinen hinunter, strich ihnen liebevoll über den Kopf, sagte noch etwas und wandte sich dann ab. Die MacConns gingen zum Ponywagen, die Familie zog sich zurück in die reparierte gemütliche Schutzhütte und schloss die Tür.

„Was zum Teufel geht da vor?“, murmelte Evan.

Grant stellte sich neben Evan und betrachtete die Szene einen Moment lang schweigend.

„Ja, Kildonan!“, begann er dann. „Ich hätte Ihnen schon

eher davon berichten sollen, nur wollte ich erst sicher sein … nun sehen Sie es selbst, dort ist der Beweis."

„Beweis? Wofür?", fuhr Evan ihn an.

„Schon eine Zeit lang habe ich vermutet, dass Ihr Verwalter ohne Ihr Wissen oder Ihre Zustimmung Pächter ansiedelt. Um genau zu sein, ehemals vertriebene Pächter. Offensichtlich ist das die letzte Flüchtlingsgruppe."

Während Arthur und die Wilkies sich zu ihnen gesellten, beobachtete Evan, wie Catriona und die beiden MacConns in den Wagen steigen wollten.

Dann allerdings blieb Catriona stehen, blickte den Berg hinauf und entdeckte ihren Mann und seine Gäste auf dem Kamm. Sie sagte etwas zu den beiden MacConns und ging dann – der schwarze Rock blähte sich im Wind – in Evans Richtung. Bruder und Vater folgten ihr in einigem Abstand.

Mit langen Schritten ging Evan ihr entgegen. Weit vor seinen Gästen traf er sie am Fuße des langen grasbewachsenen Hügels, der auf den Viehtreck führte.

„Was soll das bedeuten?", fragte er leise, als sie neben ihm stand. „Grant hat mich bereits informiert. Nun möchte ich hören, was du dazu zu sagen hast."

Catriona betrachtete ihn einen Moment lang schweigend, dann ging ihr Blick an ihm vorbei zu Grant, der sich mit der restlichen Gruppe näherte. Sie hob leicht das Kinn.

„Für einige Highlander, die vor Jahren das Glen Shee verlassen mussten, haben wir Häuser und Arbeit gefunden."

„Nicht wir. Ich habe es getan", sagte Finlay, der nun dazu kam.

„Und ich", sagte Thomas MacConn.

Stark und streitbar standen die drei MacConns vor Evan.

„Wie viele Familien? Seit wann?", fragte Evan ruhig.

„In den vergangenen zwei Jahren habe ich achtzehn Familien zurück ins Tal geholt", antwortete Finlay. „Sie waren alle von Ihrem Vater vertrieben. Es war allein meine Entscheidung."

„Und ich habe ihm geholfen", sagte Catriona.

„Pssst!", versuchte Finlay sie zum Schweigen zu bringen. „Ich fand sie überall ... arbeitslos in den Gossen von Edinburgh, beim Auflesen von Seetang und Treibholz an den Küsten, beim Lumpensammeln für einen Hungerlohn. Ich brachte sie her und gab ihnen Material, um ihre ehemaligen Häuser zu reparieren, die verlassen und niedergebrannt waren. Und ich gab ihnen Arbeit."

„Schafe hüten, scheren, zusammentreiben", sagte Evan.

Finlay nickte.

„Und die Häuser für die, die nach ihnen kamen, reparieren", fügte er hinzu und wies mit einer Geste zur Schutzhütte.

„Von der Wolle der paar Schafe, die sie selbst besitzen, weben viele auch Stoffe und haben so ein kleines zusätzliches Einkommen für die Familien", erklärte Catriona.

„Vermutlich stricken sie auch", sagte Evan grimmig.

Catriona nickte.

Er beobachtete die neue Familie, die aus der Schutzhütte kam und sich ihnen zögernd näherte.

Evan wusste nicht, was er sagen, wie er sich verhalten sollte. Abgesehen von den zusätzlichen Arbeitskräften im Frühjahr hing der Gewinn des Gutes von einer Hand voll Männer ab, die mehrere Tausend Schafe versorgten. Sein Vater hatte die Wirtschaftsphilosophie der Landvertreibungen vertreten – je weniger Highland-Familien in einer Region lebten und je größer die Schafherden wurden, desto höher fiel der Gewinn aus. Über Jahrhunderte hatten die Hochländer weite Landstriche besessen. Die Familien hatten sie – außer für ein paar handwerkliche Tätigkeiten – nur für ihre kleinen Gemüsegärten, für ein paar Schafe und Rinder genutzt. Mit der neuen Bewirtschaftung konnten neben den Schafweiden Tausende von Morgen Land gewinnbringend als Jagdreviere und Erholungsgebiete verpachtet werden.

Evan sah die MacConns schweigend an. Dort vorne kam die neue Familie immer näher und von hinten drängten sich vermutlich seine Gäste heran. Alle erwarteten sie eine Antwort von ihm. Was sollte er tun? Recht sprechen, Entschädigung verlangen? Finlay dafür mit Haft drohen, dass er eigenmächtig den Wünschen seines Arbeitgebers zuwidergehandelt hatte?

Catriona wich seinem Blick nicht aus. Ein wenig blass war sie, das flammend rote Haar und ihr Rock wehten leicht im Wind. Stark und unerschrocken stand sie da, bereit, ihre Leute zu verteidigen wie eine der sagenumwobenen keltischen Kriegerköniginnen.

Ihr Engagement für die Bewohner dieses Tals und ihre musikalischen Traditionen respektierte er. Sie verteidigte und bewahrte das, was ihr lieb und teuer war, mit der Opferbereitschaft einer Mutter oder einer Berggöttin.

Er liebte sie für dieses Mitgefühl, einer Kraft, die sie auch aus ihrer Liebe zur Bergwelt schöpfte. Und er bewunderte, mit welchem Mut und Einfallsreichtum Finlay und seine Schwester ihr Vorhaben durchgeführt hatten.

„Sehen Sie, mein Verdacht bestätigt sich", hörte Evan plötzlich Grants selbstgefällige Stimme neben sich. „Unverschämt, diese Eigenmächtigkeit von Ihrem Verwalter. So schmälert er Ihren Gewinn. Kriminell ist das. Der Mann sollte hinter Gitter. Und der Reverend ist auch noch dabei – an einem Sonntag! Der Mann könnte seine Stelle verlieren, wenn das jemand meldet. Unglaublich! Und Sie, Lady Kildonan? Sind Sie etwa auch an dieser anrüchigen Tat beteiligt?"

„Grant, halten Sie den Mund!"

Evan drehte sich nicht um, war hingegen versucht, den Mann mit der Faust zum Schweigen zu bringen.

„Zum Teufel, Kildonan! Ein Glück, dass ich mich gegen den Kauf Ihrer Ländereien entschieden habe", sagte Wetherstone. „So eine Rebellion wollte ich auf meinem Gut nicht haben. Mr. Grant, ich kann Ihnen nur empfehlen, Ihr Kaufangebot auch zu überdenken."

„Ach, für mich wäre das gar kein Problem." Grants Stimme war aalglatt. „Ich würde die Leute wieder vertreiben lassen – natürlich von einem anderen Verwalter. Den gegenwärtigen Verwalter würde ich rausschmeißen. Verhaften lassen!"

Evan hatte genug gehört. Zornig rammte er die Spitze seines Bergstocks in den Boden.

„Finlay, haben Sie die neuen Pächter für die Arbeiten an der alten Brücke eingeteilt?", fragte er streng. „Das hatte ich gestern angeordnet."

„Was? Die Brücke zu reparieren?", meinte Finlay.

„Genau! Ich brauche eine Arbeiterkolonne. Sie waren bevollmächtigt, diese Leute hier wieder anzusiedeln. Ich erwarte, dass Sie die Arbeiter aus den neuen Pächtern rekrutieren."

„B…bevollmächtigt?", stotterte Grant.

„Natürlich!" Gequält lächelnd drehte sich Evan um. „Hatten Sie etwa angenommen, Mr. MacConn hätte eigenmächtig gehandelt?"

„Genau das hatte ich gedacht. Und denke es immer noch!", schnauzte Grant.

„Der verstorbene Earl, mein Vater", fuhr Evan ihn zornig an, „hat zehn oder zwölf Jahre lang Hunderte, vielleicht sogar Tausende Menschen aus diesem Tal vertrieben, hat diese Menschen durch Schafe ersetzt." Mit einer Armbewegung zeigte er auf die Hügel ringsum. „Den Schafen geht es hier in den Bergen gut. Im Gegensatz dazu geht es vielen Leuten dort, wo man sie hingeschickt hat, nicht gut. Es wurde Zeit, dass sie zurückkommen. Wir besitzen genug von diesen blöden Schafen, und wir können die Hilfe gebrauchen. Sind Sie nicht auch meiner Meinung, Lady Kildonan?"

„Ja", antwortete sie mit lauter fester Stimme. Stolz richtete sie ihre Augen auf Grant. „Ich teile völlig die Meinung meines Mannes."

„Zum Teufel, Kildonan, was ist eigentlich los?", fragte Wetherstone.

„Er lügt, um seine Frau und ihre Familie zu schützen", sagte Grant. „Man hat die Highlander von hier vertrieben, weil sie nutzlos waren."

„Ein Irrtum meines Vaters", erklärte Evan zu Wetherstone gewandt. „Der Highlander ist ein willensstarker Menschenschlag. Er scheut keine Arbeit und ist intelligent. Wenn er will, dann kann er alles, sogar besser, schneller und auch einfallsreicher als die Leute, die aus dem Süden angeheuert werden." Evan drehte sich wieder um. „Ach, da fällt mir gerade ein, Finlay. Ich brauche noch eine zweite Mannschaft für eine andere Tätigkeit. Die Mauern von Kildonan Castle müssen frisch verputzt werden. Die Arbeit wird Monate dauern, vielleicht sollten wir besser erst nach der Schafschur im Frühjahr damit anfangen."

„Gut. Sonst noch was, Lord Kildonan?"

„Ja, noch eins, Finlay."

„Sir?"

„Verdammt gute Arbeit haben Sie während meiner Abwesenheit auf dem Gut geleistet, Finlay." Dann blickte Evan zu den Neuankömmlingen, neigte leicht den Kopf. „Seien Sie gegrüßt! Willkommen auf Kildonan und im Glen Shee."

„Das ... das sind Mr. William MacLeod, seine Frau Helen und ihre Kinder", überwand Catriona ihre Sprachlosigkeit. „Sie sind gerade von Inverness gekommen ... um auf dem Gut zu arbeiten. Mr. MacLeod, Mrs. MacLeod ... Lord Kildonan."

Die MacLeods nickten, und William, der seinen Hut abgenommen hatte, sagte: „Danke, Sir, für ... all Ihre Hilfe."

„Danken Sie Mr. MacConn und Reverend MacConn und natürlich auch Lady Kildonan", antwortete Evan.

Er zog seinen Stock aus dem Boden, wollte gehen, doch

dann drehte er sich noch einmal um.

„Übrigens, Mr. MacLeod, sind Sie verwandt mit Morag MacLeod oder Flora MacLeod, die oben in den Bergen wohnen?“

„Ja, Sir. Mutter Flora ist meine Urgroßmutter.“

Evan lächelte. „Sie wird sich bestimmt freuen, Sie wiederzusehen.“

Dann wandte er sich an Catriona: „Liebes, eigentlich wollte ich dich ja später am Glenachan House abholen. Weil wir uns ja nun schon hier getroffen haben, hast du Lust, mitzukommen? Ich mache nämlich mit unseren Gästen eine kleine Bergwanderung.“

„Ja.“

Sie umarmte ihren Bruder, küsste ihren Vater auf die Wange und flüsterte ihm etwas zu, etwas, das den großen stämmigen Mann mit den Tränen kämpfen ließ. Dann raffte sie ihre Röcke und rannte zu ihrem Mann.

Evan drehte sich abrupt um, wartete nicht auf sie, denn seine Gefühle waren in Aufruhr. Selbstverständlich hatte er Finlays uneigennützige Motive sofort erkannt und versucht, Ärger, insbesondere mit Grant, zu vermeiden. Zugleich hatte er auch voller Bestürzung feststellen müssen, dass Catrionas Geheimnis – diesen Menschen zu helfen – bedeutete, sie würde niemals das Glen Shee verlassen.

Niemals wird sie sich von diesem Ort trennen, sagte er zu sich selbst, während er schweigend vor ihr herging. Das hatte er jetzt verstanden: Nichts – und niemanden – liebte sie so wie dieses Tal und seine Menschen. Diese Erkenntnis schmerzte mehr, als er zugeben wollte.

„Evan!“ Sie hatte ihn eingeholt, versuchte, mit ihm Schritt zu halten. Die anderen, auch Mr. Grant, waren schon weit vorausgewandert – wohl, weil sie Abstand von Evan halten wollten, der immer noch vor Wut kochte. „Evan, warte!“

Schweigend drehte er sich um.

„Danke“, sagte sie leise. „Ich werde dir alles erklären, ganz bestimmt. Sag, weshalb hast du das getan?“ Glücklich sah sie ihn an.

„Loyalität“, brummte er. „Ich bin ein Highlander, auch wenn du das nicht glaubst.“

Dann drehte er sich um, ging schnellen Schrittes davon und ließ sie stehen.

25. KAPITEL

Es war ein silbrig klarer, kalter Herbsttag. Sie waren mit Ponywagen so weit wie möglich den Beinn Alligin hinaufgefahren, der sich am Ende des Tals erhob und dessen Hänge und Gipfel in Nebel gehüllt waren. Nun wanderten sie über die Heide Richtung Berg. Catriona, Evan und Finlay gingen voran, die restliche Wandergruppe – Arthur Fitzgibbon, die Wilkies, die Geschwister Murray, die Wetherstones und Kenneth Grant – folgte dicht hinter ihnen.

Catriona fröstelte leicht und zog sich das Plaid enger um die Schultern. Sie war froh, nicht nur einen dicken Flanellpetticoat und das schlichte braune Wollkostüm angezogen, sondern auch noch ihren langen karierten Schal mitgenommen zu haben. Zusammen mit den festen Halbschuhen war das zwar nicht die Garderobe, die man von einer Countess erwartete oder wie sie die anderen Damen trugen – sie hatten sich wieder wie zu einem Sonntagmorgengottesdienst herausgeputzt –, doch die Ausrüstung war praktisch und gut geeignet für eine anstrengende Wanderung und Kletterpartie.

Die Männer trugen Tweedanzüge, Bowlerhüte und Stiefel mit dicken Sohlen. Alle, Männer wie Frauen, waren mit knorrigen Bergstöcken ausgerüstet. Die Männer hatten Rucksäcke aus Öltuch umgeschnallt. Evan, Finlay und Arthur trugen außerdem noch feste Hanfseile, Äxte und Eisenhaken in ihrer Ausrüstung, für den Fall, dass sie steile Hänge, glatte Felswände oder gar Strecken mit Eis und Schnee überwinden mussten.

„Das ist nicht die beste Jahreszeit für eine Gebirgswanderung“, sagte Finlay und blickte zum wolkigen Himmel. „Mai, Juni sind die richtigen Monate. Im Frühjahr ist es gefährlich wegen der Schneeschmelze, im Sommer plagen einen die Mücken, im Herbst und im Winter ist das Wetter unberechenbar. Doch da Sie ja unbedingt dort hinauf wollen, dürfen wir die Tour nicht auf einen anderen Tag verschieben. Das Wetter kann sehr schnell umschlagen. Vielleicht wird es sogar wieder schneien."

„Im Winter ist die Sicht in den Bergen fantastisch", sagte Arthur, der hinter Finlay ging. „In den Alpen liegt immer Schnee. Davon lassen sich die Bergsteiger dort nicht abhalten – im Gegenteil, gerade deshalb besuchen sie die Alpen."

„In unseren Bergen kann es bei Eis und Schnee sehr gefährlich werden. Kildonan hat diese Erfahrung ja schon gemacht", antwortete Finlay. „Schauen Sie sich um, die höheren Regionen der Torridons liegen unter einer dichten Schneedecke, das ganze Jahr über. Dort, wo wir heute hingehen, liegt nicht viel Schnee – hoffe ich jedenfalls."

Vor ihnen reckte sich das eindrucksvolle Bergmassiv in den blassgrauen Himmel. Die Kammlinie verlief über breite Rücken, schmale Grate, bizarre Kuppen und spitze Zinnen. Auf den Gipfeln glitzerten Schnee und weiße Quarzeinschlüsse und verliehen dem Auf und Ab des gewaltigen Gebirgsprofils Anmut. Der höchste Punkt im Zentrum dieser Gebirgskulisse war der Beinn Shee mit seinem steilen, vor Jahrmillionen in der Mitte gespaltenen, horstartigen Doppelgipfel. Zwei kahle, schroffe Felsen sahen einander über eine tiefe Scharte an, die in ein schräges, mit Geröll und kümmerlichen Grassoden bedecktes Plateau überging.

Während die Gruppe über dieses Geröllplateau wanderte, blieb Catriona stehen und schaute auf die gigantische Scharte. Sie war noch ein kleines Mädchen gewesen, als ihr Bruder dort tödlich verunglückte. Dort war auch Evan bei seinem Versuch, die fast senkrechte Felswand zu überwinden, abgestürzt und über die vereisten Hänge bis hinunter auf den Viehtreiberweg gerutscht, wo sie ihn schließlich gefunden hatte.

Und nun wollte sie selbst diese grausame schwarze Schräge hinauf? Wollte den Feenkristall suchen, von dem Flora behauptete, er sei nur auf dem Beinn Shee zu finden? War sie verrückt, einem solchen Ansinnen zuzustimmen? Wie eine Märchenfigur kam sie sich vor, die, begleitet von ihrem geliebten hübschen Prinzen, ein geheimnisvolles Amulett suchen sollte. Nur der Prinz war böse und enttäuscht von ihr und würde sie am Ende verlassen, weil sie ihn hintergangen hatte, um anderen Menschen zu helfen.

In diesem Augenblick wurde ihr klar, dass der Stein, der ihr vor kurzem noch so wichtig erschien, gar nicht mehr das war, was sie sich wirklich von ganzem Herzen wünschte: Diesen Prinzen zu lieben und von ihm geliebt zu werden, darauf wollte sie nicht mehr verzichten, und ohne diese Liebe verlor das Geschenk der Feen an Glanz.

Den ganzen Morgen über war Evan kühl und zurückhaltend, seine Stimme leise und desinteressiert gewesen. Seine Hand hatte stets nur kurz ihren Arm oder ihre Taille berührt, wenn er ihr über steilere Wegstrecken hinweggeholfen hatte. Sie benötigte die Hilfe zwar nicht, akzeptierte sie trotzdem nur zu gerne, weil sie seine Nähe liebte. Die ganze Zeit überlegte sie, was er wohl dachte, was er wohl vorhatte. Die letzte Nacht hatte sie vergeblich in ihrem Schlafzimmer auf ihn gewartet, hatte gehofft, sie könne ihm erklären, weshalb Finlay und sie ohne Wissen und Erlaubnis des Earls die Vertriebenen zurück ins Tal geholt hatten.

Finlay drehte sich um und wartete auf die anderen. Die Wilkies und die Wetherstones, Arthur Fitzgibbon, die Murray-Schwestern und Kenneth Grant schlossen langsam auf.

Auch Catriona drehte sich um. Sie mied Grants flüchtigen Blick. Sie hatte ihm nichts zu sagen und hoffte, er würde sie in Zukunft nicht mehr belästigen. Sie ließ sich nichts anmerken, denn sie wollte den anderen, denen die gespannte Stimmung zwischen einigen Mitgliedern der Gruppe noch nicht aufgefallen war, die Freude an der Bergtour nicht verderben.

„Der hohe, in der Mitte gespaltene Gipfel dort, das ist der

Beinn Alligin. Wir nehmen diesen Weg zu den oberen Hängen", erklärte Finlay. „Der Viehtreiberweg geht über diese niedrigere Hügelkette und überquert dann bei einem Pass den Kamm."

Reverend Wilkie zog ein ledernes Notizbuch aus der Jackentasche. „Könnte man dem Gebirgskamm bis zum Ende folgen?", wollte er wissen, während er sich einige Notizen und ein paar Skizzen machte.

„Könnte man", antwortete Finlay. „Der Beinn Alligin hat die Form einer Sichel und ist mehrere Kilometer lang. Wir gehen zum Zentrum, vorbei an den ersten beiden Gipfeln, den Hörnern des Alligin, zum Beinn Shee und zum Sgurr Mhòr, dem großen Gipfel. Dort kehren wir um und kommen denselben Weg zurück."

„Mr. MacConn und ich haben uns für diese Route entschieden", erklärte Evan. „Der Abstieg hinter dem Sgurr Mhòr endet nämlich bei einer baufälligen Brücke, die zu überqueren zu gefährlich ist. Die Ponywagen warten dort wieder auf uns, wo wir sie verlassen haben."

„Oh, ich hatte angenommen, wir würden den Beinn Shee besteigen. Ich hatte mich auf eine richtige Kletterpartie gefreut", sagte Jemima etwas enttäuscht. Ihre Schwester Emily nickte heftig.

„Wir können auf den Gipfel klettern und ihn auch umrunden. Obgleich es nicht ratsam ist, in die Klamm zu klettern. Bei uns heißt sie Eag Dubh, das Schwarze Loch. Zumindest nicht ratsam für die Damen", fügte Finlay lächelnd hinzu, obwohl ihn seine Schwester missbilligend anschaute.

„Miss Murray, es ist gefährlich, den Beinn Shee zu besteigen. Auch wenn es ein paar tollkühne Kerle schon versucht haben", sagte Grant mit einem kurzen Blick zu Evan.

„Na ja, Kildonan und ich haben es probiert. Wenn das Wetter mitgespielt hätte, dann hätten wir es auch geschafft", rechtfertigte sich Fitzgibbon.

„Wir haben unseren Aufstieg am Fuß des Beinn Shee begonnen“, sagte Evan. „Wir haben uns regelrecht hinaufgearbeitet, es war ein sehr schwieriger Aufstieg, und der Abstieg – na ja, so nicht unbedingt empfehlenswert.“

Catriona sah ihn an, er hingegen mied ihren Blick.

„Unsere heutige Route wird bestimmt nicht leicht sein“, erklärte Finlay. „Das hier wird keine gemütliche nachmittägliche Bergwanderung, hinauf, ein Picknick, wieder hinunter und pünktlich zum Tee zu Hause … das geht nicht.“ Mit einem kurzen Blick zum Himmel fügte er hinzu: „Und das Wetter ist auch wankelmütig. Es könnte Regen geben. Wenn uns das wirklich droht, dann rate ich zur sofortigen Umkehr, egal wie weit wir gekommen sind.“

Die Gruppe setzte sich wieder in Bewegung. Sie wanderten über mit Heide und Ginster bewachsene Hänge und über Geröllfelder, bis sie zu einem munteren Gebirgsbach kamen, dessen Wasser schäumend weiß über die Felsen sprudelte.

Finlay holte ein starkes Seil aus seiner Ausrüstung. Fitzgibbon hielt es am einen, Grant am anderen Ufer. An dem Seil entlang von Stein zu Stein springend überquerten Catriona und Evan den Bach zuerst und halfen dann den anderen der Gruppe hinüber.

Nur Lady Wetherstone weigerte sich, über den Bach zu gehen. Wie ein Pferd, das vor dem Hindernis scheute, stand sie da. Ihr Ehemann und Evan versuchten sie zu überreden, vollkommen ohne Erfolg. Als dann auch noch ihr Rocksaum nass wurde, bestand sie darauf, sofort zurückzukehren. Es blieb Lord Wetherstone nichts anderes übrig, als sie zu begleiten. Man merkte es ihm deutlich an, wie enttäuscht er war, die Wandertour abbrechen zu müssen.

„In welche Wildnis sind wir hier geraten? Keine ordentlichen Brücken, keine Straßen, nicht einmal ein Pfad. Ach, und den ganzen Weg muss man zu Fuß auf den Berg klettern“, beklagte sie sich so lautstark bei ihrem Mann, dass es alle hören konnten, obwohl sie sich schon längst vom Rest der Gruppe verabschiedet hatten. „Wir haben die Alpen bestiegen, Gebirge doppelt so hoch wie diese schottischen Berge, und das war wesentlich leichter. Erinnern Sie sich, Sir? In Chamonix hat man uns auf Esel gesetzt, nette kleine Kinder haben sie am Halfter geführt. Fast bis zum Gipfel sind wir so geritten, tausende Meter hoch. Nicht einen Bach ohne Brücke mussten wir überqueren!"

Catriona fing Evans unwilligen Blick auf. Sie vermutete, er dachte das Gleiche wie sie – vielleicht ist es doch gut, dass die Wetherstones sich gegen den Kauf von Kildonan entschieden haben. Insbesondere Lady Wetherstone fehlte die Begeisterung für das schottische Hochland.

Weiter oben reckten sich schlanke Kiefern über schräge Felshänge, durch tiefe Runsen suchten sich Bäche rauschend ihren Weg den Berg hinunter. Der Hang wurde steiler und enger, der Fels schroffer, mit spärlichem Bewuchs von Moos-, Gras- und Heidebüscheln. Schafe und ein paar wilde Ziegen weideten hier oben, standen auf winzigen Felsvorsprüngen, kletterten über steile Schrägen und sprangen ohne Hast davon, wenn sich die Menschen näherten. Adler segelten so ruhig vorbei, dass Catriona ihre weit ausgebreiteten Schwingen, ihr glänzendes Federkleid betrachten konnte.

Sie wanderte hinter Evan und Finlay, es folgten die Murray-Schwestern und die Wilkies. Arthur Fitzgibbon und Grant bildeten die Nachhut, gingen etwas langsamer, weil Arthur häufig stehen blieb, das Gestein untersuchte, Gesteinsproben sammelte und alles in einer kleinen Kladde notierte.

Catriona bemerkte, wie Grant sie beobachtete. Sein Blick war stechend, irgendwie beunruhigend. Er hatte nur das Nötigste mit ihr und Evan gesprochen, seit er am Morgen auf Kildonan erschienen war. Bislang war sie ihm aus dem Weg gegangen und hoffte, es würde ihr auch weiterhin gelingen. Von seinen Drohungen, die ja nach Evans gestriger geschickter Stellungnahme wirkungslos waren, hatte sie niemandem erzählt. Sie war erleichtert, weil sie Evan auch niemals davon berichten und vor allem mit Grant nie wieder verhandeln musste.

Sie hatte während der Wanderung bereits ein paar Mal den kalten Blick bemerkt, mit dem Grant sie beobachtete. Jedes Mal war ihr ein kalter Schauer über den Rücken gelaufen. Auch jetzt, während sie den Berg hinaufwanderte, war sie sich seiner Gegenwart nur allzu bewusst. Still wie ein böser Schatten folgte er ihr.

Sie konnte und wollte Evan nichts sagen. Allein die Erinnerung an Grants Drohungen und seine körperlichen Annäherungsversuche ließen sie unwillkürlich näher an Evan rücken. Ihre Arme stießen gegeneinander. Still fasste er sie am Ellbogen. Trotz ihrer ungelösten Probleme, der Kluft, die sich zwischen ihnen aufgetan hatte, fühlte sie sich beschützt und irgendwie getröstet. Sie lächelte schüchtern.

Langsam und stetig ging die Gruppe bergan. Oft pausierte sie, genoss das weite, grandiose Panorama der Berge im Osten, Loch Torridon im Westen und durch Nebelschleier einen verheißungsvollen Blick auf das Meer und die Hebriden. Nebelschwaden zogen vorbei, allerdings blieb der Regen aus.

Schließlich erreichten sie den Gebirgskamm, der von Gipfel zu Gipfel führte wie über den gekrümmten Rücken eines riesigen Fabelwesens, dessen unförmigen Körper die steilen Felsflanken bildeten. Neunhundert Meter waren sie in den letzten drei Stunden in die Höhe geklettert. Unter ihnen lag die Welt im Nebel, über ihnen erstreckte sich der herrlich weite blaue Himmel.

Arthur hob ein paar Steine auf, ließ sie fallen und verfolgte, wie sie über die Felsen in die Tiefe sprangen. Lachend griff auch Jemima nach einem Stein.

„Schauen Sie nicht hinunter“, warnte Grant. „Sie könnten das Gleichgewicht verlieren. Schade, wenn so ein hübsches

Mädchen den Steinen folgen sollte.“

Er drehte sich um und lächelte Catriona an, still und ernst. Das Herz schlug ihr bis zum Hals, einen Moment lang fragte sie sich, ob er wirklich fähig war, jemandem Schaden zuzufügen. Sie dachte an seine Drohungen, an die schrecklichen Minuten, in denen er sie von der baufälligen Brücke hatte stoßen wollen. Es war ihr unverständlich, weshalb er so böse und verärgert war.

Sie wandte sich ab, wollte nicht mehr daran denken. Dennoch war sie richtig erleichtert, als sie Evans hilfsbereite Hand im Rücken spürte, während sie hintereinander über den schmalen Kamm gingen.

Finlay holte ein Seil aus seinem Rucksack und knotete es erst sich um die Hüften, dann um Jemima und schließlich um Emily. Zunächst kicherten die beiden Schwestern noch fröhlich und waren von der Kletterei begeistert, dann wurde die Route immer steiler, und sie wurden zunehmend stiller und ernster. Reverend Wilkie und seine Frau folgten, auch mit einem Seil gesichert.

Catriona schüttelte den Kopf und ging ruhig weiter, als Evan ihr anbot, sie auch zu sichern. Trotzdem war sie froh, wenn er sie hin und wieder mit kräftigem, vertrautem Griff an der Hand oder am Arm hielt. Aufgewachsen in den Bergen, machten ihr Höhen und steile Abgründe keine Angst, nur die heftigen, kalten Winde auf dem exponierten Kamm irritierten sie.

Eine dünne Wolkendecke legte sich um die Berge unter ihnen. An einer Stelle, die zwischen zwei Kammspitzen etwas ebener war, drängte Finlay zu einer kurzen Rast. Sie aßen Hafermehlplätzchen und Käse, Limonadenflaschen machten die Runde. Anna Wilkie und die Murray-Schwestern machten Skizzen, die sie anschließend in ihren tiefen Rocktaschen verschwinden ließen. Reverend Wilkie schrieb in sein Notizbuch. Kenneth Grant und Arthur unterhielten sich kurz mit Evan und wanderten dann noch etwas weiter über den Kamm zu einer Stelle, wo sie sich hinsetzten und die grandiose Aussicht bewunderten.

Die Luft war rein und zugleich dünn und kalt. Glücklich lächelnd setzte sich Catriona auf einen abgeschrägten Felsbrocken, zog die Füße unter den Rock und betrachtete mit Ehrfurcht die fantastische Szenerie, die sich meilenweit hinstreckte.

Sie schaute zu Evan, der sich neben sie hockte. Schweigend, die Arme auf die Knie gestützt, leistete er ihr eine Zeit lang Gesellschaft.

Dann begann Catriona zu sprechen, und auch Evan redete, sie fielen einander ungeduldig ins Wort, jeder wollte zuerst loswerden, was er so lange zurückgehalten hatte. Während des gemeinsamen Aufstiegs, durch die Hilfe, die sie einander beim Klettern gegeben hatten, begann sich die Kluft, die sich zwischen ihnen aufgetan hatte, wieder ein wenig zu schließen.

Catriona wollte endlich alles erklären, sich entschuldigen, da sich dann jedoch zuerst die Wilkies, später auch Finlay und die Murray-Schwestern zu ihnen setzten, schwieg sie.

Schließlich kam auch noch Kenneth Grant. Er hielt eine flache silberne Flasche hoch, öffnete sie und bot sie Catriona an. Sie lehnte kopfschüttelnd ab.

„Das ist keine Limonade, das weckt die Lebensgeister“, sagte er. „Bei dem eisigen Wind hier oben sollten wir alle einen Schluck davon nehmen.“

Grants Stimme klang eigenartig, und sie überlegte, ob er vielleicht schon mehr als einen Schluck genommen hatte.

„Wir brauchen bestimmt keine belebenden Getränke, wenn wir über den Kamm des Beinn Alligin gehen“, antwortete sie.

„Natürlich nicht.“

Er scheint doch nüchtern zu sein, nur ein wenig überschwänglicher, ein wenig leutseliger als üblich, dachte sie.

„Sie kennen den Brauch unter Bergsteigern ganz sicher auch. Auf dem Gipfel nimmt man einen kräftigenden Schluck. Eigentlich trinkt man ja Brandy, weil wir hier in Schottland sind, habe ich eine Flasche Whisky mitgebracht.“ Er hielt die Flasche hoch und trank.

Evan sah ihn streng an. „Noch haben wir den Gipfel nicht erreicht. Deshalb rate ich Ihnen, wenn Sie einen klaren Kopf behalten wollen, das Zeug wegzustecken. Außerdem … üblich ist ein Schluck, nicht die ganze Flasche.“

„Fast sind wir schon oben“, sagte Grant und grüßte mit der Flasche die geteilte Spitze über ihnen. „Bald klettern wir über diese schmalen, scharfen Felsspitzen, bald sind wir am großen Black Notch, bald sind wir am Sitz der Feen tief unten in der Erde. Mit ein paar Schlückchen sollten wir das jetzt schon feiern.“

Mit einer umfassenden Handbewegung zeigte er auf den Ort, wo die Gruppe saß, auf die Ansammlung schwarzer Felsriffe und Bruchstufen, die drei Spitzen bildeten, über die man klettern und die man umrunden konnte.

„Dort hinauf zum Gipfel des Eag Dubh, zum Black Notch, zu klettern, das ist keine echte Herausforderung“, sagte Grant. „Da gehen wir einfach auf seiner Rückseite den hohen Kammweg entlang. Wenn man den Beinn Shee richtig besteigen will, muss man durch das Black Notch klettern. Das hat bisher noch niemand geschafft. Sie nicht, Kildonan, nicht der Bruder ihrer hübschen Countess und auch nicht Mr. MacConn.“

Er nickte Catriona aufmunternd zu. „Lady Kildonan, warum erzählen Sie uns nicht die Geschichte von Eag Dubh?“

Fassungslos starrte sie ihn an. Bemerkte Finlays eisige, wütende Miene. Sie konnte es nicht fassen, sich nicht vorstellen, dass Grant von ihr verlangte, die Geschichte vom tragischen tödlichen Absturz ihres Bruders, vom Unfall ihres Vaters zu erzählen. Es gab jedoch noch eine andere Geschichte, und sie nickte, froh, weil ihr etwas einfiel, womit sie ihren Bruder von Grant ablenken konnte.

„Sein voller Name lautet Eag Dubh na h-Eigheachd", begann sie. „Das bedeutet Spalte der Klagenden. Seit Generationen haben Schäfer und Jäger diesen Teil des Gebirges gemieden. Es wird erzählt, manchmal dringe Jammern und Wehklagen aus der großen Spalte zwischen den Bergspitzen und dass dies vielleicht der Ruf der Feen sei, die im Berg gefangen sind. Doch es sind nicht die guten Feen, die den Menschen helfen und wohlgesonnen sind, sondern dunkle Wesen, die im Erdinneren eingeschlossen sind und dort auf der Lauer liegen. Böse Kreaturen. Manche sagen, das Wehklagen sei die Stimme des Berges, der nach einem Opfer ruft. Es heißt, wenn die Stimme laut zu hören ist, dann schweigt sie nicht ... bis jemand dort unten stirbt."

Die Zuhörer sahen sie einen Moment lang schweigend an. Dann begann Reverend Wilkie, in sein Notizbuch zu schreiben. Seine Frau war blass geworden.

„Oh, ich wünschte, wir hätten die Geschichte vorher gehört. Dann wäre ich nicht hierherauf gekommen", meinte Jemima leise, und Emily, die neben ihr saß, nickte heftig.

„Der Wind heult nur durch die Felsspalte, nichts anders", versuchte Evan sie zu beruhigen.

Grant nickte. „Natürlich! Dumm, etwas anderes zu denken! Dennoch – eine schöne Geschichte."

„Lady Kildonan!" Arthur kam näher. Er war in der Zwischenzeit um eine der Felsnadeln gewandert. „Sie hatten mich mal gefragt, ob hier oben auch Kristalle zu finden seien?"

„Ja." Froh über die Ablenkung drehte sie sich zu ihm um.

Er streckte ihr seine geschlossene Hand entgegen und öffnete sie vorsichtig. „Schauen Sie, was ich gefunden habe. Etwas sehr Kostbares ... Kristalle, wunderschöne sogar." Auf seiner Handfläche glitzerten ein paar weiße Kristalle, das Licht brach sich vielfach an ihren Kanten und Ecken.

„Oh!“ Sie sprang auf. Nahm die Steine entgegen. Strahlte ihn an. „Wo haben Sie die gefunden? Das muss ich sehen!“

Arthur drehte sich um und lud sie ein, ihm zu folgen. Er führte sie unter einen Felsvorsprung und zeigte auf den Boden. Catriona stockte fast der Atem. Im Schutze der vorragenden Felsterrasse glitzerte und funkelte es im schwarzen Gestein – ein schmales, gut erkennbares Kristallvorkommen.

Sie kniete sich nieder, betrachtete die Kristalle, tastete ehrfürchtig und staunend mit dem Finger darüber. Auch der Rest der Gruppe war nun herangekommen, und während sie mit vielen Ohs und Ahs die Steine bestaunten, suchte Catriona die Gesteinsschicht mit den Augen nach dem Zauberstein ab, von dem Flora gesprochen hatte. Obwohl es unter dem Felsvorsprung etwas dunkel war, konnte sie keinen Kristall erkennen, der von innen heraus erstrahlte. Sie schaute Evan an, der neben ihr kniete.

„Wunderschöne Steine“, murmelte er.

„Ja. Nur der Stein, den ich suche, ist nicht dabei.“

„Dennoch sehen sie fantastisch aus“, sagte er, brach ein kleines Stück aus dem größeren Verband und legte es ihr wie ein Juwel auf die Hand. „Bring es deiner Freundin Mrs. MacLeod mit.“

Catriona nickte und brach noch ein Stück heraus. Es ging ganz leicht, stellte sie ein wenig verwundert fest. Der Kristall war perfekt in der Form, glänzend wie dickes Glas. Sie war entzückt von ihrer Entdeckung, und dennoch hatte sie das Gefühl, dass es nicht das war, wonach Flora verlangte.

Fröhlich schwatzend sammelten auch die anderen, jeder für sich, ein paar Kristalle. Dass es genug davon gab, entdeckte Catriona, als sie wieder aufstand und sich umschaute. Sie schienen wie Blüten und Moose aus dem großen schwarzen Felsblock zu treiben.

Mrs. Wilkie drehte sich um, trat ein paar Schritte zurück und wollte gerade die Kristalle, die sie gesammelt hatte, ihrem

Mann zeigen, als sie aufschrie. Auf der abschüssigen Fläche, übersät mit Schotter aus herausgebrochenem lockeren Gestein, fiel sie vornüber auf die Knie, Füße und Röcke schienen in der Luft zu baumeln. Vergeblich versuchte sie, sich am Fels festzuhalten.

„Oh", jammerte sie, während sie langsam nach unten glitt.

Evan, Wilkie und Finlay stürzten los. Evan erreichte sie zuerst, ließ sich auf die Knie fallen, griff nach ihr und zog sie hoch. Weinend klammerte sich Anna an ihn. Evan schloss sie in seine Arme und versuchte, sie mit leisen Worten zu beruhigen. Erst als John Wilkie kam, half er ihr aufzustehen und überließ sie dem Schutz ihres Mannes.

Mit klopfendem Herzen eilte Catriona hinüber.

Anna weinte und zitterte. Humpelnd ließ sie sich von ihrem Mann auf sicheres Terrain zu einem Gesteinsbrocken führen, wo er sie fürsorglich platzierte.

„Ihr Knöchel …", sagte Wilkie und sah sich gleichzeitig nach Grant um. „Sie sind doch Arzt, Sir!"

„Hm, darf ich mal sehen?"

Grant kniete neben Anna und nahm ihr Bein mit dem Stiefel am Fuß in die Hand, tastete und bewegte vorsichtig den Fuß. Anna wimmerte leise.

„Wahrscheinlich nicht gebrochen, allerdings böse verrenkt. Wir müssen ihr den Stiefel ausziehen. Der Knöchel muss straff gewickelt werden, damit er etwas Halt bekommt. Irgendwie müssen Sie ja wieder den Berg hinunter. Glauben Sie, Sie werden das schaffen, Mrs. Wilkie?"

Anna Wilkie nickte mutig, ihr hübsches Gesicht hatte alle Farbe verloren.

Catriona hockte sich neben Anna und hielt ihre Hand.

„Haben Sie eine Bandage?", fragte sie Grant.

„Im Rucksack."

Er drehte sich um und holte eine Leinenbandage heraus, während Catriona begann, Annas Stiefel zu öffnen und den

Schuh vorsichtig vom Fuß zu ziehen. Selbst durch den leichten Wollstrumpf konnte sie fühlen, wie Annas zarter Fußknöchel anschwoll. Dann kam Grant mit der Binde zurück und bandagierte über dem Strumpf Fuß und Knöchel. Anna versuchte, nicht laut zu jammern, trotzdem entging Catriona nicht, dass sie starke Schmerzen hatte.

„Das werden Sie jetzt brauchen, Madam", sagte Grant und reichte Anna die Flasche. „Trinken Sie und zieren Sie sich nicht!"

Anna nahm die Flasche, trank, verzog das Gesicht und nahm noch einen Schluck.

„Ich bringe sie zurück ins Tal", erklärte sich Wilkie bereit.

„Sie werden Hilfe brauchen. Vielleicht kann sie nicht die ganze Strecke laufen. Ich begleite Sie", bot sich Evan an.

„Ich komme auch mit", sagte Finlay. „Sie werden einen erfahrenen Führer benötigen. Der sicherste Weg hinunter ist nämlich nicht der, den wir für den Aufstieg gewählt haben."

„Und ich gehe auch mit zurück ... nur für den Fall, dass Anna die Hilfe einer Frau braucht. Kommst du auch mit, Emily? Vor unserer Abreise von Kildonan bietet sich bestimmt noch eine Gelegenheit, wieder hierherauf zu gehen", sagte Jemima.

Emily nickte, die braunen Augen vor Schrecken weit geöffnet. „Der Aufstieg und der Ausblick sind wirklich einzigartig, um ehrlich zu sein, ich habe nicht den Wunsch, näher an dieses Black Notch zu klettern." Sie blickte ängstlich zu dem riesigen, gespaltenen Berggipfel hinauf. „Ich glaube, mir reicht es, was ich vom Beinn Alligin und Beinn Shee gesehen habe. Ich komme mit euch. Anna braucht uns."

Evan sah Catriona an. „Wir sollten die Tour hier abbrechen, lass uns ein anderes Mal den Berg besteigen."

Catriona zögerte und musterte nachdenklich das gespaltene Profil des Beinn Shee. So nahe war sie dem kostbaren Stein gekommen. So kurz vor dem Ziel wollte sie nicht aufgeben. Nur konnte sie das den Wenigsten, die hier oben standen, erklären. Allein Evan wusste von ihrer Suche nach dem Feenkristall, ausschließlich Evan und Finlay würden verstehen, dass sie die Aufgabe vollenden musste, um Floras Wunsch zu erfüllen und von ihr die Feengesänge zu hören.

„Sicher, Anna braucht uns. Wir werden alle zurückgehen", antwortete sie schließlich. Und während sie die Kristalle in ihrer Tasche berührte, hoffte sie, diese würden vielleicht doch Flora MacLeods Gefallen finden.

Evan nahm ihre Hand. „Hätten Sie etwas dagegen, wenn ich mit Lady Kildonan hier noch etwas verweile? Sie ist ganz hingerissen von diesem Platz, und ich würde mich auch gerne hier noch etwas umsehen. Es ist mein Berg, vermutlich sollte ich ihn auch erkunden, wenn sich mir die Gelegenheit bietet", fügte er lachend hinzu. „Gehen Sie ruhig schon einmal voraus, und wir folgen Ihnen gleich."

„Ja, das ist ein romantisches Fleckchen Erde", grinste Arthur. „Lassen wir die beiden noch etwas hier. Bleibt nicht zu lange!"

„Bestimmt nicht", erwiderte Evan.

Er hielt immer noch Catrionas Hand und ließ sie auch nicht los, während die anderen ihre Sachen einpackten und sich langsam an den Abstieg machten. Grant und Wilkie hakten Anna links und rechts unter und stützten sie, wo immer das auf dem schmalen Pfad möglich war. Anna biss die Zähne zusammen und humpelte tapfer voran. Allein der Anblick verursachte Catriona Schmerzen. Sie wusste, dass die junge Frau einen langen, qualvollen Weg vor sich hatte, bis ihre Begleiter sie endlich tragen konnten.

Dann wandte sie sich Evan zu.

„Danke", sagte sie.

Er nickte lächelnd und sah sich um.

„Nun, wo meinst du, könnten sich diese Feenkristalle verstecken? Ja, und wie sehen diese Schlawiner überhaupt aus?"

Catriona lachte.

„Nicht ich, Sie sind der Geologe, Sir!“

Schmunzelnd nahm Evan sie bei der Hand.

„Komm, wir steigen vorsichtig hinauf zum Beinn Shee. Lass uns hoffen, der Berg ist uns heute wohlgesonnen und verlangt nicht wieder ein Opfer.“

26. KAPITEL

Vorsichtig tastete Evan sich an der letzten Felsspitze entlang, dann kletterte er über Felsvorsprünge hinauf, die wie eine natürliche Treppe um den kaminartigen Gipfel lagen. Von diesem Punkt setzte sich der Gebirgskamm wie ein gezackter Drachenrücken fort, mal horizontal, mal steil abfallend, dann wieder ansteigend. Der Steilabfall führte zu einer Scharte im Gebirgskamm, und von dort stieg der Fels wieder an und formte den hohen Kegel des Beinn Shee.

Evan betrachtete den Zugang einen Moment lang genau.

„Dort könnte es glatt sein", sagte er zu Catriona gewandt. „Folge genau meiner Spur, ich suche uns sicheren Halt."

Catriona nickte und folgte genau seinen Anweisungen. Der Wind zerrte an ihrem Plaid, schlug ihr die Röcke um die Beine, ihre Haube, die ihr eine Bö vom Kopf geweht hatte, baumelte auf ihrem Rücken. Als sie das Band enger schnüren wollte, löste es sich, die Haube flog davon und segelte in die Tiefe.

Evan führte sie sicher über den Grat und wieder hinunter in die Scharte. Hier pausierten sie eine Weile zum Luftholen. Misstrauisch blickte er zum Himmel. Die Wolken waren dunkler und dichter geworden. Es blies ein kalter, böiger Wind.

„Regen. Wir sollten uns beeilen."

Er ging wieder voran, aufmerksam bahnte er sich seinen Weg, vorsichtig balancierend setzte er jeden Fußtritt mit Bedacht links und rechts des zuweilen messerscharfen Gebirgskamms. Nach jedem Schritt versicherte er sich mit einem kurzen Blick über die Schulter, ob Catriona ihm folgte.

Ihm wurde ganz warm ums Herz, Stolz und auch Liebe stiegen in ihm auf, während er ihren anmutigen, geschmeidigen Gang beobachtete, wie sie ruhig und mutig voranschritt. Er blieb stehen und lächelte ihr zu.

„Du magst ja Gefahren scheuen, mein Mädchen, doch wenn sie dir gestellt werden, bewältigst du sie meisterlich. Ich sollte dich wohl besser Catriona Dàna nennen, Catriona die Mutige."

Sie lachte.

„Dein Gälisch ist besser, als ich dachte."

„Na ja, es reicht so eben!"

Er wanderte weiter, Catriona folgte ihm. Jetzt, da er diese überaus steile Schräge überquerte, die über den Kamm von den Zinnen zum Gipfel führte, war er sicher, einige seiner Freunde hätten sich geweigert, diesen Teil der Klettertour mitzumachen. Gut, dass sie vorher umgekehrt sind, dachte er.

Sie kletterten den schrägen Hang zum Beinn Shee hinauf. Seine andere, weniger steile Seite bestand aus vielfältigen Gesteinsschichten, in deren Spalten sich Moose festgesetzt hatten und wo an manchen Stellen eine dünne Schneeschicht lag. Evan verlangsamte das Tempo und holte Luft. Der Berg, auf dem er stand, verströmte eine gewaltige urzeitliche Kraft, geheimnisvoll und wuchtig wirkte diese mächtige Erhebung. Die Welt weit unter ihm, klammerte er sich an die Felswand. Winzig fühlte er sich, ohnmächtig und verletzlich.

Catriona war direkt hinter ihm, und er spürte die Stärke, die ihm die Liebe gab, die Stärke, sie zu beschützen und ihr bei dem zu helfen, was sie hier heraufführte. Er kletterte weiter, war erleichtert, weil er den Gipfel erreichte. Zwar hatte er schon höhere, gewaltigere, grandiosere Berge bestiegen – noch nie aber war ihm ein Aufstieg so anstrengend erschienen, nie zuvor hatte er einen Berg bezwungen, der so viel Kraft forderte und gleichzeitig so viel Leidenschaft und Enthusiasmus freisetzte.

Auf dem Gipfel blieb er stehen, verspürte einen leichten Schwindel, holte tief Luft und widerstand der Versuchung, in die Tiefe zu schauen. Stattdessen schaute er in die Ferne, über die spiegelglatte Fläche des lang gestreckten Sees, zum Meer und den Inseln, über die ein dünnes Wolkenband zog.

Ein Regentropfen fiel auf seine Hand – dann noch einer. Die Luft war feucht und weich, die Wolken hingen so tief, dass er fast das Gefühl hatte, den Dunst der Regenwolken einzuatmen.

Er blickte zurück, reichte Catriona die Hand und half ihr beim Rest des Aufstiegs. Schwer atmend setzte sie sich neben ihn.

Der große Gipfel war ein harmloser Kegel, steil, letztendlich trotzdem keine große Herausforderung an einen geübten Bergsteiger. Seine gespaltene Mitte bildete jedoch zwei gefährliche, sich gegenüberliegende Steilwände, eine etwas höher als die andere. Hinter der Kluft führte eine andere Route über den Abhang um die Rückseite des Berges und weiter über den Gebirgskamm.

Sie saßen am höchsten Punkt des Kegels. Erst beugte sich Evan vor und blickte hinunter in den tiefen Spalt, dann auch Catriona.

„*Ach Dhia*", staunte sie. „Eag Dubh, das Schwarze Loch, hat seinen Namen zu Recht."

„Ein finsterer, unheilschwangerer Ort", murmelte Evan.

Die Felswände an den Seiten der Spalte bestanden aus zerklüftetem, teilweise bröseligem schwarzen Gneis. Glatt und feucht war das schwarze Gestein und überzogen mit Moosen und Schneewechten. Hundert Meter und mehr tauchten die beiden Wände senkrecht in die Tiefe, wie bei einem riesigen vorzeitlichen Kamin. Der Wind fauchte durch den ungefähr fünfzehn Meter breiten Spalt, wirbelte die schneebedeckten Trümmergesteine von der Sohle auf. Über den Steilhang schossen sie zur Bergflanke und von dort Hunderte Meter hinunter bis ins Tal.

„Mein Gott. Und da wolltest du hinauf?" Catriona konnte es kaum fassen.

„Ich Narr habe es versucht. Bis zu dem unteren Felsvorsprung auf dieser Seite bin ich gekommen. Da bin ich abgerutscht, auf den Hang gefallen, und von da aus führte meine Spur durch den Schnee immer weiter in die Tiefe. Ich landete auf einem Felsvorsprung weit unten. Von da muss ich dann über die Hügel gelaufen sein und irgendwie den Viehtreiberweg gefunden haben."

Sie seufzte schwer. „Mein Bruder ist hier gestoben", sagte sie leise.

„Hier an dieser Stelle?"

„Man fand ihn weiter unten am Hang. Er ist genauso abgestürzt wie du. Finlay und mein Vater und ein paar andere entdeckten ihn Tage später. Er hätte gerettet werden können, wenn man ihn eher gefunden hätte. Er hatte nicht so viel Glück wie du", wisperte sie.

Er nahm ihre behandschuhte Hand und küsste sie. „Ich bin ein sehr glücklicher Mann", sagte er leise und liebkoste ihre Finger. Dann sah er sie wieder an. Der Wind toste um sie herum, zerrte an ihren Kleidern. Die Sturmböen waren fast stark genug, sie von ihrem Platz am Rand der Spalte zu fegen.

Er wollte ihr so vieles sagen, hier war nur weder der rechte Ort noch die rechte Zeit. Er wollte ihr sagen, wie sehr er sie liebte und er beim Sturz von diesem Felsen in ein neues Leben gefallen war. Mochte ihre Heirat auch überstürzt gewesen sein, er war sich seiner Liebe zu ihr und seiner Verpflichtung völlig sicher. Sein Herz brannte vor Liebe, er wollte sie besitzen, alles mit ihr teilen, ihr von seinen Verletzungen, von seinen bösen und glücklichen Erfahrungen erzählen, von seinen Zweifeln und seinen Zielen berichten, ihr seine Ängste und Wünsche gestehen.

Für all das würde später genug Zeit sein, das wusste er. Erst einmal wollte er ihr bei ihrer Suche behilflich sein, dann mit ihr in Frieden nach Hause gehen und von neuem anfangen. Und da er keine Zeit für lange Erklärungen hatte, konnte er seine Gefühle nur auf eine Art ausdrücken.

Er zog sie an sich und küsste sie. Zusammen saßen sie auf dem Gipfel der Welt, die er mit ihr auf immer und ewig teilen wollte. Jetzt wusste er, er konnte es niemals übers Herz bringen, Kildonan zu verkaufen. Irgendetwas würde ihm schon einfallen, wie er die Schulden des Gutes und seine eigenen tilgen konnte. Zwei Jahre hatte er nämlich jetzt schon die drei Familien unterstützt, die durch die kollabierte Brücke ihre Ernährer verloren hatten.

Niemand wusste davon, außer einem seiner Anwälte. In regelmäßigen Abständen überwies er Geld an die drei Witwen und ihre Kinder. Und Evan hatte gehofft, mit einem Teil des Erlöses aus dem Verkauf der ererbten Ländereien für sie ein Treuhandkonto bei der Bank einrichten zu können.

Der Unfall erschien ihm plötzlich schon so lange her, es schien ihm, er sei seither ein anderer Mensch geworden.

Er saß auf dem Gipfel dieses eigenartig magischen Berges, sah hinunter in etwas, das wie der Mittelpunkt der Erde aussah, und hatte das Gefühl, die grässliche Wunde in seinem Herzen, in seiner Seele, beginne allmählich zu heilen. Seit er Catriona zum ersten Mal begegnet war, seit er sich und sein störrisches, immer ängstliches Herz der Allmacht der Liebe überlassen hatte, fühlte er, wie er sich auf wundersame Art veränderte. So wie das Licht die Schatten verscheuchte, so kam auch für ihn allmählich wieder das Leben mit all seiner Schönheit zum Vorschein.

Glücklich lächelnd küsste er sie noch einmal. Sie schlang die Arme um ihn, und er ahnte, dass sie sich versöhnen wollte.

„Zu Hause ist ein besserer Ort dafür“, flüsterte er. „Komm, lass uns endlich diesen Feenflitter finden und dann von dieser grässlichen Höhe verschwinden.“

Catriona lachte. Sie schien fast ein wenig sentimental, als sie ihn ein letztes Mal küsste.

„Flora sagt, die Feenkristalle könne man nur auf dem Beinn Shee finden – nirgendwo sonst. Allerdings habe ich keine gesehen, als wir den Berg heraufgekommen sind.“

„Ich auch nicht. Vielleicht …“

Er stützte sich auf die Hände, beugte sich weit vor und spähte über den Rand des Abgrunds hinunter auf die zerklüftete Felswand mit den Schneewechten.

„Klüfte und Spalten, wohin ich sehe, Jahrmillionen alt. Diese Wand ist nahezu ideal für Kristalle. Weiß der Himmel warum, hier müssen sie wachsen.“

Catriona legte sich neben Evan flach auf den Bauch, streckte den Arm aus und tastete mit der Hand über die Felswand.

„Evan! Da sind Kristalle. Ich kann sie fühlen … aber nicht sehen und auch nicht herausbrechen. Versuch du es mal.“

Er langte so weit wie möglich nach unten, und auch er konnte die Kristalle in den Brüchen und Spalten des Felsens fühlen. An verschiedenen Stellen strichen seine Finger über die glatten, säulenartigen Flächen eines Kristalls. „Da gibt es jede Menge. Wahrscheinlich sind sie überall an den Wänden dieser Spalte eingelagert. Es ist Lewiser Gneis.“

„Schwarzes Schichtgestein mit Einlagerungen von weißem Quarz“, vollendete Catriona den Satz, und Evan lachte leise.

„Warte“, sagte er. „Ich glaube, an dieser Stelle ist es recht einfach, hinunterzugelangen.“ Er setzte sich auf, nahm den Rucksack, suchte etwas in seinem Innern und zog schließlich ein Hanfseil und eine Eisenkralle heraus.

Während Catriona ihn erstaunt beobachtete – und schließlich sogar energisch protestierte –, schlang er sich das Seil fest um die Hüften und verknotete das Ende mit der Kralle, die er nahe am Rand des Abgrundes fest in eine Felsspalte schlug. Dann nahm er seinen kleinen Eispickel und steckte ihn unter der Jacke im Rücken an den Gürtel.

Auf den Knien rutschend drehte er sich um und glitt mit den Füßen zuerst über den Rand der Felswand. Der Wind zerrte an seinen Haaren und seiner Jacke. Catriona versuchte, ihn an den Schultern festzuhalten.

„Nein! Es ist nur ein Kristall. Nein, Evan. Was ist, wenn du abstürzt? Das kann ich nicht zulassen. Tu das nicht, nicht meinetwegen."

Was wäre, wenn er abstürzte? Hatte er sich die letzten zwei Jahre nicht immer wieder gewünscht, abzustürzen? Wie in Trance blickte er den schwarzen Kamin hinunter, der ihm zuvor schon einmal beinahe das Leben genommen hatte, und er erinnerte sich an den nimmer endenden Fall in den Tod.

Der Fall in den Tod oder in die Liebe – beides war ein Weg, die Fesseln zu lösen, die ihm die Welt auferlegte, und Freiheit zu finden. Menschen waren von der Brücke gestürzt, die er konstruiert hatte. Der Untersuchungsausschuss hatte ihm zwar später bescheinigt, dass das Material fehlerhaft gewesen war. Er konnte sich selbst nicht die Schuld geben für fehlerhafte Träger und Nieten. Und dennoch fühlte er sich schuldig – er war nicht schnell genug ins Wasser gesprungen, um die Männer zu retten. Bei dem ersten Tauchgang hatte er gezögert, einen Augenblick lang die immense Höhe gescheut, weil er vor großen Höhen immer ein wenig Angst gehabt hatte. Dann war er doch noch gesprungen und hatte sich gefragt, ob er beim Aufschlag auf das Wasser so tief unter ihm sterben würde. Seitdem ließ ihn das Gefühl nicht mehr los, dieser kurze Moment des Zögerns könnte ein Menschenleben gekostet haben.

Er betrachtete Catriona und schüttelte lächelnd den Kopf. Eines Tages wollte er ihr von der Brücke erzählen und von seinen Gedanken über das Fallen. Er wollte ihr von allen erzählen, die zu Tode gekommen waren, für sie die drei toten Freunde wieder lebendig werden lassen. Vielleicht würde er ihr dann auch erzählen können, was ihn antrieb, auf Gipfel zu steigen und in Tiefen zu tauchen. Die Suche, die immerwährende Suche nach Vergebung. Er hatte in Höhen und Tiefen nach Vergebung gesucht, gejagt von schwerer Schuld und verzweifeltem Verlangen. Getrieben von Leichtsinn und Mut, heimgesucht von Albträumen, hatte er etwas gefunden, was er nie zu finden geglaubt hätte: die Liebe.

Er musste ihr diesen kleinen Liebesdienst erweisen – klein mochte er erscheinen im großen Plan seines Lebens. Er beugte sich vor und küsste sie, während sie vor ihm kniete. Dann glitt er nach unten.

Evan spürte den Fall im Magen, spürte den Ruck, als Seil und Eisenklaue anzogen und ihn hielten. Einen Moment lang hing er in der Luft. Dann, gesichert durch das Seil, drückte er sich gegen die Wand, stützte sich mit den Nagelschuhen ab.

Noch einmal blickte er nach oben, sah Catriona über den Felsrand gebeugt, ihr Gesicht so wunderschön, so bleich, so voller Angst um ihn. Er winkte ihr kurz zu und machte sich daran, den Fels abzusuchen nach den Steinen, die sie haben wollte.

Kristalle, so weit das Auge reichte. Sie glitzerten und blinkten im trüben Licht zwischen den beiden Felswänden, wie Diamanten strahlten sie im schwarzen Gestein. Unzählige Kristalle, er musste sie nur einsammeln.

Mit dem kleinen Eispickel schlug er sie heraus, hier und da, rechts, links und über Kopf. Sie blinkten in seiner Hand, hübsche, kleine Drusen, manche glitzernd und strahlend, manche klar oder milchig weiß. Einige zeigten eine leichte Färbung, das schwache Rot des Amethysts, das Topasbraun eines Rauchkristalls.

Er steckte sie in seine Tasche und erntete noch ein paar Steine. Bisher hatte er immer noch nicht den Stein gefunden, nach dem sie wirklich suchte – einen Kristall, der von innen heraus leuchtete. Er stieß sich mit den Füßen von der Wand ab, um einen größeren Abschnitt des schwarzen Felsens sehen zu können. Leicht vor und zurück schwingend blickte er nach rechts – und entdeckte etwas, das ihm bis dahin nicht aufgefallen war.

Wie ein Stern in der Dunkelheit blinkte etwas in einer

Spalte, nicht weit von seiner rechten Hand, eine Gruppe Kristalle. Er sah wieder nach oben, erspähte, wie Catriona winkte und die Hand nach ihm ausstreckte.

Dann schwang er sich nach rechts, streckte sich und hielt sich an einem schmalen Sims in der zerklüfteten Felswand, fand auch Halt für seine Füße und streckte die Hand aus. Direkt neben seinen Fingerspitzen glänzte es. Er schob sich weiter an der Wand entlang, mit dem Seil wie durch eine Nabelschnur sicher und fest verbunden mit dem Kliff. Er reckte sich so weit er konnte, schloss seine Finger um den Stein, zog daran und brach ihn heraus wie eine Blüte.

Glänzend lag der wunderschöne Kristall auf seiner Handfläche, das vollkommenste Juwel, das er je gesehen hatte. Glatt und klar wie Glas, es schien, als sei in dem Kristall ein zweiter eingeschlossen. Ein winziges, herzförmiges Farbtröpfchen in dem klaren Kristall verlieh ihm einen rosigen Schein. Einen Phantomkristall hatte er gefunden. Evan wusste, dass er etwas sehr Seltenes in der Hand hielt. Diese Rarität hatte einfach so dagelegen, auf seinem schmalen Sims im Feenberg versteckt, hatte der Kristall darauf gewartet, entdeckt zu werden.

Beinn Alligin nannte man auch den Juwelenberg, erinnerte Evan sich. Jetzt wusste er, warum. Die Feen waren wahrhaftig eifrig gewesen.

Er lachte leise und glücklich, hielt den Kristall gegen das Licht, das in die Felsspalte fiel, und erkannte den rosafarbenen mineralischen Einschluss. Exquisit, dachte er, glücklich, fast triumphierend lächelnd ließ er den Stein in seine Tasche gleiten. Dann schaute er nach oben.

Catriona hing immer noch weit über den Felsrand gebeugt und blickte zu ihm herunter.

Sie war nicht mehr allein.

Ein Mann stand neben ihr, den Fuß auf ihrem Rücken.

„Kildonan! Es ist aus!“, rief Kenneth Grant.

27. KAPITEL

Catriona spürte den Druck seines Fußes auf ihrem Rücken. Er nahm ihr die fast die Luft zum Atmen. Sie versuchte, sich zur Seite zu rollen, woraufhin Grant den Druck weiter verstärkte.

„Kildonan! Komm rauf!“, forderte er erneut. Die tiefe Stimme klang drohend und verhängnisvoll.

Sie spähte vorsichtig über den Felsrand. Evan hing noch am Seil. Ihr Herz verkrampfte sich vor Angst. Wenn Grant die Eisenkralle lostrat, würde Evan in die Tiefe stürzen – in den sicheren Tod.

Warum nur? Weshalb wollte Grant ihnen Böses zufügen?

Wieder versuchte sie, freizukommen. Er trat sie mit dem Stiefel in die Seite. Doch sie gab nicht auf, sie kämpfte, und es gelang ihr, sich halbwegs aufzurichten. Sie kniete vor ihm und dabei verfing sich ein Fuß über dem Felsrand in den Falten ihres Rockes. Grant packte sie hart am Oberarm.

„Was wollen Sie?“, schrie sie ihn an und versuchte verzweifelt, sich aus seinem festen Griff zu winden.

„Ich will, was mir rechtmäßig zusteht. Jetzt ist die Zeit gekommen, es mir zu holen, meine Ansprüche einzufordern.“

„Was steht Ihnen denn zu?“ Catriona konnte kaum atmen. Das Herz schlug ihr bis zum Hals. Grant hielt sie fest umklammert. Der Wind umtoste sie.

Sie wagte einen kurzen Blick nach unten und sah, wie Evan heraufkletterte.

Er hatte kein Wort von sich gegeben, keine Energie in nutzloses Rufen oder Argumentieren verschwendet. Er kam nur so schnell wie möglich nach oben.

„Verdammt“, murmelte Grant. „Ich sollte einfach das Seil kappen, dann wäre ich ihn los. Und Sie hinterher stoßen. Zwei Liebende abgestürzt im Black Notch, zwei arme Seelen, die sich zu nahe an den Felsrand gewagt haben.“

„Warum?“, fragte sie erneut. „Seit ich mit Evan nach Glenachan zurückgekehrt bin, haben Sie mich bedrängt. Irgendetwas muss Sie schrecklich wütend gemacht haben. Ich verstehe nur nicht, was. Nachdem Evan und ich geheiratet haben, schienen Sie noch wütender zu werden. Wollten Sie mich haben? Hassen Sie meinen Bruder so sehr, dass Sie ihn verraten müssen? Das kann es nicht sein. Was dann?“

„Wissen Sie es nicht? Können Sie es nicht ahnen?“, brüllte er und schüttelte sie dabei kräftig. „Sind Sie blind? Schauen Sie mich an!“

Irritiert starrte sie ihn an. Und plötzlich wurde ihr erschreckend klar, was sie zuvor nie bemerkt hatte.

Die braunen Augen, das braune Haar, die Figur ... wie die Kildonan Mackenzies. Er war groß und schlank, seine Stimme war tief und weich. Auf einmal glich er dem Porträt von Evans Vater, mehr noch dem von Evans gestrengem Großvater. Auch die Stimme klang mit einem Mal fast so tief und melodisch wie Evans Stimme. Der Mann auf dem Bild in der Galerie hatte sie seltsamerweise an jemanden erinnert, und Kenneth Grant war ihr immer merkwürdig bekannt erschienen – sie hatte nur die Ähnlichkeit nicht zuordnen können.

„Sie ... sind Sie ...“ Catriona rang nach Luft.

„Kildonans Sohn!“, schrie er. „Der Halbbruder Ihres geliebten Gatten. Der ältere Halbbruder wohlgemerkt.“

Er atmete schwer, schüttelte sie bei jedem Satz am Arm, so als wolle er damit seine sensationelle Enthüllung unterstreichen.

„Sie? Aber ... davon weiß Evan nichts“, keuchte sie und warf wieder einen vorsichtigen Blick über die Felskante. Ihr Mann war nun schon viel näher. Sie sah die kalte Wut, erkannte an seiner Miene, dass er gehört und verstanden hatte, was Grant gesagt hatte.

Ohne seinen brutalen Griff um ihren Arm zu lockern, ließ sich Grant plötzlich neben Catriona auf die Knie fallen, beugte sich über die Felskante und langte nach der Eisenklaue, die Evans Seil hielt.

„Nein!“ Wild und verzweifelt schlug sie um sich, wollte seinen Arm packen, ihn davon abhalten, die Eisenkralle herauszuziehen.

Er stieß sie weg, beugte sich vor, gerade weit genug, um zu Evan heruntersehen zu können.

„Ein Ruck und die Kralle ist draußen“, rief er.

„Lassen Sie meine Frau los“, brüllte Evan zurück.

Grants Drohung ignorierte er. Mit äußerster Anstrengung zog er sich höher, setzte Hand vor Hand, krallte die Finger in den harten Stein und suchte sicheren Halt für die Füße.

Catriona warf sich nach hinten, hoffte so, Grant mit sich vom Felsrand zu ziehen und weg von Evans Rettungsseil, seiner Verbindung zum Leben.

Doch Grant war groß und stark. Er rührte sich nicht vom Fleck – nahe, viel zu nahe am Rand hockte er. Wieder streckte er seinen langen Arm aus, tastete nach der Kralle in der Wand.

Sobald sich seine Hand um das Eisen schließen wollte, zerrte Catriona an seinem Arm, stieß ihn gegen die Brust, boxte ihn mit der Faust auf den Arm. Er versuchte sie abzuschütteln, aber sie wehrte sich, sie kämpfte, raste vor Wut.

Sie konnte es nicht zulassen, dass er Evan tötete. Notfalls wollte sie Grant eigenhändig über die Felskante stoßen, wenn sie damit Evans Leben retten konnte.

„Aufhören“, keuchte sie. „Aufhören! Warum machen Sie das?“

„Ich dachte, Evan Mackenzie käme nie wieder zurück nach Kildonan Castle“, grollte Grant.

Catrionas tätlicher Angriff kümmerte ihn kaum.

„Ich wollte ihm einen Teil der Ländereien abkaufen und den Rest einklagen. Wollte vor Gericht gehen, Anwälte sollten meine Ansprüche beweisen. Dann erschien der da hier, begegnete Ihnen, heiratete Sie. Mir wurde klar, dass er vielleicht für immer hier bleibt, alles in Besitz nimmt. Die Frau, das Land, das Erbe, alles das, was mir, mir allein gehört."

„Ihnen? Weshalb?", schrie Catriona, während sie weiter unablässig auf ihn einschlug.

Er war stärker als sie, seine Absichten böse und niederträchtig; ihre Entschlossenheit, Evan zu retten, gab ihr trotzdem genügend Kraft und Zuversicht. Diesen Kampf wollte sie nicht aufgeben. Sie zog und riss an seinem Arm, langte selbst über die Felskante und versuchte, Grants Finger von der Kralle zu lösen. Eisiger Wind aus der Spalte blies ihr ins Gesicht, zerrte an ihren Haaren. Ihr war schwindelig, trotzdem rückte sie nicht von der Stelle, lag halb mit ihrem Körper auf Grants Arm und versuchte, ihn von seinem schändlichen Tun abzuhalten.

„Warum? Ich war hier … er nicht!", antwortete Grant, nun auch ein wenig außer Atem. Dennoch ließ er die Kralle nicht los. „Ich habe dem alten Earl Gesellschaft geleistet, ich bin mit ihm auf die Jagd und zum Angeln gegangen, ich habe mit ihm über Politik und Schafzucht diskutiert. Und Sie, Kildonan?", schrie er in das Loch.

„Verdammter Kerl!", brauste Evan auf, während er weiter nach oben kletterte. „Lassen Sie meine Frau los!"

„Ich habe mit ihm Whisky getrunken, seinen Kopf gehalten, wenn ihm übel war, bis spät in der Nacht seinen Geschichten zugehört, Karten mit ihm gespielt, wenn er sich einsam fühlte. Und Sie, Kildonan?"

Evan antwortete nicht, wenngleich Catriona hörte, wie er näher kam, wie er schnaubte und wie seine Stiefel über den Fels schrammten. Wieder zerrte sie verzweifelt an Grants Arm.

Der ließ sich durch Catriona nicht von seinem Vorhaben abbringen. Ungerührt schien er abwarten zu wollen.

Sie befürchtete, dass er Evan, sobald dieser in Reichweite gelangte, zurückstoßen oder die Klaue lösen wollte. Vorsichtig glitt sie zurück, dann zerrte sie Grant an den Schultern, an den Hüften und versuchte erneut, ihn vom Felsrand zu ziehen. Versuchte ihn abzulenken und hoffte, Evan so etwas Zeit zu verschaffen, um die Felskante zu erreichen.

„Ich habe dem alten Kildonan das Gefühl gegeben, dass er seiner Frau und seinen Kindern kein Unrecht angetan hatte, als er vor Jahren mit meiner Mutter anbändelte", fuhr Grant fort, während er sich unwillig zu Catriona umdrehte und versuchte, sie abzuschütteln.

„Ihre Mutter? Wer ist sie?", keuchte Catriona. Kannte sie die Frau vielleicht?

„Sie ist schon tot. Ein einfaches Mädchen aus dem Hochland, gestorben bei meiner Geburt", erklärte er brummig.

Wieder packte er sie unerbittlich fest am Arm. Es schmerzte, wenigstens war es ihr gelungen, ihn einen Augenblick lang von Evan und der Felskante abzulenken.

„Der Verwalter und seine Frau haben mich adoptiert. Sie wussten, dass ich Kildonans Bankert bin. Sie zogen mich in Kilmallie auf, erhielten dafür vom Earl ein Schweigegeld."

„Sie haben geerbt, Land und Vermögen", keuchte Catriona. „Sie sind respektiert im Tal, Sie sind der Doktor! Reicht das nicht!"

„Ja, ja, das Gut ist gediehen mit dem Geld des Earls. Das reicht mir nicht! Weshalb soll ich nur der Doktor sein, nur ein kleiner Gutsherr, wenn ich der Earl sein kann. Na kommen Sie schon her!", maulte er. Er riss sie wütend an sich, schlang den Arm um sie, um so ihre Schläge abzuwehren. Dann sah er über den Felsrand. „Ich war der Sohn, den der Earl kannte, der, auf den er sich verlassen konnte!", rief er hinunter zu Evan.

„Sie haben keinen Beweis für Ihre Ansprüche", antwortete Evan, während er sich ächzend weiter hochzog. „Verrückte haben alle möglichen Fantasien."

„Ich habe einen Beweis", sagte Grant. „Briefe, in denen er mir von seiner Liebe zu meiner Mutter berichtet. Wissen Sie überhaupt, weshalb Ihre Mutter ihn verlassen und Sie mitgenommen hat? Weil er meine Mutter geliebt hat. Weil er schon einen Erben hatte. Mich!“

„Nein! Das hätte man mir erzählt.“

„Fragen Sie Ihre Mutter, weshalb sie ihn verlassen hat. Ach … dazu haben Sie ja sowieso keine Gelegenheit mehr. Bald werden Sie alles Irdische abgeschüttelt haben.“

Er ließ sich auf die Knie fallen und zwang Catriona, neben ihm zu knien.

„Es tut mir ja leid, dass Sie mit dem Leben zahlen müssen. Ich sollte der Earl of Kildonan sein. Wie ich gehört habe, interessiert Sie diese Gegend ja sowieso nicht. Sie sind lieber im Tiefland. Nun haben Sie eine hübsche Frau, das Mädchen, das ich haben wollte. Das unscheinbare Mädchen von Glenachan“, sagte er und zog Catriona näher. „Nein, nicht mehr das unscheinbare Mädchen. Eine wunderschöne Frau, die ich schon lange liebe, länger als jeder andere“, murmelte er und schaute sie dabei an. „Jetzt muss ich auch Sie töten, Catriona, zusammen mit Ihrem Earl, weil auch Sie die Wahrheit kennen.“

Er wirkte traurig, wirklich bekümmert, bemerkte sie.

„Kenneth“, begann sie. „Bitte, hören Sie mir zu …“

„Gut! Gleich kommt er“, sagte Grant, während er wieder zur Felskante blickte. Seine Stimme klang irgendwie erleichtert.

„Lassen Sie Catriona gehen“, brüllte Evan.

Einen Moment lang sah Catriona seinen Haarschopf und hörte das Kratzen seiner Stiefel auf dem Stein. Weshalb wollte Grant ihm plötzlich erlauben, heraufzukommen, fragte sie sich. Das Blut gefror ihr fast in den Adern. Kaltblütiger Brudermord.

„Ach Dhia“, stöhnte sie. „Evan! Bleib …“

Sie warf sich gegen Grant und versuchte, ihn aus dem Gleichgewicht zu bringen, damit er Evan nicht angreifen konnte, sobald dieser über der Felskante auftauchte.

Jedoch hielt Grant sie so fest in seinem Griff, sie konnte sich kaum bewegen.

„Kildonan! Ich wollte das Mädchen heiraten“, rief Grant. „Sie sollte meine Countess werden. Wenn ich nach Ihrem Tod als Ihr Bruder meinen Anspruch auf die Ländereien gelten machen will, kann ich Ihre Witwe nicht heiraten. Leider. Was für ein Trauerspiel! Ihr werdet beide sterben müssen.“

Grant drückte sie ganz eng an sich, dann küsste er sie hart und mitleidslos auf den Mund. Eine Windbö blies sie fast um.

Sie knieten so nahe am Felsrand, dass Catriona fürchtete, die Balance zu verlieren. Unwillkürlich warf sie sich gegen Grant und beobachtete mit Genugtuung, wie er rückwärts fiel. Trotzdem stürzte er sich sofort wieder auf sie, packte sie um die Taille und warf sich zusammen mit ihr auf den Boden – gefährlich nahe an der Kante.

Mit einem heftigen Ruck rutschte Catriona an den Felsrand und hielt sich mit einer Hand daran fest. Grant verlor das Gleichgewicht und fiel beinahe über die Kante. Augenblicklich packte er sie wieder, rollte sich böse ächzend mit ihr zurück.

Catriona streckte ihren Arm nach unten, Evan entgegen. Wenn sie schon beide sterben sollten, dann wollte sie ihn noch einmal berühren.

„Evan“, keuchte sie. „Oh Gott …“

„Liebes“, hörte sie ihn antworten.

Und plötzlich erschien sein Kopf neben dem ihren, seine Hände schlugen neben ihr auf den Fels.

Grant ließ Catriona sofort los, stieß sie beiseite, sodass sie ein wenig den Hang hinunter glitt. Während sie wieder hinaufkletterte, sah sie, wie Grant ihren Mann packen wollte.

Mit äußerster Kraft warf sich Evan gegen Grant und rollte direkt neben der Felskante mit ihm über den Boden. Impulsiv wollte sich Catriona zwischen die beiden drängen. Grant stieß sie mit dem Knie gegen die Schulter, sie taumelte zurück. Vergeblich versuchte sie dabei, nach Evans Jacke zu greifen, auch er stieß sie fort. Wieder rutschte sie auf den Knien heran, trotzdem gelang es ihr nicht, sich den beiden weit genug zu nähern, um sie zu trennen.

Die beiden wälzten sich am Boden, prügelten, boxten und droschen weiterhin erbittert aufeinander ein. Näher und näher an der Felskante, kämpften die beiden Männer auf Leben und Tod.

Catriona schrie und versuchte, Grants Fuß zu packen, erntete jedoch nur einen schmerzhaften Schlag gegen ihren Arm. Sie bekam seine Jacke zu fassen und versuchte, ihn so von Evan wegzuziehen. Der Wind erreichte auf einmal Sturmstärke, so als wolle er mit Macht in den Kampf eingreifen.

Keuchend, schnaufend, in wütender Umklammerung, die Hände am Nacken des anderen, die Gesichter zu wütenden Grimassen verzogen, wälzten sie sich hin und her. Grant lag unter Evan und bemühte sich wild entschlossen, endlich wieder freizukommen.

Eine plötzliche Windbö trennte die beiden Männer für einen Moment. Als Evan sich erneut auf seinen Widersacher stürzen wollte, versuchte Grant, sich mit einem Fußtritt zu wehren. Evan wich aus, und durch den Schwung rollte Grant halbwegs über die Felskante. Evan griff nach ihm, wollte ihn halten. Doch innerhalb von Sekunden hingen beide Männer über dem Rand des unheilvollen Abgrunds und rutschten langsam und stetig hinab.

Catriona schrie entsetzt auf. Ihr Herz sank mit ihnen in die Tiefe. Schluchzend kroch sie zum Felsrand, hörte einen Ruf und blickte verzweifelt hinunter.

Seil und Eisenkralle hatten gehalten. Das Seil fest um die Hüften vertäut, schwebte Evan ungefähr an der Stelle, an der er schon vorher gehangen hatte. Kenneth Grant klammerte sich an Evans Jacke und schlug wild mit den Beinen in der Luft.

Evan hielt sich mit einer Hand an dem straff gespannten Seil fest, mit der anderen hielt er verzweifelt Grant fest, den

Mann, der versucht hatte, ihn zu töten, und der nun immer noch kämpfte und beide in den Abgrund ziehen wollte.

„Da ist noch ein Seil und eine Kralle! Hol sie!“, rief Evan.

Catriona rutschte auf allen vieren zurück, griff sich Evans Rucksack. Hektisch, mit zitternden Händen holte sie Seil und Kralle heraus, die glücklicherweise schon miteinander verhakt waren, und kroch zurück an den Felsrand.

Evan hing noch am Seil, die Jacke halb heruntergerissen von Grants Gewicht. Grant strampelte, kämpfte ums Überleben, doch anstatt sich an Evan selbst festzuhalten, klammerte er sich nur an dessen Jacke.

Keuchend und schluchzend hievte sich Catriona so weit wie möglich über den Felsrand, schlug und drückte die Kralle in eine Felsspalte, dicht neben den Haken, den Evan zuvor schon eingeschlagen hatte. Sie probierte, ob die Kralle, die sofort Halt in der Felswand fand, auch wirklich fest genug saß.

„Wirf das Seil herunter“, rief Evan.

Sie ließ das Seil hinunter und beobachtete, wie Evan und Grant an einem Seil hin und her und gegen die Felswand pendelten.

Evan zog Kenneth am Arm und wollte ihm helfen, das zweite Seil zu packen.

Grant streckte sich, griff nach dem Seil und ließ dabei Evan los. Fast im selben Moment versetzte er Evan einen Tritt, und durch den Schwung verlor Grant das Seil wieder. Lautlos, mit weit ausgebreiteten Armen und Beinen stürzte er in die Tiefe.

Catriona schlug die Hände vors Gesicht.

Viel später standen sie Hand in Hand am Hang nahe der Feenbrücke und sahen hinunter ins Tal. „Ich glaube, jetzt verstehe ich es“, sagte Evan.

Wie ein Juwel lag das Schloss am Fuße der dunklen Berge, leichter Nebel zog über Kildonan und das Glen Shee. Ein traumhaftes, ein fantastisches Bild.

Catriona seufzte. Sie war immer noch schockiert, zutiefst verletzt und traurig über den Tod des Mannes, den sie für einen Freund gehalten hatte. Sie hatten ihn am Fuß des Black Notch zurückgelassen, nur mit seinem Mantel bedeckt. Evan wollte später mit Finlay und ein paar anderen Männern hinaufgehen, um ihn herunterzuholen.

Schweigend waren Catriona und Evan vom Berg abgestiegen. Sie hatten den Weg genommen, der auf der Rückseite um den Beinn Shee herumführte. Von dort waren sie dem Kamm bis zu dem Hang gefolgt, der dann zur Feenbrücke führte.

Fast zu Hause, dachte sie. Nur die kleine Brücke mussten sie noch überqueren. Sie schaute Evan an und berührte seine Hand. Er drückte sie.

„Was verstehst du jetzt?“, fragte sie leise.

„Dich und Finlay. Weshalb ihr es getan habt.“ Er blickte sie ernst an. Der Wind fuhr durch sein dichtes braunes Haar. Seine Augen glänzten so wunderschön, glücklich und traurig zugleich.

Catriona liebte ihn. Ein unbeschreibliches Glücksgefühl durchströmte sie, so stark, dass es beinahe schmerzte. Ganz sacht strich sie über die frische Wunde auf seiner Wange, dann über die alte Prellung unter dem Haaransatz, die er sich bei dem Sturz geholt hatte, nach dem sie ihn gefunden hatte.

„Was meinst du?“

„Ich entschuldige mich.“

Ihr Herz machte Luftsprünge. Lächelnd schüttelte sie den Kopf. „Ich sollte mich wohl besser bei dir wegen der Pächter entschuldigen, Evan. Ich hätte es dir sagen sollen. Ich hätte wissen müssen, du würdest darüber verärgert sein.“

Verständnislos sah Evan sie an. „Verärgert? Nein.“ Mit einem glücklichen Strahlen in den Augen fasste er sie um die Taille. „Ich war nicht verärgert über die Pächter, mein Mädchen. Ich weiß, wie sehr dir das Glen Shee am Herzen liegt –

euch beiden, dir und Finlay." Er ließ seinen Blick wieder über das langgestreckte grüne Tal schweifen, über dem Nebel und Sprühregen wie ein weicher silbriger Schleier lagen. „Ich verstehe es, weil auch ich das Glen liebe."

„Ich weiß", wisperte sie. „Ich kann es sehen. Warum warst du dann so verärgert?"

„Weil du mir nicht vertraut hast. Weil du dachtest, ich wäre ... wie mein Vater und würde die Leute wieder fortschicken."

„Du bist nicht wie dein Vater. Jetzt weiß ich es."

Lange betrachtete er sie schweigend.

Die haselnussbraunen Augen strahlten, sein Blick war klar, und sie spürte seine ruhige Kraft. Erleichtert lächelte sie, glücklich und überwältigt von der tiefen Liebe zu ihm, und legte ihren Kopf auf seine Schulter.

Evan beugte sich zu ihr herunter. „Catriona Bhàn", flüsterte er. „Catriona Dàna. Ich liebe dich."

Sie hielt die Luft an. Verwundert sah sie ihn an. Worte, die ihre eigenen Gefühle ausdrückten, aus seinem Mund zu hören – sie konnte es kaum fassen. Es war kalt und regnerisch, und trotzdem hatte sie das Gefühl, sie stehe im warmen, milden Sonnenlicht. Das Herz ging ihr auf. Unter Tränen lächelnd beugte sie sich vor.

Evan küsste sie zart auf den Mund. Sie spürte nicht den Wind, der an ihren Haaren, an ihrem Plaid zerrte. Catriona fühlte sich stark und friedvoll, war sich ihrer Liebe zu ihm ganz sicher.

„Ich liebe dich auch", hauchte sie und erwiderte seinen zärtlichen Kuss, der tief in ihrem Innern etwas zum Schmelzen brachte.

„Oh". Evan langte in die Tasche seiner zerrissenen, schmutzigen Jacke. „Fast hätte ich es vergessen. Ist es das, wonach du suchst?"

Strahlend lag der Kristall auf seiner geöffneten Hand, der

rosa herzförmige Einschluss blinkte unter der makellos glatten Oberfläche.

„Oh", flüsterte sie, nahm den Stein vorsichtig in die Hand und drehte ihn im fahlen Licht. „Fantastisch! Oh, Evan, … danke!" Stürmisch umarmte sie ihn und drückte ihren Kopf an seine Brust.

Evan hielt sie fest umschlungen, stütze sein Kinn leicht auf ihr Haar. „Zeig ihn Mutter Flora. Jetzt wird sie dir bestimmt alle ihre Lieder beibringen."

Catriona nickte. „Und … wenn du fortgehst von hier … dann gehe ich mit dir."

Er lehnte sich ein wenig zurück, damit er ihr Gesicht sehen konnte. „Wirklich?"

Sie nickte, Tränen standen in ihren Augen. „Ja. Ich liebe diesen Ort, er ist ein Teil von mir, doch … dir gehört jetzt mein Herz. Wie bei diesem wunderschönen Kristall – einer ist untrennbar mit dem anderen verwachsen. Ich kann nicht mehr ohne dich sein." Sie hielt den Kristall mit seinem wundersamen rosa Herzen hoch. „Wenn du in Edinburgh leben musst …"

„Oh!", unterbrach er sie. „Manchmal muss ich in Edinburgh sein, wenn auch nicht ständig. Ich glaube, ich kann die meiste Zeit hier auf Kildonan und im Glen Shee leben."

Freudig überrascht wandte sie sich ihm zu. „Ja?"

„Ja, meine Countess", sagte er und küsste sie aufs Haar. „Mit dir und den Kindern – so vielen, wie du dir wünschst und der Himmel uns schenken mag. Und natürlich mit all unseren Pächtern, so vielen, wie du haben willst", antwortete er und zog sie ganz nahe an sich heran.

Catriona lachte und schmiegte sich glücklich schluchzend in seine Arme.

„Lass uns nach Hause gehen", sagte er und nahm sie bei der Hand.

„Wir müssen die alte Brücke überqueren", warnte er sie,

als sie vor dem Übergang standen.

„Na ja“, sagte er, trat auf den ersten Stein und zog sie hinter sich den leichten Anstieg zum Bogen hinauf. „Wie war noch dieser Zauberspruch?“

Catriona lachte, Evan lachte, und gemeinsam gingen sie zu dem Loch in der Brücke. Sie flüsterte den Zauberspruch, hörte, wie er ihn wiederholte, und beobachtete, wie er mit einem langen Schritt über den Spalt sprang. Dann drehte er sich um, hob sie hinüber, stellte sie sanft auf die Brücke und nahm Catriona in die Arme. „Jetzt glaube ich an Magie“, sagte er und küsste sie.

EPILOG

Das ist also dein Bräutigam", sagte Flora. Die Hände auf die Hüften gestemmt, den Kopf leicht in den Nacken gelegt, damit sie ihn besser anschauen konnte, musterte sie Evan mit kritischen Blicken. Sie stand auf der Türschwelle ihres kleinen Hauses. Evan und Catriona warteten draußen im kalten Wind und Sprühregen.

„Englisch bitte", bat Catriona.

Flora nickte, ohne den Blick von Evan abzuwenden. „Groß ist er. Groß genug für dich, Mädchen."

Evan unterdrückte ein Lachen. Die alte Frau war ein zierliches, elfenhaftes Wesen, hutzelig und dennoch jung geblieben. Ihm gefielen ihre Ehrlichkeit und ihr offener, direkter Blick. Er lächelte leicht und wartete ab.

Catriona legte ihre Hand auf Evans Arm. „Ich denke, er passt zu mir", sagte sie und schaute ihn glücklich an. „Mein Lieber, darf ich dir Flora MacLeod vorstellen."

„Freut mich, Ihre Bekanntschaft zu machen, Mrs. MacLeod", begrüßte Evan sie und streckte ihr die Hand entgegen. „Ich bin Evan Mackenzie."

„Huch!" Zögernd reichte ihm Flora ihre kleine, knotige Hand. Evan verbeugte sich leicht. „Wir wissen alle, dass Sie nicht nur Mr. Mackenzie sind. Allein wir wollen hier nicht darüber sprechen", grummelte sie.

„Wenn Sie es nicht wollen, dann müssen wir nie darüber sprechen", antwortete Evan. „Denken Sie, ich bin Ihr Gutsherr ... oder der Ehemann dieses hübschen Mädchens." Er legte seine Hand über Catrionas. „Dabei würde es mich am meisten freuen, wenn Sie in mir einen Highlander sehen, der glücklich ist, wieder im Glen Shee zu sein."

Flora neigte den Kopf. „Und wer hat mir meinen Enkel William, seine Frau Helen und die Kleinen zurückgebracht? Waren Sie das, Mr. Mackenzie?"

„Nein, Madam. Das waren Finlay MacConn, sein Vater und seine Schwester."

„Und sie sind hier, weil Sie meine Familie nicht wieder weggeschickt haben."

„Ich werde sie auch nicht wegschicken. Und vielleicht, falls wir sie finden, dann können wir ja auch noch ein paar andere MacLeods ins Glen Shee zurückholen."

Flora nickte kurz und barsch, es entging Evan allerdings nicht, wie ihre Unterlippe leicht zitterte.

„Gut, gut", erwiderte sie.

„Dürfen wir hereinkommen?", bat Catriona leise.

„Huch! Meinetwegen." Sie trat zurück und ließ die beiden über die Schwelle kommen. „Passt auf eure Köpfe auf, ihr zwei. Was für große Menschen", murmelte sie. „Mein Mann hat sich ständig den Kopf an diesem Türsturz gestoßen, indessen hat er das Haus innen hoch genug gebaut, um darin glücklich zu sein. Na ja, setzt euch."

Das Innere des kleinen, düsteren Hauses war sauber und geräumig, obwohl es verdächtig nach Ziege roch, wie Evan feststellte. Nachdem er erst Flora und dann Catriona einen niedrigen Holzstuhl zurechtgerückt hatte, setzte er sich auf die Bank neben dem Feuer.

„Was habt ihr mir mitgebracht?", fragte Flora, während sie sich schon vorbeugte und in dem Korb wühlte, den Catriona unbedingt hatte mitnehmen wollen. „Hoffentlich nicht wieder Socken. Davon habe ich genug. Einen Schal brauche ich!"

„Ich habe einen dabei", sagte Catriona, griff in den Korb und zog einen weichen dunkelblauen Wollschal heraus.

Mit einem leisen Freudenschrei griff Flora danach und wickelte ihn sich so um den Hals, dass die beiden Enden in ihren Schoß fielen. Dann legte sie erwartungsvoll die Hände auf die Knie. „Was sonst?"

„Obst", sagte Catriona und zeigte ihr einen Beutel Äpfel.

„Hm! Hab ich schon. Morag und Helen haben mir gestern

welche gebracht." Neugierig beäugte sie den Korb.

Catriona blickte lächelnd zu Evan, ihre blauen Augen glänzten geheimnisvoll.

Mehr als ein Geheimnis glänzte in diesen Augen, da war er sicher, noch hatte sie es ihm allerdings nicht anvertraut. Ob sie es überhaupt selbst schon weiß, fragte er sich. Ihm hatten es ihre rosa Wangen, das lebhafte Strahlen in ihren Augen verraten. Glücklich lächelte er in sich hinein.

„Ja, ich habe Ihnen noch etwas mitgebracht", sagte Catriona, während sie ein in Leinen gewickeltes Päckchen herausholte.

Flora musterte Catriona schweigend. Dann nahm sie das Päckchen und packte es vorsichtig aus. Auf dem hellen Stoff lag strahlend der kleine Feenkristall, das rosa Herz schimmerte in seinem Inneren. Irisierende Lichtreflexe in zarten Regenbogenfarben funkelten über die glatten Seiten der Kristalloberfläche.

„Ach", flüsterte Flora. „Du hast ihn gefunden!"

„Ja, ich habe ihn gefunden", antwortete Catriona glücklich. Die Hände im Schoß gefaltet, saß sie da und beobachtete, wie die alte Frau den Stein nach allen Seiten drehte, sodass er im Schein des offenen Herdfeuers funkelte und strahlte.

Nach einer Weile blickte Flora auf, den Stein hielt sie fest in der Hand. „Du bist für mich auf den Beinn Sìtheach geklettert? Für die Feenlieder?"

„Ja. Doch Evan hat den Stein gefunden. Er riskierte sein Leben, um ihn vom Fels zu holen."

Flora sah Evan gedankenverloren an.

„Ich habe gehört, was da oben passiert ist", bekannte sie schließlich. „Morag hat mir erzählt, wie der Doktor gestorben ist. Eine traurige Geschichte. Er wusste zwar nicht mehr als ich, konnte die Leute auch nicht besser behandeln, aber er gehörte zu diesem Tal. Ein wenig verrückt war er schon, dieser Mann. Du hättest mich fragen sollen."

„Ich wünschte, das hätte ich, Mutter Flora", antwortete Evan leise. „Sie scheinen eine sehr weise Frau zu sein."

„Bin ich." Sie starrte Evan eine Weile an, nickte nachdenklich und wandte sich dann an Catriona. „Nun, vermutlich soll ich dir jetzt meine Feenlieder beibringen."

„Sehr gerne, wenn Sie das wollen."

„Na, ich denke, das kann ich", sagte Flora. „Wir müssen uns nur beeilen. In ein paar Monaten wirst du nicht mehr zu einem Besuch hierherauf kommen wollen."

Catriona war erstaunt. „Natürlich komme ich hierherauf. Wieso nicht?"

„Frag ihn." Flora blickte zu Evan. „Er weiß es."

Catriona drehte sich zu ihrem Mann um. „Ja?"

„Ich denke schon. Du hast ein Geheimnis, Liebes."

Catriona lachte leise, ein Funkeln tanzte wieder in ihren Augen. „Und das wäre, Sir?"

Er beugte sich über ihre Hand und küsste sie sanft. „Mutter Flora", sagte er, ohne den Blick von Catriona zu lassen, „darf ich Sie um etwas bitten?"

„Gerne, Mr. Mackenzie." Flora schmunzelte, und ihre Stimme klang fröhlich.

„Ich möchte, dass Sie mir eins Ihrer Feenlieder beibringen … ein Wiegenlied."

Catriona sog die Luft ein. Er bemerkte Tränen in ihren Augen, während sie ihn lächelnd anschaute.

„Aha", meinte Flora. „Und weshalb sollte ich das?"

Evan beugte sich vor und küsste Catriona zärtlich. Dann setzte er sich zurück. „Weil ich es meinem Sohn vorsingen möchte."

Catriona schluchzte verschämt und sah ihn mit feuchten Augen an. „Und wenn das Baby eine Tochter wird?"

„Dann singe ich es eben ihr vor", erklärte Evan, beugte sich wieder zu ihr herüber und legte seine Stirn an die ihre. Seine Hand lag auf ihrem Rücken, und er konnte ihren leichten, steten Herzschlag fühlen. Ein Gefühl tiefer Dankbarkeit durchströmte ihn, für sie, für die Liebe, die sie ihm schenkte, für das Kind, das sie unter ihrem Herzen trug. „Und wenn unsere Tochter älter wird, dann kann sie das Lied ihren Brüdern und Schwestern vorsingen – und eines Tages vielleicht auch ihren eigenen Kindern."

Catriona ging zu ihm hinüber, und er schloss sie glücklich in seine Arme. Als er zu Mutter Flora blickte, bemerkte er, wie sogar die alte Frau gerührt war und sich verstohlen eine Träne von der Wange wischte.

„Jetzt ist Schluss, ihr zwei", mahnte Flora. „Es gibt noch eine Menge zu tun. Hört zu!" Mit tiefer, erdiger Stimme, voller Kraft und Ruhe begann sie zu singen.

Evan hielt Catriona in seinen Armen, schloss die Augen und lauschte. Die friedliche alte Weise erfüllte ihn mit einem Gefühl der Ruhe. Er spürte die heilende Kraft der Liebe. Und dann, während Catriona leise in den Gesang einstimmte, summte er mit ihr zusammen die liebliche, gefühlvolle Melodie.

– ENDE –

Susan King
Porträt der Liebe
Band-Nr. 25280
5,95 € (D)
ISBN: 978-3-89941-460-8
352 Seiten

Jessica Trapp
Der Schwur des Ritters
Band-Nr. 25309
5,95 € (D)
ISBN: 978-3-89941-497-4
336 Seiten

Lisa Kleypas
Der Earl und die Erbin
Band-Nr. 25323
5,95 € (D)
ISBN: 978-3-89941-536-0
368 Seiten

Lynsay Sands
Wie Fackeln im Sturm
Band-Nr. 25315
5,95 € (D)
ISBN: 978-3-89941-503-2
368 Seiten

Julia Quinn
Wie erobert man
einen Duke?
Band-Nr. 25324
6,95 € (D)
ISBN: 978-3-89941-537-7
400 Seiten

Julia Quinn
In Liebe, Ihre Eloise
Band-Nr. 25243
5,95 € (D)
ISBN: 978-3-89941-397-7
400 Seiten

Julia Quinn
Ein hinreißend verruchter
Gentleman
Band-Nr. 25265
5,95 € (D)
ISBN: 978-3-89941-432-5
416 Seiten

Julia Quinn
Penelopes pikantes
Geheimnis
Band-Nr. 25223
5,95 € (D)
ISBN: 978-3-89941-340-3
448 Seiten